樂府

·

心里滿了，就从口中溢出

文心雕龙

玉凯题

雕文
草心

著

———

马
俊
江

北京联合出版公司
Beijing United Publishing Co.,Ltd.

《文心雕草》
题解及其他

　　清代浙江人陈淏子写过一本园艺学名作，叫《花镜》，鲁迅喜欢这本草木书，我也喜欢。陈淏子不仅文章写得好，其人生态度和生活方式也让后世的读书人追怀。《花镜·自序》开篇第一句写道："余生无所好，惟嗜书与花。"读书养花，别无他求，也真称得上被今人说滥却依旧遥不可及的"诗意栖居"。

　　八年前，我从北方来到金华这座江南小城教书。教书的人爱书没什么可说的，书中日月也没有南北差异。但江南草木，却真让我这北人感到震撼。来到小城的第一年，正逢江南多年不见的大雪。北方的雪曾震撼了金华的诗人艾青，才有了名作《北方》和《雪落在中国的土地上》；而江南大雪中，茶花盛开，白雪红花，真真让我这北人像是刘姥姥进了大观园，兴奋不已。南人习以为常的草木，在北人看来，却处处是生命奇迹。古人讲"原本山川，极命草木"，我这校园里的教书匠难以来场"说走就走的旅行"，去探究山川本源，但辨识草木尚有可为。于是背上相机，流连大地草木，低头看草抬头看树；回到书房，浸淫古今先贤草木书：从陆玑的《毛诗草木鸟兽虫鱼疏》、李时珍的《本草纲目》，读到周作人的《雨天的书》、汪曾祺的《人间草木》。书桌上下，药书、农书、园艺书、草木典、群芳谱、桐谱梅谱、笔记杂录、大书小书皆草木葱茏，草木光阴，生命温润而热情，一晃就是八年。

2017年，将一些零碎的草木文字结集，出了本日历小书，名叫《草木纪历》。"纪历"两个字取自诗人卞之琳的诗集《雕虫纪历》，诗人用诗歌纪念生命所历，我则用草木纪念自己经历的生命种种。虽然白话文的祖师爷胡适先生反对用典，但我还是喜欢用这种方式向文化先贤致敬。也因此，《金华日报》的章果果女史约我写点草木文字的时候，我说古人"文心雕龙"，我且"文心雕草"。名目源自古人，但我自有我的说法。

"雕龙"为大道，"雕虫"是小技，我不问大和小，也不问龙与虫，只管"雕草"。我说的"草"不是"现代科学"分类中草本植物的草，而是中国"传统文化"中的草：前者的"草"只指草本植物，后者的"草"可以指一切植物。古人说本草，今人说草药，都不是单单指草。鲁迅的"百草园"里不仅有草，还有"高大的皂荚树"。可巧，写这篇开场白的时候，收到四川朋友寄来的竹叶青茶。茶当然采自南方的茶树，但茶字是个"草字头"。这样带"草字头"的树还有不少，因为在造字的古人那里，天下植物，可以一言蔽之曰"草"。至于沿用"雕"，是因为雕龙也好，雕虫也罢，都是一个精雕细琢，其精神是认真。我说雕草，也是希望能学习先贤，认真面对一棵草，认真去写一棵树。

草木世界大，进入方式也有诸多不同：医家看药用，美食家看食用，装修居室的人买几盆做装饰之用，也关心是否有吸甲醛之用。有用无用，我无所用心，只欣赏草木之美。一个"美"字说来写来都简单，但真要落到实处也实在不易。五六十年代周作人谈及改革北大的蔡元培时还说，"他的大主张是'美育代宗教'，但这没有多大成功。"现代中国一百年，现代教育一百年，美育这个"大主张"至今依然不被重视，还是不成功，这也是造就现在那么多丑人丑事被捧成网红、明星，供人娱乐审丑的原因吧。当然，也不是没有教育家做美育这件事。民国时候，安徽二师校长胡晋接先生要求学生假期采集本地植物，并辨识其名。先生跟学生解释说，其目的不在"识乎物名"，而是期待"美感端赖养成"。我能做也愿意做的，也就是追随这些先贤，说说草木之美。也因此，每有读者说我在微博所写草木文字很美的时候，我都回答：我只是想在世间多栽几棵美丽的草美丽的树而已。

养花栽草写文章都须用心，否则，花草养不好，文章写不好。所以，刘勰以《文心雕龙》命名自己的著作，将"文心"诠释为"为文之用心"。我的"文心雕草"固然也含有这种意思，但我借来"文心"却也"别有用心"，更愿意将其分开解释：文是文化，心是情感。情感容易解释，没有深情，鲁迅写不出百草园里动人的草和感人的树。再美的草木花开，如果无视地走过，没有打动过我们的心，它就和我们的生命无关。

情感并非自然生成，而是由文化来滋养。如果鲁迅叫不出一棵草一棵树的名字，怎么会有生动的百草园？俄罗斯作家巴乌斯托夫斯基说，每一个知识都是充满诗意的。这句话可以反过来说，诗意也少不了知识。我们总是嘲笑孔乙己热衷于茴香豆的茴字有四种写法，殊不知，没有这些看似迂腐的知识，何来文化？

草也好木也罢，它们不仅仅属于自然，是自然之物，它们生长在大地上，也生长在人类文化史里。漫长的岁月中，一棵草和人建立起了情感联系，一棵树也经历着人世变迁。进入人类视野的草木，会生出意义，成为"文化符号"。用闻一多先生《匡斋尺牍》里的话说来就是："一种植物，也是一种品性，一个 allegory。"萱草又名忘忧草，古人曾栽植萱草用来解忧消愁；"白杨多悲风"，一棵树上也有人的悲伤；"杨柳依依"，是中国人的乡愁；情人别离送芍药，因此芍药也称将离，一朵花成了惜别的深情和怅惘；夫妻吵架，枕下放上一簇合欢花，因为他们相信，这花可以让怨愤烟消云散，让温情依旧，让欢爱永恒；曾经只是樵夫进山砍回当柴烧的牡丹，却在历史中悄然变成了"富贵"的象征，变成了"国色"；今人喜欢含羞草，可它初到中国时却只是让人恐惧，被视为妖草；梅树最初走进人间庭院，是一棵果树，是"青梅竹马"

的树，人间沧海桑田，梅树也跟着变，变成了梅兰竹菊中的君子之花，让人踏雪寻它……

李时珍"渔猎群书"写《本草纲目》，自视写出的不仅是一本药书，而是追求"格物之学"，探究万物本源。我虽不才，也希望能追慕先贤，"上穷碧落下黄泉，东翻西翻找材料"，写写我们身边的草和树。大了说，写点草木人文史；小了说，给读者讲点草木在人世的经历和故事。而故事也不仅是故事，故事里是我们祖先的生活。那种生活和草木有关，和一种美好的生命方式有关。

第 一 辑

文 与 心

1

水流花在说水仙

我住的地方离花市不远，没事儿就去那里看看。但临近新年时候，即便经过，除非是黄昏，也很少进去。因为白日里车水马龙，花市热闹得一如门庭若市的"市"。虽不进去，但我也不走开，就站在门口看，看看出来的人们怀里抱的什么花，手里提的什么草。带几盆花回家装饰春节厅堂是旧俗，古称岁朝清供（岁朝就是一年之始的大年初一）。汪曾祺写过这个题目，说："'岁朝清供'是中国画家爱画的画题。明清以后画这个题目的尤其多。任伯年就画过不少幅。画里画的、实际生活里供的，无非是这几样：天竹果、蜡梅花、水仙。有时为了填补空白，画里加两个香橼。"我居住的这个江南小城，冬天结串串红果的南天竹、香气四溢的蜡梅花都是常见的植物，香橼的变种佛手更是小城特产。只有水仙，多来自福建。

俗语说"人挪活树挪死"，死活姑且不论，但草木和人一样，确实都在历史中"挪"着，迁徙不定：祖籍固定，家乡在变。关于故乡，周作人说得很达观："我的故乡不止一个，凡我住过的地方都是故乡。"这样的说法在很多人看来实在是不近人情，因为中国人的故乡观念实在是重，重到离谱的地步——别说人的故乡，就是一棵草一棵树的故乡也不能等闲视之，会争论不休。比如，水仙的故乡到底在哪里。

古时的《漳浦县志》记载："水仙土产者亦罕着花，然自江南来者特盛。" 也就是说，现在的水仙之乡在福建，但福建的水仙却是自江南迁来。明代的《群芳谱》曾说过："水仙花，江南处处有之。"事实也是，无论宋元，还是明清，诗歌里的水仙都在江南开花，散溢清香。

当然，江南并非就是水仙唯一的家乡。宋代的《南阳诗注》说，"水仙本生武当山谷间"。这里又牵涉到了水仙的国籍之争，有人以此为据，说水仙的祖国就是中国。漳州文联编过一本《水仙花志》，关于水仙产地，说得有点火气："中国水仙，绝非原产西洋。"坚持认为中国水仙本是"洋花"的，也有证据：中国最早记录水仙的文献是唐代的《酉阳杂俎》，书中说"捺祇出拂林国"。李时珍据其描述，一锤定音，说捺祇应该就是水仙。美国学者劳费尔在《中国伊朗编》里又给出了语言学上的证据：捺祇是古波斯语 nargi 的音译，nargi 即水仙。拂林国是中国对东罗马帝国的旧称，而东罗马帝国曾五次派人出使大唐。有人猜测，水仙就是那时被带到长安的。而唐代的另一本书《北户录》第一次出现水仙花的名字时，正是一位老外把它递到了国人手里：晚唐诗人孙光宪在荆州做官时，有波斯人送他几棵水仙花！

武当山谷间的水仙也好，漂洋过海而来的水仙也好，水仙就是水仙。花朵在大地上盛开，并走进人世，我们欣赏它的美就是了。它的家在哪里，东方也好，西方也好，有什么关系呢？与其为此大动肝火，争论不休，还不如好好看看花开，听听花朵背后或有趣或动人的故事。

唐代以前的中国历史没有水仙的芳踪，也没有水仙故事，它被人欣赏是宋以后才有的事。文化史里的第一朵水仙花开在希腊神话里：在西方，水仙的名字是神话里一个英俊的少年——纳西索斯（Narcissus）。纳西索斯爱上了自己在水里的倒影，也死在了水边草地上。他的姐妹们悲痛不已，但"她们没有找着尸首，却找到了一朵花，花心是黄的，周围有白色的花瓣"。古罗马诗人奥维德《变形记》中这样写，写得真好。

古希腊神话的水仙故事让我想起了中国水仙的得名。钱锺书有句名言："东海西海，心理攸同。"东方与西方，给一棵草命名，有时也有着"攸同"的文化心理吧。在西方，水仙花的名字得自死在水里的少年；中国的水仙花，其实也和水里死去的人有关。包括李时珍在内，中国的草木先贤们解释水仙的名字时都只说了一半——水仙喜水。至于为何是"仙"，皆避而不谈。宋人黄庭坚的水仙诗则将民间水仙信仰和水仙花拉到了一起："钱塘昔闻水仙庙，荆州今见水仙花。"(《刘邦直送早梅水仙花》)水仙庙里供的当然是水中神仙,但水仙是谁?答:屈原、洛神、湘君和湘夫人、伍子胥、李白……这些水里死去的先贤和美人,都是民间信仰的水仙。过去也有人讲,水仙初名水鲜,因为它得水才生新叶,开鲜花。因民间生出"水仙信仰",于是"水鲜"变为"水仙"。于是诗人只要歌咏水仙花就少不了联系到屈原、洛神、湘君和湘夫人这些"水仙"。

一千多年过去,奥维德写的白花黄心的单瓣水仙被叫作了中国水仙。而且中国人在它的花心上看见了一只酒杯,于是给它取了一个俗名:金盏银台。另一种重瓣无黄心的水仙,则被叫作了玉玲珑。现在花市上常见的黄花黄心、黄花红心和白花红心的,则名之为洋水仙。宋代杨万里写水仙花的诗,头一句就是"生来体弱不禁风"(《三花斛三首右水仙》)。比起高大健壮的洋水仙,中国水仙确实有点纤弱。我养的一棵洋水仙,花季过后,随便扔在角落里,但每年秋冬又会冒出叶、开出花来,从一棵变成了一丛。而中国水仙,一个种球孕育三年,只为一季花期。而一季花期也就是它的一世——花谢后,水仙就被弃若敝屣了。"质本洁来还洁去,不教污淖陷渠沟",只是林黛玉悲伤的歌吟。

但中国人爱水仙,首先就是因为它的"质本洁",至少最初是这样。

王象晋在《群芳谱》中说,杭州钱塘江边,有园丁种植大片的水仙。明代另一本书《长物志》说最好的水仙要盆栽，置之几案；次一点的，栽在松竹之下，或者梅花奇石之间，这样才雅。江边成片的水仙在大地上盛开，那种灿烂的风景估计见过的人不多；居于都市的现代人生活空间狭仄，估计也没什么人能在松竹梅下或者园内篱边栽植水仙，赏其雅致。常见的水仙，还是盆养水培。

盆养水培水仙始于宋人。宋人赏花轻浓艳重素雅，并且开始玩儿石头，养石菖蒲这种本来不起眼的小草就与此种审美风气有关。发现水仙之美，也是这样：水仙绿叶白花黄心，形态素雅。和石菖蒲一样，一钵清水几块石子即可养殖。如果真能"穿越"，走进宋人书房，应该不难见到一丛鲜绿石菖蒲，几朵冰清玉洁水仙花，同时清供于几案之上。杨万里有首诗，题名即为"添盆中石菖蒲水仙花水"。

水仙被文人所喜，也就常清供于书斋。在书斋里待久了，水仙也成了有文化气的花，被称为雅客。宋代《内观日疏》里有一则水仙故事，说有一个女人，在十一月一个寒夜，梦里看见一颗星星坠落，变为水仙花。花香袭来，女人不由摘了一朵。摘就摘吧，女人还把花给吃了。当然，这是梦。可是梦醒后，女人怀孕了，生了一个女孩。女孩长大后成了才女。所以，以后人们也叫水仙女史花。女史就是有文化的女子，而水仙花被看作了女文曲星下凡。

"定州红花瓷，块石艺灵苗"（许开《水仙花》），宋人盆养水仙的方法一直流传到现在。都是盆养，但古今有诸多不同。现在，做什么事都可一言蔽之曰：玩。古人也玩，是雅玩。一说雅，当然就不能随意。就说盆养水仙吧，不说用什么水、什么石，供于什么样的几案上，哪怕一个盆，也得百般讲究。许开"定州红花瓷"中养水仙是一境；清人陈其年"小小哥窑凉似雪，插一瓶烟，不辨花和叶"（《蝶恋花·咏水仙花》），哥窑花瓶插几株水仙是另一境。现代文学家、园艺学家周瘦鹃《一盏清泉养水仙》中讲水仙盆最为细致："水仙最宜盆养，盆有陶质的，瓷质的，石质的，砖质的，或圆形，或方形，或椭圆形，或长方形，或不等边形；我却偏爱不等边形的石盆，以为最是古雅，恰与高洁冷艳的水仙相称。"

　　一盆清水无污泥，一丛绿叶清翠如洗，几支白花如冰雪，纤尘不染，水仙当真是超凡洁净的花。第一个给水仙写诗的是宋人陈抟，赞的就是它"虽堕尘埃不染埃"（《咏水仙花》）的美。现代小说家废名在其名著《桥》中，也写到水仙："琴子过桥，看水，浅水澄沙可以放到几上似的，因为她想起家里的一盘水仙花。"浅水不是浅，是清澈透明，澄沙不是泥，是洁净如洗，都是一个干净。桥下干净的河水，让纯洁少女的想象落到了家中明净的几案上，一丛水仙于净水中静静盛开。虽是小说，但比诗还诗，把水仙写得清澈空灵，了无尘埃，甚至可以说有仙气无人间烟火气，也真配得上"水仙"的"仙"。这样干净的水仙，才配得上"清供"的"清"。一千五百年前的中国字典《玉篇》对"清"的解释是："澄也，洁也。"

"其花莹韵，其香清"，宋代《洛阳花木记》对水仙之美的概括真好。清供的水仙之"清"，除了花与水的清洁之外，还有一个花香的清幽。中国有国色天香的说法，国色是牡丹，国香是幽兰。闻到水仙清香的宋人有点儿为它没能评上国香抱不平："可惜国香天不管，随缘流落小民家。"（《次韵中玉水仙花》）其实，写这句诗的黄庭坚忘了，关于兰花为国香的说法，流传最广的说法正是出自他的笔下。他在《书幽芳亭》中慷慨陈言："兰之香盖一国，则曰国香。"当然，后世称颂兰花为国香，都是沿袭孔夫子之说。夫子在幽谷遇幽兰，喟叹曰："兰当为王者香。"

孔夫子的话，后人谁敢改？但喜欢水仙花香的古人也真是花痴得可爱，对此耿耿于怀，不肯善罢甘休，于是有了一个花间传奇。唐代的《集异记》记载，薛蕙小时候读书，看见窗外庭院有白衣女子，怅然若失地自言自语，说夫君游学，难以相见。一边说一边吟起伤感的诗歌，并且从袖中掏出一张兰花图。看着兰花，那女子微笑又落泪。听见窗内有声，女子消失于水仙花丛中。女子刚走，兰花里出来一个男子，开始诉说对娘子的思念，也歌诗两首，然后消失于兰花丛中。自此，世间传颂水仙和兰花为夫妇花；自此，薛蕙下笔成文如有神助。水仙错失国香的虚名，但得了世间好姻缘，还让读书人文采斐然，这样的好故事，也只有花痴想得出，书痴写得出。

水仙也真是幸运，别的花形单影只，独它花好月圆，有花痴给它配了兰花美眷。而且，不仅有花中眷侣，它还有兄有弟呢。黄庭坚有句水仙诗流传很广："含香体素欲倾城，山矾是弟梅是兄。"（《王充道送水仙花五十支》）山矾本是江南山野灌木，春开白花，花香悠远："玉花小朵是山矾，香杀行人只欲颠"（《万安出郭早行》），杨万里在诗里这样夸赞山矾花香。民间称山矾为郑花，黄庭坚嫌这个名字太俗，将其命名为山矾，流传至今，成了学名。黄庭坚也算是爱水仙的铁粉花痴了，不仅给水仙写了许多诗，还代它寻亲，找到了也开香花的兄和弟。但要说水仙的头号花痴，应该是李渔。就像说梅花，应该说到林逋一样，说水仙，就应该说到李渔。

《闲情偶寄》中有篇《水仙》，通篇都是李渔对水仙热情洋溢的表白。要是翻译成白话，结尾不加个表感叹的"啊"字都不行。开篇就是一句："水仙花，你是我的命根子啊。"50岁以后，李渔安家南京："我不是安家南京，是安家在水仙之乡啊！南京有全国最好的水仙啊！"对李渔来讲，食物可以没有，但水仙花不能没有。穷书生李渔到了年底又是一文不名，衣服都送进了当铺，实在买不起水仙了。家里人劝他，今年就算了吧。惹得李渔大叫："你想要我的命吗？我可以少活一年，但不能一年没有水仙花啊！没有水仙，我到南京来干吗啊！"文章有文人常见的夸大其词，但对一朵花抒发热爱之情的人，真是可爱。没有这样的花痴，花朵应该是寂寞的。

西方写水仙的诗人和花痴同样多，中国人比较熟悉的应该是法国诗人瓦雷里。20岁，诗人以《水仙辞》成名；三十年后，瓦雷里给这棵开花的草又写了三百行的长诗《水仙断片》。50岁的诗人，在纸上这样深情地写下第一行："你终于闪耀着了么，我旅途的终点！"诗人写得真好，梁宗岱翻译得也真好——走路的人，在一丛闪光的水仙花前停下，欣喜地说，我可以不走了。

2

野花二月蓝

　　喜欢花花草草真是容易传染，我身边的不少大人小孩儿跟着我拈花惹草。昨天，檬檬在微博上问我，这是什么花呀？我点开图片——天！这不是二月蓝吗！惊叹得有点大惊小怪，因为想起了北方一个园子，我在那里生活了五年。那园子，叫燕园，二月蓝也在那里盛开。人走南闯北，有些野花跟人走，提醒记忆。

　　人以文传，不知名的人因为被名家写进名作而得以传世；花也一样，再无名，跟着名人佳作而流传天下。燕园的二月蓝，因为宗璞的《送春》《花的话》和季羡林的《二月兰》而闻名。宗璞的《送春》开篇就说，"说起燕园的野花，声势最浩大的，要属二月兰了"；季羡林文章开头第一句是，"转眼，不知怎样一来，整个燕园成了二月兰的天下"。他们的文章被选进了中小学语文课的教材或者课外的教辅，中国会有许多孩子因此知道了这种一开就是一片的野花。教材不一定是伟大的书，但一定是影响最大的书。

　　但事情就是这样，成也萧何败萧何。一篇很好的文章，一片很美的野花，在课堂上，被总结成"对平凡女性的伟大歌颂"等各种八股"中心思想"，不知还会有多少孩子有兴趣想象二月蓝的美。就如美丽的《关雎》被"升华"为"后妃之德"，私塾里的孩子们又怎会在诗歌里看见清澈的汤汤流水，怎会听见水鸟的关关鸣唱？几千年了，我们总该有些长进。带孩子们读一篇写花的文章，或者领孩子们站在一片"声势浩大"的野花面前，跟他们讲一句：真美！这已是最高级的教育，远远胜过那些言不由衷的中心思想。蔡元培先生讲了那么多次"以美育代宗教"，可惜我们总是听不到。我们总结了很多"深刻"的中心思想，却不知道欣赏真正的"美"从孩童时期就要开始。今天，翻清人姚际恒的《诗经通论》，听他讲《七月》，"鸟语、虫鸣、草荣、木实"，仅仅八个字，但已是一片生机盎然——草在开花，树在结果，树上有鸟叫，草间有虫鸣，多好多美的世界，让人热爱。家庭也好，学校也好，我们能带给孩子的最好教育就是对美的热爱。

季羡林先生住在燕园东北角的朗润园，园子旁边有个小土山，靠着燕园北墙，墙外就是喧嚣的马路。在土山上大片二月蓝的紫雾里，老先生看见他的老祖、妻子、女儿和猫咪，还有和这一切有关的情感联系。这些美好又沉重的情感，都在二月蓝盛开的花朵上。宗璞和她父亲冯友兰先生的三松堂在燕南园，《燕园草木》介绍二月蓝时，也说燕南园那里开得最为壮观。这些地方，几年时间里，我都走过无数次。很长一段时间，泡在图书馆，出馆去吃饭，就要穿过燕南园。在那里，我没看见过铺天盖地的二月蓝，只在路边，或者某处苍老的墙角，看见过零星开放的二月蓝。朗润园的土山是安静的，我去的时候，很少遇见什么人。只有一次，是毕业后重回燕园，时间已不是春天，我遇见一只很大的猫咪。我摸摸它，它温驯地喵喵叫了几声，节奏舒缓，悠长。那时候，季先生已弃世，我想起了他爱的猫咪、他爱的二月蓝。但在燕园走了那么多年，天天埋首满是灰尘的民国旧报刊，我却没有停下来好好看看二月蓝。而且，知道二月蓝，不是因为住在燕园的宗璞和季羡林两位先生，而是清华的徐葆耕先生。

今天中午，檬檬打来电话，说她又发现了一片二月蓝。不知为什么，她一说二月蓝，我马上就想起了徐葆耕先生。在燕园时，读过他的《紫色清华》，序言的最后一段说："清华园里有一簇簇开得漫山遍野的小紫白花。"徐先生没说花的名字，但我当时就觉着他说的是二月蓝。大概是因为，那天从燕南园西侧走过，我恰好看见几棵二月蓝在开花。我想，这就是徐先生书里的紫色花吧。不是漫山遍野，就那么几棵，开在路边，有点寂寞。

跟徐先生有一面之缘，是在清华博士招生面试的时候。解志熙老师介绍在座的另外两位老师：一位是汪晖，一位就是徐葆耕。看见徐先生，我很开心，说读过您的《西方文学：心灵的历史》，真是喜欢。我说的不是客套话，汪晖大名远胜于徐葆耕，但其书其人思想深刻，我读过后只能用不求甚解来安慰自己。徐先生学水利出身，但其书写得真是有热情，我喜欢有热情的书和人。徐先生的脸黑黑的，静静地坐在那里，我也忘记了他怎样回应我的话。面试时，我一直在和解志熙老师聊京派、聊沈从文、聊孙犁，聊得开心；徐先生就静静地坐在那里，不说话。多少年后，想起他，那黑黑的脸，总是和一片二月蓝联系在一起，甚至觉着他是那种心里有野花盛开的人。徐先生在清华待了一辈子，2010年3月去世，正是二月蓝开始盛开的时候。他去世后，许多学生写文章纪念这位热情的老师。我没能去清华，也没听过他的课，但喜欢他的书。现在二月蓝开得绚烂，作为他的读者，我用一片紫色花纪念这位安静又热情的学者和老师。

到江南后，我一直在找二月蓝，但一直无缘相遇。二月蓝又名诸葛菜，据说是因为诸葛亮率军出征时军队采食而得名。江南有个诸葛八卦村，住着诸葛亮的后人，我去过那古村，未遇见过二月蓝。当然，据说的事只能"姑妄言之姑妄听之"，当不得真，芜菁也叫诸葛菜，据说也是因为诸葛亮而得名。

说草木说多了，常有人问我，这个能吃吗？我答不知道，我只是欣赏它的美，动眼动心不动口。野草能吃是野菜，开花是野花，诸葛菜吃起来什么味道呢？我不知道，我只知道二月蓝的蓝真是好看。江南早春多野花，尤其是多十字花科和石竹科的野花，前者如荠菜、碎米荠；后者如鹅肠菜、卷耳和蚤缀，但都是米粒儿般极小的白花。虽然我常说，小花里也有大世界，但我渴望"声势最浩大"的二月蓝。季老先生等人的文章里把它写作"二月兰"，但我总觉着"兰"染了太多文人的娇弱，我渴望着野花"二月蓝"的大片蓝色。二月蓝会逐渐褪色，就像我的鸳鸯茉莉，花瓣上的蓝渐渐淡下去，以至于变成白色，但蓝紫、淡蓝和白色杂在一起，是另一种斑斓。

中午，按檬檬指点，我跑到学校湖边的树林。明丽的阳光下，大片的二月蓝在法桐和水杉的林子里随风摇曳。蔓长春在早春也开着蓝色花，但只是零星地在草丛里或者大树下开上一两朵，而遍地盛开的二月蓝在我眼前一片灿烂。甚至让人怀疑，我的眼睛也变成了二月蓝的颜色。除了二月蓝丛中的一两棵黄色油菜花，我满眼都是二月蓝的蓝。蓝色的四瓣花瓣儿，像蓝色风车，在轻风里旋转着，旋转出满世界蓝色的雾。色彩学上讲，蓝色代表宁静和理性，而在这大片的二月蓝面前，我兴奋得有点儿忘乎所以，把自行车往路边一扔，就扑进了那片阳光下的蓝色雾里。

一年四季，学校大门口的广场上，也都开着大片的花：百日草、孔雀草、矮化向日葵、羽衣甘蓝、三色堇……它们被规划得方方正正、规规矩矩。似乎欣赏它们的美，都要小心翼翼。正是古人说的"可远观而不可亵玩焉"。而铺天盖地的野花二月蓝，可以让人肆意张扬野性的灵魂。二月蓝蓝色的雾里，野蜂飞舞。有人跟我讲，这里的二月蓝不是野花，是园艺工人们种的。我说没关系，人工也好，野生也好，是美就好。而且，花落后种子四处飞扬，明年，即便不再有人撒种，附近也会到处都是二月蓝。植物学上称之为"逸为野生"，一个不多见的美丽的科学术语。

3

采采卷耳：江南春草鹅肠菜

春节前后出去走走，随处可见地上生春草。嫩草鲜绿，清新可喜，真是养眼。江南的人对此习以为常，却让我这北人感慨万千：江南的春节才真是春节！北方的春节离春天着实很远：河岸下面还是一河冻裂了的冰，咔吧咔吧地响着；被冻得坚硬的土地也一样裂着大口子，没有一星儿的绿。记得是上小学二三年级的样子，正月里我跟着父亲云给住在外村的姥姥拜年，牛车慢慢地行在辽阔的华北平原上。土地荒凉单调，乡路悠远沉闷，无事可做的小孩子感到无聊或者寂寞了吧，诌出了平生第一首诗：余去姥家半途中，忽见三鸟飞空中。地里什么也没种，只有稻根儿在田中。小孩子当然写不出好诗，但我却因此记住了那个荒凉的景象——春节了，可北方还是凛冽的冬天：天寒地冻风刺骨，大地坚硬得像石头，寸草不生，只有去年秋收后的庄稼根茬留在那里，增添着北方的荒凉。

江南没有荒凉，冬天还会有雨。有雨，土地就是温润的，坚硬不起来；冬天也会有雪，有雪，春草就从白雪里冒出来。

白雪绿草，真是好看，让人的心软软的。谢灵运的"池塘生春草"是好句子，但不如白雪生春草的景致好——那么纯净又有生机的颜色搭配。

周建人有一本小册子，叫《田野的杂草》，和他二哥周作人的名文《故乡的野菜》正是一副好对子。周氏三兄弟，鲁迅和周作人确实是大家，但周建人的科普文章写得也好，我喜欢。《田野的杂草》从春天的草写起，虽然没有写到我喜欢的婆婆纳和猪殃殃，但写的小鸡草是我最爱的江南春草之一："小鸡草长大后，也会开花。不是植物都会开花，香菇、木耳、凤尾草及牌草就不会开花。小鸡草却是会开花的植物。"文字朴实自然，不是容易的事，就像小鸡草开花也不是每个人都会留意。小鸡草的花实在太小，还没有一个指甲盖儿大，但蹲下细看，真是精致的花：那么小的五片花瓣都从当中裂开，整整齐齐排成一圈，不细看还以为是十瓣儿。细茎蔓生的小鸡草，一长就蔓延一片。叶色是青翠欲滴的绿，花色是雪白雪白的白。一地白雪一茎春草绿，好看；一片春草地，星星点点散白花，动人。

小鸡草应该是浙江人的叫法，它通常的俗名是鹅肠菜。别看只是田野杂草，古人还曾写诗赞美它："草曰鹅肠，华于仲春。柔枝弱本，杏叶兰茎。"诗的作者是清初文人顾景星，荒年吃野菜，"遂不死焉"，于是感激天地造物，给四十四种野菜写了一组诗，题名《野菜赞》。同一棵野草，大家法眼不同，所见也会不同：能吃是野菜，开花是野花，入药是药草。对一般人来讲，顾景星不是有大名的人，但有研究《红楼梦》的学者说，他是前八十回的真正作者。当然，现在都说《红楼梦》的作者是曹雪芹，但其实，曹雪芹也不过是一个名字而已，我们对他的了解不会比对一棵鹅肠荬的了解多多少。毕竟，在几千年的中国历史传统中，小说只是"小"说，还不如野草更被我们的文化留意。我们这个民族，草的历史太丰富了。

鹅肠菜也叫繁缕，按唐人苏恭的说法，繁缕是雅人给它取的雅名。现在，雅名成了它的学名，但我喜欢叫它的俗名——鹅肠菜。俗名不俗，是民俗，有人情味儿。不过，古人真是值得敬佩，在命名前，那么细致地观察一棵野草。繁缕的"繁"容易理解，是说鹅肠菜细茎蔓生，容易繁茂；"缕"呢？宋人苏颂解释说，折断它的茎，茎中空，有细丝。这应该是鹅肠菜和繁缕得名的原因：丝丝缕缕，细如鹅肠。最初听到这个说法时，我颇有点醍醐灌顶的感觉——我那么喜欢鹅肠菜，从来就没想过那么纤细的草茎里还有秘密。古人真是好奇又淘气。我也在古人的引诱下，淘气了一回，跑出去，折断了鹅肠菜的一根茎：真有一根纤细"鹅肠"，不绝如缕！

野草再野，也会有人喜欢，有顾景星这样的人给它写诗。《古诗十九首》中有句："为乐当及时，何能待来兹。"（《生年不满百》）可李时珍却把"兹"写成了"滋"，还说"滋"就是鹅肠菜。因为"易于滋长"，所以又名滋草。不知是这位草木诗人无意的误记，还是有意的误读，但有草的诗句让人欣欢。

春天去上课，也常常采一把路边的鹅肠菜放在书包里，带到课堂上给学生看，跟他们讲，几千年前的《诗经》植物，就生长在我们身边，因为课上会讲《卷耳》："采采卷耳，不盈顷筐。嗟我怀人，置彼周行。"一个古装的女子，叹息着站在路边，思念着道路尽头的一个人。而路边，卷耳蔓延，一片春草绿。

一棵野草经历沧海桑田的悠久时间还是路边的野草，春风吹又生，也还是那么新鲜的颜色。但它的名字，在古今演变中，有些模糊不清，成了一笔糊涂账。卷耳是什么草？古人今人多说是苍耳，又名枲耳、爵耳、猪耳、耳珰草，一大堆令人眼花缭乱的"耳朵"。李时珍也认为卷耳就是苍耳，还说出处是《尔雅》。可即便是本草泰斗李时珍，终究也迷信不得，因为《尔雅》解释卷耳时说的是"苓耳"，而非"苍耳"。苓耳的"苓"和苍耳的"苍"字形相似，这是古人犯错的原因吗？卷耳、苓耳和苍耳是同一棵草吗？

今天的苍耳，是很多人都熟悉的草，应该比鹅肠菜名气大。南朝陶弘景注《神农本草经》时说它还叫羊负来，说中国本来没有这种草，是粘在羊毛上从外国带来的。这种说法也让人怀疑卷耳与苍耳的关系：《诗经》里已有卷耳，如果卷耳即苍耳，又如何说中国本来没有，还要从外国带来？

"从外国逐羊毛中来"的说法倒是符合苍耳的特点——苍耳子有刺，容易黏着在它物之上。把那个小刺果扔到别人头发上衣服上，是很多小孩子爱玩的恶作剧。但问题是，解释《诗经》草木最早的《毛诗草木鸟兽虫鱼疏》中，作者陆玑说得清楚，卷耳"白花，细茎蔓生，可煮为茹，滑而少味"。很显然，这不是现在的苍耳。第一，苍耳古时候也叫野茄，它也确实高大如茄子秧，绝不是"细茎蔓生"。第二，我们玩过苍耳的小刺果，谁看过它开白花呢？第三，卷耳能做野菜吃，有谁吃过苍耳吗？潘富俊著《诗经植物图鉴》流传颇广，说"苍耳是古时候的野菜，采幼苗嫩叶炒熟，但'滑而少味'，应为穷苦人家之菜蔬"。其实古时候不仅穷人荒年吃苍耳，宋代林洪《山家清供》的食谱中就有苍耳饭，"碧涧水淘苍耳饭"，真是清丽雅致的诗句，吃苍耳居然也是文人雅事雅食。还有苏东坡，他把苍耳说得更神，说吃苍耳可以"骨髓满，肌如玉"，简直是长寿美容的神药。但古人的苍耳和今人的苍耳是同一棵草吗？古人说椒是花椒，今人说椒是辣椒；古人的仙人掌长在海边岩石上，并非今天来自沙漠的仙人掌。一名多物，在草木世界里，从来不是什么稀罕事。

现在，有谁敢吃苍耳吗？写《诗经植物图鉴》的洋博士潘富俊估计也是不敢的，因为苍耳有毒已是常识。我的老师跟我讲，他小时候，有人家采食苍耳，结果全家中毒。对于卷耳是苍耳的旧说，明代的毛晋在《陆氏诗疏广要》中就曾表示过反对："非也！"可惜很多人听不到，于是天下文章一大抄，以讹传讹，传到今天。

今人解释《诗经》草木的有一本小书叫《〈诗经〉草木汇考》，作者吴厚炎，是贵州一所师范专科学校的老师，书和人都没什么名气，1992 年出版时也才印了一千册，以后不见再版，但却是一本认真考辨的书。关于卷耳，征引的各类书籍多达二三十种。这样的书估计读者多不起来——引的古文太多，读起来麻烦。读起来是麻烦，但可信。吴先生征引大量古籍，说清了卷耳：古人称之为卷耳的野草有两种。这和人有重名一样，是常见的事，草木世界里称之为一名多物。一种卷耳即是今人的苍耳，菊科；另一种卷耳属石竹科，《中国高等植物图鉴》称之为簇生卷耳。几千年了，卷耳还在，用一棵草保护着一个名字。把卷耳误作苍耳的人们，为什么不去看看今天还在大地上生长着的卷耳呢？植物学家贾祖璋先生著有《中国植物图鉴》，其中就有石竹科的卷耳。十八世纪的日本人冈元凤有本名著《毛诗品物图考》，其中的卷耳图也不是苍耳，而是石竹科卷耳属的草。

卷耳属的野草有多种，鹅肠菜也是其中之一。江苏某县农业局的胡淼先生写了一大厚本《〈诗经〉的科学解读》，他认为卷耳就是鹅肠菜。鹅肠菜是菜，胡先生说"嫩茎叶可做蔬菜，口感很好"。以鹅肠菜做菜，应该是古已有之。清人吴其濬《植物名实图考》写到鹅肠菜时说，他到云南时，还见市上有人卖这种野菜。我赞同胡森的看法，不仅因鹅肠菜可食，还因为陆玑解释卷耳时说它"细茎蔓生"。而簇生卷耳也好，粘毛卷耳也好，虽然和鹅肠菜的花叶相似，但一般都是茎直立，只有鹅肠菜细茎伏地蔓生。还有，簇生卷耳和粘毛卷耳的花苞都细长，筒状，鹅肠菜的花苞则圆润饱满，纤细的花梗低垂，其形其态都更像女子耳坠。毕竟，卷耳还有个耳，古时也还有耳珰草的说法。

认同《诗经》里的卷耳是鹅肠菜，其实也还有句不科学也不学术的私心话：鹅肠菜好看。比起簇生卷耳粘毛卷耳之类，鹅肠菜叶色绿得更清新，花色白得更纯净，和《诗经》里那个深情思念远人的女子也更般配：美好的感情应该配一棵更美的草。

关于卷耳，有个很短的神话也值得一提。晋人张华《博物志》里说，"龟三千岁巢于莲叶，游于卷耳之上"。《卷耳》是中国第一首怀人的诗，所以古人也把卷耳叫作常思菜。几千年过去，留在那棵野菜上的深情思念，连同在野草上制造神话的人的心灵，一并让后人怀念。

春天，走过一丛青青鹅肠菜，可以想象一首古老的诗，诗里那个女子的深情；想象一只三千岁的神龟游过。

4

南有嘉木

做老师的，身边多孩子，也习惯了给他们讲身边草木。走到樟树下，我问他们：鲁迅叫周树人，树是什么树？问得他们莫名其妙。

鲁迅的名字里真有一棵树，而且就在我们身边生长。

鲁迅为人熟知的名字周树人，是他到南京水师学堂上学时改的名字。之所以改名，是因为晚清的社会观念和现在正相反：上洋学堂被认为是辱没祖先的事，不能用族名登记。但要问周树人的树是什么树，还得知道鲁迅的族名——真正的原名：周樟寿，字豫才。现在，你甚至都可以猜出鲁迅的乳名了：阿樟——虽然有人写作阿张，也编出一个故事，来说明"张"的来由。

南有嘉木，樟树生江南，北方没有，所以北方也不会有叫阿樟的孩子。北方田野的树，一叶知秋，哗哗落叶，如倾盆大雨。秋后是冬，冬天的树光秃秃的，是枝枝杈杈的剪影。树干旁枝斜出，毛毛乎乎。樟树呢？古人说其树形是"孤干直指，交茎乱倾"。一根树干顶一个巨大树冠，像根棒棒糖，倒是容易入画。只是画纸太小，树干上枝杈纵横，能遮阴几亩地的巨大树冠恐怕要溢出画面。但古人文章写得真好，"孤干直指"，四个字说一棵树，一棵树居然有了"大漠孤烟直"的气势。但这样的树形，若是到了北方，一阵大风，一场大雪，恐怕"直指"瞬间要变成"横卧"。

南京的作家叶兆言写过两篇谈樟树的文章，说"古人不喜欢樟，重要原因是缺少节气变化，一年四季绿油油，太单调。不宜房前屋后，太高太大，冬天遮阳，夏日不透风，只适合寂寞地长在空旷的村口"。叶兆言出身书香门第，祖父是我喜欢的作家叶圣陶先生，在当代作家中，叶兆言为文也被誉为有文人情调。我喜欢有文化的文人之文，但叶兆言这样说樟树，我却不怎么佩服。

樟树四季常绿，南方人看着单调，但对于我这习惯了荒凉冬天的北方人来讲，数九寒天还能见到一树青翠，却实在是新鲜得很。更何况，樟树春落叶春开花，一边开花一边落叶，完全是一种不同于北方四季的节奏、颜色和味道。你可以想象，北来的人，是何等惊异地站在江南树下，看春天的樟树落叶缤纷，看落叶来处，老干老枝黢黑如铁，而新叶旧叶正呈现着明暗不同的嫩绿与墨绿，绿中更有老叶或红或枯的斑驳点染。说是常绿，可生命的"常"中如何会少了"变"！老叶落尽，满树新绿，淡如鹅黄。若是晴天好阳光，站在树下仰望樟树，嫩叶被阳光照亮，恰似满天碧绿的小鱼在风中、阳光中轻柔游动。春末夏初，走过樟树的人不由停下——惊异于幽香袭来。抬头寻找花香来处，才见樟树花开。实在难以引人留意的淡绿色细碎小花，怎么会有这样沁人心脾的花香！花落结果，果是圆圆的小球果，初为绿色，渐变为黑紫。秋冬时节，绿叶丛中，一点点的黑，如墨点儿，是阳光里闪亮的黑。如果遇到雪，那就是雪里绿雪里黑，也是有生命的颜色搭配。一棵树的这些变化，实在是北人生命里前所未有的新鲜体验。所以，是单调还是新鲜，难以一言蔽之，还要因人而异。人不同，眼不同，心不同，看一棵树的四季经历，也会不同。

同一棵树，南人北人尚且会有不同的观感与体验，更不用说古今了。替古人代言，更是需要小心谨慎。走进文化史，哪怕做个很小的知识考古，你就会知道，所谓"古人不喜欢樟"的说法是多么武断。不宜房前屋后，也只是我们无知的臆想。事实正相反，江南民谚云："无樟不成村"。樟在何处？传统的江南民居讲的是"前樟后楝"。楝，是苦楝树，另一种江南嘉木。如果有心，翻翻古人书，可以找到它沉默但美好的故事。南北朝的"山中宰相"陶弘景记载当时风俗，说端阳节人们要佩戴苦楝树叶辟邪，连水中蛟龙都惧怕它。你看，多有威力和故事的一棵树。但现在，我们说香樟。

不仅下里巴人的民间不可居无樟，阳春白雪的文人同样也曾因爱这棵树而以之为邻。南宋名士祝穆是朱熹的表侄，但他为后人所知的，并非大名人的亲戚，而是他的爱樟树。因爱樟树之雅致与凛然，于是树旁造屋，做树下隐者。说起来，古人之隐真是可以说成逃于红尘喧嚣，隐于草木丛中。也因此，才有了橘隐、竹隐、菊隐、梅隐的雅号。祝穆呢？自称樟隐。隐起来干什么？读读祝穆的《南溪樟隐记》即可知晓。所谓隐，其实就是清净读书，追慕先贤，涵养心灵，提高精神境界而已："市廛虽近，而一尘不侵。会盖于此而读书，以求圣贤为己之学，涵养体察，私淑吾身。"

古之民间与精英皆爱樟树，但所爱不同。叶兆言说古人"寄情草木品味自然，感时花溅泪，恨别鸟惊心，只与个人情绪有关"。哪里会有这样的事？人之所以为人，乃是人之言行都在文化史中。即便是爱与不爱，也并非真的无缘无故：爱什么不爱什么，为何爱为何不爱，无不与历史传统有关。爱与不爱一棵树也是这样。古人写了那么多《豫樟颂》《豫章赋》《豫章记》来给樟树唱赞歌，可为什么都是写七岁的树呢？"七年乃识，非曰终朝"（南北朝·江淹《豫章颂》）；"豫章生深山，七年而后知"（唐·白居易《寓意诗》）。七岁之樟的说法，源头乃是《淮南子》："藜藿之生，蠕蠕然日加数寸，不可以为栌栋；楩柟豫章之生也，七年而后知，故可以为棺舟。"意思是说，野草长得快，但成不了大才；君子要想成才，来不得速成，得向楩柟豫章这些大树学习：长得慢，但能成才——豫章，是樟树古名。

《淮南子》以后，再写樟树，人们不仅习惯地加上七岁的树龄，而且樟树也与栋梁之材联系了起来，讲起来就是"有樟必有才"。所以才有了白居易们以樟树诉说自己理想的传统："天子建明堂，此材独中规。"（《寓意诗》）要想成为栋梁材，古代的精英们首先要做的就是成为学霸，有"才"写文章，才能学而优则仕。而樟树为什么叫樟树呢？李时珍答："其木理多纹章，故谓之樟。"纹章本指樟木的漂亮纹理，可是却让渴望跳龙门的秀才们想起了"锦绣文章"。明白了文化史中这些事儿，也就理解了我们开始说的鲁迅的名字：周樟寿，字豫才。豫章本是一棵树，"豫才"的名字里是几千年精英传统的寄托。

至于"樟寿"的名字，则又要说到民间信仰去了。不孝有三无后为大，传统家族社会里生男孩的重要性无须我再啰唆。但古时儿童的夭折率太高，因此祈愿男婴长寿也就成了民间生活的大事：取贱名和戴长命锁，这两种办法南北都有。鲁迅还写过一篇《我的第一个师父》，说家人为了他能长命百岁，小小年纪就把他送进庙里做和尚，这倒是北方没有的习俗。民间祈愿孩子健康成长的习俗，还有一个江南有而北方没有的，那就是拜樟树娘娘。樟树是有名的长寿树，别说几百年的老树，就是千年古樟，在江南也并不罕见。所以，直到现在，文化人早就忘记了"有樟必有才"的樟树寓意，但民间记忆却依然在古风中留存。我刚到江南的时候，紫飞跟我讲，她弟弟体弱，家人就在村里古樟树上系根红绳，"特地办了个仪式认樟树做干妈，代表我家娃也是樟树的娃，保佑孩子跟樟树一样长寿。当然，还取了个带樟字的别名"。

古人重男轻女，让男孩认樟树做干妈，但樟树并不歧视女孩。相反，还有女儿好故事。江南旧俗，生女儿人家，必在庭院或门前栽一棵香樟，待到女儿长大出嫁，好用樟木做嫁妆。北方没有樟树，但却有相似习俗。前几年，我的老师南来，我带他到校园走走。走到樟树下，我告诉老师：这就是樟树。老师扶着樟树，抬头仰望，说：我结婚时，你师母最好的陪嫁就是两个樟木衣箱。

5

清明的鼠麴草

鼠麴草，现在常被写作鼠曲草。这也没什么不对，但恐怕会有不少人把"曲"读作了歌曲的曲，而它的读音本来同"屈"。读错了音，也就难免误会了这棵草名字的意。李时珍解释"麴"的字形与字意蛮有意思：麴乃是把麦和米包起来做成。并说，无麴则无酒，所以麴也叫酒母。简单说，麴就是酿酒的酒麴。当然，现在也简化成了酒曲。鼠麴草和酒麴有什么关系呢？唐代段成式《酉阳杂俎》里称鼠麴草为蚍蜉酒草，倒是和酒沾上了关系，但有点让人摸不着头脑。李时珍开玩笑说：难道是蚂蚁吃这种草，所以才有这样的名字吗？

其实，这棵草的名字里有个"麴"的原因简单："花黄如麴色"。鼠麴草开黄花，浙江有些地方，民间就叫它黄花麦果。江南有自家酿米酒的习俗，有些人家喜用红麴，图的是个喜庆。但古人认为黄色酒麴最好，而且干脆就用麴，或者麴尘——麴所生的菌——指代黄色。古人有麴衣，也就是黄色衣服。而且，麴指的黄色还不是一般的黄。汉代经学大师郑玄解释《周礼》中的麴衣时说，它的颜色就像春天刚长出来的桑叶。这样说来，麴尘色应该就是初春的鹅黄。"麴尘裙与草争绿"（《夏日游南湖》），宋代谢薖的这句诗里，说少女的裙子和初生春草一样的颜色：少女、春草、鹅黄的裙子，组成一幅春天的好图画，也真是美，美得新鲜，有生机。说鹅黄，今天应该会有不少人想起春天的柳枝，而古人也正是用酒麴的颜色来说春天的依依杨柳色，和谢薖同代的诗人张先有词云："柳舞麴尘千万线。"（《蝶恋花》）说了这么多，其实就是想说，古人把最美的春色给了一棵野草——鼠麴草的花朵。

如果写作鼠曲草，也就没办法知道这棵草的名字和花朵的颜色有关了。望文生义的人说不定会问：鼠曲是老鼠的歌吗？老鼠也有歌吗？还真有。前天我还听见老妈哄孙子时唱着大家都熟悉的歌谣："小老鼠，上灯台。偷油吃，下不来。"当然，鼠曲草和这首可爱的儿歌一点关系也没有。说到这儿，倒是想起了《齐民要术》里讲的造酒麴之法。古人的世界里，神圣的事儿比今人多得多。麴被称为神麴，做麴也庄严得很。庄严难免就会麻烦：不是什么地方都能做麴，一定要在草房之内；"地须净扫，不得秽恶"；还要做"麴人"放在屋内；门窗的缝隙要用泥巴密封，不能让风进去；还要诵读《祝麴文》，请求神助。用这么神圣庄严的"麴"命名鼠麴草，大概是因为古人很钟爱这棵野草吧。说不定，在这棵草里体会到了神圣。日本诗人谷川俊太郎有句诗：“树远比人类更接近神。”（《树·诱惑者》）树可以，一棵草也可以。

接着说造神麹的事。做麹不仅要请求神助，还要请猫助：请猫来抓鼠。也就是说，鼠不能接近神麹。可鼠麹草的名字里，偏偏就在“麹”之前加了一个“鼠”。当然，鼠有多种，并不都是面目可憎人人喊打的老鼠：鲁迅在《朝花夕拾》里就写过小时候喜欢的一只小隐鼠；儿歌里偷油吃的小老鼠也并不讨厌。同样是鼠，仅仅尾巴不同，结果就会名声不同，命运不同：小仓鼠尾巴短，松鼠尾巴大，都比细长尾巴的老鼠命好，为大多数人，尤其是孩子们所喜爱。鼠麹草的鼠是什么鼠呢？古人没说。宋人罗愿《尔雅翼》说鼠是“盗窃小虫”，为人厌恶。厌恶老鼠，为什么还非要给这棵可爱的草取一个带“鼠”的名字呢？除了鼠麹草的名字，它还被叫作鼠耳草，同样没人能解释清楚这棵草和鼠耳有什么关系。李时珍说鼠麹草叶子形状像鼠耳，也只能说是无奈的猜测——鼠麹草叶子那么长，怎么会像老鼠耳朵呢？估计李时珍也有点犹疑，所以又说鼠麹草叶上有白茸，“如鼠耳之毛”。鼠麹草也好，鼠耳草也好，当初给这棵草命名的人是怎么想的，已无从得知。

鼠麹草和鼠的关系难以说清，但若说它和春天的几个节日有关，则可以言之凿凿。南北朝宗懔著《荆楚岁时记》记载，三月三把鼠麹草的汁和在米粉里做成米饼，叫作龙舌粎。《荆楚岁时记》距今一千五百多年了，这棵草还在给春天的点心上色。今人沈书枝有篇文章叫《艾蒿与鼠麴草》，写三月三的事，说孩子们会在那天去田野采鼠麴草，母亲用来做粑粑。而且还记下了一首童谣："吃粑粑，吃粑粑，粑粑吃得把魂巴住得。"作者解释歌谣的意思，说是吃了粑粑能守住魂魄，不怕鬼勾魂。三月三是中国最古的节日之一，古称上巳节，有童谣所唱的原始的鬼魂信仰，也有中国人的欢乐和浪漫。孔子的弟子曾晳被认为是个浪漫的人，主要是因为《论语》里记下了他谈春天的一段话，很是诗情画意。后人谈及三月三，也常提起那段和春天一样美的文字："暮春者，春服既成，冠者五六人，童子六七人，浴乎沂，风乎舞雩，咏而归。"其实三月三那天少男少女们不仅到春水里沐浴，登高吹风，在唱着歌回来之前，还有更浪漫的事，曾晳没和老师说而已。《诗经》有一首《溱洧》，余冠英先生用民歌体翻译得好玩儿：

溱水长，洧水长，
溱水洧水哗哗淌。
小伙子，大姑娘，
人人手里兰花香。
妹说："去瞧瞧热闹怎么样？"
哥说："已经去一趟。"
"再去一趟也无妨。

水边上,

地方宽敞人儿喜洋洋。"

女伴男来男伴女,

你说我笑心花放,

送你一把芍药最芬芳。

《诗经》时代真是中国人的伊甸园时代,三月三可算是中国人的情人节:少男少女们春情萌动,可以在汤汤春水边自由恋爱。见面送兰草,别离送芍药,其乐融融。有人说,这和鼠麹草没有关系啊。我说有啊,约会完毕,唱着情歌回家吃鼠麹草粑粑。古时也还曾用鼠麹草的花朵给衣服染色,据说衣服穿破了颜色依然新鲜,说不定水边的少男少女们所穿的"春服"就有鼠麹草花朵的"春色"。

当然,春天不仅有欢乐浪漫,还会有悲伤,因为还有个清明节——鼠麹草又名清明菜——清明节用鼠麹草和艾草做清明果,祭奠亲人。清人吴其濬《植物名实图考》写到清明的鼠麹草时深情而悲伤:"鼠麹染糯作粑,色深绿……清明时必采制,以祀其先,名之曰青。其意为亲没后,又复见春草青青矣。呜呼!"鼠麹草茎叶都是灰白色,可是却能把米粉染成碧绿的青青春草色,真不知古人是怎样发现的这些草木秘密。以鲜嫩的鼠麹草做糕饼,名之曰青,送给亡故的亲人一片春草绿,也真让人感慨中国人对生命之美的热爱和创造。

清明节也不全是悲伤，对孩子们来讲，节日就是快乐，就是吃。清明果祭供先人，也饱孩子们的口福。周作人《故乡的野菜》里记下一首唱鼠麹草的儿歌，童稚得可爱至极："黄花麦果韧结结，关得大门自要吃。半块拿弗出，一垯自要吃。"

《本草纲目》说北方寒食节也有采鼠麹草和在米粉里做食物的习俗。我在北方长大，小时候也常在田野挖野菜，但没见过鼠麹草，更没吃过鼠麹草做的点心。大概是我的乡村太穷了吧，一年只有两个节：六月二十四和春节，而过节就是吃肉。也问过不少人，六月二十四是个什么节，大多语焉不详。只有一次，母亲说是龙王女儿的生日。我们家乡又不缺水，为啥给龙女过生日呢？还是不知道缘由。后来，我干脆跟人说，一年就吃一次肉不够，于是中途加了一个节，找个理由吃肉解馋而已。而且，我总觉着把草木绿叶和在米粉里这样的细致活儿，粗犷的北方人做不出。我是到江南后，才识鼠麹草，才食清明果。而且刚吃到清明果时，也不知那颜色是鼠麹草染成。记得刚到江南不久，和一群娃子们在校园散步，边走边说路边草木。紫飞突然蹲下指着鼠麹草说，我们用它做清明果。现在，紫飞也已毕业离开小城，到杭州做老师去了。今年送清明果的是芳，还特意告诉我，是用鼠麹草做的。

在北方，虽然没见过大地上的鼠麹草，但在诗里遇见过它，写诗的人是冯至，写那首《鼠麹草》时他在西南联大教书。

冯至住的地方离学校十五里路，去上课时，"一人在山径上、田埂间，总不免要看，要想"。那代知识分子也真是有一种从容的风度：抬头看见的是天上日本人来轰炸的飞机，还能低头看见路边的鼠麹草，还静静地思想着人生："我常常想到人的一生，便不由得向你祈祷。你一丛白茸茸的小草。"前面曾提到日本诗人谷川俊太郎的诗句"树远比人类更接近神"，而下一句也是："所以我们不得不向它祈祷。"在一棵树里看见神，对着一棵草祈祷，这样的诗人和神圣的天地草木一样让人热爱。

冯至在鼠麹草那首诗的下面加了个注释，说欧洲几种不同的语言里都称鼠麹草为 Edelweiss，这种说法应该有问题。《音乐之声》是中国人熟悉的电影，其中有一首歌也有很多人会唱，歌名就叫 Edelweiss，中文译为《雪绒花》。雪绒花的学名是火绒草，倒是和鼠麹草相似，因为都是灰白的颜色，有白茸，只不过火绒草开的不是黄花，而是歌里唱的"白雪般的花儿"。冯至的说法有误，但由此让人想起唱给一棵野草的好听的歌，也是让人快乐的事。

6

野艳大桃花

桃花品种很多，大致分类的话，有果桃和观花桃两种。狭义的桃花指果桃，观花桃雅称或者俗称碧桃。果桃先开，花粉色，单瓣；后开的碧桃花色多，多重瓣，古称重瓣为千叶，所以碧桃也称千叶桃花。碧桃花开多色，除了深浅不一的各种红之外，还有白色花，红白相间的复色花，可就是没有绿色，那为什么还叫碧桃呢？李时珍答：碧桃的碧是指果实颜色，不是指花啊！真是让人茅塞顿开——在古人那里，桃树首先是果树，而不是花树。桃树的果实也真是五彩斑斓：红桃、白桃、乌桃、金桃、银桃、胭脂桃、碧桃……真称得上秀色可餐。大概桃子实在是太好吃了吧，所以天上的果园只有一个蟠桃园，王母娘娘只开蟠桃会，请众神仙吃桃子。也可以说，古人命名这棵树时，还不是欣赏桃花"秀色"的时代，那个时代，属于"可餐"桃子。不仅桃，初民的世界里，果树比花树更美，更让人喜爱。

用现在流俗的话来讲，小孩子都是不折不扣的"吃货"。乡下野孩子也都如初民，爱吃桃子，不知欣赏桃花，我也一样。

直到年龄好大，来到这个江南小城，我才真正领略了桃花之美。春天，出去走走。满是尘埃的路边，或者路边荒芜的土坡上，或者乡下一所老房子残破的土墙上，突然一树艳丽桃花横空出世，行路的人霎时呆住，只能以惊艳名之了。这么好看的桃花随意野生于路边旷野，是我在北方没见过的景致。

李时珍解释"桃"的名与字，说它从木、从兆，十亿曰兆，指的是桃树结果多。现代人也爱吃桃，但毕竟在"进化"——除了留恋舌尖上的味道，还要满足心灵的审美，因此，踏青时节不忘赏桃花。爱桃花的人，以后看见"桃"字，不仅可以想象满树的桃子，应该还会想起春天的一树繁花。春风细雨，杨柳依依，桃花开后碧桃开，难怪古人用桃红柳绿来说春天的美。

可是，桃不但未入梅兰竹菊的君子之列，而且最早的本草书——《神农本草经》竟将其置于下品，历经几千年也难以翻身。清代吴其濬的《植物名实图考》说到桃花时，也还依然记着："桃，《本经》下品。"

比起清雅淡泊的四君子，桃花过于繁茂，不太符合唐宋以后中国文人的审美情调。所以，唐宋以前，除却一篇大名鼎鼎的《桃花源记》，文人写桃花的诗文并不多。唐宋以后呢？桃花诗文倒是不少，但不是诗酒风流的放浪形骸，就是花谢花飞的萧瑟凄凉。前者最有名的是明人唐伯虎的"桃花坞里桃花庵"："酒醒只在花前坐，酒醉还来花下眠。"后者当属唐人崔护"人面桃花"的哀叹："人面不知何处去，桃花依旧笑春风。"而最凄楚者，莫过于《红楼梦》里的桃花。现在国人爱樱花，不知桃花花期也不长，古代中国曾称其为"短命花"。桃花的"落英缤纷"之美，在《桃花源记》里昙花一现。到黛玉"花谢花飞飞满天"的《葬花吟》，已是凄楚绝世的广陵散。黛玉葬的是桃花吗？如果有人怀疑，可以再听听她的《桃花行》："若将人泪比桃花，泪自长流人自媚。泪眼观花泪亦干，泪干春尽花憔悴……"

　　文人的桃花多情多感又多泪，民间的桃花倒是另一番热闹欢乐景象。让人感慨，下里巴人和阳春白雪的世界真是大不相同。田间陌上的《诗经》唱的是："桃之夭夭，灼灼其华。"也是人面桃花，但《诗经》的桃树下，不是崔护诗里抑郁而亡的女子，而是和灿烂桃花一样红光满面的新嫁娘。甚至，即便涉及死亡，民间也会有别样的故事。《本草纲目》里就记述了这样一出民间喜剧：有一位女子丧夫后悲痛欲绝，病到发狂，家人只好把她锁在房间里。可是，夜里这女人破窗而出，爬到窗前桃树上，吃光了满树桃花。早晨被家人发现，从树上给接了下来。结果呢？"自是遂愈矣。"我想，她不但病愈，而且容颜一定更加光鲜，因为南朝陶弘景、唐代欧阳询等人都说桃花有美容之效："令人好颜色"，服用桃花，可令"面色如桃花"。说到这里，不仅想笑——原来"人面桃花"之说并非文人空穴来风的艺术创造，而是有药理学依据的。

《本草纲目》真是一本有趣的植物大百科，不但有今人不再细致观察的草木形态，也有上面这样的各种草木传闻和段子。关于桃树，李时珍还摘引了各种古籍里记载的大桃巨桃。多大呢？明代的《宋濂集》中说世有蟠桃，核大如碗；唐人段成式《酉阳杂俎》的桃核更大，半扇可盛五升水。桃树、桃花和桃子也真是应该大，因为它原本是巨人时代生长出来的树：追着太阳跑的夸父死后，他的手杖，化作桃林。巨人的手杖小不了，那么桃树当然也得大到和巨人相配。但这桃树到底多大呢？《山海经》说沧海之中，度朔山上，"有大桃木，其蟠屈三千里"。这样大的桃树，才配得上夸父，配得上庄子几千里大的鲲鱼和鹏鸟吧。民间与先秦初民，爱的是大，不是小。

《山海经》中的大桃树乃是万鬼出入之所，虽有二神看守，桃木还是成了民间辟邪的仙木。说是仙木，但终究有些妖气，为正统文化不喜。桃花因此也曾被叫作妖客，桃花之美艳也被看作了妖艳。宋以后，中国的雅文化愈来愈精致，愈来愈雅致，愈来愈小巧。明人魏学洢《核舟记》今天还被选入中小学教材，广为人知。小桃核上微雕的精美，也让后世读者赞叹。至于大桃树，只能遗落在远古神话和野史传闻里去了。让渴慕"大"的人，向往又惆怅。过于精致，难免流于小气。毕竟，有大想象，才会有大胸怀、大视野、大气度。

有朋友也爱桃花，说可惜花市上买不到。我说，桃花何用买？野地里有野桃花，挖来一棵就是。野花和野孩子一样，不娇气，好养。清人陈淏子《花镜》说，桃花"最易植"。有多容易养呢？我们小区的工人修剪桃树，树枝扔在了树下。隔了一段时间，经过那里，看见被丢弃的断枝上，桃叶依然新鲜。我把它们随意插在土里，现在已长出新叶。期待它长成一棵大桃树，开出野艳大桃花……

7

《骆驼草》和骆驼刺

　　《骆驼草》是 1930 年在北京出版的一份小杂志，编者和作者基本是一群北大的老老师和小老师。说老老师其实年龄也没有多大：周作人 45 岁，徐祖正 35 岁；小老师是当年老老师的学生，现在留校做讲师或者助教：废名在中文系，冯至在德文系，梁遇春在英文系，俞平伯在清华教书，但也是当年北大的学生。不同年龄不同系别的一群读书人凑在一起，平时聊聊天，然后自费办了个刊物，不管世事白云苍狗还是沧海桑田，"立志做秀才"，"好文章我自为之"，《骆驼草》发刊词说的，像是读书人的桃花源。

　　这份小杂志也真是小，每周一期，一期 4 张 8 页，存在了半年，共出版 26 期。当时也没有发达的发行渠道，除了订阅，就是放在北大大门东侧的小门房零售。但即便这样，这份小刊物真是发表了不少好文章，在当时和后世都有不小的影响。我在前面说这群人平时聊聊天，读书人的聊天多是聊书吧。冯至跟周作人谈到西班牙作家阿左林的《西万提斯的未婚妻》，周作人跑出去买了一本，看完就写了一篇《西班牙的古城》。北大的学生卞之琳每期必买《骆驼草》，看了周作人的文章，也跟着去读阿左林。结果呢，卞之琳自学西班牙语，开始翻译阿左林。而且，因为周作人的文章喜欢阿左林的不止卞之琳一个：卢焚、李广田、何其芳、汪曾祺……我们可以开出一个很长的名单。六十年后，邓云乡给《草木虫鱼》写自序时，开头第一句就提起这份小刊物："说起草木虫鱼，首先就想起了《骆驼草》。"还说读起来"有一种重温旧梦的感觉"。六十年的岁月不仅没有埋没这份小刊物，还让后人重温旧梦，也真是让今天还写文章的人感慨。

邓云乡想起《骆驼草》是因为刊物中有一篇周作人写的《草木虫鱼小引》，这也让我想起了作为刊名的"骆驼草"。当年的编者之一冯至回忆说，"刊名的涵义是：骆驼在沙漠上行走，任重道远，有些人的工作也像骆驼那样辛苦，我们力量薄弱，不能当骆驼，只能作沙漠地区生长的骆驼草——给过路的骆驼提供一点饲料。"这和鲁迅在《呐喊·自序》里说的意思颇为相近："呐喊几声，聊以慰藉那在寂寞里奔驰的猛士，使他不惮于前驱。"虽然"骆驼草"之群被后世的文化史认为是安于平淡的学院派文人，但平淡也好，呐喊也好，不同的是形式，相同的是那一代文人都有坚韧的主体性，有所为有所不为。

冯至还说刊名是废名想出来的，但我想渊源应该在周作人。《骆驼草》问世的五六年前，周作人和徐祖正几个人组织过一个骆驼社。大家也很喜欢这个名字，周作人称这个小群体为"驼群"，徐祖正干脆把自己的书房叫作了骆驼书屋。作为周作人的第一大弟子，废名肯定知道"骆驼社"的事。那么，是不是因为废名自己负责《骆驼草》的编辑，给师辈们一个创作园地，就如同恭敬地为骆驼们奉上一丛草，才有了这个刊名呢？我们不得而知，只能揣测了，但这样的揣测应该符合那群师生亲密又同道的关系。当然，骆驼也好，骆驼草也好，都是被这些读书人作为象征使用，吸引他们的是对沙漠里的骆驼和骆驼草坚韧又从容品性的想象。1925年的《骆驼》创刊号上，周作人发表了一篇《沙漠之梦》，可文章既没有说沙漠也没有说梦，只介绍了自己翻译的两篇文章。暗含的意思应该是，即便人生处境如沙漠，文化人仍要坚韧从容地做点文化建设吧。

老北京有骆驼，用骆驼运货在北京也有很长的历史，老舍的名著《骆驼祥子》里，祥子不就是牵着骆驼进了北京吗？但估计《骆驼草》里那群秀才们都没见过真正的骆驼草，毕竟骆驼草生长在苦寒的沙漠和戈壁。秀才不出门，便知天下事。天下的草也长在书里，不出门的秀才应该是在书里遇见过骆驼草吧。

骆驼草，说是草，但更像是灌木，一丛丛的，有半米高，据说根可长达二三十米，于大地深处汲取水。叶小如豆，叶腋生出长刺，所以，骆驼草更常见的名字是骆驼刺。在拉萨，一个藏族女人告诉我，当地人就简单地叫它刺，冬天做柴。

她这样说时，我想象着温暖寒冷高原的火。

骆驼刺不仅是骆驼吃的草，戈壁高原的羊牛马等牲畜也都喜欢吃——那样的环境，能吃的草实在是不多。在雅鲁藏布江边的沙地上，我看见一群群绵羊悠闲地啃食着一丛丛骆驼刺。唐代成书的《北史》叫它羊刺，但羊刺终究不如骆驼刺那样带给人关于沙漠的想象，所以羊刺的名字没有流传，人们更喜欢叫它骆驼刺。

那么长的刺，居然能吃，会有很多人觉着匪夷所思吧。我在的这个小城多枸骨树，叶角生刺，民间俗称鸟不宿或八角刺。虽然小鸟都不能落脚，但有同事告诉我，伲小时候，曾采八角刺的叶子喂小兔子。八角刺的叶子是什么味道，我不是兔子，不知兔之乐。但按书里的说法，骆驼刺应该比八角刺好吃。《北史》有载："高昌有草名羊刺，其上生蜜，味甚甘美。"李时珍称其为刺蜜。高昌是新疆戈壁上的古国。

其实李时珍和《骆驼草》那群读书人一样，也没见过骆驼刺，幸好还有书。《本草纲目》所记载的草木，来自走万里路，也来自读万卷书。《本草纲目》谈及刺蜜时多引用古籍之说，并说古有"高昌贡刺蜜"的记载。作为贡品的刺蜜也不仅只有皇亲国戚能吃到，唐代的边塞诗人岑参一定是能吃到也喜欢吃刺蜜的，所以才会焦灼地等待骆驼刺结出蜜来："桂林蒲萄新吐蔓，武城刺蜜未可餐"（《与独孤渐道别长句兼呈严八侍御》）。

至于骆驼刺的结蜜，现在的说法和古人有点不同：刺蜜不是来自刺，而是来自叶——大风起时，骆驼刺的叶子被其刺划破，划破之处分泌糖汁，风吹日晒，结晶成糖。这种说法，倒更有一番大漠雄浑的诗意和苍凉的浪漫。

今人范长江在名著《中国的西北角》写过骆驼刺，虽是一本报告文学，但真是好文章："戈壁上长生一种植物，多刺，冬季灰白色，骆驼喜食之，俗名骆驼刺。唐人诗中所谓'酒泉西望玉门道，千山万碛皆白草'。所谓白草，即指骆驼刺。"文中所引诗句的作者是前面说起的岑参，他还有一首写边地戈壁更有名的诗，可巧里面也写到白草："北风卷地白草折，胡天八月即飞雪。"（《白雪歌送武判官归京》）骆驼刺不仅冬天是灰白色的，在高原或者沙漠那样恶劣的环境中，不可能青翠，似乎一直是灰绿色地生长着。

骆驼刺没有青翠欲滴过，但也会开出花来，花开在刺上，因为骆驼刺的刺其实是花轴。老刺不生花，新刺可开出豆科植物的蝶形花，花红色或黄色。据说新疆等地自古就有采食骆驼刺花朵的习俗，至今犹存。

8

人间凌霄花及是是非非

夏天，房前屋后的凌霄开花了，不由想起《诗经·小雅》里的《苕之华》："苕之华，芸其黄矣""苕之华，其叶青青"。《诗经》里往往很简单的几句话，就让一棵树或者一棵草，美得有声有色：苕，花黄叶青。

没见过凌霄花之前，就读过这首诗。这种美好的经验，想来应该很多人都有过：没见过的花在书里开着，也在心里开着。就如大多数中国人都熟悉《诗经》第一首《关雎》，但一定有很多人不认识"荇菜"，也不知道这棵草在荡漾的春水里开鲜黄色的花。

现在，在《诗经》里开了几千年的"苕之华"乃是凌霄花已成定论，严肃的学术著作这样说，写《诗经》植物的普及读物更是不假思索地跟着说。余冠英先生将"苕之华，芸其黄矣"译成"凌霄花儿开放，花儿正鲜黄"，陈子展先生译作"凌霄藤上的花，它纷纭的黄呀"。我也希望我喜欢的凌霄花在我喜欢的《诗经》里"芸其黄矣""其叶青青"，但仍有疑问在。不仅是因为《诗经》里的苕实在是太写意，只有黄花绿叶，而且，在被认定为凌霄之前，苕到底是什么草什么树实在是一笔糊涂账，而且最终也没人真的说清。

最早注释《诗经》名物的是三国时代的陆玑，在《毛诗鸟兽草木虫鱼疏》中，他说苕也叫鼠尾草，是水生植物，七八月开紫花，可用来做染料，也可以煮水洗头发，染黑。如果凌霄花能有此功能多好啊！我会捡拾落花，煮水，洗头，然后一头乌发，重返少年。但很遗憾，陆玑的鼠尾草肯定不是今天的凌霄花：凌霄不是草，也不开紫花，更不宜生长在积水的地方。读《诗经》必备的词典是距《诗经》时代不远的《尔雅》，而《尔雅》也和陆玑一样，把苕当作草来解释，说它也叫陵苕，开两种颜色的花，黄和白：黄花的苕叫作薸（读音同标），白花的苕叫作芾（读音同沛）。凌霄花橘红或橘黄，但还不见白花凌霄。和陆玑同代的张揖著《广雅》，更是添乱，说陵苕又名瞿麦。鼠尾草和瞿麦都是常见植物，和现在的凌霄风马牛不相及。苕到底是什么，众说纷纭莫衷一是，是鼠尾草还是瞿麦？开黄花、白花还是紫花？估计到汉代就已说不清了，所以许慎《说文解字》解释苕时，语焉不详，只说了两个字——"草也"。

值得注意的是，晋代郭璞在注释《尔雅》中的"蕾"时，说这种草和菱苕一样，也是因花色不同而有不同的名字。郭璞把"陵苕"写作了"菱苕"，但显然这不是笔误，因为在《尔雅音图》中，陵苕的插图也正是陆玑所说的一棵水生植物：

菱。而菱也确实是开黄白两种颜色的花。陵苕、菱角和凌霄，三个名字读音相似。实际也是，陵苕和凌霄，除了读音相似，我实在是找不出它们之间有什么联系。而后人为什么没把陵苕说成读音同样相似的菱角呢？而且，这样说会更有证据，这也是我不知道的了。但我想问的是，那么多古人说"苕"是草，而说"苕"是凌霄的人为什么不想想，凌霄不是草，是木啊！

《诗经》以后的一千多年间，没有凌霄花的名字。虽然天下文章一大抄，很多书上说晋代郭璞注《尔雅》、汉代郑玄笺《诗经》都已将"苕之华"解成凌霄，终是子虚乌有的以讹传讹。凌霄出现于典籍，是在唐代。苏恭等人组成一个国家级科研团队，奉旨完成《唐本草》，提及"苕之华"时，以学术权威的姿态终结种种纠缠，为之一锤定音："此即陵霄也。"这以后，宋人的《本草图经》《尔雅翼》诸书也就不再纠结，提及陵苕，可以放心又自信地写道："苕，今凌霄花是也。"不过，当时凌霄也多写作陵霄。而且，当时凌霄的学名为紫葳，直到《本草纲目》，都是如此，凌霄只不过是紫葳众多别名中的一个，但李时珍对凌霄之名的解释真是好，虽只是一段释词，但真是一段好文章："凌霄野生，蔓才数尺，得木而上，即高树丈，故曰凌霄。年久者，藤大如杯。"

当然，人们既然注意到了凌霄，它就开始走出深山，走进人间，装饰庭院。清代王世懋说："凌霄花缠奇石老树，作花可观，大都与春时紫藤皆园林中不可少者。"虽然沿奇石老树攀援至顶，盛夏酷暑，凌霄盛开，花团锦簇，但人们对凌霄的喜爱，始终有点心有余悸。明人毛晋警告人们，不能仰望凌霄花呀！因为如果花上露水滴入人眼，会有失明的危险，估计这也是凌霄又名鬼目的原因。清人陈淏子则嫌其花香不好闻，说闻太久会伤脑；尤其是孕妇不能闻，否则会堕胎。因为这种信仰，凌霄背上了堕胎花的恶名。

有花就会有人给它写诗，可凌霄的入诗真是有点不幸。白居易写过一组《有木诗》，第七首写的是凌霄：

> 有木名凌霄，擢秀非孤标。
>
> 偶依一株树，遂抽百尺条。
>
> 托根附树身，开花寄树梢。
>
> 自谓得其势，无因有动摇。
>
> 一旦树摧倒，独立暂飘飖。
>
> 疾风从东起，吹折不终朝。
>
> 朝为拂云花，暮为委地樵。
>
> 寄言立身者，勿学柔弱苗。

这首诗应该能拔得头筹，称凌霄第一诗，因为不仅写得早，而且为凌霄下了断语：只会依附大树，缺乏独立性，是不能学的坏榜样。从此以后，只要诗人再写凌霄，全不顾它那么有气魄的名字，却只在依附上做文章。包括现在流传很广的舒婷诗《致橡树》："我如果爱你——绝不像攀援的凌霄花，借你的高枝炫耀自己。"诗是好诗，人也的确应该有独立性，但恐怕没有几个热恋的人能这么冷静和理性，恨不得整天缠在一起耳鬓厮磨应该才是热恋的常态。热恋要热烈才对，乔羽老爷子懂得这个道理，所以才让民间歌仙刘三姐对恋人唱道："山中只见藤缠树啊，世上哪见树缠藤？青藤若是不缠树哎，枉过一春又一春。"刘三姐的歌声里有爱得热烈的藤，裴多菲则用藤书写爱情的深沉："只要我的爱人，是青青的常春藤，沿着我荒凉的额，亲密地攀援上升。"

当然，也并非所有诗人写凌霄都只会托物抒情指桑骂槐。宋代和尚清顺住在杭州西湖边，居所门前两棵古松，有凌霄攀援而上，花开繁盛。和尚大白天躺在树下花下，优哉游哉。做杭州知府的苏东坡造访时，和尚手指落花，请诗人赋诗。苏东坡不负此景，写词一首《减字木兰花》，名曰《双龙对起》：

双龙对起，白甲苍髯烟雨里。疏影微香，下有幽人昼梦长。
湖风清软，双鹊飞来争噪晚。翠飐红轻，时堕凌霄百尺英。

凌霄如龙，攀上古松，凌空花开，俯视人间。树影花影，

51

有人悠然而卧。湖风习习，喜鹊飞来，鸟鸣声里，天上凌霄，花落人间。苏东坡和清顺终是雅人，不理人们对凌霄的说三道四，只管享受花开花落的悠然。

藤类植物生长快，快得有点原始的神秘和野性。在城市生活，很难见老藤攀老树的"狞厉之美"，但也不妨在阳台栽一棵凌霄，任它在阳光里攀援，装饰窗棂。我住楼房顶层，刚搬进来时，带来两棵凌霄新生小苗：一棵栽在六层阴面的阳台，一棵栽在七层向阳的露台。一年时间，六层的凌霄沿墙爬到了七层的后阳台，露台的凌霄爬上了前面的屋顶。盛夏，凌霄在房前屋后开花。虽然知道"苕之华"不是凌霄，但还是常想起"苕之华，芸其黄矣""苕之华，其叶青青"的句子。诗句里的花叶和眼前的花叶叠在一起，让人心里安静，有如流水。

9

菱：水里的东西和水上的歌

古字与古名

菱角的"菱"字有七种写法：菱、淩、菠、薐、薳、蓤、
蘮。后面三个字从"粦"，而"粦"是磷火的"磷"的
古字，所以，不管字里有没有写着"火"，"薳""蓤"
"蘮"在字形上都和火有关。但菱角和火有什么关系
呢？虽然南北朝的陶弘景说古人烤菱角吃，后人蒸菱角
吃，但也不能说这就是把"菱"写作"薳""蓤"或者
"蘮"的原因吧。所以，唯一的解释就是，它们和"菱"字
读音相近，只是记音而已，和字形没有关系。

至于"菠"和"淩"，不管是三点水，还是两点水，都对。
毕竟，菱是"水里的东西"。"薐"字没有水，有个耳朵。但今人
看见的耳朵，在金文里还是个阶梯的象形。所以，罗振玉《增订殷
墟书契考释》这样释"陵"："此字像人梯而升高，一足在地，一
足已阶而升。""夌"字也一样，许慎《说文解字》释"夌"为
"越"，就是超越，就是翻过高地。"夌"字上边现在有"土"，
而古字里是"山"。"凌迟"今人想来是惨不忍睹的千刀万剐，而

古时的"夌迟""凌迟""陵迟"都一样，和酷刑无关："夌""凌""陵"是超越，"迟"是慢，所以"凌迟"就是慢慢翻越陡坡、高地。明白了几个"夌"字的古意，也可以用来解释一棵草的名字——"菱"：菱根在水里，而茎叶"越"出水面。

这样解释菱，李时珍不同意，他的说法是，菱角"其角棱峭，故谓之菱"。"棱"和"菱"在古汉语里都通"棱"，这样说来就简单了。按李时珍的解释，菱角就是"棱角"，就是"有棱有角"。

汉字象形，但也记音。道理简单，让你写一首老家的儿歌或者民谣，有些方言没有对应的汉字，就只好找一个字来记音。本乡人看了，能懂；外乡人看了，恐怕会莫名其妙。对于古字古书里的古代世界，我们都是外乡人。能做的就是找材料来判断，但结果未必是古人的原意。草木之名，甚至万物之名，应该都是先有音，后有字，先人命名，后人记录，记的首先是一个音。比如马蔺，也写作马莲或者马兰，其实都是"荔"字的一音之转。解释这棵草的名字，不能分析它名字里的蔺、莲和兰到底是什么意思，因为它们只是一个音。"菱"，也是一样，用七个汉字来写它，只能说明它是一个音。至于命名者最初为什么用这个音来命名它，我们没办法去田野调查，只能猜测记录者"用字"的"用意"。

说到字音，"菱"倒是有个好玩儿的说法。清人梁绍壬《两般秋雨庵随笔》中说"零落"原是"菱落"，因为菱角易落，故民谚说"七菱八落"，意思是菱角七月不采，八月就落了。

"菱"和"零"读音相同，梁绍壬的解说也有趣。但是否真是如此，还是"姑妄言之姑妄听之"的好。因为"零"字从雨，原是一场雨，《说文解字》释为"徐雨"。"徐"意为慢，"徐雨"或者"零"也就是小雨。再慢再小的雨也是落着的，所以，宋人编的《广韵》释"零"为"落"。那么，"零落"是梁绍壬说的菱角落呢？还是我说的小雨落呢？不能争辩，聊备一说，都有趣。

"菱"有古字，菱角也有古名：《尔雅》释草有云"薮，蕨攗"。蕨是菜，可食，菱也一样，而且，吃的花样更多：可以做蔬菜，也可以做水果，还可以做粮食。"攗"读作"眉"，意思呢？《尔雅》有"蘪"字，释文为"从水生"，所以，蕨攗大概就是水中菜的意思。

郭璞注《尔雅》，说薮即"今水中芰"，并引晋人吕忱《字林》："楚人名菱曰芰。"芰读作"记"，这个名字真算得上历史悠久，从屈原的《离骚》一直用到明人李时珍的《本草纲目》、清人吴其濬的《植物名实图考》。《离骚》有诗："制芰荷以为衣兮，集芙蓉以为裳。"王逸注释说："芰，薮也，秦人曰薢茩。"薢茩也真是一个好名字，后人知"邂逅"相遇，不知"邂逅"原本是"薢茩"——遇见的是一棵水中草。"薢茩"的古名应该少有人用了，但现在江南的池塘中，还常见萍逢草——"萍水相逢"的草，和古时"邂逅相遇"的"薢苣"，真是一副好对子。在古书里遇见"蕲苣"，在今天的池水里遇见"萍逢草"，说不定会有人因为这两棵草的名字，想起一些事，有些发呆。

也有人煞风景，说"制芰荷以为衣"的芰不是菱，因为菱叶太小，不能做衣服。荷叶够大，但会有人用它做衣裳吗？若有人答：哪吒。听者只能笑笑。明人李渔《闲情偶寄》中有段很好的文字，虽说是提倡素食，但也关涉精神："草衣木食，上古之风，人能疏远肥腻，食蔬蕨而甘之，腹中菜园不使羊来踏破。"人有过"草衣木食"的历史，屈原的时代虽距"上古"不远，但除了衰衣，日常应该不穿"草衣"了吧。我引这段文字，是因为李渔"腹中菜园"的说法真好，让人想起屈原的"心中芳洲"。芳洲上有香草有美好的人——"荷衣兮蕙带"（《九歌·少司命》）、"披薜荔兮带女萝"（《九歌·山鬼》）——《离骚》的文学世界里，那些穿草衣的文学形象和精神有关，与裁衣无关，因为屈原是诗人，不是裁缝；《楚辞》是诗，不是裁衣秘籍。做出好衣裳就是好裁缝，写出好诗就是好诗人，不能把他们混在一起，用要求诗人的标准要求裁缝，也不能用要求裁缝的标准要求诗人。当然，把文学读成食谱菜谱、旅游攻略之类，也是一样的误读。

吕忱和王逸等人以为芰是楚地方言，而魏晋时期的《武陵记》以菱角"角"的数量区分菱与芰，以为四角和三角的菱角为芰，两角者为菱。宋人陆佃（字农师）《埤雅》释"菱"，引了以上诸家看法后，说"今俗但言'薐芰'，诸草木书亦不分别"。这个说法应该更符合实际，陆农师是沂人，不是也称菱为芰吗？直到李时珍的《本草纲目》和吴其濬的《植物名实图考》，依然以"芰"为"菱"的正名。李时珍是湖北人，吴其濬是河南人。楚人屈原称菱为芰，就说芰是楚地方言，有些武断。

南北和别名

菱是南北都有的东西。

菱有叶，叶形成了菱形的来源；菱有花，菱花成了镜子的别名；但不管南北，菱最为人看重的，都是它的"实"——菱角。宋代金华人郑刚中《周礼解义》说古人重菱，是因为它生水中，"取物之深远者，所以致其物难得也"。有"深远"的意义，又"难得"，当然会为人珍视。《周礼》规定，"加笾之实，薐芡栗脯"。笾是古时礼器，用于王公宴饮，也用以祭祀，里面装的第一种水果即是菱。菱，人爱吃，大概鬼神也爱吃。

菱角的历史中，除了屈原，还有一个有名的楚人，是个大官，也姓屈，叫屈到。屈原爱菱，用菱写诗，于是菱入"芳草谱"；屈到嗜菱，迷恋其味，可以进"吃的历史"。屈到爱吃菱真是爱到痴迷，感觉自己大限将至，就把族人叫到身边，千叮咛万嘱咐："祭我必以芰。"可屈到死后，他儿子却不用菱祭，因为他认为这不合"礼"。屈到贵为楚国令尹，祭都不能用菱角，可知菱在当时真是"贵重"到了极点。

用菱角祭祀的古俗，一直流传到现在。只是"旧时王谢堂前燕，飞进寻常百姓家"，先前帝王祭品的菱流落到了民间灶台。周作人在《菱角》一文里记江南民俗，说"阴历八月三日灶君生日，各家供素菜，例有此品，几成为不文之律"。

说起祭灶，想起干宝《搜神记》中有篇《尹子方祀灶》，说尹子方早晨做饭，灶神显形，于是赶紧祀灶。用什么祭呢？"家有黄羊，因以祀之。"干宝是北方人，写的也是北方故事。同是祀灶，南北有异，似乎灶神在南在北也会有不同的口味：在江南吃素，吃菱角；在北地吃荤，爱吃肉。素是雅，荤是俗。若是李渔知道，一定会讽刺北方灶神"腹中菜园"被"羊来踏破"。

北方的孙犁有篇小说叫《琴和箫》，跟《荷花淀》一样，也是白洋淀故事，只是要悲伤得多。故事里两个清如水的女孩死在了水上，那水上就有菱在生长。而且，两个女孩的名字就是那棵草：大的叫大菱，小的二菱。用散文写北京风土风物的大家是邓云乡，在《增补燕京乡土记》中，他曾详细记述北地的菱角旧事——

　　立秋前后，菱角、鸡头上市叫卖。喊声："哎——
菱角哎，老鸡头哎。"卖的小贩，斜背着一腰圆的木箱，上面有盖，盖下有湿布苦着，里面是煮熟的菱角。边上放着一叠裁好的鲜荷叶，和一把三四寸长的夹剪，论个卖，记得一大枚总可买五六个吧。有人买时，小贩放下箱子，打开盖，把半张荷叶摊在一边，右手拿夹剪，左手拿菱，先把两头的尖角一剪，再拦腰剪一刀而不剪断，吃的人，一掰两半，半只壳，只要用手一捻，那鲜嫩清香的菱角肉就出来了。剪起来，咔嗒咔嗒，迅速利索，一会儿那半张鲜荷叶上就是一大堆，你就可以捧着吃了。

有文字多好，给消失的旧风景旧生活留下一点痕迹，给以后的人留点念想。过去的事，再平凡，追念起来都像遥远的传奇。比如邓云乡先生写那个卖菱角的小贩，他的叫卖声、装菱角的木箱、裁好的荷叶、长长大剪子——"咔嗒咔嗒"……

从植物学的地理分布上讲，菱是南北都有的"水里的东西"，可若从文化上讲，菱只属于江南。邓云乡写北京的菱角，可开篇做引子的第一句话即是："北京虽然地处北方，却也出产许许多多江南的东西。"

邓云乡还只是不经意地泄露了菱的文化秘密——菱是"江南的东西"，明人江盈科则丝毫不掩饰南人的傲慢了，嘲笑北人不识菱。其《雪涛小说》中有篇《北人食菱》——

　　北人生而不识菱者，仕于南方，席上啖菱，并壳入口。或曰："食菱须去壳。"其人自护所短，曰："我非不知，并壳者，欲以去热也。"问者曰："北土亦有此物否？"答曰："前山后山，何地不有？"夫菱生于水而曰土产，此坐强不知以为知也。

我是北人，但在菱的问题上，不会跟江盈科争辩，为北人辩护，因为北方虽然有菱，但爱菱、识菱的，确实是江南的人。

离乡的江南人，甚至到过江南的北人，心里大多有一首《忆江南》。忆什么呢？水和水里的东西，当然，包括菱："湖面半菱窠。"在水里，菱是"绿蒂戈窠长荡美"；在心里，菱角"滋味赛蘋婆"（清·沈朝初《忆江南》）。古人如此，今人也是一样。周作人曾说"故乡对于我并没有什么特殊的情分"（《故乡的野菜》），但谈起水和水里的东西，就要谈"情分"了："我是在水乡生长的，所以对于水未免有点情分……水里有鱼虾、螺蚌、茭白、菱角，都是值得记忆的。"这篇文章就叫"水里的东西"，真是一个好题目，让写文章的人嫉妒。

鲁迅的人与文和周作人相差甚大，但"朝花夕拾"，忆念家乡旧物，大概也算得上共同的人性。只不过，鲁迅更深情："我有一时，曾经屡次忆起儿时在故乡所吃的蔬果：菱角、罗汉豆、茭白、香瓜，凡这些，都是极其鲜美可口的，都曾是使我思乡的蛊惑……它们也许要哄骗我一生，使我时时反顾。"

北方人所思的故乡里，不大会有菱。我的老家多水，水上也有菱。我们那些小孩子整天泡在水里，捉鱼摸蟹，偶尔也摘过菱角，但若不是看这些古人今人写菱的诗与文，我早就把菱忘到九霄云外去了。若是问自己，小时候吃过菱吗？我只能一脸茫然，记忆里完全没有菱角的味道。

若是再问我，菱角什么颜色？什么样子？怎么吃？我能想起来的也就是黑色的两角菱，像个有角的牛头。吃法呢？我也只知道蒸与煮。而江南的旧籍里，菱角的品种、别名、吃法之多，真是让人眼花缭乱。周作人写《菱角》，先抄了一段晚清汪曰桢的《湖雅》——

"水红菱"最先出。青菱有二种，一曰"花蒂"，一曰"火刀"，风干之皆可致远，唯"火刀"耐久，迨春犹可食。因塔村之"鸡腿"，生啖殊佳；柏林圩之"沙角"，熟渝颇胜。乡人以九月十月之交撒荡，多则积之，腐其皮，如收贮银杏之法，曰"阉菱"。

周作人抄的是《湖雅》，《湖雅》抄的是《仙潭文献》。若不是这样抄来抄去，就是不失传，今天也不大会有人读这些古旧的地方文献了。但若是不读这些旧籍，以后的江南，即便菱还在水里，人们还在津津有味地吃菱，也不会有多少人知道这些菱的旧事与知识了吧？曾经的常识，到了今天，像是专家之学。吃和吃食，也不是一个"舌尖上的味道"就能概括的，应该还有文化，和人对文化的记忆。

抄书也让人迷恋，姑且再抄一段。书是《越谚》，作者是清人范寅，周作人写《菱角》时抄过，但有省略，我全抄在下面。因为那么一小段文字里，居然谈及菱的十几种名字。菱的名字与其形色有关，也与吃法有关。而且，菱之名还可以变成民间俗语——

> 两角者水红菱。刺菱最小。其大者，箱子甩、驼背白。红菱、青菱、老菱装篰，日浇，去皮，冬食，日"酱大菱"。老菱脱蒂沉湖底，明春抽芽，挽起，日"挽芽大菱"，其壳乌，又名"乌大菱"。肉烂壳浮，日"汆起乌大菱"，越以讥无用人。挽菱肉黄剥卖，日"黄菱肉"。老菱晾干，日"风大菱"。嫩菱煮坏，日"烂勃七"。

采菱歌和采莲曲

荷在荷塘，菱在菱荡。

但常常，它们也在同一片水上和同一首诗里："菱叶萦波荷点风，荷花深处小船通。"（唐·白居易《采莲曲》）文人看见水上有菱有荷，这样写诗；乡下人在同一个水塘里栽菱栽藕，这样唱歌："日头未出来一点青，清水塘里栽红菱。姐栽红菱郎栽藕，红菱牵到藕丝根。"（吴歌）草木走进汉语，常常结伴儿构成别有意义的一个词："桑梓"是家乡，"桃李"是学生，"兰桂"是富贵，"蕨薇"是清贫，"椿萱"是爹娘……菱的伴儿是荷，称芰荷——屈原这样说它俩，以后的诗人也跟着这样说，就形成了传统："芰荷迭映蔚，蒲稗相因依"（南北朝·谢灵运《石壁精舍还湖中作》）；"涧影见松竹，潭香闻芰荷"（唐·孟浩然《夏日浮舟过陈大水亭》）。这些诗歌里，香蒲与稗草一起生长，松树和翠竹的影子一起落在涧水里。菱与荷，一泓碧水漂浮着它们的倒影，也散溢着它们融在一起的清香："微风过处，送来缕缕清香，仿佛远处高楼上渺茫的歌声似的"——朱自清先生写荷香的清辞丽句，也适合拿来说芰与荷共同弥漫的花香、叶香。

　　荷与荷塘，还有荷塘上的月色，真是幸运，因为它们遇见了朱自清先生。汉语跟荷塘一样，要感谢他。现代白话文出现仅仅十年，就有了《荷塘月色》这样广为流传的美文。广为流传，原因之一是它不断被选进中小学教材。教材不一定是伟大的著作，但一定是人类文化史上很具影响力的书——只要上过学，谁的心里会没有一片荷塘呢？那荷塘在月下，在月光里。

　　李时珍在《本草纲目》里说，菱花"背日而生，昼合宵炕，随月转移"。葵花倾日，向日开放；菱花背日，月下盛开，多好。可惜没有人跟朱自清一样，写一篇《菱荡月色》，安置在人们心里。如果有的话，以后走过菱荡，想起那篇文章，字里行间，还有心里，也会有水流淌、有月光倾泻，有一片染了月色的水草。

朱自清走过的荷塘在北方的清华园，可他心里的荷塘在江南："忽然想起采莲的事情来了。采莲是江南的旧俗。"多"旧"呢？"似乎很早就有，而六朝时为盛。""旧"也是"久"，久远到一千五百年前，一千五百年前是六朝，六朝在江南。从眼前的荷塘神游到六朝与江南的朱自清，想起了梁元帝的《采莲赋》，把它引在了"荷塘月色"里，但只引了是其中一小段——梁元帝的荷塘里，还有菱："荇湿沾衫，菱长绕钏。"采莲的女子也采荇菜也采菱，手伸进水里的时候，《诗经》里的"参差荇菜"沾湿了衣衫；水上漂浮着的菱，缠住了她的手镯。湿了衣衫，缠住手镯，都没关系："泛柏舟而容与，歌采莲于江渚。""容与"是悠闲，悠闲的是小船，静静地漂在水上；漂在水上的，还有采莲曲或者采菱歌。

古人常采草，也爱唱歌，尤其是田间陌上的普通百姓，一边劳作一边唱歌：种田的唱田歌，砍柴的唱樵歌，放牧的唱牧歌，上山唱山歌，下水唱船歌——古时也叫棹歌——棹是船桨。如果划船去采菱，棹歌也就成了菱歌。梁简文帝有《棹歌行》，一开口就是："姜家住湘川，菱歌本自便"——住在水边的人，曾经都会唱菱歌。

菱与莲都在水上，采集时间又相近，差不多都是七八月份，所以，采莲曲和采菱歌常混杂在一起。再说一首梁简文帝的《采莲曲》吧，结束句唱的是“荷丝傍绕腕，菱角远牵衣”——采莲不只是采莲，采莲曲里也不仅有荷花，因为水里的东西太多了，美好又美味：“阿侬家住湖水傍，菰米莼丝野饭香。猫头紫笋尺围大，沙角红菱三寸长。”（明·朱朴《竹枝词》）直到现在，水边人家还昵称几样水里的东西为“水八仙”。但要说水上歌，唱得最多的一定是菱与荷：“弄舟朅来南塘水，荷叶映身摘莲子”唐代诗人鲍溶的这首《采莲曲》开头唱采莲，结尾唱采菱：“殷勤护惜纤纤指，水菱初熟多新刺。”

若有人问，采菱歌只是依附在采莲曲里吗？当然不是，独立的菱歌早就有了。多早？至少屈原的时代就有人唱了。《招魂》里唱的是：“敶钟按鼓，造新歌些。涉江采菱，发扬荷些。”大多数版本都将后一句标点成“《涉江》《采菱》，发《扬荷》些”，理由简单，汉人王逸注《楚辞》时说，“《涉江》《采菱》《阳阿》皆楚歌名”——《扬荷》也写作《阳阿》或者《扬阿》。《古诗十九首》有诗“涉江采芙蓉，兰泽多芳草”，按这样理解《招魂》，倒也可以说成“涉江采菱，唱着《阳阿》”。其实，唐人李善注《文选》时也是这样解释的：“言已涉彼大江，南入湖池，采取蔆芰，发扬荷叶。”不管怎么讲这句诗，都可以说采菱歌是很早就有了，比屈原和《离骚》还早。可惜，那么远的古歌，现在人听不到了，只能去想象。

　　想象历史得有凭有据，不能胡思乱想。"《采菱》调易急，江南歌不缓。"（南北朝·谢灵运《道路忆山中》）据此说来，采菱歌的曲调不是柔情的慢板，而是欢悦的快歌。有一首好听的民歌叫《采红菱》，一直传唱到现在，可以找来听听。虽经后人略加改编，但也正是快节奏的欢歌："我们俩划着船儿采红菱呀采红菱，得呀得郎有情，得呀得妹有心。就好像两角菱，也是同日生呀，我俩一条心。"而且，原始的民间版本也正是男女对唱："我们俩划着船儿采红菱呀采红菱。（女）哥哥她多开心，（男）妹妹她多高兴。（齐唱）就好像两角菱，同根生呀，我俩一条心……"

　　宋人罗愿《尔雅翼》释菱时也曾谈及菱歌，可做《荷塘月色》写江南旧俗的注脚："吴楚之风俗，当菱熟时，士女相与采之，故有采菱之歌以相和，为繁华流荡之极。"水上的采菱歌，曾是男女对唱，曲风"繁华流荡"，是情歌、艳歌。朱自清说采莲时节，"那是一个热闹的季节，也是一个风流的季节"。"热闹的""风流的"，也是采莲曲、采菱歌。

　　朱自清说采莲的旧俗以六朝为盛，旧俗的活动应该包括唱采莲曲和采菱歌，而采莲曲和采菱歌也应是六朝最盛。屈原还只是提到了菱歌，而模拟民歌作新歌的是六朝中的梁。再说具体点，当时新、今天旧的采莲曲与采菱歌出自皇室——梁代的开国皇帝梁武帝萧衍。宋人郭茂倩编《乐府诗集》，引《古今乐录》，说梁武帝改西曲，做《江南弄》七曲，分别是《江南弄》《龙笛曲》《采莲曲》《凤笛曲》《采菱曲》《游女曲》《朝云曲》。

采菱曲也叫菱歌、采菱歌、采菱行——"行"是歌行的行。明人胡震亨《唐音癸签》云："歌，曲之总名。衍其事而歌之曰行。"按这种说法，无论长短，采菱歌里都会有故事。采菱的人可男可女，可老可幼。男女老幼，都可以是采菱故事的主人公。现代作家废名有篇小说叫《菱荡》，也写到采菱，"菱荡满菱角的时候，菱荡里不时有个小划子，坐划子菱叶上打回旋的常是陈聋子……聋子挑了菱角回家——聋子是在菱荡摘菱角"；聋子是男人，其实不聋，只是不爱说话，不说话世界就是静的。朱自清说采莲时节"是一个热闹的季节，也是一个风流的季节"。废名的菱荡和他别的小说一样，不热闹，安安静静的，而且安静到了极点，让读者也安静下来。"风流"也是有的，只不过也是安静的。聋子采了菱角去卖，买家住在城中一个幽深的巷子里。在门口，迎接他的是两只狗和一个小姑娘，小姑娘看着篮子里的红菱角笑。聋子离开时，"他连走路也不响"。只是，逢着东家的女孩吵架，"聋子就咕噜一句：'你看街上的小姑娘是多美好'"。

吴歌有《采红菱》，唱歌的是女子，采菱的是男人："姐在河边洗菜心，郎在对河采红菱。采来红菱上街卖，丢只红菱姐尝新。"这是第一节，后面还有故事。民间的男男女女，唱情歌也不会委婉典雅,是活泼泼辣。

梁武帝虽然是"武帝",但他创制的采菱曲,终究是"文人"之作:"江南稚女珠腕绳,金翠摇首红颜兴,桂棹容与歌采菱。歌采菱,心未怡。翳罗袖,望所思。"皇帝写得这般旖旎,臣与民的采菱歌也就都跟着柔情蜜意。六朝的《采菱曲》,主人公不仅不会是聋子、男人,甚至都不是菱,而是如水的少女、如水的春情——

菱花落复含,桑女罢新蚕。桂棹浮星艇,徘徊莲叶南。(梁简文帝《采菱曲》)

白日有清风,轻云杂高树。忽然当此时,采菱复相遇。(江洪《采菱曲》)

妾家五湖口,采菱五湖侧。玉面不关妆,双眉本翠色。日斜天欲暮,风生浪未息。宛在水中央,空作两相忆。(费昶《采菱曲》)

晓阔逢暄新,凄怨值妍华。愁心不可荡,春思乱如麻。(鲍照《采菱歌》)

……

古人采薇、采蕨、采菊、采蓝、采桑、采葛……采什么都有歌,只有六朝的采菱曲采莲曲是情歌、是艳歌,柔情似水,风光旖旎,单一且集中,集中塑造了中国人的一个"江南"。

从此，"江南"不仅是自然地理，更是中国读书人的精神地理，一种永久的热爱与痴想。《红楼梦》里说，女儿是水做的；六朝采菱歌里的江南也是水做的，水做的伊甸园。

六朝诗人唱菱歌，六朝之后的诗人们听菱歌，听菱歌的人总是心有千千结。狂放如李白听见菱歌也难免有些悲伤："徒悲蕙草歇，复听菱歌愁。"（《月夜江行寄崔员外宗之》）月下听菱歌的，不仅是李白，还有陆游，"问君底事浑忘却，月下菱舟一曲歌。"（《菱歌》）月下怎么会有菱歌呢？六朝的徐勉唱着《采菱曲》来回答——

　　相携及嘉月，采菱度北渚。微风吹棹歌，日暮相容与。采采不能归，望望方延伫。倘逢遗佩人，预以心相许。

采菱的人不愿意归去，等待着，直到日落，直到月出，直到有安心之处。

10

黄昏的合欢是棵爱情树

合欢的名字很多，李时珍说越人叫它乌赖树，他没解释，我也没问过绍兴的朋友，不知道是什么意思。其他的名字，或以花名，或以叶名，都好理解。北方人叫它绒花或者马缨花，都是说它毛茸茸的花。丝丝缕缕的粉红花挂在马颈上做马缨，想想都好看。当然，爱唱歌的人可能会想起一首流传了很久的歌就叫《绒花》，而喜欢文学的人则有可能记起张贤亮的《绿化树》，故事里那个希望男人读书的女人叫马缨花。

说这棵树，估计更多人想起的会是史铁生那篇《合欢树》——因为被选进了课本，课本的力量很大：母亲以为栽了一棵含羞草，长大却是一棵合欢树。史铁生回到住过的小院，人们告诉他，他母亲当年栽的合欢树开花了。但相当长的一段历史中，古人最初谈及合欢树，惊异于它的叶，很少提到花。合欢得名也是因为树叶，"合"指的就是它的叶子能像含羞草一样合起来。宋代的《本草图经》说"其叶至暮而合"，《广韵》说它"朝舒夕敛"。朝开暮落的花不算少见，而叶子白天舒展黄昏合拢低垂的树应该不多见。所以，合欢最古的名字是合昏、夜合。甚至，古人还专门为它造了一个字：楛——一棵黄昏的树，黄昏时树叶合拢的树。按宋人《集韵》的说法，合欢的名字即是由合昏变来。由合昏而合欢，变了的不仅是名字里的一个字，也是人们对一棵树的想象。时间久了，想象变成了文化符号，就像玫瑰象征爱情。

《神农本草经》说合欢树生长在山谷里，那么，汉以前，合欢还是山间一棵野树。直到南北朝，陶弘景还说"俗间少识"合欢树。"俗间少识"，但已有人爱它，爱它的是大名鼎鼎的嵇康，嵇康比陶弘景早两三百年。有了嵇康，合欢从深山走进人间庭院。至少可以说，中国文化史里第一棵合欢树生长在嵇康的院子和文字里。嵇康爱合欢，也赋予了这棵树人的情感和意义，"合欢蠲忿，萱草忘忧"（《养生论》），他的这个说法，也常为后人提及。"蠲忿"就是让心有愤怒的人安静下来。生逢乱世，自然多忧多愤，这是嵇康，也是他的同代人，把渺茫的希冀寄托给了一棵树、一棵草。和嵇康同代的崔豹有《古今注》传世，书中写到合欢树，写到嵇康，也写到那棵树上的希冀："树之阶庭，使人不忿，嵇康种之舍前。"

合欢的让人欢，似乎还有点药理学依据。《本草纲目》就说，合欢"安五脏，和心志，令人欢乐无忧"。这种说法是否符合现代科学，我不得而知，但合欢令人欢，作为一种民间信仰倒是流传颇广。只是这"欢"，渐渐蜕变，变成了专指男欢女爱的"欢"。也不仅"欢"有不同，医家和市井男女都说合欢，说的也不是一回事：李时珍说合欢"令人欢乐无忧"，说的是树皮；而信仰这棵树能令男欢女爱的人，说的是合欢花。

最早注意合欢花的是唐人陈藏器，虽是医生，但也不仅关注草木之用，也有兴致欣赏花朵之美："合欢花，其色如今之醮晕线，上半白，下半肉红，散垂如丝，为花之异。"陈藏器喜欢合欢的花形之异之美，而到了元代，"合欢"从叶变成了花：最初说合欢，说的是叶能合；而元以后说合欢，说的是花能令男女欢。元代有本书叫《女红杂志》，书里有个故事，说有个女人每年都会摘合欢花，放在枕头里。丈夫生气不高兴时，就取点合欢花放在酒里，丈夫喝了就会高兴起来。另一本元人笔记《琅嬛记》甚至记载了一种用合欢做成的药，名叫黄昏散。说夫妻吵架，喝点黄昏散就会和好如初。明人李渔在《闲情偶寄》里说得更好玩儿，说合欢要栽在夫妻卧房之前，"则人开而树亦开，树合而人亦合，人既为之增愉，树亦因而加茂"。真是人树相通：树可增人欢，人欢则树茂。而且，用夫妻共同洗浴的水浇合欢，则花之美艳增加数倍。姑妄言之姑妄听之，信与不信无所谓，这些到底都是好故事。当然，故事不仅是故事。男女互送合欢花，夫妻枕下放合欢花，祈愿恩爱，也都是美好的民俗，民俗是生活。

民歌，尤其是江南民歌里，"欢"也的确曾用来指恋人，像《子夜吴歌》里唱的"欢愁侬亦惨，郎笑我便喜"。合欢也名有情树，这棵树的"情"其实也专指男女之情。翻翻民歌集，就可以看见，田间陌上，有那么多人对着一棵合欢树，你侬我侬地唱着缠绵的情歌："郎种合欢花，侬种合欢菜。菜好为郎餐，花好为郎戴。天生菜与花，来做合欢配。合欢复合欢，花菜长相对。"

近人叶灵凤说，在岭南，夜合花跟合欢花是两种不同的树：夜合树开白花，昼开夜合的是花；合欢花开粉红花，昼开夜合的是叶。并提及明末清初的屈大均有一首诗写了这两棵不同的树："合欢合叶不合花，花合何如叶合好。夜夜相交不畏风，令君蠋忿长相保。劝君多种合欢枝，叶至黄昏合不迟。夜合合花那得似，花有离时叶不离。"（《合欢木歌》）如果这诗被孔夫子看见，一定被骂"屈诗淫"。淫不淫不说，古时文人终究不擅长写情诗，热烈缠绵又纯洁深情的情歌到底还在民间。岭南有山歌唱道："待郎待到夜合开，夜合花开郎不来。只道夜合花开夜夜合，哪知夜合花开夜夜开。"和屈大均的诗一样，山歌也以名为夜合的一棵树隐喻男女的恩爱，情的真与深却有着不小的距离。

当然，文人也有文人的擅长，比如写雅。明人陈继儒有诗写合欢："梅雨晴时处处蛙，寻常家酿不须赊。老亲醉后盘餐散，瓶里初开夜合花。"（《缺题》）现在，江南正在梅雨里，雨的间歇，小城处处有蛙鸣。想想百年前的陈继儒，一家人喝着自家酿制的米酒，醉眼迷离，目光却从狼藉的杯盘移开，落在花瓶里盛开的一枝合欢上。那种酒醉也不能令之失态的风致，终究是民歌所没有的。

11

马蔺开花二十一

儿歌一

"马蔺开花二十一,二八二五六,二八二五七,二八二九三十一……"

这首儿歌中国南北都有,一堆数字和一丛草花就成了一首歌,真是有创造性。歌词没意思,却有欢快的节奏。不用说唱歌的孩子,就是听歌的人,都想跟着蹦蹦跳跳。蹦蹦跳跳的是女孩儿,因为这是专属女孩子们的儿戏和儿歌——我说的儿戏,是儿童游戏,可不是说不严肃。当然,儿歌也确实不严肃,它只管可爱和快乐。

马蔺也幸运,不仅在这么一首好听的儿歌里开花,还成了很多唱过这首歌的女孩儿的名字。和别的植物一样,马蔺也有不少名字。今年,老师从河北来江南,闲聊时谈起我师妹马兰,笑着说马兰跟他生气了。说有次走在路上,老师指着一丛草跟她说,你的名字就是它。师妹大叫:这是马莲,不是马兰。我也笑了,说,等我寄给她一本小书,清代大儒程瑶田的《释草小记》——多可爱的书名,可爱得让人嫉炉——书中有一篇专门写马蔺。而且很巧，程瑶田就是在河北认识了马蔺，书中有一句："土人呼为马莲，亦呼马兰。"

这丛草似乎注定了要姓马，因为它有好多带"马"的名字。除了马蔺、马兰和马莲，汉代的郑玄注《礼记》时说它叫马薤，同是汉代的高诱注《吕氏春秋》称它马荔，李时珍说它还可写作马楝。汉字象形，也记音，蔺、兰、莲、荔、楝，读音相似，应该都是一声之转。至于这棵草为什么姓马，李时珍解释别的"马姓植物"都会说一句："物之大者为马。"以"马"命名植物，就是说它长得大。但马蔺像韭菜一样一丛丛生长，也真没有多大。《说文解字》说它"似蒲而小，根可为刷"。蒲草是水边丛生的大草，虽然马蔺因此也被称为旱蒲，但比蒲草要小得多。很多时候，对一棵植物的名字实在查无实证了，李时珍就会发挥想象力。比如这棵马蔺，许慎不是说它的根可做刷子吗，李时珍就顺水推舟，说它可用来做马刷。我童年的乡村有马蔺，大人用它的叶子系东西，比如屠夫的案子上就会放着晒干又洇湿的马蔺叶，用它系切好的肉块。我们小孩子呢？若钻草丛树丛被蚊虫叮咬了，就挤点马蔺叶的汁，抹在肿起的地方。但我从没见过用马蔺根做的马刷，别的书里也不见记载。

马蔺之名初见于唐代的《新修本草》，宋人苏颂的《图经本草》亦说北方人称其马兰。可是，在先秦，它的名字只有一个字：荔。现在看见这个字的人，恐怕首先想起的是荔枝。荔枝是树，宋代的《太平广记》引《扶南记》说荔枝"枝条弱而蒂牢，不可摘取，以刀斧劙取其枝，故以名之"。劙读若离，说荔枝果实不易摘，就拿着刀斧砍树枝——"劙取其枝"，所以叫这棵树荔枝，这种解释只能说是"望树生义"的"小说家言"，姑妄言之姑妄听之，博人一笑，相信不得。从字源上讲，"荔"最初不是树，乃是一棵草——现在也还能看见，"荔"上有一棵草。以后的马蔺、马兰和马莲之类的名字，其实正是从"荔"字音转而来。《礼记·月令》说仲冬，也就是农历的十一月，"芸始生，荔挺出，蚯蚓结，麋角解，水泉动"。《月令》有点像黄历，讲每月什么事宜做，什么事不宜做。黄历只说吉凶，而《月令》则关注自然变化，万物生长，而且，行文也好，像上面几句话，简直可以看作三言的诗。读《月令》和读《诗经》一样，可多识鸟兽草木之名。仲冬之月，《月令》提及的是两棵草：芸和荔。芸是芸香草，古人夹在书里护字杀虫，也是书香之由来。我小时候，家里还常会买上一小把芸香的干草，插在一个很老的掸瓶里，屋子就有了香香的味道。而"荔挺出"的荔，就是现在的马蔺。古人相信，若是马蔺仲冬不出，必有火灾。估计到清代时，"荔"字已让给了荔枝树，本草学家们只好将荔草的"荔"写作了"蠡"——马蔺子入药，称蠡实。

　　古人虽然追求"原本山川，极命草木"，可世上的山川和草木太多，而人生苦短，没人能真的走遍山川，尽识草木。

李时珍说著《本草经集注》的陶弘景识药并不多，其实他自己也一样。《本草纲目》中有不少李时珍没见过的植物，只好抄书。抄的书错了，就跟着走进了以讹传讹的行列。比如马蔺，生于北方，南方没有，估计湖北的李时珍也没有见过。宋代的寇宗奭在《本草衍义》中说它长出来的新叶硬硬的，也没什么味道，牛马都不吃，人更不能吃。可李时珍相信了朱橚的《救荒本草》，说马蔺可以做菜。有人以讹传讹，也就有人较真儿，程瑶田就是一个较真儿的人。马蔺能不能吃呢？不能偏听偏信，吃过之后再说。结果，吃过马蔺嫩芽儿后，程瑶田郑重地写下结论："诚不可食"，李时珍"何其谬也"！

　　学问之事，追求博大精深，不出错也难，所以对于李时珍的差错，也没什么大惊小怪的，世上本无完美的书。名声再大、再权威，读书的人不迷信就是。比起学者，诗人出错的机会应该少得多。因为，诗人虽然也会涉及学问，但不犯常识错误就好了，没有更高的要求。比如明人吴宽，写过两首《马蔺草》，第一篇写马蔺的姿态及用途，说它长叶丰茂，被称为丰草；花似兰花但无花香，长根可做扫帚或拂尘，也可栽植河岸，小草也能固堤防洪，可能是后人想不到的。虽然有点像说明文，但文字浅白流畅不做作，应该算作不错的诗吧：

　　　　蒙蒙叶如许，丰草名可当。

花开类兰蕙，嗅之却无香。

不为人所贵，独取其根长。

为帚或为拂，用之材亦良。

根长既入土，多种河岸旁。

岸崩始不善，兰蕙亦寻常。

吴宽第二首小诗写阶前一丛马蔺，宛如小孩子毛茸茸的头发。比起前一首，文字和意境都清新可喜——

难呼童子上阶来，

头发蓬松乱作堆。

丰草舞风真错认，

繁花浥雨欲争开。

儿歌二

"马兰花，马兰花，风吹雨打都不怕，勤劳的人在说话，请你马上就开花。"这首马蔺开花的儿歌也曾流传很广。"马蔺开花二十一"的作者是谁，什么时候产生的，估计已经无从查起；但"风吹雨打都不怕"不是来自民间，而是从作家任德耀的童话剧《马兰花》唱出来，唱到孩子们中间的。

任先生1918年出生，1998年去世。一个作家，一辈子能有一部作品传世也真是不易。《马兰花》影响很大，流传很广，应该还会流传到以后的孩子们那里。作品 1955 年发表之后，第二年就搬上舞台，1960 年又拍了电影。到了二十一世纪，这部半世纪以前的作品居然没有过时，又有两部动画片问世。当然，过去的连环画，现在的绘本也没忘记它。我知道这首儿歌，不是看的舞台剧，那是乡下孩子想不到的事儿。但我小时候看过电影，听过收音机里的电影录音剪辑，常看一本《马兰花》的小人儿书。这么多年了，那本连环画居然还在：1979 年人民美术出版社出版。看看版权页会让人感叹——第一版就印了 94 万册！可以想象当时会有多少孩子记住这首朗朗上口的儿歌。我还记得，当时村里有个喜爱绘画的年轻人，大概是喜欢段伟君女史的画吧，一直想用各种小人儿书换我的《马兰花》，但我愣是没答应。当然，那时候我也没想过，小人儿书里神奇的马兰花就是三叔家门口的那丛马蔺。

上面说《马兰花》不是来自民间，其实也不对。任德耀先生讲，他写这部童话剧时参考过熊塞声的童话故事诗《马莲花》和民间故事《蛇郎》。熊塞声先生生于 1915 年，卒于 1981 年，去世前一年还谈及《马莲花》，说创作的缘起即是几个民间故事，而不管是她湖南的母亲，还是黑龙江的老干妈，还有她在陕西遇见的一个胖妈妈，这些不同地区的女人们讲的民间故事可以说都是蛇郎故事。

整理蛇郎故事最早的应该是一直热衷民间文学的周作人。

1913年和1914年，他在教育刊物上登载过《童话研究》和《古童话释义》两篇文章，其中都收有他整理的《蛇郎》。1925年，他主编《语丝》杂志时，苏雪林受其鼓励，开始关注民间文学，在《语丝》杂志发表她采录的《菜瓜蛇的故事》。周作人读了苏雪林这篇安徽的蛇郎故事，又想起了绍兴的蛇郎，还写了一篇和苏雪林谈蛇郎故事的长篇通信。

各地蛇郎故事都有诸多不同，但基本情节是一样的：樵夫有几个女儿，进山砍柴，小女儿说要野花，樵夫在山里遇见蛇郎，蛇郎要樵夫把女儿嫁给他，否则就要吃了樵夫。樵夫回家，别的女儿都不答应，只有最小那个愿意。结果，小女儿和蛇郎过上好日子。大姐妒忌，害死小妹。小妹变成鸟和树等，惩罚了大姐。这个故事还带着原始的恐怖，蛇郎终究是要吃人的蛇。

周作人说蛇郎故事大多有采花的情节，但是什么花呢？民间故事中只说是野花。1942年，在延安的熊塞声很据蛇郎故事写出《马莲花》的初稿，把自己小时候喜欢的这棵野花写进了童话诗里。从此，蛇郎由吃人的蛇妖变成了马莲花的花仙子——马郎，山也成了马莲山。原始的恐怖没有了，多了花开的优美："打碗花，像喇叭，刺梅花，把手扎，如意花，点点大，马莲花儿蓝瓦瓦。"

孩子们喜欢节奏感强的诗歌，就像天生喜欢蹦蹦跳跳一样。我小的时候，乡村里还有书流传，那些书里就有不少故事诗，我都不记得我是从哪儿得到的这些书。那时刚认识几个字，却喜欢哼哼唧唧地念这些押韵的句子。很多年过去，我还记得《马莲花》中，马郎知道家里的女人不是自己妻子三姑娘的时候，心里暗暗念着："只等找到马莲花，三脚两脚踢死她。"现在给孩子们做的绘本有那么漂亮的图画，不知道为什么，用押韵的诗歌体写的却很少。

熊塞声的《马莲花》1955年9月出版，两个月后，任德耀根据这首童话长诗改编的童话剧发表。说是改编，但也加入了不少新的艺术创造。对于孩子们来讲，最大的创造就是增加了马兰花的口诀——神奇的花朵应该有口诀才好，就像阿里巴巴要进入山洞，要念一句"芝麻开门"。为什么是芝麻开门？想不通，想不通才好玩儿。《马莲花》中的马莲花没用口诀就把死了的三姑娘变了回来，是个小小的遗憾，而改编的童话剧《马兰花》中，马郎和小兰要拿着马兰花，对它说话，说的是口诀，也是押韵的儿歌："马兰花，马兰花，风吹雨打都不怕……"很多年过去，当年的孩子长大成人，偶然遇见马蔺开花，也许不会想起那个神奇的故事，但却可能想起那首儿歌："请你马上就开花。"

12

朝开暮落的木槿花

《礼记·月令》有记，"仲夏之月，木槿荣"。荣，篆文写作"榮"，晚清古文字学家方濬益解释这个字，说"两个火"乃"木之华也"。那么，"榮"的字形就是一棵开花的树。两千多年过去，木槿还是在同样的季节开花。我所在的小城，常以木槿做行道树，每次在路上看见它一树繁花，都会不由得笑笑：想想古人古书里的"木槿荣"，看看身旁一棵开花的树。

说一棵开花的树，也有人想起席慕容那首有名的诗歌——《一棵开花的树》。那首诗在二十世纪八十年代的少年中红极一时——那是一个诗人和诗歌也可以"红"起来的时代："如何让你遇见我／在我最美丽的时刻……"席慕容写这首诗时，37岁。中国是一个崇尚老，也容易老的民族，"少年老成"至今也还是一个褒义词。幸好，还有一些时代充满朝气，还有诗人——一种不易老去的人，无论年龄多大，都会有少年情怀，都能写诗，带着读者走到一棵开花的树下，让他们为一树花开动情。树开花的时候最美，人呢？动情的时候，是"最美丽的时刻"。

喜欢花花草草，也常和人谈起花草。谈多了，逐渐明白了一个道理：唤起记忆的草木最美。而记忆，有生命记忆和文化记忆两种。比如，你对一个从没见过木槿的人说：木槿花真美！听者即便应和，大抵也仅是应和而已，内心不会有什么波澜。但如果你问，古人夸女子貌美如花，你知道"如"的是什么"花"吗？如果被问的人一脸茫然，你可以得意地说：是木槿啊！《诗经·郑风·有女同车》中曾夸女人美如木槿花啦——"有女同车，颜如舜华""有女同行，颜如舜英"。舜，就是木槿啊！舜华、舜英，都是木槿花。我想，这个时候，听者如果是活泼的人，恐怕会兴奋起来：原来木槿是《诗经》植物啊！关于《诗经》的文化记忆，会瞬间照亮木槿这棵开花的树。《诗经》时代也真是中国人的伊甸园，有朝气，无暮气，少男少女还能一起坐车，一起走在路上，偶遇一个女子，喜欢了，就用身边一棵开花的树来赞美她。

但《说文解字》里的"舜"说的不是木槿，是一棵开花的草，"蔓地连华"——枝蔓蔓延，藤上开花，花是打碗花，古称鼓子花。鼓是"鼓吹"的鼓，鼓子花差不多就是喇叭花。木槿——开花的树，《说文解字》写作"蕣"。木槿是树，虽然有时也写作"橉"，但在《尔雅》等书里还是将其置于草类。甚至，木槿的"槿"有时也写作"堇"或者加个草头，写成"堇"。东汉樊光的《尔雅注》已经散佚，幸亏读书人爱引文，让失传的书还得以留下只言片语。唐人孔颖达疏《诗经》，引樊光的话，解释古人为何视木槿为草。樊光说，木槿"其树如李，其花朝生暮落，与草同气，故在草中"。木槿花朝开暮落，是它被古人视为草的原因，也是这棵树名字的来由。李时珍释其名，说："曰槿曰蕣，犹仅荣一瞬之义也。"叫这棵树木槿和蕣，都是谐音，说它的花"仅"开一"瞬"。

木槿，一棵开花的树，从夏开到秋，但一朵花的生命却如草花，不及一日，日出花开，日落花落："皎日升而朝华，元景逝而夕零。"（晋·夏侯湛《朝华赋》）所以，古人也叫它日及，叫它朝华，叫它朝开暮落花。朝开暮落花，一棵树的名字里藏着人的情感：欢乐和悲伤——花开令人喜，花落惹人悲："朝荣殊可惜，暮落实堪嗟"（唐·白居易《和微之叹槿花》）；"爱花朝朝开，怜花暮即落"（元·舒顿《木槿》）。

唐宋之前，草木之美多因其有用，让人单纯欣赏的草和树不算多。木槿，是那时不多的花树之一，傅玄《朝华赋序》里称其"丽木"。傅玄是晋人，晋人喜欢木槿，栽之于庭院，赏花写赋，赞其花开："佳其日新之美，故栽之庭前而为之赋"（晋·傅咸《舜华赋并序》）。一千多年后，到了明代，王世懋的《花疏》已说木槿是"贱物"，而晋人赞之为"神树""奇树""嘉木""珍木"……晋是乱世，木槿像是乱世之花。乱世的人"朝不保夕"，对生命有别样的体味，也在一棵花开"朝不及夕"的树上看见太平天下的人看不见的东西："向晨而结，逮明而布，见阳而盛。"（晋·潘尼《朝菌赋序》）对于晋人来讲，木槿名朝华，是早晨；名日及，是阳光；一树槿花，名舜华，虽仅一瞬，也是生之绚烂——

　　咨神树之修异，实积阳之纯精。（晋·夏侯湛《朝华赋》）

　　朝阳照灼以舒晖，逸藻采粲而光明。（晋·傅咸《舜华赋并序》）

　　览庭隅之嘉木，慕朝华之可玩。（晋·卢谌《朝华赋》）

　　有木槿之初荣，藻众林而间色。（晋·羊徽《木槿赋》）

　　其为花也，色甚鲜丽，迎晨而荣。（晋·苏彦《舜华诗序》）

　　朝开暮落花，朝开是一境界，是生之欢乐；而暮落是另一境界，是死之悲哀。唐人欧阳询等人编的《艺文类聚》引《成相篇》："庄子贵支离，悲木槿。""悲木槿"，应是晋人对《庄子》的误读。庄子《逍遥游》有云："朝菌不知晦朔。"今人多将"朝菌"解为早晨的菌类，而西晋的潘尼作《朝菌赋》，将朝菌释为木槿："朝菌者，盖朝华而暮落，世谓之木槿。"潘尼之后，东晋高僧支遁注释《逍遥游》，也说朝菌"一名舜英，朝生暮落"。庄子说朝菌，本来做大小之辩，"悲"的是"小知不及大知"，但乱世中的晋人却将其读为人生苦短的悲伤。人生的绚烂与苦短，乐生与哀死，晋人一并寄托在了朝开暮落的木槿花上。朝生暮落，也是朝生暮死——晋人的诗歌里，木槿在墓前花开花落："墓前荧荧者，木槿耀朱华。荣好未终朝，连飙陨其葩""木槿荣丘墓，煌煌有光色。白日颓林中，翩翩零路侧"（阮籍《咏怀》）。

中国人过早地敏感于时间流逝，对着流水落花倾诉生命短暂的悲伤。孔夫子临水，叹息"逝者如斯夫"；晋人在木槿花下，"叹其荣不终日"（晋·苏彦《舜华诗序》）。晋人陆机有《叹逝赋》："譬日及之在条，恒虽尽而弗寤。虽不寤其可悲，心惆焉而自伤。亮造化之若兹，吾安取夫久长。"枝条上的木槿花朝开暮落，不知生命凋零，悲伤的是人，悲伤于造化的安排：天也长地也久，人的生死之间，却只是短短一瞬。

晋之后的文化史中，再见木槿花，已少有《诗经》时代欢快的青春与爱情。舜华依旧年年开，而人间早已沧海桑田，物是人非，朱颜已改。"颜如舜华"只成了沧桑岁月中心痛的青春追忆："十年隔别面如瓜，无复容颜似舜华"（明·郑文康《拟张允怀寄内代内答》）；朝开暮落的木槿花，变为世事无常、人生易老的悲哀——

君不见槿华不终朝，须臾淹冉零落销。（南朝·鲍照《拟行路难十八首 其十》）

芬荣何夭促，零落在瞬息。（唐·李白《咏槿》）

莫恃朝荣好，君看暮落时。（唐·刘庭琦《咏木槿树题武进文明府厅》）

人生几舜华，洞天自灵椿。（宋·程公许《遂宁喻生画鹿甚精介同官梁知丞诏余因令作八》）

百年如舜华，览之不盈把。（元·黄玠《感怀》）

朝见花开暮见落，人生反覆亦相若。（明·何景明《木槿花歌》）

为朝开暮落花悲伤的人"劝君莫种木槿花，朝荣暮落堪咨嗟"（宋·黄希旦《感时行》）。但偏偏有人不听劝，"移栽野槿密参差"，为什么要把木槿栽得那么多那么密呢？"来束乘时作短篱"——宋人华镇的这首诗题名《槿篱》。木槿可编篱，清人王闿运甚至认为这就是木槿得名的原因，理由是"堇，黏土也"，而木槿编篱时，须"涂土其上，因名其堇"。

插槿做篱的历史也算得上悠久，三国时代的朱异已经有诗："槿篱集田鹭，茅檐带野芬。"（《还东田宅赠朋离诗》）白鹭飞落在槿篱上，茅舍檐头的野草散发着乡野的芳香，诗人悠然地看着眼前的田园小景，宁静、喜悦。同是一棵树，但槿篱与槿花，在文化史中也真是不同——不同的意境，不同的情感：槿花是人生苦短的悲伤，槿篱却是田匠的悠然。即便晋人，写到槿篱，也会转悲为喜："激涧代汲井，插槿当列墉。群木既罗户，众山亦对窗"（谢灵运《田南树园激流植援》）。

同样是槿花，开在槿篱上时，不再有朝开暮落的悲伤，相反，带给人的是欢欣："漫栽木槿成篱落，已得清阴又得花"（宋·杨万里《田家乐》）；"幽人在何处，东崦是吾家。小涧石楠树，疏篱木槿花"（宋·方一夔《山居》）。槿篱花开，不让人悲，常让人笑："画舸停桡，槿花篱外竹横桥。水上游人沙上女，回顾，笑指芭蕉林里住"（五代·欧阳炯《南乡子·画舸停桡》）；"春日尚能持冷饼，花时未碍插繁枝。痴顽应有傍观笑，自课园丁补槿篱"（宋·陆游《己未岁暮》）。

陶渊明的"采菊东篱下"之后，篱下菊花成了田园的象征。菊花在篱下，篱上的，是槿花。篱上槿花和篱下菊花一样，都是远离世事的田园，是茅舍，是鸡鸭，是山溪，是乡居，是小桥流水人家，是悠闲的乡居岁月——

东郊岂异昔，聊可闲余步。野径既盘纡，荒阡亦交互。槿篱疏复密，荆扉新且故。（南北朝·沈约《宿东园诗》）

插槿作藩篱，丛生覆小池。为能妨远目，因遣去闲枝。邻叟偷来赏，栖禽欲下疑。（唐·韩偓《桃林

场客舍之前有池半亩木槿栉比阔水遮山因命仆夫运斤梳沐豁然清朗复睹太虚因作五言八韵》）

茅舍槿篱溪曲，鸡犬自南自北。（五代·孙光宪《风流子》）

一个小园儿，两三亩地。花竹随宜旋装缀。槿篱茅舍，便有山家风味。（宋·朱敦儒《感皇恩·一个小园儿》）

小桥只在槿篱东，沟水穿篱曲折通。（宋·陆游《蔬圃绝句》）

松树回环四五家，机梭长日响咿哑。西风裹得胭脂色，偏与篱东木槿花。（元·郭钰《洞口人家》）

结宇荷为盖，编篱槿作扉。野晴乾鹊噪，沙暝水禽飞。（明·黎民表《桐庐道中杂咏·其二》）

白板门扉红槿篱，比邻鹅鸭对妻儿。天然兴趣难摹写，三日无烟不觉饥。（明·唐寅《贫士吟》）

陶渊明造了一个中国人向往的桃花源，而桃花源终究不可得，再去找时，结果只是"未果"。而有槿篱处，虽是人间，已如世外。或者说，槿篱田园即是桃花源——

桃源不可觅，结屋以巢云。只此方丈内，便觉超人群。秋晚篱槿秀，雨余塘水浑。（元·张昱《访巢

云子不值，留题》）

碧槿扶疏当缚篱，山深不用掩山扉。客来踏破松梢月，鹤向主人头上飞。（宋·陆壑《朱槿花》）

晋人阮籍《感怀》，写墓畔木槿花开，悲从中来；而唐人于鹄《寻李逸人旧居》，走过槿篱，走到旧人坟前，写来却宛如仙境——

旧隐松林下，冲泉入两涯。琴书随弟子，鸡犬在邻家。

茅屋长黄菌，槿篱生白花。幽坟无处访，恐是入烟霞。

槿篱上也有时间，不过，那时间不是朝开暮落的时光流逝，而是桃花源中的"不知有汉，无论魏晋"，是凝滞与宁静。田园岁月，是岁月静好。槿篱旁边的人，说着时间，却仿佛时间早已消逝。这样的时光里，可以安然老去，不复悲伤——

数掩槿篱端可老，一杯藜粥尚何求？（宋·陆游《倚楼》）

何处村居好，山边况水边。数间茅屋下，一带槿篱前。绕舍千竿竹，传家二顷田。但求安乐法，不必问流年。（宋·胡仲弓《题村居壁》）

人间春易老。只有山中好。闲却槿花篱。（宋·程
垓《菩萨蛮》）

两千年过去，对着木槿花慨叹悲伤的人估计不多了，但
槿篱至今还在。学者赵俪生先生以"篱槿堂"命名书斋，其
回忆录名《篱槿堂自叙》，读这本书的人走进这位历史学家
个人的历史时，看看书名，那棵树的文化史记忆也还在。

明人吴宽有诗："南方编短篱，木槿每当路。北地少为
贵，翻编短篱护。"北方的槿篱确实不多，但我算得上幸运，
在北方老家曾偶遇槿篱。我最早的木槿记忆，恰好和那次相遇
的槿篱联系在一起。少年时，在集市上遇见一个卖花的老人。
自小爱花的我，跟着他跑了十几里，到他家。北方乡村，多
用枯黄的高粱秆和玉米秸做篱笆。而他家的篱笆，居然是绿
叶红花的木槿，着实惊艳。

而且，老人请我吃饭时，饭桌上有一盘木槿花炒鸡蛋。
屈原饮朝露，食落英。我在北方吃到"花的菜"，这是第一次。
但吃木槿花菜应该也有几千年的历史了，郭璞注《尔雅》时，
已说木槿"可食"。怎么"食"呢？清人郝懿行说"今槿花
蒸之可啖"。明人毛晋《毛诗陆疏广要》说的是煮汤："其
花作汤代茗。"但李时珍说作汤代茶的不是槿花，而是木槿
嫩叶："嫩叶可茹，作饮代茶。"木槿作茶，是花茶还是叶
茶呢？我不知道，但毛晋的说法倒是有趣："茗令人不睡，
木槿令人睡，为异尔。"

木槿茶是不是令人睡呢？我也不知道。我只在夜里醒着，写木槿故事。写到最后，想起了自己喜欢的一本书：《朝花夕拾》。汉代樊光说木槿"朝生暮落"，许慎《说文》说"朝华暮落"，晋代郭璞注《尔雅》说"朝生夕陨"，宋人寇宗奭说"朝开暮敛"……但都不如鲁迅"朝花夕拾"的说法好：一个"拾"字，落花的树下就有了人——落花的树下，应该有人。当然，鲁迅没有说过"朝花夕拾"的花就是木槿花，但我的老师坚持认为那花就是木槿花。陶元庆为《朝花夕拾》所画的封面上，确有一棵开花的树，但我终究看不出那就是木槿。"朝花夕拾"的花是或者不是木槿，其实没那么重要。已是耄耋之年，还能在这样一些无关功利的事情上较真儿，是一种单纯的文化趣味，有活泼的少年气，无死气沉沉的暮气。这样的人，可爱。而且，人都在文化史中生活，作家当然更是。鲁迅虽然没明说——也不必明说——"朝芲夕拾"的花就是木槿花，但写下"朝花夕拾"这个书名的时候，应该是古人关于木槿花的说法启发了他。鲁迅离世很多年了，"朝花夕拾"也成了一个美好的汉语词，这个美好的词应该和一棵美丽的树有关。

　　鲁迅喜欢清人陈淏子的《花镜》，这本书里说木槿"远望可观"。我也喜欢在路上，远远地看木槿一树花开。但待到自己有了一个带露台的房子，忍不住在花坛里栽下两棵木槿：一棵开白花，一棵开红花。木槿花期时，喜欢走近它们，看看树上盛开的花，树下凋落的花。甚至，因为爱木槿，把木槿属的扶桑、木芙蓉也带回了家。这些开花的树都是一家的孩子，用科学术语来说，它们都属于锦葵科。可扶桑娇气怕冷，在这个江南小城也难以室外过冬。木芙蓉和木槿才是真的亲近：木槿花从夏开到秋，待到木槿花期结束，走在路上，路边开花的树，是木芙蓉……

13

《花镜》和木芙蓉故事

木槿花落，木芙蓉花开。

小城的街边湖畔铁篱笆后，常见大丛木芙蓉生长。今天，上午中午和下午都曾跑出去，看枝头芙蓉花。看了花，晚上翻翻书，找找一棵树在文字中和历史里的故事。翻的书不是《红楼梦》，是《花镜》。虽然《红楼梦》里曹雪芹替宝玉捉刀，写了篇《芙蓉女儿诔》，名气颇大，美丽的女子死后变成芙蓉花神也确实是个好故事，但多情公子洋洋洒洒的祭文里，提及那么多花花草草，却没怎么说芙蓉，只在开头用"蓉桂竞芳之月"点出写作时间是秋天——木芙蓉与桂花都是秋花，《芙蓉女儿诔》里称之为"秋艳"。想多了解点芙蓉掌故，《花镜》比《红楼梦》更好。

《花镜》是清人陈淏子写的一本花草书，鲁迅周作人兄弟俩都喜欢，文章里多次提及，不少喜欢周氏兄弟的人因此知道了这本书，也喜欢上了这本书。陈淏子与周氏兄弟，作者和读者，他们在那个时代的因缘遇合，应该说勾连着一种"读书人"的传统：对天地万物皆有兴致。读书的人还没什么专业壁垒，喜读杂书；写书的人万物皆入得笔下，提笔为文，也并无实用文体与纯文艺之分，写来都是好文章。二十世纪六十年代，农业出版社重印《花镜》，将其列入《中国农学丛刊·园艺之部》。确实，按现代科学标准分类，《花镜》是讲养花栽草的园艺书，但由那个传统中的作者写来，于细致的观察与描述中有情有义，文字雅致且朴拙。周作人说《花镜》"给我们以对于自然的爱好"，我想，也不仅如此，这样的书勾起读者对于自然的爱好，应该也能诱惑一些读者从草木走进文化。翻开书即是陈淏子的《自序》，开首第一句话就让人心动，遥想一种生活："余生无所好，惟嗜书与花。"陈淏子，不能仅以花匠视之；《花镜》，也不仅是栽花种草；花草，也不仅是自然之物，它们生长在地上，也生长在书里。

陈淏子写木芙蓉虽仅三百字，却涉及异名、形态、种植方法、用途与掌故传说等方方面面，文字简洁清新，也是有趣的小文章：

芙蓉一名木莲，又名文官、拒霜。叶似梧桐，大而有尖。花有数种，单叶者多，千叶者有大红、粉红、白；惟大红者花大，而四面有心。一种早开纯白，向午桃红，晚变深红者，名醉芙蓉。另有黄芙蓉，亦异品，不可多得者。此花独耐寒，但不结实，亦不必分根。惟在十一月中，将好种肥条剪下，俱段作一尺许长，于向阳地上，掘坑横埋之，仍以土掩，至二月初，将条于水边篱侧遍插之。插必先将木针钉一穴，填泥浆并粪令满，然后插条，上露二寸许，再遮以烂草，无不全活；且当年即能发花。清姿雅致，独殿群芳，乃秋色之最佳者。昔蜀后主城上尽种芙蓉，名曰锦城。俗传叶能烂獭毛，故池塘有芙蓉，则獭不敢来。其皮可沤麻作线，织为网衣，暑月衣之最凉，且无汗气。

陈淏子称木芙蓉为芙蓉，但是要知道，芙蓉这个名字要比木芙蓉的历史长得多，应该能列入中国人命名的第一批植物名录，屈原的《离骚》里已有芙蓉花："制芰荷以为衣兮，集芙蓉以为裳。"唐以前的芙蓉是荷花，汉人王逸注《楚辞》，说芙蓉又名"莲华"。晋人郭璞注《尔雅》说江东人把芙蓉叫作荷，芙蓉、莲花跟荷花都算得上历史悠久的花名了。荷花是中国人最早看见，也最喜欢的植物之一，喜欢到给它的每一部分都取了名字。《尔雅》解说其他草木都很简单，只说其"今名"，但说到"荷"，则爱心爆棚，分门别类，细说其名：从根到茎，从叶到花，从果到子，都单独命名，总共有十个名字之多。就是花，也要分个未开与盛开。宋人洪兴祖补注《楚辞》引《神农本草经》说荷花："其华未发为菡萏，已发为芙蓉。"花苞名菡萏，花朵叫芙蓉。

比起荷花，木芙蓉的出现要晚得多，到了唐代才有诗人吟咏。屈原《九歌·湘君》有诗句"采薜荔兮水中，搴芙蓉兮木末"，意思等于今天说的缘木求鱼：薜荔在木上攀援，芙蓉开在水里，如果到水里采薜荔，到树上摘芙蓉，只能是徒劳无功。而到了唐代，树上却真的有了芙蓉花："嘉木开芙蓉。"（柳宗元《芙蓉亭》）木芙蓉之所以叫芙蓉，李时珍说乃是因为"此花艳如荷花"。而下面解说木芙蓉时，又说它"花类牡丹、芍药"。其实这也并不矛盾，说木芙蓉像牡丹芍药，说的是花形相似；"艳如荷花"说的是"艳"——跟荷花一样美，否则，大观园里的晴雯死后也就不会做芙蓉花神了。用芙蓉夸赞花美，也是悠久的汉语传统。

人中有西施，花中有芙蓉。西施是美人的代称，芙蓉是好花的代名词。白居易说山枇杷"映得芙蓉不是花"（《山枇杷》），元人舒頔赞木槿"仿佛芙蓉花"（《木槿》），要找这样的诗句，古人那里多得是。"木末芙蓉花，山中发红萼。涧户寂无人，纷纷开且落"，喜欢在山里看花开花落的王维，看"人闲桂花落"，也看"芙蓉""纷纷开且落"。只是这芙蓉不是草芙蓉，也非木芙蓉。什么花呢？这首诗题为《辛夷坞》，辛夷坞是地名，以辛夷花名世，诗里的芙蓉，是辛夷花。所以，"木末芙蓉花"不是说树上的芙蓉花，而是说树上的辛夷花像芙蓉一样美。唐代另一位诗人裴迪也有一首《辛夷坞》，同样是说玉兰美如芙蓉："况有辛夷花，色与芙蓉乱。"这样说来，也能想象木芙蓉的得名：唐人初见木芙蓉花开，有点惊艳，赞叹道：真是"嘉木开芙蓉"——好树开好花，像芙蓉一样美啊！可最后，没想到木芙蓉喧宾夺主，把芙蓉拿来做了自己的名字："芙蓉本作树，花叶两相宜。"（宋·宋祁《木芙蓉》）原来的芙蓉呢？只好叫芙蕖或者荷花莲花去了。

木芙蓉出世，也给人带来麻烦：唐以前，芙蓉就是荷花，一名一物；但唐以后，一名两物，若有人再说芙蓉，听者就要小心了，要辨别说的是水中芙蓉还是树上芙蓉。读《红楼梦》读到《芙蓉女儿诔》，恐怕就会有人把芙蓉想成了荷花，没注意宝玉把祭文"挂在芙蓉枝上"。而且，祭奠结束，黛玉"从芙蓉花里走出来"：有"枝"的芙蓉当然是木芙蓉，黛玉也不可能从水上走出来——木芙蓉是灌木，黛玉走过树丛与花丛。

明人王路纂修《花史左编》引《格物总论》区别两种"芙蓉"，说得倒也有简单："芙蓉之名二，出于水者，谓之草芙蓉，荷花是也；出于陆者，谓之木芙蓉，此花是也。""清水出芙蓉，天然去雕饰"（《经乱离后天恩流夜郎忆旧游书怀赠江夏韦太守良宰》），李白诗里的芙蓉，确实容易说清楚，是荷花，因为在水里。"隔江一片芙蓉树，欲采红芳寄所思"，明人陆深《书扇》里的芙蓉也不难辨别，因为是树，所以是木芙蓉。但有时，真要说清千年前古人的芙蓉，似乎也没那么容易："屏开金孔雀，褥隐绣芙蓉"（《李监宅二首 其一》），屏风上画着孔雀，坐垫上绣着芙蓉，可芙蓉是水芙蓉还是木芙蓉呢？杜甫没说。杜甫走进豪门做客时，人家有女刚出嫁，芙蓉谐音"夫荣"，倒是应景、喜庆。而且，如果再加上一束桂花，就是俗世的"夫荣妻贵"，可寓意"夫荣"的"芙蓉"是哪朵花呢？有人说是荷花，有人说是木芙蓉，莫衷一是。

而且，虽说木芙蓉是陆生，但也正如陈淏子所说，古人常植木芙蓉于水边："暮霞照水，水边无数木芙蓉"（唐·赵昂《婆罗门引·暮霞照水》）；"小池南畔木芙蓉，雨后霜前着意红"（宋·吕本中《木芙蓉》）；"芙蓉一带绕池塘，万绿丛中簇艳妆"（元·黄庚《木芙蓉》）。同名，又都和水有关，草芙蓉与木芙蓉，稍不留神，难免会指鹿为马。"艳妆临水最相宜"，宋人吴文英的这首诗题名《芙蓉》，虽然有水，但芙蓉不在水中，而是"临水"——在岸上，岸上的芙蓉是木芙蓉。

《红楼梦》里，宝玉写《芙蓉女儿诔》也是因为看见了"池上芙蓉"。"池上"是哪里，就需要想想。一字之差，此芙蓉就非彼芙蓉：如果"池上"是"池中"，芙蓉就是荷花。"江上枫林秋，江中秋水流"，唐人储光羲的诗句中，"江上"与"江中"相对："江上"说的是江岸上。更有名的是："子在川上曰：逝者如斯夫。"孔夫子慨叹人生是在"川上"，"川上"也非河中，是河边，夫子临水，在岸边看着眼前流水。所以，曹雪芹的"池上"也一样，是池畔水边。"芙蓉生在秋江上，不向东风怨未开"（《下第后上永崇高侍郎》），不明"秋江上"即"秋江边"的人，也可能会把唐人高蟾这首诗里的芙蓉认作荷花。

当然，"芙蓉生在秋江上"还有个"秋"，文化史里的荷花是夏花，而木芙蓉是秋花，陈淏子称之为"秋色之最佳者"。"映日荷花别样红"是在"毕竟西湖六月中"（宋·杨万里《晓出净慈寺送林子方》），是夏。待到秋深，已是"秋阴不散霜飞晚，留得枯荷听雨声"（唐·李商隐《宿骆氏亭寄怀崔雍崔衮》）。"莫引西风动，红衣不耐秋"（唐·陆龟蒙的《芙蓉》），"不耐秋"的芙蓉是荷花。秋天"耐"看的才是木芙蓉："平堤多种芙蓉树，惟有秋容耐晚看。"（明·桑悦《题碧溪》）荷花在渐冷的西风和霜露中枯萎凋零，而木芙蓉却被称为西风客："凄凉拚作西风客。不肯嫁东风。殷勤霜露中。"（宋·范成大《菩萨蛮·木芙蓉》）"晓着清霜分外红"（宋·李纲《山居四卉·拒霜》），在秋霜中开得正好的木芙蓉，也因之又得了一个名字——拒霜："千林扫作一番黄，只有芙蓉独自芳。唤作拒霜知未称，细思却是最宜霜。"（宋·苏轼《和陈述古拒霜花》）"拒霜"不像花名，但古人常把它写进诗里："拒霜秋后散红葩，剩有风光到我家"（宋·姜特立《拒霜盛开》）；"天上登云寺，人间白拒霜"（宋·周紫芝《天真寺白拒霜》）；"嫩菊黄深，拒霜红浅"（宋·柳永《醉蓬莱·渐亭皋叶下》）。看见古诗里的这些"拒霜",如果不知它是木芙蓉的别名,也会错过文字里的红花和白花——被古人那么爱着的木芙蓉。

　　古时芙蓉指荷花,又名莲,所以,木芙蓉也称木莲。这个别名更是麻烦:芙蓉一名二花,木莲呢?一名三物,除了木芙蓉之外,木莲也是木兰和薜荔的别名。木兰、薜荔和芙蓉一样,都是《离骚》里的芳草嘉木:"朝搴阰之木兰兮,夕揽洲之宿莽。"芳草嘉木寓意品性高洁,之所以早晨上山采木兰,黄昏涉水采宿莽,汉人王逸注释说:"木兰去皮不死,宿莽遇冬不枯,以喻谗人虽欲困己,己受天性,终不可变易也。"木兰,今俗称紫玉兰,但古时没有这个名字,估计古人应该更喜欢木兰,因为木兰花上有一个女英雄的传奇。宋人洪适有《木兰》诗:"未识春风面,先闻乐府名。"还没看见木兰花开,先想起了古乐府——《木兰辞》。白居易更是在木兰花中看见了英姿飒爽的花木兰:"怪得独饶脂粉态,木兰曾作女郎来"(《戏题木兰花》)。

　　薜荔呢?《离骚》有诗句:"贯薜荔之落蕊。"薜荔和无花果一样,花在果内,所以不会有落花落蕊,王逸注《楚辞》说"薜荔之落蕊"的"蕊"乃是果实。鲁迅在《从百草园到三味书屋》也曾写到薜荔果:"何首乌藤和木莲藤缠络着,木莲有莲房一般的果实。"木兰是灌木,薜荔是藤,百草园里的木莲藤就是薜荔,说薜荔果像莲房——莲蓬——也对,李时珍说这就是薜荔得名木莲的原因。宋人罗愿《尔雅翼》说薜荔果，小鸟喜啄，儿童亦食。鲁迅没有说他在百草园里吃木莲果的事，周作人在《鲁迅的故家》中倒是提及木莲果的一种吃法："木莲藤缠绕上树，长得很高，结得莲房似的果实，可以用井水揉搓，做成凉粉一类的东西，叫作木莲豆腐。"现在，江南夏季的市场上还常见盒装的木莲豆腐，我常买来吃，因为百草园，也因为味道确实好，只是，看看配料表，却并无木莲或薜荔的名字。用井水揉搓木莲果的事大概也不会有了吧。

　　既然一名三物，听古人说木莲时也就更需要小心辨别了。"乔木开花似水莲"，宋人韦骧《忠州木莲花》的木莲是木兰，因为是乔木。"窍引木莲根，木莲依似植"，同是宋人，梅尧臣诗里的木莲就是薜荔，因为诗题为《咏刘仲更泽州园中丑石》，贴在石头上生长的是木莲藤，古时园林石头上常见的天然装饰。"莫怕秋无伴醉物，水莲花尽木莲开"，白居易诗里的木莲是木芙蓉，不仅诗题已写《木芙蓉花下招客饮》，就花期而言也会知道，木兰是春花，荷花落后是秋，秋天开花的木莲是木芙蓉。但白居易另一首诗里的木莲就不易说清了："花房腻似红莲朵，艳色鲜如紫牡丹。"诗题《画木莲花图寄元郎中》，画的木莲肯定不是薜荔。是木芙蓉呢，还是木兰呢？白居易不说，后人就说不大清楚，因为木芙蓉和木兰的花朵都有红有紫，古人也都说它们"其花如莲"。

　　芙蓉花美，美得有点奇异。宋人宋祁《益部方物略记》

赞木芙蓉："自浓而淡，花之常态。今顾反之，亦反之怪。"一般的花随时光流逝，渐失颜色，花色渐淡；而木芙蓉则相反，由白而红，如同酒醉，陈淏子说此种称之醉芙蓉，真是个浪漫的花名。最美的芙蓉花应该在成都，更确切地说，是在这个城市的传说里。成都，别名蓉城。《成都记》记载："孟后主于成都城上种芙蓉，每至秋，四十里如锦绣。"孟后主是后蜀最后一个皇帝孟昶，亡国之君有不少善于诗文丹青的艺术家，但孟昶手笔最大，留下了一个花团锦簇的城。孟后主夫人花蕊夫人，更是有名。善于联想的人们其实想象也简单，说花蕊夫人爱芙蓉。古有周幽王烽火戏诸侯博美人一笑的故事，人们就又山寨了一个，说孟昶城上种芙蓉是为了讨美人欢心。但接下去的故事怎么讲呢？没办法把花蕊夫人说成红颜祸水，因为简直可以说，花蕊夫人为一切被骂为红颜祸国的女人平了反。花蕊夫人和孟昶一起被俘，胜利者赵匡胤让花蕊夫人写首诗，写写亡国感想。结果花蕊夫人写的是："君王城上竖降旗，妾在深宫哪得知。二十万人齐解甲，竟无一人是男儿。"后蜀亡国五百年后，明人陆深在《蜀都杂抄》中写道：登上成都城墙，还能见到一些芙蓉花，但盛况不再，花色单一，且已零落。

芙蓉花美的故实或者故事还可以讲很多，不过也可以讲讲其"用"。美，也可以有用。《本草纲目》说木芙蓉树皮可做绳索，陈淏子说其皮可做网衣，夏天溽暑，穿之凉爽。

同样是"用"，有些"用"想起来也美，比如这暑月凉爽的网衣，还有薛涛笺。明人宋应星《天工开物》讲造纸时说起薛涛笺，乃是用"芙蓉皮为料煮糜，入芙蓉花末汁"。薛涛笺为人所爱，不为其贵，乃为其美，美在哪里？宋应星答："其美在色。"薛涛家住溪畔，溪名浣花溪，溪畔芙蓉花开，薛涛用浣花溪水、芙蓉树皮和花汁，制薛涛笺，笺有十色，称十色笺，纸上十色皆芙蓉花色。

木芙蓉树叶的"用"，陈淏子讲得有趣：叶能烂獭毛，獭就不敢来。为什么不让獭来呢？《说文》云："獭，如小狗。水居，食鱼。"木芙蓉植于池边，池里养鱼，不让獭来是怕它来吃鱼吧。可《本草纲目》说有些地方的渔人驯獭，让其捕鱼，这不是很好吗？我的校园有湖，湖边有大丛木芙蓉，去水边看木芙蓉花开时，因为陈淏子，我总是去看水，想象里，有一只小狗一样的水獭钻出水面，想起来就想笑。宋人范成大《桂海虞衡志》记有一种山獭更是有趣，说山獭闻到女人味道，就要跳过来抱住。如果找不到伴侣，就抱着树死掉。木芙蓉还在，水獭山獭已不常见，还好，那些故事还在。

14

栾树的诗意及其知识考古学

　　小时候写作文，只要写到秋天，就会写一句套话：秋天是收获的季节。小孩子是这样，文人也是一样。鲁迅有篇文章叫《新秋杂识》，讽刺文人文章的模式化。说秋天一来，"报纸上满是关于'秋'的大小文章，迎秋，悲秋，哀秋，责秋，等等"。说套话，就是被套子罩住了脑袋，蒙住了眼睛，看不到新鲜的生活；写模式化文章的人，是思想被挤压在了模子里，想不出世界还会有别的样子，也就只能人云亦云。小孩子还小，还有摘下套子的机会。成人呢？只要把冬眠的脑子叫醒，让它动起来，多想点事，也不是不可以走出模子，虽然有点难。但也总能把眼睛变成自己的，看到不同的景致；把脑子变成自己的，想点新鲜的事儿。比如秋天，也不仅是收获的喜悦，或者悲秋伤秋的萧瑟。

　　清人黄肇敏就在秋天看见了一棵有点惊艳的树："枝头色艳嫩于霞，树不知名愧亦加。攀折谛观疑断释，始知非叶也非花。"秋天的树上，居然还能有云蒸霞蔚的艳丽，黄肇敏肯定是眼前一亮。眼亮了，心和心情也一并跟着明亮；人，不仅没有掉在悲秋的模子里，反而欢快起来，抓住树枝看个没完，还为不知树名惭愧，这样的人真是可爱。老大不小，光可爱也还不行，还得干点正经事儿。孔圣人说"学而时习之不亦说乎"，古人信奉"君子耻一物不知"，有这样的信仰，就会有求知欲，就会把"上穷碧落下黄泉"地去搞清一棵树的名字当作正经事儿。黄肇敏一定是"不亦说乎"的，说不定还会有点得意，甚至忍不住手舞足蹈，尤其是当他终于搞清了树名，给那首诗题名的时候：灯笼树。

灯笼树是黄肇敏遇见的那棵树的俗名，它今天的学名叫栾树。我在北方一个叫栾城的小城教过几年书，那时还想过这个"栾"字到底是什么意思。现在想来真是傻：字里有"木"，"栾"是一棵树啊。栾树南北都有，南方的栾树叫南栾，北方的栾树叫北栾。钱锺书先生讲："东海西海，心理攸同。"对一个爱看树的人来讲，南栾北栾，花果攸同——同样好看。花是黄花，细碎得很，一簇簇开在高大的树上，也没有鲜艳到招人多看几眼。但拾起地上落花仔细看看，真是好看：小花四瓣，黄是明艳的黄，花心一点鲜亮的红；果是蒴果，初结的时候色绿，成熟后鲜红，青枝绿叶间一串串一簇簇的红，真像亮着的红灯笼，让黄肇敏惊艳的"枝头色艳嫩于霞"就是栾树的果。

树是自然之树，也是文化之树。孔圣人讲，读诗，"多识于鸟兽草木之名"，已把自然和文化结合起来讲给学生。现代中国教育的圣人是蔡元培，蔡先生讲的是"以美育代宗教"。一棵树里也有"美育"：自然的树有自然的美，文化史里的树有文化的美。自然之美和文化之美，都值得人朝圣。对一棵树做点知识考古学，说说一棵树在文化史里的那点事儿，既能丰富那棵树的美，也能丰富人的心灵。

大地上的植物，和人一样，也有生老病死。不死的，是写在文字里的树，文化史里的树。先秦的《山海经》里已有栾树生长："大荒之中……有云雨之山，有木名曰栾。禹攻云雨，有赤石焉，生栾。"大禹在云雨山看见的栾树，生在红石头上，那石头的颜色是根据栾树的红灯笼想象出来的吧：云雨迷蒙，红石生绿树，绿树顶上红灯笼，神话的构图和色彩真是今人想不到的美。

走出美丽奇异的神话，栾树在墓地里生长。字圣汉人许慎的《说文解字》释"栾"时，附记一条："礼：天子树松，诸侯柏，大夫栾，士杨。"此后，凡是说"栾"的字和树，人们都不忘这个古时的墓葬之"礼"。人有等级，不同等级的墓前有不同的树生长。因为栽植在大夫墓前，所以栾树也被称为大夫树。虽然是一棵墓树，但似乎人们不太介意，也并不因此就对它敬而远之。据说，汉代庭院多植栾树。"据说"无凭，类似谣言，都说见于宋人沈括的《梦溪笔谈》，可惜我没能在这本书里找到类似说法。"据说"多以讹传讹，让人厌恶，但这次，我希望是真的，因为把墓树栽在庭院这样的事，汉人做得出。鲁迅曾赞叹："遥想汉人多少闳放，新来的动植物，即毫不拘忌，来充装饰的花纹。"（《坟·看镜有感》）汉代的中国人，心胸宽广得很：管它什么树，好看，即"毫不拘忌"，拿来"装饰"庭院。引起鲁迅感慨的是汉代铜镜，可惜文中没写他收藏的汉代画像砖或者汉砖拓片，那些砖画里多庭院，而汉代庭院的一大特征就是树多树大，仔细辨别，说不定就能看见一棵高大的栾树。

杨树也是古代常见的墓树，但同为墓树，中国人歌咏杨树的诗文真不算少，虽然"白杨多悲风，萧萧愁杀人"（《古诗十九首·去者日以疏》）。到现代，还有周作人专门写文章，说自己最喜欢的两棵树之一即是白杨。可是，写栾树的诗文少之又少，唐人张说有首诗写栾树，其中有句："风高大夫树，露下将军药。"（《药园宴武铬沙将军赋得洛字》）大风高树，将军立马，够有气魄，但有点绝唱的意味。文学史中，很少栾树踪迹。被歌咏被言说就是被记忆，反之，就是在忽视中被遗忘了。

栾树，在文学史里消失了，那就到别的什么史里去找找。毕竟，文学只是历史记忆的一部分。医书、农书、字书、救荒书、园艺书，也是草与树的历史记事本。当然，不同的书有不同的法眼，看一棵树也不同：医书看重入药能治病，救荒书看重入口可以吃，园艺书要的是入眼好看能养心，字书呢？要解释清楚名和实。

《山海经》里，栾树是神树，各路神仙都到那里去取药，晋人郭璞还注释说，"树、花、实皆为神药"。但神话毕竟是神话，中国最早的本草书《神农本草经》中，栾树叫栾华，因为在本草学家那里，能入药的只有花，治眼病。而且，这药的地位也很低，只被列入下品。在本草学的历史中，这是栾树运气不佳的开始，也是结果——是下品，也就不为人重视。即便是本草学集大成之作的《本草纲目》，提及栾华，也不过是抄几句古人的话了事。

给这棵树增加了一点新故事的，是唐人苏恭。他主持的《唐本草》中，这样说栾树："此树叶似木槿而薄细，花黄似槐而稍长大。子壳似酸浆，其中有实如熟豌豆，圆黑坚硬，堪为数珠者是也。五月六月花可收，南人以染黄甚鲜明。"栾树的黄花能染鲜艳的黄，种子可穿念珠，以前不曾有人说起，但想来都是树和人的好故事。苏恭以后的人们再说起栾树，都会提及树上的那串念珠。《梦溪笔谈》确实谈到过栾树，但只是区别乔木的栾树和丛生的栾荆，说"其实可作数珠者，谓之木栾"，说的也是念珠。同样，同是宋人的寇宗奭在《本草衍义》中说栾树时，也是只有一句话，也是说念珠，但一句话里也有故事："长安山中亦有之，其子谓之木栾子，携至京师为数珠，未见入药。"不能入药，还能为之进山，还有人走到这棵树下。然后，那人从山中回到城里的时候，手上多了一串木栾子念珠。

朱元璋的儿子朱橚作《救荒本草》，虽说是讲荒年可食之物，但也写一棵树的形态，文字也好，书中这样写栾树："树高丈余。叶似楝叶而宽大，稍薄。开淡黄花，结薄壳，中有子，大如豌豆，乌黑色。人多摘取，串作数珠，叶味淡甜。"本来说说叶子怎么吃就可以了，可朱橚要说"树高丈余"，四个字，是描述，但他之前还没有人说过，这是一棵大树——《山海经》里长出的树，应该是棵大树。也说木栾子念珠，但要说"人多摘取"，一个"多"字，也让后人知道，这棵树曾被人喜欢，有很多人来这里摘取黑色的种子。但我总怀疑，古人在这里或说错了一棵树：种子能串成念珠的树是木患子，而非木栾子——栾树的种子实在太小了，很难连缀成串。

《唐本草》说栾树叶子像木槿，朱橚说像苦楝，《说文解字》说像木栏，孰是孰非呢？栾树叶肯定不像木槿，木栏又是什么树呢？今人多以为"栏"是"欄"的简化字，就笃定地以为许慎的"木欄"就是木兰，不少字典里就这样讲。当然，也不仅今人，古人也犯这样的错误。南唐的徐锴《说文解字系传》也曾说木欄就是木蘭，也就是木兰。"欄""蘭""槿"，这些汉字长得太像了吧。而实际上，"欄"就是"楝"的异体字，许慎说的，还是栾树叶像苦楝。我甚至觉得，《唐本草》里说的像木槿，其实也是木楝之误。也正如清人吴其濬《植物名实图考》里说，"栾之似楝，其说古矣"。古老的传说也还在延续：台湾地区将栾树与苦楝拉为一家人，称其为苦楝舅。

楝树也是有故事的树，应该单独去讲，接着说栾树吧。

书里——文化史里的栾树，面目有些模糊不清，上面提到的那些书里，凡有插图，几乎都画错了。《山海经》记下了栾树神异的诞生记，可惜好故事没有延续下去。它在人们记忆里，渐渐变得陌生起来。吴其濬考察植物名实，却也没有弄清栾树的名与实。《植物名实图考》莫名其妙地写了两次栾华，但不过都是抄了几句《神农本草经》《救荒本草》。但书里写到一棵桐树："秋时稍端结实，如红姑娘而长，三棱，中凹有绉，色殷红，内含子数粒如橘核。""红姑娘"也就是《唐本草》里说的"酸浆"，一种现在人们还吃的野果，也正像栾树的蒴果。吴其濬熟悉一棵结殷红果实的树，而这棵树正是他陌生的古树——栾树。他没有说栾花，却用诗一样优美的文字说这棵树的果"绛霞烛天，单缬照岫。先于霜叶，可增秋谱。"

吴状元和写《灯笼树》的黄肇敏，喜爱的都是栾树"非叶非花"的蒴果。栾树蒴果初生的时候，淡绿色，在秋阳里渐红。中秋前后，明月清辉，胖胖的蒴果红透，和秋天的红叶一样美艳。秋天的草木谱里，应该有这样一棵果荚"绛霞烛天"的树。从栾树下走过，应该抬头看看满树红果，说一句：灯笼红了。灯笼红、灯笼亮的时候，如果花还没有落尽，红果黄花可以同在枝头，别有一番味道。细碎的黄花，窸窸窣窣，落满树下。如若拾起，花瓣基部的一点鲜红，让人心动，像是灯笼落下的一点红光。

15

"苦"是一棵草

现在的人们说到"苦"，说的和想的都是一种味道。但古人造这个字，原本说的是一棵草。古代的象形字简化到今天，已很难看出这棵草的模样，但那棵草还在这个字的上面。

我们远古的先人似乎整天生活在草丛里，采草是日常生活，《诗经》第一首就有一个女子在水里采荇菜——说是菜，不过是能吃的草。《说文解字》释"菜"时就是这么说的："草之可食者。"而且，这个"菜"字分开来就是"采草"。当然，采草不仅是为了吃。毕竟，远古时代还不流行只顾舌尖上的味道的吃货。那时候，草的功用和人的精神渴求一样多：采蓝可染色，采车前草的女人是为了怀孕生子，采蒿草用来祭祀，采葛藤可织布，采艾草是做药……染色、怀孕和祭祀这些事，是日常，都是神圣的事。古人的日常就是这样，现在看来很普通的事，那时候都被染上了神圣的色彩。长在田野，采在手里的那些野草野菜，也跟着有了点神圣的味道。

《唐风·采苓》有一句："采苦采苦，首阳之下。"首阳是山，在山下采的"苦"就是苦菜。苦菜不过是一种野菜，但被正正经经地写进了《礼记·月令》："孟夏之月，蝼蝈鸣，蚯蚓出，王瓜生，苦菜秀。"南朝顾野王撰写的字典《玉篇》说"秀"就是"荣"。古人崇拜草木，认识草木也比今人细致得多。《尔雅》说树开花叫"华"，草开花叫"荣"。阴历四月，虫鸣蛙鸣，大地上野菜生长，苦菜开花。今人区分纯文学和实用文体，但古人提笔为文不管什么纯不纯，只管写得美。《月令》像是官方的政令文件，依然写得诗意可喜。

《诗经》距现在已三千年，很多事和物已说不太清楚。苦菜是什么菜，就让今人争论不休：吃起来有苦味的野菜都可以叫苦菜啊。去年冬天，去孩子学校，那里的阿姨看我盯着一棵开白花的草，告诉我说那是苦叶菜，可以吃。苦叶菜也是一种苦菜，但是不是《诗经》时代的苦菜呢？我不问阿姨。

《诗经》里还有一首《谷风》，其中有一句流传颇广，名气不小："谁谓荼苦，其甘如荠。"诗里那个身世悲凉的女子唱道：谁说荼菜苦呢？我的心比它还要苦。汉人毛亨解释《诗经》，说"荼"即苦菜。《尔雅》的解释和毛亨一样。宋人邢昺注《尔雅》说得更清楚："叶似苦苣而细，断之有白汁，花黄似菊，堪食，但苦耳。"邢昺吃过的苦菜和我吃的一样，或者说，尝过一两千年前的古人吃过的野菜，这真是件让人开心的事。

清代大儒程瑶田《释草小记》中专门有一篇《释荼》，开头就说，苦菜有两种：一种是苦荬菜，一种是苣荬菜。这种说法倒是和我的记忆一样。以前的乡下孩子都是土命，整天生活在田野里。在田野也不外两件事：游戏玩耍和挖野菜。野菜有两种：一种给人吃，一种给猪吃。北方乡野常见的野菜中就有程瑶田说的那两种苦菜。

苣荬菜是我们爱吃的野菜。人这一辈子，很多事都忘记了，像没发生过一样，但有些无关紧要的生活细节却永远记着，清清楚楚。我还记得很小的时候，去隔壁三舅家，看见灶台上一盆水灵灵的苣荬菜。刚刚洗过，灰绿色的菜叶上还挂着水珠儿，菜根儿也白白净净的。后来，妈跟我说，三舅胃不好，苣荬菜可以治胃病。我们自己的饭桌上也有苣荬菜，洗干净了蘸酱吃，酱是妈做的豆瓣酱。妈不识字，当然也不知道《本草纲目》，李时珍可是说长期吃苣荬菜可以"轻身耐老""久服强力"。一棵生机勃勃的野菜能让人不知老之将至、身轻如燕、力大无比，想想都让人欢欣鼓舞。

二十世纪五十年代，山东作家冯德英曾写过一本小说叫《苦菜花》，后来被拍成同名电影。小说封面和电影片头黑白木刻的苦菜花就是苣荬菜开的花。那棵苦菜花总让我想起老托尔斯泰的《哈吉·穆拉特》，小说开始和结尾都有一棵被车碾过却依然生长的牛蒡子花。每个民族都有它热爱的顽强野花吧，冯德英的苦菜花也被车碾过，是一棵苦难却坚韧的花。在我的北方老家，苣荬菜被叫作苦麻子。方言发音不准，看到电影中小女孩挖苦菜花，我就一直觉着苦麻子应该是苦妹子。苦妹子叶子又薄又细，我们不吃，挖回家也是喂猪。但长大看过《苦菜花》，才想起苦菜是会开花的。

苦荬菜和苣荬菜都属菊科，菊科的花都像小太阳，舌状花瓣像四射的阳光。苣荬菜是能长到一米多高的大草，粗粗的草茎不断分枝，分枝上也有花开，黄花灿烂。苦荬菜开花有白有黄，白花干净，黄花耀眼。虽然植株比苣荬菜小得多，花也小，但开花却比苣荬菜多得多，尤其是抱茎苦荬菜，开花成片，一片闪光的金黄。野菜开花时就老了，不能吃了。孩子们挖野菜，也只挖那些出生不久的嫩苗。所以，我记忆中的田野，也还是只有苦菜，不见花开。待到喜欢野草野花，留连苦菜花开，人已老大不小，离家乡的田野也越来越远了。

苦菜花落了，会结果，果上有毛茸茸的白色冠毛。人们喜欢蒲公英带冠毛的种子胜过花朵，给它写了那么多首歌。其实，会飞的种子有很多。苦菜的种子也会在风里飞，只不过它的果柄没有蒲公英那么长，不容易拿在手里。或者说，它没有蒲公英种子那么好看的棒棒糖造型，也就被爱玩儿的人们忽视了吧。

从乡村跑到城市，已很少吃到野生的苦菜了，那爽口的乡野苦味只能用菜园的苦瓜来代替。在燕园读书时，去食堂吃饭，常常要一盘凉拌苦瓜。但那苦瓜已被开水烫过，软软的，没有了脆脆的口感，也失去了新鲜的苦味儿。和师弟师妹们说起这些，他们张大嘴巴："啊？不烫一下，那苦得咋吃啊！"

才知道，虽然苦辣酸甜咸，人生五味，苦在其中，但不是每个人都能像喜欢甜一样喜欢苦："谁谓荼苦，其甘如荠。"三国陆玑《毛诗草木鸟兽虫鱼疏》解说这句诗里的野菜——苦菜——时说，苦菜经霜后甜脆而美。其实，苦菜不必甘不必甜，苦可以就是苦，苦也可以是美味，只要你喜欢。

现代文人中，最喜欢苦味的是周作人吧，书房叫作苦雨斋、苦茶庵；也不用说写苦的文章，他的"苦"书就着实不少：《苦茶随笔》《苦竹杂记》《苦口甘口》《药堂杂文》《苦雨斋序跋文》。茶、竹、药、雨都是一个"苦"，嘴里尝着的"苦"，说着的"苦"，心里体味到的"苦"，也就都写在了文字里。在《杜牧之句》那篇文章中，周作人说自己喜欢杜牧那句"忍过事堪喜"，还把它写在花瓶上。他解释说："我不是尊奉它为格言，我是赏识它的境界。"原来，"苦"乃一种人生境界，只是并非所有人都能体味，更别说达到，就如"苦茶是不好吃的，平常的茶小孩也要到十几岁才肯喝。喝一口酽茶觉得爽快，这是大人的可怜处。人生的'苦甜'，如古希腊女诗人之称恋爱"。懵懂的小孩子只爱单纯的甜，成长却也需要吃点苦菜，用"苦"启蒙。经历人生，懂得一点生命，五味杂陈，其实一样都不能少。"苦"是成人的"可怜"，却也"堪喜"。

李时珍解释苦菜时说，家里栽的苦菜叫苦苣菜，野生的叫苦荬菜。也就是说，爱苦菜的古人不仅去山下、田野"采苦",还会在家里栽植苦菜。只是不管南北,至今我还没见过有人在家里栽苦菜。苦菜是很久没有吃到了,还好,人生的苦味倒是一直能够尝到,并且学着去"赏识"这种人生"苦境"。

16

茉莉花的故乡以及它和女人的事儿

"好一朵茉莉花，好一朵茉莉花……"

傍晚，在楼下，有个小女孩手里拿着一朵茉莉花，蹦蹦跳跳地从身边走了过去。一道飘过去的，是歌声，和花香。

茉莉花的名字和人们熟知的这首歌都很中国，但要追本溯源，它也算是洋花。现在看来很美的名字最初也只是外语的音译，没什么实际意思。从晋代到明末，一千多年的时间里，人们提到茉莉花，也正如李时珍所说："嵇含《草木状》作末利，《洛阳名园记》作抹厉，佛经作抹利，《王龟龄集》作没利，《洪迈集》作末丽，盖末利本胡语，无正字，随人会意而已。"明人王象晋在《群芳谱》中说"抹丽'有压倒群芳之意，但终归是望文生义的过度阐释。南北朝的字典《玉篇》已有"莉"字，解释极其简单，一个字："草"；比起"莉"来，"茉"字的出现要晚得多，而且，除了用于茉莉花，这个字再没别的用法。在中国生长开花了一千四五百年，他乡也成了故乡，专门给一棵花造了一个字，有点像正式承认和接受它加入了我们的国籍。

时间久了，很多事都成了一笔糊涂账。说茉莉花是洋花，但如果问它是从哪儿来的，似乎只能用《橄榄树》中的一句歌词来回答："不要问我从哪里来？我的故乡在远方。"《本草纲目》《群芳谱》等古书都说茉莉花"原出波斯"，这两本书名声大，影响大，今人也就跟着说，但茉莉却又是译自梵文 Mallika。南宋的王十朋写诗也说，"没利名嘉花亦嘉，远从佛国到中华"（《又觅没利花》），似乎应该说它来自印度才对。最早记录茉莉花的文献是晋代嵇含的《南方草木状》，书里也只是模糊地说它和耶悉茗一样，都是"胡人自西国移植于南海"。

　　美国学者劳费尔著有《中国伊朗编》，是研究中外文化交流史的名著，书里说："耶悉茗这个植物已鉴定为 Jasminum officinale，末利即 Jasminum sambac。" Jasminum officinale 汉语名称是素方花，《中国植物志》也采用了这一说法，但问题是：第一，素方花确实也是茉莉属植物，但西方是怎么鉴定出耶悉茗就是素方花的呢？第二，中国文化史里，素方花名不见经传，也没人说过耶悉茗是素方花，人们只认耶悉茗即是素馨花。李时珍讲茉莉时，说"素馨亦自西域传来，谓之耶悉茗花"。《本草纲目》是中国植物学的集大成者，李时珍的说法也是空穴来风，采自前人。宋人吴曾《能改斋漫录》里这样说："岭南素馨花，本名耶悉茗花。"今人叶灵凤先生是花痴，他说，"素馨在广州享名已久，据说其种来自西域，古代所说的那悉或那悉茗花，就是指素馨花"（《花木虫鱼丛谈》）。素馨和茉莉一起漂洋过海到中国来，在中国的古诗文里常是成双成对："南国幽花比并香。直从初夏到秋凉。素馨茉莉古时光。"（宋·杨泽民《浣溪沙·素馨茉莉》）甚至，人们把素馨和茉莉看作了姐妹花："姊娣双承雨露恩，至今犹有断肠魂。道人不受浓香足，四山甘雨已如倾"（宋·陈宓《素馨茉莉》）。

劳费尔的书里提到有西方学者认为耶悉茗是波斯语的音译，但他不大相信波斯语在嵇含的年代已传到中国。讲茉莉花时，劳费尔从嵇含的《南方草木状》说起，说这本书的下卷写指甲花时谈到耶悉茗和末利都是胡人由大秦传到中国的。中国古代称罗马为大秦，茉莉是从罗马传来的吗？劳费尔认为全无证据。所以，这位善于考辨的学者其实也没有搞清茉莉到底从哪里来，最后，以"此花来到中国已久"结束了历史文献的考索。

而且，劳费尔使用的材料也有错误，他说的《南方草木状》下卷是果类和竹类植物，压根儿没有指甲花，更没有说过茉莉来自大秦。写指甲花的是唐人段公路记岭南风土的《北户录》，这本书确实谈到了耶悉茗和茉莉花的故乡，但说的不是大秦，而是波斯。《酉阳杂俎》和《北户录》一样，也是唐人著作，也说茉莉来自波斯。《本草纲目》《群芳谱》中说茉莉"原出波斯"，估计其出处即源于这些唐人著述。

美国另一个汉学家薛爱华著有《撒马尔罕的金桃》，是研究唐代舶来品的名著，书中也提到茉莉，说："唐朝有两种外国来的茉莉，一种是以波斯名耶塞漫知名，而另一种则是来源于天竺名茉莉。这两种茉莉在当时都已移植到了唐朝的岭南地区。香气浓郁的茉莉花与波斯、大食以及拂林都有关系。"耶塞漫是耶悉茗的另一种音译，拂林是古中国对罗马的旧称。薛爱华似乎说清了茉莉家乡的问题，但肯定会有人不同意他把素馨看作茉莉的观点。海上才子叶灵凤就写过一篇《香港只知有茉莉，今日何人识素馨》，为被茉莉盛名所掩的素馨鸣不平，说茉莉和素馨相似，但毕竟是两种植物。但叶灵凤的文章也缺乏学术的认真，没有仔细考辨材料，说南越时代人们已种植素馨，还说是陆贾得自西域，赠给了尉佗。这个说法肯定是对《南方草木状》的误记或者误解。嵇含写素馨和茉莉时确实提到了陆贾《南越纪行》的一段话，"南越之境五谷无味，百花不香"，但却并未说是陆贾把素馨和茉莉带到岭南，送给南越王尉佗。

素馨也好，茉莉也好，都是从域外先传到广东，这个应该是确定无疑的事了，但错误依然被制造被流传。邓云乡先生是写草木虫鱼的高手，写过一篇《茉莉》，其中也说到茉莉的身世，引的是《本草纲目》："《本草纲目》说它是由海路从波斯移植到海南的。"如果这篇文章被李时珍看到，一定会大声叫屈，因为人家李时珍写的是"末利原出波斯，移植南海"。"海南"和"南海"只是一个字序之差，但两地却差之千里。

不管茉莉是哪里来的，至少有三点可以确定：第一，茉莉传到中国很早，魏晋时已有，到现在已有一千七八百年的时间了，确实可以不管它来处，认作自家人也无可厚非；第二，广东有点像海外植物的集散地，茉莉也是先登陆广东，再蔓延全国；第三，茉莉为人喜爱是因为花香。茉莉和素馨也真是幸运，一到广东，就因其花香被人喜爱。嵇含说："南人怜其芳香，竞值（植）之。"而且，尤为女人们喜欢，"以彩线穿花心以为首饰"。

古代没有香车配美女，女子最好的饰品是香花。茉莉花花香淡远又不绝如缕，自然会为女子喜爱。李渔甚至说，"茉莉一花，单为助妆而设，其天生以媚妇人者乎？……植他树皆为男子，种此花独为妇人。"佛经称茉莉为鬘华，园艺家周瘦鹃解释说，茉莉有此名是因为"它往往给娘儿们装饰髻鬟"。美女头上香花开确实应该是美丽景致，只是文人写来大多堕入香艳一途："香从清梦回时觉，花向美人头上开"（清·王士禄《茉丽词》）；"素华堪饰鬓，争趁晚妆时"（明·皇甫汸《题茉莉》）；"情味于人最浓处，梦回犹觉鬓边香"（宋·许棐《茉莉》）。冯梦龙搜集的民歌集《挂枝儿》中收入一首《茉莉》，是现在传唱的《好一朵茉莉花》的雏形。虽说也是民歌，但像是城市市井民歌，和田间陌上的歌声已不大一样——

闷来时，到园中寻花儿戴。猛抬头，见茉莉花在两边排，将手儿采一朵花儿戴。花儿采到手，花心还未开。早知道你也无心，花！我也毕竟不来采。

花香，朱自清先生写得好："微风过处，送来缕缕清香，仿佛远处高楼上渺茫的歌声似的。"（《荷塘月色》）世间有香的花不少，但配得上这么好的句子的花香其实不多。茉莉花香不浓不淡，真真配得上朱先生这个好句子。像宋人姜夔这样爱茉莉花香的人应该很多："他年我若修花史，列作人间第一香。"（《茉莉花》）说"第一"只是说爱，不能真的争辩谁是花中第一香。很多说法只是抒情而已，因抒情而有了好诗已经很好。

但世间事也真是麻烦，再好的花也少不了是是非非。按理说，那么好的花香应该大家都喜欢才对。但，就是有人厌恶它。王象晋《群芳谱》说世人有言："清兰花，浊茉莉。"茉莉如何浊呢？王象晋解释说，茉莉喜肥，用鸡粪、泔水和厨房洗鱼的水这些浊物浊水养茉莉，则开花不绝，不若兰花点滴清水即可花香徐来。也许这是有洁癖的人不喜茉莉的原因，但淤泥里的荷花可以被人赞美"不染"，为什么就不能赞美茉莉的出浊物而不染呢？也许还有别的原因吧，比如茉莉花和女人的事儿。

前面说文人写女人戴茉莉花的诗过于香艳，看看诗中的梦啊、晚啊，当能明白其中玄机，这可不仅是跟茉莉花夜晚最香有关。清人徐灼的诗写得更清楚："酒阑娇惰抱琵琶，茉莉新堆两鬓鸦。消受香风在良夜，枕边俱是助情花"（《茉莉花》）——茉莉乃枕边助情花，戴花的也并非普通女子。据说，古时扬州苏州南京的金粉之地，栽种茉莉尤其多，原因就是风月场中的女子喜欢枕边放茉莉。清人余怀的《板桥杂记》记秦淮青楼见闻，写到茉莉花时简直咬牙切齿地开骂了："此花苞于日中，开于枕上，真媚夜之淫葩，殄人之妖草。"

收拾好一大堆乱七八糟的草木书，到露台上走走。几棵茉莉已长出长长的藤，爬到屋顶。天阴着，有了秋的寒凉，茉莉藤上的绿叶间，还点缀着几朵花，白得像雪。靠近闻闻，花香还在，淡淡的，远远的。

17

紫茉莉的名字和故事

紫茉莉的名字很多，名字不仅是名字，背后总会有故事。

清人吴其濬《植物名实图考》称其野茉莉，说"处处有之，极易繁衍"，这应该是这棵草被称为"野"的原因。"野"不一定真是野生，像野生也是"野"。物以稀为贵，到处都有的东西当然不会"贵"，不贵就是"贱"。贱也有贱的好处，易繁衍，好养活。以前医疗条件不好的时候，小孩子的夭折率很高，胡乱给取个贱名，就是求个好养活的意思。紫茉莉也真是比茉莉好养活得多：在温暖的江南，茉莉也不能地栽，得植于花盆，冬天还得搬到屋里，而紫茉莉南北都有。我的紫茉莉就是不速之客。前后阳台的几个空花盆里，有一年突然长出几棵紫茉莉。以后，每年都会来，不用我管它们。

明代《群芳谱》说茉莉有木本有草本，紫茉莉确实也叫草茉莉，但至于它是否就是古人说的草本茉莉，王象晋没说，我们也无从得知。但吴其濬说因为紫茉莉"花如茉莉"，所以以之为名，实在有点牵强：茉莉花有单瓣有重瓣，但颜色只有白色；而紫茉莉名为"紫"，其实还有白、黄和复色，花型也只有单瓣，但跟单瓣的茉莉花也没什么相似之处，倒是有点像小喇叭花。我身边就有小孩子把紫茉莉误认作喇叭花，还说小时候摘下花来当小喇叭吹，真能吹响。称其茉莉，恐怕是因为紫茉莉和茉莉一样有花香，而且都是黄昏到夜晚这段时间花香最浓。但同是花香，气质有别：茉莉花香淡而雅，而紫茉莉浓得有点俗。俗是民俗的俗，让人亲近。

《植物名实图考》中还提到紫茉莉的另一个名字：粉豆花。说得名原因是种子如豆，内瓤白色，可作粉。作粉干什么用呢？《崇祯宫词》有载："宫中收紫茉莉实，研细蒸熟，名珍珠粉……宫眷皆用。"据现有的材料，紫茉莉第一次在中国出现，就是出现在这位皇帝的后宫。而且，进到宫里不是因为花美，而是种子可以用来做化妆的珍珠粉。崇祯死了一百多年以后，这种紫茉莉粉又出现在大观园女孩子们的妆台前。《红楼梦》第四十四回，宝玉递给平儿一根玉簪花棒，笑着说："这不是铅粉，这是紫茉莉花种研碎了，对上料制的。"两本书不仅说清了紫茉莉粉的制作方法，而且再看下去，连这脂粉的样子和化妆效果都有了："平儿倒在掌上看时，果见'轻''白''红''香'，四样俱美；扑在面上，也容易匀净，且能润泽，不像别的粉涩滞。"

大观园的女子们喜欢紫茉莉粉，但崇祯皇帝不喜欢，接着说《崇祯宫词》里的故事——紫茉莉漂洋过海到中国后的第一个故事：后宫佳丽都用紫茉莉做的珍珠粉化妆，但崇祯不喜欢女人们浓妆艳抹，看见有人涂脂抹粉多了点，就嘲笑人家"浑是庙中鬼脸"。据说，大清的乾隆皇帝也不喜欢紫茉莉。皇帝们不喜欢，于是紫茉莉从皇帝后宫和高门巨族流落到了民间。孩子们也就有了机缘看见紫茉莉的种子，他们叫它地雷花，把它乌黑的种子当玩具武器扔来扔去，不知道它曾是妃子和小姐们的高级化妆品，当然也更不知道紫茉莉是国外来的洋花：1918年杜亚泉等人编纂、商务印书馆出版的《植物学大辞典》说紫茉莉来自西印度，现在的《中国植物志》说它老家在美洲。

和茉莉一样，离家久了，家也就模糊了，成了一笔糊涂账。不像人，离家越久，家却在心里越来越清晰，清晰得让人心痛。第一次记载紫茉莉的《崇祯宫词》是清代康熙年间的王誉昌所撰，第一次记载茉莉的是《南方草木状》，都叫茉莉，但两棵花差了一千四百年。孩子们不管这些，只管玩儿：男孩子们扔地雷，女孩子们用它做耳坠、涂指甲、抹嘴唇——清人屈大均在《广东新语》中说，紫茉莉"花可以点唇"，所以紫茉莉也叫胭脂花。紫茉莉是贱花，花市不会有卖，但成了很多男人女人偶尔想起的童年故事，花一样点缀着凡俗人生。

刚才说到屈大均，他的《广东新语》是本蛮有名气的书，而有名气的书更要小心，不能被名气吓住。比如，屈大均说紫茉莉的花"早开午收"，这比"朝开暮落"的木槿还短半天。陈淏子的《花镜》同样有名，也同样这么说紫茉莉："清晨放花，午后即敛。"这样说紫茉莉的人大概都是日出而作、日入而息，没在夜里去看看紫茉莉。关于紫茉莉开花的时间，清代医家赵学敏在《本草纲目拾遗》中的说法和前两位不太一样："紫茉莉入夏开花，至深秋未已。白花者香尤酷烈，其花见日即敛，日入后复开。"其实，最简单的说法应该是从黄昏说起：紫茉莉黄昏开花，夜里也开着。因为夜里也开着，江南有些地方叫它夜娇娇，吴侬软语命名一朵花也会有浓得化不开的亲昵，让我这北人听了就想笑。无眠的夜娇娇会把花一直开到第二天早上，太阳升高了，它合上花瓣，睡了。

英语里叫紫茉莉为四点钟花，四点当然是黄昏的四点。中国人的说法比英语要诗意得多，叫它晚饭花、烧汤花、洗澡花。这些草名都是一首乡土中国的田园诗或者一幅风景画：黄昏，房前屋后，墙角或者篱笆旁边的紫茉莉开花了，空气中弥散着俗世花香。母亲开始烧火做饭，在外面撒野的孩子饿了，回家。母亲一边亲昵地骂着，一边给泥猴儿一样的孩子洗澡，清水从光屁股的小身子上流过。

汪曾祺先生有本有名的小说集叫《晚饭花集》，自序中有一句话估计被很多人记住了："看到晚饭花，我就觉得一天的酷暑过去了。"真是好句子，也让人欣然释然：难耐的酷暑过去，来的是怡人的凉意。可是那句话还没有说完，还得接着读："也感到一点惆怅，很淡很淡的惆怅。"惆怅是晚饭花故事的味道，像紫茉莉的花香弥散在黄昏。

小说集中,《晚饭花》是一组小说,很短的三个短篇。小说当然都写人,但三篇小说里也都有个道具——人都是平凡的人经历着平凡的人生,道具不仅是道具,人生的惆怅附着其上。第一个故事叫《珠子灯》,江南旧俗,有钱人家给出嫁的女儿送灯。女人出嫁了,琴瑟和鸣,是个好故事,可男人死了。那些灯就黑着,再也没亮过,女人就一个人过日子,就躺着。躺了十年,女人死了。一个锁着的房间里,珠子灯的线断了,嘀嘀嗒嗒落到地上。第二个故事里是一个挑担子卖馄饨的男人和三个女儿,三个女儿都嫁了好人家,也是好故事。可结尾是男人没说出的一句话:"谁来继承他的这付古典的,南宋时期的,楠木的馄饨担子呢?"第三篇就是晚饭花,一个小孩子喜欢看一个女孩子,女孩子坐在自家门道里做针线,身后是开着的晚饭花。女孩子出嫁了,嫁给了一个"不学好"的男人。晚饭花还在,只是没有了那个女孩。

　　晚饭花开,一天的酷暑就过去了,但过去的不仅是酷暑,还有很多美好的事也跟着过去了。川端康成有篇名文,叫《花未眠》,第一段有句话说:"凌晨四点醒来,发现海棠花未眠。"凌晨四点,我放下书,到露台上走走,醒着的是紫茉莉,在黑暗里,静静的。想起小时候和二姐年年种花,花里就有紫茉莉。去年二姐从北方来江南看爹妈,跟她聊起过去的事,问姐:"还种花吗?"姐说:"忙着过活,哪还有闲心种花。"姐跟着姐夫"闯关东"很多年了。

18

剪一枝枸骨插进冬天的瓶子

夜里，打开门，到露台上走走。壁灯下一棵半人高的枸骨树，幽暗的绿叶间，点点红光，是一簇簇圆圆的红果，在深秋的深夜，红得鲜艳。秋会去，冬会来，如果江南有一场雪，白的雪配上点点红果，也是北方见不到的好景致。宋代的《本草图经》说，枸骨"多生江浙"。到现在，北方的冰天雪地也少见这么鲜艳的绿叶红果，我也是到江南才遇到枸骨树，才知道，夜的黑，雪的白，都可以是红果的好背景：黑暗中的红是星星点点的亮光，白雪里的红是星星点点的暖意。

冷的秋，寒的冬，黑的夜，能遇见一树鲜亮的红果，是多好的事，可惜没有人给枸骨树和它的红果写首诗，或者编个好故事。历史中的枸骨树和暗夜里的枸骨树一样，静静地红着，点缀着秋冬的寒，暗夜的黑。明代的《群芳谱》里没有它，这么好看的红果为什么入不得"群芳谱"呢？到了清代，"御定"的《广群芳谱》中终于有了枸骨，但也只是抄了一段《本草纲目》。

李时珍写草写树有不少好文字，但写枸骨这段却实在不高明，甚至有造假的嫌疑。唐代的陈藏器在《本草拾遗》中解释枸骨之名，本来说的是这棵树"肌白似骨，故名枸骨"。李时珍却抄成了"此木肌白，如狗之骨"。枸骨的"枸"读音和"狗"一样，李时珍望文生义，也生出一点孩子气的想象，想给这棵树的名字一个圆满的解释吧。从诗意的角度看，李时珍的解释可爱，把一棵树和一条狗联系在一起；从学术的求真来说，那就是偷梁换柱，篡改古人。

但今人也是一样，嫌"枸"字太生僻，常把"枸骨"写作"构骨"。这两个字都是木字旁，音和形也相似，但却是两棵不同的大树：构是构树，枸是枳椇，古时也写作枳枸——"枸"字里有个"句"，是表声的，所以它最初的读音本来就同"椇"。几千年过去了，构树和枳椇还都在我的小城生长。夏天，桑科的构树结一树橘红色的楮果，在阳光里透明、闪光；枳椇的名字虽然有古意，但终究麻烦，小城的人叫它金钩梨，或者拐枣。秋天，还有人拿着一束小树枝，在街上贩卖枳椇那奇形怪状的果实。我吃过，甜甜的。现在，构树和枳椇这两棵《诗经》时代的树都早已被现代城市绿化遗忘，只在老城区静静地守候岁月，像是依然生长在古老的历史里。

《诗经》有诗句"南山有枸，北山有楰"（《小雅·南山有台》），《诗经》时代的南山北山都是山高林密，南山生长着的树是枸。三国时代的陆玑解释说，枸也叫枸骨。草木世界一物多名，一名多物，不同的植物同名同姓也都是常见的事。往下看看，会知道，陆玑说的这棵枸骨不是今天的枸骨。虽然，《诗经》里的枸骨也是木质白皙，但它结的果实不是好看的红果，而是好吃的甜果，所以又叫木蜜，或者金钩梨、拐枣，都是往嘴巴里放的东西。今天的枸骨结红果，是大自然送给眼睛的好颜色。陈藏器、李时珍，还有其他不少古人今人，不仔细读书，读了也不仔细思考，思考了也不实地考察，所以不知道"枸骨"曾经是几种不同植物的名字：除了枳椇，卫矛和十大功劳也都曾以"枸骨"为名。断章取义的结果只能是张冠李戴，把不同的"枸骨"混杂在了一起，也给后人留下来一笔糊涂账。

回过来，接着说枸骨的"枸"。宋人编的《集韵》释"枸"为"木曲枝"，也就是树枝弯曲。用"枸"来命名拐枣，乃是因为古人看见这棵树的枝柯弯曲不直，果实也是曲里拐弯——"枸"和狗没有关系，倒是和金钩梨的"钩"有点相似，都指东西弯曲。枸骨树上也有弯曲的地方，但不是枝不是果，是叶。和枳椇的果实一样，枸骨的叶子也堪称奇形怪状：不仅翻转卷曲，而且尖角有刺。所以，枸骨名之为"枸"，和"狗"无关，和它奇葩的叶形有关。但世间事也真是巧得很，有一种枸骨的叶子居然没有刺，现在一般称作无刺枸骨，它倒是能和狗扯上一点关系。清代吴其濬在《植物名实图考》中称这种无刺枸骨为闹狗子，说狗吃了它的红果会小命难保。姑妄言之姑妄听之，当个好故事听听就是了，当不得真。因为我的枸骨即是无刺枸骨，家里也养着两条狗，但那棵树从没闹过狗狗，狗狗们也从不会去碰树上的果果。

一千个读者会有一千个哈姆雷特，一千个人看一棵树，也会看到一千种不同的东西。古人知道枸骨木质坚硬白皙，用它做盒子，做算盘珠，做印章；李时珍还说有人采枸骨树皮，煎成木胶，用来粘鸟，还给它取了个名字叫粘黐。但枸骨让人一目了然的还是它有刺的叶子，所以，比起难解的怪名枸骨，这棵树多的是"带刺"的俗名：八角刺、猫儿刺、老鼠刺、老虎刺，等等等等。简直像个动物园，一树的动物，真是热闹。看着枸骨浑身是刺的叶子，也有人想象力异常发达，给它取了个更好玩的名字：鸟不宿。这也正和枳椇相反，枳椇果实甜美，陆玑说"飞鸟慕而巢之"。

但想象终归是人的想象，鸟是不是怕枸骨的尖刺，敢不敢来栖息则是另一回事。江南曾有朋友跟我讲，他小时候常采八角刺的叶子喂小兔子。我很惊异，问：小兔子不怕这样尖利的刺吗？问完就后悔，因为想起小时候喂猪的野菜中有小蓟，俗名刺儿菜，也是带刺的。兔子吃有刺的叶子也实在没什么可大惊小怪的，因为人还用枸骨叶浸酒泡茶呢。清代的《本经逢原》中说，用枸骨叶浸酒可以补腰健脚。清代的另外两部本草书则记载用枸骨嫩叶泡茶的事：《本草从新》说用枸骨叶泡茶"甚妙"，可"生津止渴"；《本草纲目拾遗》

称之为角刺茶，也叫苦丁，说"味甘苦极香"。我喜欢苦丁茶的苦，可一直不知道江南苦丁竟出自枸骨树。现在，江南还有人采春茶时顺便采枸骨新生的嫩叶吗？我到江南十年，还没有朋友请我喝过"味甘苦极香"的角刺茶。但不喝也罢，《本草纲目拾遗》中说人们炒成角刺茶专门卖到尼姑庵，又转卖给大户人家的女人。为什么呢？因为民间以之为"断产第一妙药"："妇人服之，终身不孕。"

草木讲多了，常被人问这种果实是否能吃，那种植物有什么药效。而我的回答让人失望：我只管审美，无关实用。今天讲枸骨讲到药方子，其实也是一样，我只是喜欢药方子里的民俗故事而已。还是接着说审美吧，《植物名实图考》说以前旧俗：冬天，人们常剪一枝结满小红果的枸骨，插在瓶中，"红珠的皪"。皪读若丽，"的皪"意为光亮鲜艳。民国初年，杜亚泉等人编著的《植物学大辞典》说日本人称枸骨为"柊"。柊树叶子也有刺，确实有点像枸骨，但也只是像而已，柊树和枸骨终究是两种不同的树。错误归错误，"柊"字也真是一个好看的字：一棵冬天的树。枸骨也是冬天的一棵好树，可学学古人，剪一枝枸骨插瓶，置于冬天的几案，"红珠的皪"。

19

银杏树下的弦歌

　　紫飞去北京，下课后打电话给她，她说她在燕园。已是十月末，我便问，园子里的银杏叶黄了吗？打电话问一棵树，没什么好笑：想念的地方应该有一棵树让人想念。"昔我往矣，杨柳依依。"《诗经》里那个急着回家的人，心里有春柳，枝条柔曼飘拂。紫飞答，还绿着呢。我走出教室，恰好走进一小片银杏林，也绿着。心里一闪念——等；等一棵树走进一个季节，等北方深秋，江南初冬，一棵树改变颜色。

　　翻翻古书，找找历史里的银杏，常见银杏在寺庙生长，大概是树崇拜的遗留吧——崇拜一棵树，现在想来，也是诗意的事。前几年有个很热的电视节目，有个博士在里面宣称，科学是他评判一切的唯一标准。真是糊涂话，科学如何能评判一切？人的爱树、爱人、爱天地万物，是灵魂的事，和科学关系不大。如果"爱"也要用科学来判断，想来就可怕。古人以银杏做社树，在树下祭祀，载歌载舞，等待神的降临，已是很久远的事了。寺庙里的参天银杏，只在风里窸窸窣窣，不说话，说话的是人。邓云乡先生《燕京乡土记》中有文写京西名胜潭柘寺，说是写寺，却用了多一半的篇幅怀念一棵千年古银杏。现代人是无神论者，离神也越来越远，寺庙也不过是偶尔旅游的地方，但生命路程上，却有相当长一段时间，走过一个个大大小小的校园。大一点的校园，多有银杏，无论南北。虽然，银杏本是南方嘉木。

李时珍写银杏，开首便是一句"银杏生江南"。生是生在江南，可早在宋代，银杏已渡江到了北方。南方的橘树，离开故土，结果南橘北枳，在北方活得很是委屈。经历过冰川纪的银杏，不嫌弃北方干硬的土地。十几年前，我到燕园读书，开学不久即是秋，园内一条小路，夹在两排银杏树中。秋风起，叶落如黄色雪，人在翻飞落叶中。秋风落叶，令人萧瑟。可独独银杏落叶，恰如盛大节日，令人欢欣。其他树种多是叶枯才落，银杏落叶却依然柔韧，毫无年老色衰之相。那色，人多誉之金黄，却又全无黄金之市井气，直是泛映着温润的生命之光。校园里的人，拾起银杏落叶，夹在书里，一枚天赐的雅致扇形书签。其形其色，似乎天生就带着书卷气。爱草木的人说花是世间奇迹，银杏的奇迹是黄叶，落与不落都是。

"这样叶子的树从东方／移植在我的花园里。"花园的主人是歌德。银杏叶很幸运，落到西方后，有大诗人给它写了一首赞美诗。歌德把诗寄给情人时，信笺上粘贴了两片银杏叶。但德意志民族的土壤太盛产哲学家，诗歌也太多理性，本是情诗，却因银杏叶当中有裂，诗人写起了"叶子的奥义"："它可是两个合在一起 / 人们把它看成一个？"即便是大诗人，写出的爱情奥义其实也没那么深奥："你不觉得在我的歌里 / 我是我也是我和你？"民间歌唱爱情，没那么多奥义，爱情就是爱情，简单到只有缠绵和热情，却更接近爱情的本质。冯梦龙搜集整理的民歌集《挂枝儿》中有一首《泥人》，和歌德的《银杏叶》相似，但民间无名的诗人，比起大诗人所作，却更是纯粹的情诗："泥人儿，好一似咱两个。捻一个你，塑一个我，看两下如何。将他来揉合了重新做。重捻一个你，重塑一个我。我身上有你也，你身上有了我。"你得说，无名诗人的泥人儿比大诗人的银杏叶好看。

说到民间，也在书里听见过有人在街头唱银杏："糯糯热白果，香又香来糯又糯。白果好像鹅蛋大，一个铜板买三颗。"要感谢周氏三兄弟中的老三周建人，在《白果树》里记下了已失传的歌谣。虽说是小商贩的叫卖吆喝，也可以做质朴的诗来听，也并不比大诗人的诗歌差。叫卖声中的白果就是银杏果，所以银杏也名白果树。白果和杏仁一样是指果核，也和杏仁一样是民间美食。周建人文章中的商贩挑担炒白果，想来和我北方家乡卖糖炒栗子的差不多。可惜到江南五年多，只在校园看见有人站在银杏树下，用很长的竹竿打青青银杏果，却没见过卖炒白果的。即便街上有炒白果的摊子，商贩也不会用那样的歌声叫卖了。

银杏的花，应该更少有人见了。李时珍说银杏晚上开花，随即谢落，人罕见之。我却在一个春天，看见银杏花开，当然是白天，不是晚上。我虽然喜欢草木诗人的李时珍，但却不会迷信他。银杏花是柔荑花絮，和春天的柳树花一样，嫩黄色的小穗——不是李时珍说的青白之色——隐在簇生的银杏叶中。如若不留心仔细寻找，真是难得有缘相见，那一点鹅黄，真是很春天。

我不会以发现李时珍的错误沾沾自喜，恰恰相反，《本草纲目》里的很多错误，让人迷恋。即以银杏为例，李时珍说银杏有雌雄，要想雌树结果，方法有三：一，须将雌雄种在一起，两树相望；二，把雌树凿一孔，孔中放一雄树木块，用泥封好；三，将雌树栽在水边，临水照影。迷信科学，把科学看作评判世界唯一标准的人，会笑这些说法荒诞不经。但雌雄两树相望，一个"望"字，让人想象爱情的深情。再迷信科学的人，也无法将爱情科学化吧。有部电影中，一个男人对着残垣断壁上一个洞诉说自己无望的爱情，这个不科学的情节不也感动了许多人吗？除了科学，人还需要情感。情感和科学、传说无关，和心灵有关。临水照影的银杏，像是遭遇"科学"的"传说"，有点孤独。希腊神话里临水的纳西索斯，那个爱上水中自己倒影的少年，死后变成一簇水仙花，看着水上的花影……

中国文化成熟太早，遗弃传说也太早，于是重实际，轻玄想。尽管传说生生不息，听传说的人却对传说之美熟视无睹，一心要落到实处。庄子曾虚构过一个好故事，说"孔子游于缁帷之林，休坐乎杏坛之上。弟子读书，孔子弦歌鼓琴"（《渔父》）。宋人吕浦著《杏坛问答》里说，有次自己刚坐下来上课，弟子就笑问："杏坛之杏红乎？白乎？"杏坛的杏是开红花的杏树呢？还是结白果的银杏？跑去问庄子，庄子也无标准答案吧。我不问，只知道，后来的杏坛指学校——我们大多数人生活过的地方，用一棵树来指代。走过校园银杏林，会偶然想起孔老师坐林中，不管春天杏树花开，还是秋冬银杏落叶——弟子读书，老师弦歌——那是怎样美丽的传说，怎样动人的弦歌！

弦歌不绝……

20

有花有果有狗叫的枸杞

雨天，出门，站在露台的遮雨棚下，听雨。听雨时，看见雨里的花。过了立冬的十一月，即便江南，花也不多。枝条上缀着花朵的，是枸杞。花很小，紫色的。

枸杞也开花，从夏开到了冬。这么长的花期，来看花的人不多。"僧房药树依寒井，井有香泉树有灵。翠黛叶生笼石磴，殷红子熟照铜瓶。枝繁本是仙人杖，根老新成瑞犬形。上品功能甘露味，还知一勺可延龄。"诗名很长，叫《楚州开元寺北院枸杞临井繁茂可观群贤赋诗因以继和》，不知"群贤"都是怎么看怎么写盛唐那棵"可观"的枸杞树的。盛唐气象应该花团锦簇才对，大唐的诗人应该眼里有花才对，可刘禹锡的这首诗里，写了枸杞的叶，写了子，写了枝，写了根，就是没有花。也不仅刘禹锡，宋人编修的《广韵》说枸杞有四名——春名天精子、夏名枸杞叶、秋名却老枝、冬名地骨根，也是有枝有叶，有根有果，但没有花。中国植物文化的源头在《诗经》，但影响最大的是本草之学，无用的审美终究敌不过有用的药效。给枸杞取那些名字的不是诗人，是本草学家。而且，最早的本草书《神农本草经》已将枸杞列为上品，视为神药，说久服可以轻身不老之类。所以，即便是大唐的诗人们看枸杞，也只能看见一棵药树了。

最大的本草学家是李时珍，他也说枸杞四季有四名，依次是天精草、长生草、枸杞子和地骨皮。但李时珍终究有些诗人气，采药时看到了花："春采枸杞叶，夏采花，秋采子，冬采根。"虽然说的是采药时令，但读起来也真像是歌谣，一首在四季里根深蒂固枝繁叶茂有花开的歌谣。如果在"秋采子"后面再加上一个"啊"，读成"秋采子啊"，会更有韵味吧，说不定会有人想起宋代无门和尚写四季的诗："春有百花秋有月，夏有凉风冬有雪。"诗名是《颂》，一直传唱到现在。一棵树和春花秋月、清风白雪一样，值得"颂"，不管是不是药树。

李时珍的采药歌写得好，但解释草木之名着实有不少牵强附会的臆想。就说枸杞吧，《本草纲目》说枸和杞是两种树的名字，而枸杞"棘如枸之刺，茎如杞之条，故兼名之"。李时珍之后，人们谈及枸杞之名，就会不假思索地照抄这句话。明代王象晋《群芳谱》、清代陈淏子《花镜》、近人周瘦鹃《花木丛中》，大大小小，都算是名著名作了，但也都把李时珍的话当作了金科玉律，没人问问枸和杞到底是什么树。

其实，稍微做点知识考古学就会发现，《本草纲目》的这种说法只是似是而非罢了。杞是什么树呢？汉代的《说文解字》解释"杞"字时已说它就是枸杞。比《说文》早的《尔雅》释"杞"为枸檵，清代段玉裁说，枸檵乃是枸杞的古名。《神农本草经》说枸杞又名枸忌，三国时代的《吴普本草》说枸杞又名枸己，宋代寇宗奭《本草衍义》说枸杞也名枸棘……枸檵、枸忌、枸己、枸棘这些名字和枸杞读音相似，让人怀疑后起的枸杞之名首先是古名的谐音。古名中的"檵"又是什么意思呢？明代方以智《物理小识》解释说，名之枸檵，是因为它耐修剪好养活，"一年可五剪，枸檵言其易生也"。但终究还是《说文》说得清楚："檵，枸杞也，一曰坚木。"就是说，枸檵木质坚实。陈淏子《花镜》接着这个意思说："其茎大而坚直者，可做杖，故俗呼仙人杖。"有的时候也称之为西王母杖。宋人沈括的《梦溪笔谈》甚至记载，陕西有枸杞树，"高丈余，大可做柱。"读书也真是好，我只见过枸杞纤细的枝条，但在书里可以遇见能做拐杖能做柱子的大枸杞树。小草引人低头看大地，令人静；大树诱人仰望天空，令人宽心，海阔天空。

《诗经》里已有杞树生长，可杞是什么树呢？还是个麻烦问题。宋代王应麟说《诗经》里有三种杞，就是说，《诗经》里的杞乃是三种不同的树。《将仲子》里有个女孩子唱：小二哥啊，不要老爬我们家墙头，不要把杞树弄断啊。长在女孩家墙下的这棵"杞"被释作杞柳；"南山有杞，北山有李"（《小雅·南山有台》），南山上的"杞"是山木，是梓杞；

而北山上的杞就被解说成了枸杞："陟彼北山，言采其杞"（《小雅·北山》）。采杞干什么呢？三国时代的陆玑解释"杞"的时候说，春天新生的枸杞嫩芽可做羹汤，称苦杞，而明代的毛晋却说"俗呼甜菜"。宋代林洪的《山家清供》称春生枸杞芽为枸杞头，说将它和嫩笋、小蕈焯熟凉拌，名之山家三脆，并写诗说"自是山林滋味甜"。同一种叶子，不同的人吃来也会吃出不同的味道，人生也是一样。

汪曾祺说故乡的食物时，也谈到采食枸杞叶芽的乡俗，说"那滋味，也只能说是'极清香'"。枸杞嫩叶到底是苦是甜还是极清香呢？我没吃过，不知道，只能跟着古人今人在文字里想象苦辣酸甜咸的味道。汪曾祺提及的另一江南旧俗更有"味道"，但这种味道不在舌尖上，需要用心去体味："乡村的女孩子采了，放在竹篮里叫卖：'枸杞头来……'。"《诗经·北山》不是一首好诗，诗里那个人不停地抱怨着：国家的事儿忙不完，我想我妈啊。但因了汪曾祺的文章，起兴的那句"陟彼北山，言采其杞"，让我有点穿越：在北山采枸杞头的是个乡下女孩，她挎着竹篮走下山来，在街上吆喝着："枸杞头来。"那声音，应该很春天，和竹篮里的枸杞头一样清新。

但同样是杞，为什么南山的杞就是梓杞，北山的杞就是枸杞呢？解释《诗经》名物的古人今人都已说不清。也难怪明人毛晋考辨枸杞时感慨，文献里的"草木之类多而难识，使人惑于疑似之言"。李时珍说枸杞"茎如杞之条"的"杞"只能是《将仲子》里墙下生长的杞柳,我们老家叫它簸箕柳,因为它枝条丛生,柔软,可以用来编筐编簸箕。

枸又是什么树呢?枸树也长在《诗经》的南山上,"南山有枸,北山有楰"。按陆玑的解释,枸是枳椇,但枳椇没有刺。李时珍说枸杞"棘如枸之刺",估计是想起了叶子有刺的枸骨。唐代的杨倞解释"枸"时说:"读为钩,曲也。"所以,古人之所以名枳椇为枸,不是因为刺,而是因为它树枝和果实的弯曲。枸也不仅可以指地面上的树枝弯曲,还可以说地底下的树根。《山海经》中有高耸入云却无枝的大树,"下有九枸",晋人郭璞注说"枸,根盘错也"。枸杞在古人看来,也正是如此。宋代《图经本草》载,世传蓬莱县"多枸杞,高一二丈,其根盘结"。

盘根错节难免奇形怪状,奇形怪状难免让人想象。清人王士禛《香祖笔记》写枸杞时,说古人云"人参千岁为小儿,枸杞千载为犬子"。想象也简单,不过是因为枸杞的名字里有个和"狗"读音相同的"枸"。但因为这个简单的想象,枸杞就有了不少"狗故事"和"狗诗",有的好玩儿,有的无聊。南唐的《神仙传》里讲,有小孩儿进山学道,在溪水边看见两条小花狗戏耍。不爱狗的小孩儿不多吧,于是就追。小孩儿一追,小狗跑到一丛枸杞里不见了。宋人黄休复《茅亭夜话》也有一则枸杞根的故事,说有乡下人以卖枸杞根为业，有次在山里遇见一棵大枸杞树，挖出根来，形状怪异，有脑袋有尾巴，还有四条腿，拿回家去，夜里全村的狗都大叫不止。故事再好，讲故事的人不加上一条续貂的狗尾巴是不肯罢休的。第一个故事的结尾是：小孩儿回去告诉师傅，师傅带着孩子把枸杞根给挖了出来。结果可以想得出来，那根长得就像小花狗。师徒俩把枸杞根给煮着吃了，吃完就都变成能腾云驾雾的神仙了。黄休复则在故事结尾处解说枸杞根的奇效：枸杞、茯苓，还有人参，"根有异者食之获上寿"，直至长生不老，成神成仙。

《诗经》之后，一千多年的时间里没人给枸杞写过诗。等到这棵树重出江湖，再次出现在诗里的时候，已是大唐，枸杞也已摇身一变，成了一棵能化身为狗的神树和药树了。不仅刘禹锡说井边的枸杞"根老新成瑞犬形"，听见过枸杞丛中狗叫声的诗人还真是不少。白居易听见过，"不知灵药根成狗，怪得时闻夜吠声"（《和郭使君题枸杞》）；苏东坡更是常常听见，"千年枸杞常夜吠"（《次韵正辅同游白水山》）。苏东坡也真是幸运，不仅听见，还曾亲眼得见，只不过没有抓到："灵尨或夜吠，可见不可索"（《枸杞》）。

中国的诗人爱枸杞倒不是因为好玩儿的狗叫传说，而是因为它是药树。枸杞旁边的中国诗人总是柔弱的病恹恹的，盼望着一棵树能有奇效，至于是否成仙倒没有那么重要。"灵尨或夜吠"下面的诗句是："仙人可许我，借杖扶衰疾。"

也不仅苏东坡，只要走进古诗里的枸杞，你就能遇见许多多愁又多病的中国诗人。

夜里，雨还在，壁灯亮着，墙边枸杞的花与果也醒着。静静的，只有远远传来的车声，听不见狗叫。我的枸杞太年轻了吧，变不了狗，我也不需要折树枝做手杖。雨里的枸杞，花与果都还新鲜。有花开着已经很好，更何况，小小的枸杞子像雨滴，鲜红，透亮，闪着光。明人高濂《遵生八笺》里说用枸杞做盆景，雪中红果扶疏，被誉为雪压珊瑚。读到这里时，我已盼望着雪了。

21

辟邪去垢的无患子

　　冬天，阳光好的时候，带三岁的雨点儿去小区旁边的公园。公园就是树林，和孩子在树下，指给他看树上斑斓的树叶和果实。或者，一起低头捡落叶和落果。"你听！"胖胖的小手举到我面前，手里一颗无患子的果。果肉已经皱缩，变硬，小手摇晃那果果的时候，里面的果核滚动着，发出轻轻的声音。喜欢无患子树，但这是我第一次听到它果果里的声音：一个小天使带给我，一棵树的声音。笑着蹲下来，让他在我耳边摇晃一棵树上落下来的果，听着。

　　古代会有人和我们俩一样听见这棵树、这颗果的声音吗？若考察这棵树的历史，应该说，直到唐代，无患子大概还是难得一见的树。按唐代本草学家陈藏器的说法，那时候的无患子，还是"深山大树也"。"深山大树"，真是有气魄！医家之言也如诗。可惜，诗人们没给这棵树写过诗。唐人包何有一首《同李郎中净律院梡子树》，开头两句是："本梡稀难识，沙门种则生。"清代两部大型类书《古今图书集成》中的《草木典》和《广群芳谱》都将诗题中的"梡子树"

改成了"患子树",诗句中的"本桄"改成了"木患",算是送了一首诗给一棵树。如果包何的桄子树就是无患子的话,那么,也可以说,无患子是从深山走到人间,走进庙宇里去的。

现在,这棵大树早已走出深山和古刹,是江南常见的树。江南的人应该为有这样一棵彩叶树庆幸,冬天也会有那么一树好颜色:晴天丽日,站在树下,抬头仰望,漫天被点亮的黄叶;有风有雨也不怕,无患子不会有"无边落木萧萧下"的衰败和凄凉。树冠葱茏,黄叶纷飞,只让人觉得天地阔大。有朋友跟我讲,她小女儿出门看见无患子一树盛大的金黄,捡起一枝落叶,叫着说:"这是黄河!"多好的想象和联系:一棵冬天的树,一条奔流的河,都是一个气势磅礴的"黄"。

古人认识这棵树很早,《山海经》的山上,已有无患子生长,只是没人在冬天去山里欣赏它灿烂的黄叶。无患子为人注意的,是它的果和木。无患子称为"子",就是以果得名。晋人郭璞注《山海经》时,说的也是无患子的果:"着酒中饮之,辟邪气,浣衣去垢。"用无患子果实泡酒,大概早已失传,留在书里,成了好故事。但以后人们再说这棵树,一般都会提及"辟邪气"和"去垢"这两件事。

先说"辟邪气"。郭璞说的是用果,方法是泡酒;唐人段成式《酉阳杂俎》则说是用木,方法是烧:"烧之极香,辟恶气"。不管是果还是木,辟邪气也是无患子得名的原因,因为在《山海经》时代，无患子的名字还是"桓"。"桓"如何变成了"患"呢？晋人崔豹在《古今注》中讲了个好故事，解释其名。说古有神巫，能抓鬼，抓到了，就用这棵树做的棒子将其打死。这件事传播开去，人们就都知道了鬼怕这棵树，也就都用它做棒子。棒子在手，可以无鬼患，因此把这棵树命名为无患子。因为能驱邪杀鬼，李时珍说它又名鬼见愁，还说道士们用它做法器来抓鬼。不仅道士，佛经中也说可用它降鬼，尤其是力气大的猛鬼。不过不是用棒打，而是和段成式说的一样，用火——把恶鬼扔进无患子燃起的火中。

包何诗中说的那棵桄子树被清人改为无患子，应该说理由充足。"沙门种则生"，对的，无患子算是和佛有缘的树。包何的诗接下去说的是无患子的"子"："子为佛称名"。什么名呢？无患子即菩提子。佛祖在菩提树下悟道成佛，但最早的菩提子是无患子的"子"，虽然没人把无患子树叫作菩提树。佛经中有《木患子经》，说要消除人世烦恼障，可用无患子的种子108颗，穿成念珠，带在身边。

春末，无患子细碎的小花落满树下，淡淡的黄绿色；花落结果，果是青青的果，在夏天生长；秋冬风雨中，果实落地，剥除黏黏的橘色果肉，即可见乌黑发亮的种子。晋代张华的《博物志》说，"无患子，核坚，正黑，可做香缨。"香缨就是香囊，少女的配饰。现在估计不会有女子戴无患子香囊了，只能想象，古时少女身上，有乌黑的种子在香囊里，也许走路时，无患子还会碰撞，发出轻轻的声音。

无患子香囊在历史里，但无患子手串，至今还有人戴。菩提是参悟，无患是期待。无患子木烧之极香，腕上佩戴无患子的人，不知是否会闻闻来自一棵树的味道，并因为那味道而对天地有所悟，对人世有期待。

能"去垢"的是无患子的果肉，而且也不仅用来洗衣服。《本草纲目》说古人"十月采实，煮熟去核，捣和麦面或豆面做澡药，去垢同于肥皂""洗头去风""洗面去黚"。"黚"是脸上黑斑。一棵树给人天然药皂，可洗头洗脸，明目祛斑，多好。感激造物赐予人间的一棵树，能清洁去污去垢的树。知道了这棵树的历史和秘密后，大概会有人在冬天走到无患子树下，捡几颗无患子果果带回家去吧。清水浸树果，洗发洗脸，想起来都是一尘不染的事。

用无患子果肉做皂，洗衣沐浴，在民间流传了很久。周作人晚年写过一篇文章，名《澡豆与香皂》，说北方人习惯用猪胰子，而"南方习用皂荚，小时候尚看见过，长的用盐卤浸，捣烂使用。一种圆的，整个浸盐卤中，所以诨称'肥皂'"。皂荚也是一棵树，名为"荚"，即说它的果实为长长的豆荚形状。又怎么会有圆果呢？说来也简单，绍兴旧俗，把果实能做皂的两棵树都称为皂荚树：结长荚的皂荚树学名就是皂荚树，结圆皂荚的是无患子树。

说到这里，不禁想起鲁迅的百草园，因为百草园里就有一棵"高大的皂荚树"。那么，这棵皂荚树是皂荚还是无患子呢？还可以问问也曾在百草园生活过的周作人，他的《鲁迅的故家》开篇写的就是百草园，也提到那棵皂荚树，"树干直径已有一尺多，可以知道这年代不很近了"。而这棵历经岁月的老树"是结'圆肥皂'的"——就是无患子树。

鲁迅说"高大的皂荚树"，当然不仅在说树的直径和高度，也在说人看一棵树的姿态——低头只能顾影自怜，仰望才能见"高大"。而仰望是致敬，致敬一棵树，可"辟邪去垢"，体验天地的庄严、肃穆，和神圣。

我楼下的路边，去年新栽了二十一棵无患子树，树还不大，但已生根发芽，长出新枝新叶。虽然时节已到岁末，但金黄的叶子并未落尽，还在树上。晚上习惯出去走走。走到这些无患子树下，虽然它们还不够高大，但也会习惯地抬头看看，看见夜风中抖动的树叶，看见路灯下飘落着的树叶，也看见树上高远的星空。

22

茅草时代的草和爱情

神圣的野草

"离离原上草，一岁一枯荣。野火烧不尽，春风吹又生。"
（唐·白居易《赋得古原草送别》）乡下长大的孩子，读到
这首诗，脑子里一片茅草地。茅草学名白茅，是最常见的野
草，似乎有土就能生长。而且，很少一棵独生，一长就是一片。
废名在名作《桥》里面有一节专门写茅草地，说从高处俯瞰，
那绿草"越看越深，同平素看姐姐眼睛里的瞳仁一样，他简
直以为这是一口塘了……可以做成深渊的水面"。把草地幻
化成少女瞳仁、水塘、深渊、水面，这句子这风景，还有这
些联系与联想，似乎只有废名才想得出，写得出——茅草地
就是那样的，"越看越深"。

茅草春夏嫩绿，秋冬枯黄，我们那时候的乡下孩子，冬
天跑到荒野点野火，点着的就是干枯的茅草。北方的平原
荒野，天高地阔，茅草一烧着，火苗就蔓延到遥远的地平线
去了。孩子们看着奔跑的火和烟，欢呼雀跃。

夏天或者秋日，如果到荒山或者野地走走，大片的绿色

茅草地上，一片摇曳的白色花穗，如同芦花，是很美很阔大的风景。尤其对于久居城市的人来说，那风景足够野性，足够柔美，足够壮观。那景象，不由让人想窜改古人诗句，叫一声：白茅浮绿水！当然，冬天的茅草地是另一番景象：枯草茅花白。

城市的花坛草地整饬划一，难见大片白茅自在飞花。但要知道，被现代城市绿化视为恶草的茅草，也曾有一段辉煌的历史。先秦两汉的典籍，《尚书》《周礼》《易经》《诗经》《山海经》，都常见茅草生长。而且，不仅生长，它是那个时代的神草、圣草。直到很久以后，茅草还被称为仙茅。《易传》里说，孔子有云："茅之为物薄，而用可重也。"就是说，茅草丛生常见，但用处可是很重大的。古人的世界里，神圣的事重大的事首先就是祭祀，祭天祭地祭祖先，而祭坛上少不了茅草。按《周礼》所说，古时朝廷设六官，天官居首，天官中有甸师，而甸师的职责之一就是祭祀的时候供应"萧茅"：萧，《说文》说是艾蒿，《尔雅》说是荻，先不说它，茅，当然就是茅草。神明渐行渐远，祭祀不再，神草圣草也就沦为野草。后人记住了杜甫茅屋为秋风所破的凄凉惨象，很少再想起祭坛上萧茅的庄严神圣。

茅草登上祭坛做什么呢？宋代郑锷《周礼解义》的回答是"用茅以招之神来"。陆游的爷爷陆农师在《埤雅》中有条目专门解释茅草，说得更具体。祭坛上的茅草功用有二：

"先王用之以藉，亦以缩酒。""藉"是垫着，就是把祭品放在茅草上，以示恭敬；缩酒呢？汉代经学大师郑玄的说法是，把白茅捆好放在祭坛之前，沃酒其上，酒渗下去，若神饮之。想想，神来也不过是吃吃喝喝，但人间祭坛裈圣庄严。

明白了茅草之用，也才能明白下面这个遥远的故事。《左传》记齐桓公伐楚，师出有名，言之凿凿：你们该进贡的茅草没有送来，我们都没法祭祀了，只好以兵戎相见啦。进贡茅草，以茅草祭祀，不送就打，现在想来，有点匪夷所思。但在远古祭坛上，巫师就是以茅草召唤众神降临。耽搁了，就是天大的事。甚至君王分封诸侯，也是用茅草包土交给诸侯，称为茅土。可以想象，诸侯们拿着王赐给的茅草团子，如何郑重其事，对那草与土，如何的敬畏。

这么重要的草，当然要严肃对待，严肃对待就要认识清楚，认识清楚就要命名，名正才能言顺嘛。所以，茅草真是幸运，每一个部分都被古人命名。能有这样殊荣的草，除了荷花，恐怕就是茅草了。按南宋郑樵《通志》所说，茅草的根叫兰根、茹根、地筋，春天初生的幼苗名茅针，茅叶叫地菅，茅草花叫茅秀。郑樵的这个说法还很不全，至少就忘了说，茅草花穗古人还称之为白华，华就是花。就如古时说河就是黄河，江就是长江一样，有一个时代，说白花就是茅草的花。

茅草时代的爱情

茅草也不仅在王的祭坛上庄重严肃，小民的爱情里，茅草也曾闪耀光辉。《诗经》记下的是中国人的伊甸园时代，少男少女们在自然的草木山水间，自由享受着男欢女爱，歌唱着爱情的苦辣酸甜咸。刚刚说到，古人称茅草花为白华，《小雅》中就有一个女子，站在一片白茫茫的茅草地里，看着远方，唱着："白华菅兮，白茅束兮。之子之远，俾我独兮。"（《小雅·白华》）无边的茅草开花了，想送给你一束，可你去了太远的地方，留给我的只有孤独。几千年过去，歌声里的语言显得古旧了，可是，虽然不再有人送茅草给恋人，但人的深情和爱情还能变到哪里去呢？

茅草的花穗还有一个别名：荼。如火如荼的成语被人熟悉，但怎样才是如火如荼呢？燃烧的红色火，大片茅草的白色花，都是一个热烈，都是颜色的好搭配。《郑风·出其东门》里唱歌的是恋爱的男人："出其闉闍，有女如荼。虽则如荼，匪我思且。缟衣茹藘，聊可与娱。"歌声里有两种草，茅草和茹藘。茹藘是茜草，古人用它染色。我不懂草木染，只听古人说茜草可染红色，因此又名地血。"有女如荼"，现在说女子像茅草花，估计会惹人生气吧，但朱熹说"荼，茅花，轻白可爱者也"。诗中的男人走出城门，看见少女像茅草花一样美，一样多。他说，虽然很多，都不是我想念的那一个。穿茅草花一样白的白衣，佩戴茜草所染红巾的女子，才是我的爱与欢乐——古时美丽的女子，身上都长着草，或者站在草木间："野有蔓草，零露漙兮。有美一人，清扬婉兮。邂逅相遇，适我愿兮。"（《郑风·野有蔓草》）田野蔓延的草地上，圆圆的露珠闪着光，美丽的女子就从那草丛走来，让人一见钟情。诗里的蔓草也可以想象成茅草地吧，杜甫有诗："荒阶蔓草茅"（《陪诸公上白帝城宴越公堂之作》）。

现代人的世界，花店的玫瑰代替茅草，成了爱情的象征，遗忘了大地上草木丰沛。茅草时代，从田野回来的少女，带给恋人的是春天和大地的产出——"荑"："自牧归荑，洵美且异。"（《邶风·静女》）荑是茅草的嫩芽，就是郑樵说的茅针，唐代苏颂说茅针可吃，对小孩有好处。我小时候，当然不知道茅针有益小儿的说法，却不曾少吃，是忘不了的童年美味。茅针形如微缩版的竹笋，绿色嫩芽的尖端一点微红，也是因为这一点红吧，古人给它取了个雅致的名字——彤管。接过恋人茅针的少年，兴奋不已，不停说着好美好美："彤管有炜，悦怿女美。"鲜嫩的茅针，闪耀着光泽，好美的是草，也是他喜欢的少女。

古人生活在草木间，用乡野里的鸟兽草木赞美恋人的美是自然的事。恋人的美，当然包括青春身体的美。伊甸园里的亚当夏娃，眼和心都像春天的茅针一样纯净。西伯来人在《雅歌》里唱："你的两乳好像百合花中吃草的一对小鹿。"《诗经》里的美丽女子呢？她的手、肌肤、脖颈和牙齿都被热情赞美着：手如柔荑，肤如凝脂……把纤细的手比作春天鲜嫩的茅针，是一个流传了很久的修辞。

《野有死麕》曾被列为《诗经》里的"淫诗"之首，现在看来，却是最热烈的情歌了："野有死麕，白茅包之。有女怀春，吉士诱之。"树林里，猎人打到一只小鹿。小鹿用茅草包起来。少年遇见怀春少女，于是两情相悦，男欢女爱。对这首诗，各家解释歧义最多，但很少有人去注意包裹小鹿的茅草。连熟谙人类学的周作人也说："死鹿白茅究竟是什么意思，与这私情诗有什么关系，我也不知道。"诗人林庚倒是有个好玩儿的解释，说白茅包之的"包"乃"苞"之误，"苞"特指用草包裹，且又和"庖厨"的"庖"同出一义，即熟食做法。以白茅包裹死鹿，就是要烧熟，现在的"叫花鸡"即是此原始厨艺的遗留。男欢女爱之后，烧烤野餐，想起来，都是让人高兴的事。

但还有问题：为什么又说"白茅纯束，有女如玉"，把茅草和女子的美连在一起呢？周作人的猜测是："借白茅的洁与美说出女子来"。白茅在古人那里圣洁美丽，但如何如玉呢？很多问题解释不清，我想和文人一味在书斋里讨生活，不熟悉大地产出有关吧。闻一多先生释《诗经》的《匡斋尺牍》可算是最美的学术文章，但可惜先生连芣苢——车前草都没见过。只好听植物学家说什么车前草的花和种子都是紫色的，借此去想象车前草悦目的颜色。可大地上的车前草，只有一茎茎竖起的绿色小穗随时会干枯，哪里有紫色呢？包裹小鹿的白茅呢？现在的《诗经》白话译本，多译成"洁白茅草"。别说茅草，谁见过世上有白色的草呢？"北风卷地白草折"的白草是骆驼刺，不过是有点灰白，底色终究还是绿，不会真有"洁白"的草。老外的英译本也萧规曹随，英国汉学家理雅各将其译作了 white grass，这和把武松打死的大虫译作 big worm——大虫子一样荒谬可笑。

李时珍解释白茅，说叶子如矛，所以叫茅。但哪里白呢？李时珍没说。"有女如玉"，我总以为是说女子青春身体的美，因为下面一节就是写"轻解罗衫"。白茅的花穗乳白色，絮状，缺乏青春肉体光洁润滑富有弹性的质感。我想到的是茅根，茅根才真的洁白如玉，还有韧性。我甚至怀疑，古人命名白茅，就是因为它的根，甚至祭坛上的白茅也有可能是茅根。李时珍就说茅草根又软又白，俗称丝茅，可包东西，供祭祀。而且，他还说了一个关于茅根的美丽传说：茅根干了的话，夜里会闪光，变成萤火虫。陆农师也说："茅，明也。故所酹以茅。"茅草各部位中能说明亮的，只有根。

和茅针一样，茅根也曾是乡野美食，只是比茅针更加甘甜多汁。茅根有节，其形其味都恰似地下生长的小甘蔗。只是茅根与甘蔗颜色不同，洗掉根上泥土，洁白如玉，闪烁着明亮的光……

23

梅的食谱、花谱和清事

梅是梅子树

夜深人静，雪也是静静地落着。出门看看，墙角一棵梅，开着花。梅是白梅，黑暗里，星星点点的白。也是静静的，像不动的雪。落着的梅花，在诗里，因为想起了张枣那首有名的《镜中》："只要想起一生中后悔的事，梅花便落了下来"——诗人这样开始讲述诗里的故事。活着，谁都会有后悔的事，只有诗人，在后悔的事里，想起落着的梅花。

《诗经》里也有梅，落着的是"实"——果，不是花："摽有梅，其实七兮。求我庶士，迨其吉兮。"（《召南·摽有梅》）一棵梅树，树下是渴望爱情的少女，一边打落梅子，一边唱着歌：树上的梅子还有十分之七，哪个男孩子想追求我，就趁我青春好年华快点来表白吧。几千年之后的人们听见这样的歌，不由想笑。那棵梅像是伊甸园里的树，但结的不是禁果，是爱情果。青春少女在一棵树下打青梅，唱情歌，无所顾忌地说出对爱的渴望，什么时候想来都是清纯，都是美好，连经典的《毛诗》都赞其为"男女及时也"。什么"及时"？男大当婚女大当嫁，该恋爱时就恋爱。

《摽有梅》里，梅树是一棵爱情树——果树也可以是爱情，多好。当然，不仅《诗经》，远古的梅都是果树：《山海经》的灵山上，"其木多桃李梅杏"，像是一片天然的果树园，梅在果园，不是花园；《书经》里说做羹必须有两种调味品，一种是盐，一种是梅子。"伪孔传"说"盐咸梅醋，羹须盐、醋以和之"。没吃过青梅的人，可以想想"望梅止渴"，梅子的酸还在一个成语里。直到清代《古今图书集成·博物汇编·草木典》，梅的插图还是一棵结满果实的树。汉字象形，现在的"梅"字里只能见到一棵树，而古时的"梅"字写作呆、槑、某、楳，都还能见到树上果实："呆"是颠倒的"杏"，现在写来方方的口，其实都是圆圆的果。三国的陆玑解释《摽有梅》的"梅"时说得清楚：梅是杏类的树，树和叶子都很像，不过颜色深一点。梅子晒干做成果脯，可以做羹调味。而且，它还是树上长出的天然口香糖——"可含以香口"。

中国人安土重迁，所以才有了南橘北枳这样的草木传说和成语，而宋代陆农师《埤雅》中还有一个说法，可以叫作南梅北杏："梅至北方多变而成杏。"究其缘由，是因为梅和杏长得太像了吧。北朝的贾思勰是个好老师，写《齐民要术》时，耐心地给不辨梅与杏的人解释二者区别："梅花早而白，杏花晚而红；梅实小而酸，核有细纹，杏实大而甜，核无文采。"南橘北枳，好果子变成涩果子，而南梅北杏应该算是好结果：小而酸的梅子变成了大而甜的杏子。

贾思勰说"世人或不能辨，言梅、杏为一物"，而陆农师这个江南人有点"居地自傲"，说的是"北人不识梅"。想想也是，我二姐的名字叫小梅，但我们这些北方乡下人确实也没见过梅。梅不怕霜雪，可为什么不在北方的冰天雪地开花，而要选择温润江南呢？似乎好树都生江南。人说江南嘉木，没人说北方嘉木。梅不说，我也不知道，只能尊重这棵树的选择了。还好，安土重迁是中国人，相信"树挪死人挪活"的也是中国人，人还可以走南闯北，认识一棵好树。梅尧臣的诗句道出了北人识梅的快乐："驿使前时走马回，北人初识越人梅"（《京师逢卖梅花五首》）。

梅子能香口，能调味，入得食谱，都是吃。但，吃也有高下。毕竟，人不能只有舌尖上的味道，还有颗心，追求一点"韵味"。林洪《山家清供》是食谱，其中有蜜渍梅花、汤绽梅、梅粥和梅花汤饼之类，都是入口之物，但讲究的是"清"。单靠舌尖尝不出"清"，因为"清"是精神的愉悦。就说梅花汤饼吧，其实就是馄饨。但和面的水是浸过白梅花的水，而且馄饨皮用模子印上了梅花图案。皮上有梅花当然不会增加什么口感，但林洪说"一食，亦不忘梅"。馄饨皮里有梅花味，皮上有梅花图，一顿饭里有花开，吃起来也算是入口入心了。梅，在吃者的心里。

梅是梅花树

　　林洪是宋人，宋人爱的不是梅子，是梅花，所以食谱中用的都是花，不是果。梅从一棵能吃的果树变成一棵让人欣赏的花树，花了两千年的时间。当然，有人会说南北朝已有诗人喜欢梅花了。鲍照有诗："中庭多杂树，偏为梅咨嗟。问君何独然，念其霜中能作花"（《梅花落》）；鲍照还能在院子里为梅花慨叹，庾信却跑到雪里去看梅花了，因为想起了"当年腊月半，已觉梅花阑"（《咏梅花》）。庾信也相信，赏梅花的不会仅是自己："今朝梅树下，定有咏花人。"（《咏画屏风诗》）但那时的"咏花人"终究不能算多。直到唐代，人们说梅，大多指的还是梅子，李白也还在写"郎骑竹马来，绕床弄青梅"（《长干行》）。真要感谢诗人，让一棵果树变成了一个好词，来说一段人间清纯的好姻缘——青梅竹马。

　　宋人爱梅花几乎爱到了信仰的程度，最有名的应该是林和靖。后世的人只要说梅，就会提到他的诗和人生。诗是"疏影横斜水清浅，暗香浮动月黄昏"（《山园小梅》），人生呢？——梅妻鹤子。诗句不仅是文字好，更说出了如何赏梅：赏的不仅是花，更是枝干疏影横斜之姿，赏的是花香，而且，是月下。除了月下，宋人最爱的梅也在雪里："有梅无雪不精神""雪却输梅一段香"。诗的作者是宋人卢梅坡，生平不详，流芳千古的是这两首《雪梅》诗。也让人怀疑，"梅坡"之名不是来

自父母，而是源自对一棵树——梅的爱。

至于梅妻鹤子的事儿，也是一样，爱一棵树而已，不能较真儿他是否终身只有"梅妻"，因为上面说到的林洪就自称是和靖先生的七世孙。是不是真的七世孙其实也无关紧要，"疏影横斜水清浅""山家清供"，都追求一个"清"，一脉相承的不仅是个人家传，也是一个文化传统。在这个传统里，梅是中国文人的"清友"。

在《梅花谱后序》中，宋人向士璧起笔便说梅花"其品至清"。何谓"清"？清即是不浊，是清净；是不热闹，是清静，甚至有点冷清。虽然梅之形和杏相似，但其精神和品格却属于别一世界。红杏可以枝头春意闹，而梅只是"清"。本来花下宜酒不宜茶，李商隐甚至在《杂纂》中特别提到"对花饮茶"乃"杀风景"之事。别的花下可放浪形骸，喝个酩酊大醉："酒醒只在花前坐，酒醉还须花下眠。花前花后日复日，酒醉酒醒年复年。"（明·唐寅《桃花庵歌》）独有梅花，宜茶不宜酒："不置一杯酒，惟煎两碗茶。须知高意别，用此对梅花。"（宋·邹浩《同长卿梅下饮茶》）梅花下，两个朋友，两碗清茶，清清静静。"清"中有的是"高意"。

清高的梅花入诗亦入画，画是墨梅。虽然梅花有白梅有红梅，但墨梅成了中国文人的最爱，宣纸上只有简单的黑与白：枯墨画老干，淡墨勾花朵。黑的是墨，是古梅老干，白的是宣纸，是淡淡的梅花。花谱中的梅花品种再多，其实花色也只有白和红两种。（蜡梅花黄——"蜡梅，本非梅类"，《梅谱》这样讲。现代科学分类里，梅和蜡梅也是不同科属）郭橐驼《种树书》中说，梅嫁接在苦楝树上，花于为墨梅。大自然中没有黑色花，园艺上的黑玫瑰、黑茶花和墨兰，都只是暗红或者深紫而已，枝上墨梅也是如此吧。花形呢？梅花多是五瓣小花，也没有多奇、多美。范成大说梅以"横斜疏瘦与老枝怪奇者为贵"，所以，梅之奇和梅之美皆在枝干，是老干老枝生青苔，是无青苔处点缀的几点梅花——赏梅的人赏的不是满树繁花，是岁月留苔留痕的苍老枝干上有点冷清的几朵梅花，和并不招摇的"暗香"。人常说自然美高于人工美，可我是看过了国画墨梅才明白了梅的美。

宋人爱梅，爱梅的人开始给梅花写书谱，第一个写《梅谱》的人是诗人范成大。前几天，我也遇见一位诗人。这位诗人的诗里多草木，便想和他聊聊花花草草，可诗人说他只知其名，并不认识它们。古人不是这样，读诗多识鸟兽草木之名，是因为写诗的人多识草木，不仅只知其名。不走近青青河边草，如何能把它们移栽在文字里，让它们青枝绿叶，鲜活生长？范成大是真爱梅花，买了七十间房子，却把房子拆了，三分之一的地方都栽了梅。再加上原有的几百棵，那是怎样一片梅林啊！独栽也好，梅林也好，梅花的花香都是清香，不会浓烈，淡淡的，若有若无。戏剧家曹禺原本是个诗人，四幕剧《家》开头就写高府花园里的梅林，是极好的文字：“是梅花正开的时候……园子里却非常寂寞，寂寞到看不见一个人影，就任它冷冷清清地散溢着幽香……湖水明净，闪耀着那映在水中的花影。一切都是静悄悄的，梅花也像在做她的梦。”

　　深夜，我站在梅树边的时候，世界是静悄悄的，只有静静落着的雪花，开着的梅花，冷冷清清的，还有张枣那首诗：“只要想起一生中后悔的事，梅花就落满了南山。”诗里的故事这样结尾。我的小城也有南山，这样的雪夜里，不知南山上，梅花怎样开、怎样落。南山在陶渊明的诗里，五柳先生的南山脚下开着的是菊花，张枣的南山落满了梅花。花是不一样的花，山是同一座山，看山的人应该是一样的心情。人生总会有太多心痛的事，该放下的放下，想留着的留着。看看菊花，心安静一些；想想落了的梅花，安静地留着一点痛，说，或者不说。

24

行走的蜡梅

病中昏睡，醒来就翻翻闲书。从床边根雕的小茶几上，拿过一本《一日一花》。作者是日本当代插花大师川濑敏郎，书是从外地赶来参加我读书会的一个少年送的，我自己不会买这样的书。自宋元以来，中国的文人雅士就视插花、焚香、烹茶和挂画为生活四艺。但我还是喜欢花花草草在土里生长，不喜欢折枝插瓶。没想到的是，这本书改变了我对插花的看法。

吸引住我的，首先是作者在《前言》中说的两句话：第一句是"在路边看到一株不起眼的小草，通过插花竟然也能呈现出一种崇高的姿态"；第二句是"我也深深地感到插花的根本便是对大地的祝福"。不起眼的小草，可以呈现崇高，媒介不是瓶，是人。这样的人，心里有大地，有神性。祝福大地的插花，我喜欢。于是翻下去。

翻下去，在书页中被震撼。明人袁中郎著《瓶史》，传到日本，成为花道中赫赫有名的"宏道流"，但川濑敏郎肯定不是师法于他。因为袁宏道非名花不插，而川濑敏郎的瓶子中有花朵，有绿叶，更有枯枝败叶；只要是草是木，不管生于田野路边、山间水岸，还是小园墙角，全无禁忌，只是信手拈来；野草也好，野树也好，什么都可以插到瓶子里。只是那些平凡的枝叶，在川濑敏郎的瓶子里，姿态奇美，安安静静的，却呈现着枯寂中的荒凉与野性。比如一月二十日那一天那一页，细长的玻璃瓶子里，长长的一茎野柿子树枯枝，顶端分叉，瓶口处一片叶，一枚枯了的果。旁边写下的文字是："超越'枯零'的枝骨之姿，却未见丝毫的悲惨凄凉。"图景和文字都让人想起日本俳句的枯寂之美，但比俳句更大气，也让人想起史铁生的地坛："园子荒芜但并不衰败"。不衰败就是有生机，在荒芜中发现生机，和在生机中看见荒芜，都是生命的奇迹。

二月二十日，还是那个细长的玻璃瓶，插的是长长的蜡梅枝。蜡梅开花有点像紫荆，紫荆也叫满条红，因为花季时，枝条上密密麻麻的都是花；蜡梅也是，枝子上几乎排满了未开的花苞和开了的花朵，只不过都是黄色的。川濑敏郎瓶中的蜡梅枝很长，但光秃秃的，只有靠近瓶口的分叉处，有三朵鲜艳的黄花绽放。依然是荒凉与生机的主题：黑色大地上，冬天还无边无际，春天睁开眼睛，小小的，却明媚。

中国有春节插花装点节日的传统，名之曰岁朝清供。园艺大家周瘦鹃有本小书，叫《花木丛中》，多次写到他自己的清供。他的插花必有蜡梅，每插蜡梅，必定配以南天竹的红果："鲜红的子，嫩绿的叶，可就把鹅黄色的花朵衬托了出来，顿觉灿烂夺目。"岁朝清供，说是清，但更要应和民俗节日，追求个喜庆热闹，和川濑敏郎插花的文人意境不一样。

看累了，人就困了，睡了。梦见蜡梅，在川濑敏郎的瓶子里，或者我的花盆里。老家的人说，做梦忘，身板儿壮。但醒后，我还记得梦里的蜡梅，还记得它想出来走走，从瓶子或者花盆里，走出来。

梦里的事，应该当不得真。但醒了，我依然觉着是真的——谁说草木不会走呢？梅从《诗经》时代开始走，走两千年的长途，才走到唐宋的墙角，从一棵梅子树变成"凌寒独自开"的数枝梅花；而这两千年里，蜡梅在哪里呢？在山间道旁野生，只是樵夫斧头下的木柴。宋人郑刚中有首诗，题目很长：《金、房道间皆蜡梅，居人取以为薪，周务本戏为〈蜡梅叹〉，予用其韵。是花在东南，每见一枝，无不眼明者》。诗人当然会爱花，所爱被刀砍斧剁，付之一炬，能有的只能是无奈与悲哀："顽夫所樵采，八九皆梅材。余芳随束薪，日赴烟与埃。"

同是宋代的邵博在《闻见后录》也记有蜡梅为樵夫砍伐为薪的事，但记下的还有蜡梅命运的转机："近兴、利州山中，樵者薪之以出，有洛人识之，求于其地尚多，始移种遗喜事者，今西州处处有之。"按邵博的说法，是洛阳的人从樵夫斧头下救出了蜡梅，也让它从田野深山走到人间，从灶膛木柴变为人间好花。但最初，它还只是被随意地叫作黄梅花。比邵博稍早一点的王安国写有《黄梅花》，向来被认作是献给蜡梅的第一首诗："庾岭开时媚雪霜，梁园春色占中央。未容莺过毛先类，已觉蜂归蜡有香。"

蜡梅的命名者，后人多说是诗人黄庭坚。宋赵彦卫《云麓漫钞》卷四有记："今之蜡梅，按山谷诗后云：京洛间有一种花，香气似梅花，亦五出，而不能晶明，类女工捻蜡所成，京洛人因谓蜡梅。"按黄庭坚的说法，蜡梅名字已有，他只是传名。但也应该说，那时，还是诗人被喜爱的时代，还能引领社会风尚，去俗趋雅。北宋王立之这样说："蜡梅，山谷初见之，戏作二绝，缘此盛于京师。"（《王立之诗话》）常有人纠缠这棵树到底是蜡梅还是腊梅，了解点这棵树的历史，也就没什么纠缠了：因为花瓣蜡质，初名也是今之正名为蜡梅。

梅花生江南，"北人初未识，浑作杏花看"（宋·王安石《红梅》）；而蜡梅初现于北方的洛阳，"江南旧时无蜡梅，只是梅花对月开"（宋·徐俯《蜡梅》）。一南一北，两棵本来不相干的树，一千年前走到了一起，也走进了诗人范成大写的《梅谱》。诗人把它们拉在一起，做了一家人："蜡梅，本非梅类，以其与梅同时，香又相近，色酷似蜜脾，故名蜡梅。"蜜脾，宋代陆农师《埤雅》释蜂时说："采取百芳酿蜜，其房如脾，今谓之蜜脾。"也就是说，蜜脾就是蜂房。明白了这点，也就懂得了诗人写蜡梅时，为什么会常有野蜂飞舞："未容莺过毛先类，已觉蜂归蜡有香"（宋·王安国《黄梅花》）；"蜜蜂采花作黄蜡，取蜡为花亦其物"（宋·苏轼《蜡梅一首赠赵景贶》）；"蝶粉蜂黄大小乔。中庭寒尽雪微销"（宋·吴文英《浣溪沙·琴川慧日寺蜡梅》）。

范成大著《梅谱》以后，只要有人再写蜡梅，都会抄上一段，包括大名鼎鼎的《本草纲目》和《群芳谱》，前者还堂而皇之地写上了"时珍曰"。后人不追本溯源，写蜡梅时，也都煞有其事地引上一段 "李时珍的话"。经典当然应该引，可为什么不搞清楚著作权呢？为什么不在一棵喜爱的树上留下属于自己的生命感受呢？还是诗人简洁，当代诗人余光中的一句"给我一朵蜡梅香啊蜡梅香"（《乡愁四韵》），花香里都是深情。

"蜡梅花香极清芬，殆过梅香。"范成大这样盛赞蜡梅香，我也是为蜡梅香迷醉的人。当初有自己房子的时候，因为有个露台，就不停地栽花养草。学校里有大丛的蜡梅花，花丛下会有小苗钻出来。《梅谱》说种子生长出的蜡梅，如果不经过人工嫁接，花小香淡，俗称狗蝇梅。我不管花品高下，带回一棵手指大的小苗，栽在花盆，已经四年了，还是一棵很小的树，没有开过花，也没关系，我依然喜欢这棵小小的树，等着它开花，也不急。后来，在路边遇见从乡下进城卖花的老黄，聊天时说起蜡梅。他说他家就有，我就跟着去乡下。破败的院子里，好大一丛蜡梅，足有两人多高，可我只能放弃，像放弃一个满是花香的梦，城市的露台比不上破败的乡下院子，没办法收留这么大一丛树。最后，还是老黄给我找了一棵树形好看的小蜡梅，也跟了我四年，年年花香。

蜡梅出北方，怎么就像我一样，又跑到江南了呢？我在北方没见过蜡梅花，没闻过蜡梅香，只在课本里见过一次。鲁迅的《从百草园到三味书屋》里说，他上学时会爬上花坛去折蜡梅花。折蜡梅花干什么呢？鲁迅没说，老师也没说。我们北方的小孩子，爬树只折一种花——槐花，白白的槐花也很香，是甜甜的花香，好吃的花。汪曾祺写蜡梅花的文章里讲，他小时候折蜡梅花是为了把花骨朵用极细的铜丝穿起来做插鬓的珠花，送给奶奶、大伯母和继母。这样的事，江南的男孩子才能干得出。北方的乡下，如果哪个男孩做这种女孩才做的事，会被同伴笑话的。

想着蜡梅花和这些久远的旧事，人又睡着了，这回是笑着睡着的吧。做了个梦，梦见自己抱着一个小孩子，我跟他说，你是一棵蜡梅花。说的次数多了，人有点庄周梦蝶般的迷惑——不知道自己怀里抱的是小孩子，还是一棵蜡梅花。似乎看见怀里的孩子身上开出黄色花来，那么好闻的蜡梅香。

25

杨柳依依

　　周作人有篇文章叫《两株树》，说树木里面自己第一喜欢的是白杨，但又说"在南方终未见过白杨"。我到江南后，问身边几个朋友，小城有无白杨树，被问的人都犹疑地回答说没有吧。几天后，我去婺江边，过桥，有树枝伸到桥上，大大的绿叶悬垂，在正午的阳光里摇动、闪光。抬头，一排杨树高高挺立着。正如古人说的，白杨树高，叶触浮云，根通地泉。秋天，北京有朋友过来，我带他去江边的燕尾洲公园。我们沿着一条有点荒凉的小路走着，路上没人，有草，安静得很，没人声，有风声，风在路边一片林子里吹着。我停下来，听那风声，对朋友说：吹过树林的风声真辽远。朋友是个诗人，说了两个字：像海。我们站在路上，侧过身，看着像海的树林，一片杨树林。

　　草木不仅生长在大地上，也生长在人的记忆和文化史里。和记忆无关的草木，你就是经过它，也往往视而不见。而记忆里终生难忘的，会有不少是童年的草木吧。每个小孩子都有个百草园，以草木虫鱼为友，度过一段美好时光。长大了，走出了百草园，生命中的草和树往往越来越少。小城有杨树，但不是随处可见。因为，这个小城的春天，我没见到北方漫天飞雪般的杨花柳絮。在这里长大的人，童年记忆里没有这棵树吧。但在远离家乡的江南又遇白杨树，着实让我高兴了一阵子。只可惜，相见时不是花期，我没见到一树紫红的花穗。那花穗，我们叫它猫尾巴。春末，猫尾巴落了一地，我捡起它们，去喂我的小羊。孙犁先生说饥荒年代，他们曾吃过杨树的猫尾巴。现在，我们的记忆里，应该不会再生长这样苦涩的白杨树了。

我北方的那个乡村，树种很少，而杨和柳几乎长在每家的院子里。柳是旱柳，也叫河柳，不是枝条依依的垂柳，但孩子们喜欢它。春天，柳树枝条泛绿萌芽的时候，折下一段，用力一拧，树皮和树枝分离，就可以做成一管柳笛，吹得嘟嘟响。夏天，孩子们爬上树，折柳条做草帽。杨树，我们叫它大叶杨。秋天，大大的叶子落了。孩子们随手捡起地上的落叶，去掉叶子，用长长的叶柄做拉钩儿的游戏。杨树叶柄柔韧性好，孩子们摆好姿势，努力用自己的叶柄拉断对手的叶柄。这些都是乡下孩子们代代相传的技艺。很久不回乡了，这些杨柳技艺早就失传了吧。一代孩子有一代的生活，代代不同。现在的孩子们，离手机近，离网络近，离动画近，离草木远。

孩子们的游戏是快乐的，但文化史里的杨和柳都有些悲伤。"树犹如此，人何以堪"，是为人熟知的典故，那棵树上是时光流逝的心痛。但若问，那棵树是什么树，知道的人恐怕不会多。典故有故事，故事的主人公是晋代的桓温，他走到自己早年栽种的树下，当年的小树苗已经老大，桓温"攀枝执条"，唏嘘不已。中国人太早就有"时间都去哪儿了"的悲伤，孔夫子临水，长叹逝者如斯；桓温抚树，慨叹人何以堪。桓温的那棵树枝条低垂，是一棵依依的柳。

念过书的中国人，有谁不知道"昔我往矣，杨柳依依"的诗句呢。自从《诗经·采薇》里那个载饥载渴，雨雪霏霏中，走在回家路上的兵士唱过这句诗后，杨柳在中国就成了一棵别离的树。李白狂放不羁，可看见杨柳，却一样心有千千结，唱得感伤："年年柳色，霸陵伤别。"（《忆秦娥·箫声咽》）霸陵也写作灞陵，陵是汉文帝的陵，灞是灞河，河上有灞桥，汉代习俗，送亲友到这里，水边与桥上，人们折柳枝赠别。汉以后，《折杨柳》成了最常见的诗歌，诗句不同，主题无异，一首首折杨柳的诗一次次重复着别离和别离时的感伤："杨柳东风树，青青夹御河。近来攀折苦，应为别离多。'（唐·王之涣《送别》）一千五百年后，到了明代，和尚德祥看见杨柳，都难以六根清净，不由自主，情不自禁，唱起一样悲伤的《折杨柳》："小叶柳，大叶杨，今年折尽明年长。明年今日在何乡……"

柳是"留"不住的别离和苦涩，可杨却更是生离死别的悲与痛："白杨多悲风，萧萧愁杀人。"（汉·佚名《去者日以疏》）白杨树高叶大，叶柄纤细，只要风过，树叶摇动，萧萧作响，古人甚至说杨树无风也萧萧。有风无风，浓郁的杨叶间都吹着中国文化史的悲风，叶间的萧萧之声曾是中国人抑制不住的悲痛。因为在古代，杨树曾作为墓树，植于坟边。也因此，诗歌里的杨树，常与坟茔相伴。"白杨多悲风"前面的诗句乃是："出郭门直视，但见坟与丘。"杨叶自萧萧，只是听见那声音的人，正沉浸在和亲人人天相隔的悲痛里。

　　细心的人也会疑惑：垂柳枝条柔曼飘拂，可以依依，杨树如何依依呢？以前的语文课本曾选入茅盾的《白杨礼赞》，虽说和杨朔散文一样，有八股气，但写白杨树还不差。茅盾说它是力争上游的树，笔直的干，笔直的枝，所有的枝丫一律向上。李时珍解释杨与柳得名的缘由，说："杨枝硬而扬起，故谓之杨；柳枝弱而垂流，故谓之柳，盖一类二种也。"李时珍名声大，说法也有名，常被后人引用，但他的说法应来源于宋代浙江人戴侗的《六书故》："枝条扬起者曰杨，弱而长条茬苒下垂者曰柳，亦谓垂杨。"其实，不仅戴侗说垂柳也叫垂杨，至少在汉代以前，杨就是柳，柳就是杨。《说文解字》解释说，"柳，小杨也"；《尔雅》说，"杨，蒲柳"。唐人苏恭不满晋代陶弘景把柳解释成水杨，说："柳与水杨全不相似"啊！苏恭不知，正是从唐开始，人们才不断区别杨与柳，杨与柳也才成为今天人们认识的两棵树——魏晋之前相当长的一段历史中，杨柳就是柳，非是杨和柳两棵树。

但还有问题，杨柳是什么柳呢？现在，人们说柳似乎就是指垂柳。在《闲情偶寄》中，李渔说出了人对一棵树的傲慢与偏见："柳贵乎垂，不垂则可无柳。"因此，现代人的想象中，"杨柳依依"就是垂柳鹅黄的枝条在春风中轻轻摇动，可惜这不是古人的杨柳。《诗经》最权威的版本《毛诗》解释说："杨柳，蒲柳也。"

蒲柳生水边，灌木，状如水中一<u>丛丛</u>的蒲草，所以才称之为蒲柳。《六书故》说得很形象，人们如同种稻一样在水田里种蒲柳，一长就是一片——"依依"最初就是茂盛的意思："蒲柳最易生，吴中种之水田中，弥顷亩，如秧稻，织之为箱筐。"陆玑《毛诗鸟兽草木虫鱼疏》中说蒲柳可以做箭杆，也可以用来做箕罐。现在，我们老家还把蒲柳叫作簸箕柳，我小的时候，大哥还会用它编簸箕、编筐子和篮子。草木走进人的世界，首先是因为功用，审美是以后的事。有用，不会影响人们去爱。甚至，可以说，美就是来自用。

《诗经·将仲子》里，一个女孩无奈地对老是爬墙头找她的男孩子说：小二哥啊，不要老爬我们家的墙头，不要弄断墙边的"杞"啊！陆玑说，杞就是杞柳，长在水边，可以用来做车毂。汉代郑玄解释这句诗里的杞说，杞柳生水泽，像芦苇，可用来编椿箱。显然，杞柳和蒲柳一类，差别不大，古人用它们编各种各样的器具。古人的手工活儿真是好，用柳条编簸箕、织箱子、插篱笆还可以想象，如何编盛水的杯子、汲水的罐子，我真是想不出来。还有比这更不可思议的呢，柳还曾被叫作柽——一棵圣树。宋人罗愿《尔雅翼》解释说"天之将雨，柽先起气以应之，故一名雨师"。天要下雨的时候，柳树如何应之，古人看得见，我看不出；还有杨，李时珍等人从树形解释其名，但宋代的程颐释其名曰："杨者，阳气易感之物。"杨树如何感受天地之气，古人看得见，我看不出，但我愿意记着世间有树名"柽"，也愿意学着向一棵树朝圣。

两汉之前，柳有很多名字：蒲柳、杞柳、泽柳、水杨、小杨、大杨……但不见垂柳。我看到的文献里，最早的垂柳出现在南北朝，南陈的张正见有首诗，题为《赋得垂柳映斜溪诗》。也是从那时开始，人们开始看到垂柳的美。《南史·张绪传》记载有人献给南齐的武帝几棵柳树"条甚长，状若丝缕"，正是垂柳。武帝常到树下盘桓，感叹说："杨柳风流可爱。""风流可爱"是无关实用的美，也正是在武帝的赞叹声中，杨柳由蒲柳变为垂柳，由功用变为审美。

不仅齐武帝喜欢垂柳，赞赏这棵树的皇帝还有很多。我甚至疑心，蒲柳像水稻一样被寻常百姓栽种田间，而垂柳应该是作为珍贵树种，首先出现在皇家园林，所以才被名之为宫柳或者宫墙柳，这也应该是它最初的名字："满城春色宫墙柳。"只是后来，陆游《钗头凤》里悲伤的垂柳已如"旧时王谢堂前燕，飞入寻常百姓家"。宫墙柳，也只戎了一个带着这棵树身世的名字罢了。

老说草木生长于文化史，而文化史终究是人的万史，人有悲欢离合，有悲和离，也有欢与合。杨树柳树也是一样，有别离的痛楚，也有风流可爱的欢乐。中国的孩子，大多会背贺知章的《咏柳》："碧玉妆成一树高，万条垂下绿丝绦。不知细叶谁裁出，二月春风似剪刀。"诗里的柳树是春天，是春天里一棵欢乐的树。甚至可以说，柳树也曾是春天的代言树：春天可以叫作杨柳春，春风叫作杨柳风。杨树呢？《诗经》中有一首最早的"人约黄昏后"，地点就在杨树下："东门之杨，其叶牂牂。昏以为期，明星煌煌。"（《陈风·东门之杨》）杨树叶在星空下哗哗作响，在等候恋人的少年听来，那声音该是温情与美好。晋人崔豹《古今注》说，杨树叶子叶大柄柔，所以微风则大摇，一名高飞，一名独摇。多浪漫的名字！

喜欢杨叶声音的不仅是《诗经》中那个恋爱的少年，周作人写到自家那棵大杨树时就说："这萧萧的声音我却是欢喜，在北京所听的风声中要算是最好的。"当时造访苦雨斋的康嗣群，也是一进门就注意到这棵大白杨："随时都哗哗的在响，好像在调剂这古城的寂寞似的。"

周作人和他的客人们不管"白杨多悲风"，自爱着萧萧白杨。我的老妈不知道白杨曾是墓树，也不知道折柳枝赠别的事，更不知道杨与柳两棵树上曾有的悲与欢。饭后，我问老妈，老家会用白杨做什么呢？老妈说：盖房子啊！咱房子的檩条不就是杨木的吗。老妈跟我离家十几年了，说起老家的时候很平静，我却怀念起老家的老屋。不知道十几年的风雨，会让它荒凉到什么程度。还有那房前的白杨屋后的旱柳，在风里如何萧萧，如何依依。现在，江南春又来，我会提醒自己记着，去杨和柳的树下看看，听听，看看杨树红色的穗、柳树鹅黄的花，听听江南的杨柳风是怎样辽远的声音。

26

采薇采薇

春天，去上课，看路边新生的草，春草绿，养眼养心。久看各种荧光屏的人，心里添一个池塘，水汪汪的，念一句，"池塘生春草"。突然觉着，眼睛生来就应该看这样的颜色。草是草绿，星星点点的，是绿草间杂色的花：开蓝花的婆婆纳，开白花的荠菜、天葵和鹅肠菜，黄花的蓳菜和蒲公英，紫花的老鹳草，猪殃殃不开花的时候最好看，开的是小绿花，并不好看，一根根直立着，趴在地上看一丛草，一丛草就是一片小森林。把纤细的藤蔓亲昵地缠在别的草上的，是野豌豆苗。它的蝶形花是紫色的，花落后结很小的豆荚。顺手采一把有花的野豌豆苗，放进背后的双肩包，因为要讲《诗经》里的《采薇》。进教室，举着一把野草对一班少年讲：这就是薇！几千年前的《诗经》植物还在我们身边生长，那些有野草生长的古歌也应该在我们中间流传。

西方人有句谚语："过去陌生如外国。"过去的一棵树、一棵草，甚至一场雪，对我们来说，都是熟悉的少，陌生的多。《采薇》这首诗里有一节流传很广："昔我往矣，杨柳依依。

今我来思，雨雪霏霏。"现在的人念这句诗，心里是一棵枝条低垂的垂柳。而诗中那个回家的人，心里汪着一片水田，田里一片茂盛的蒲柳，他要用柳枝编筐子插篱笆，过乡间安稳的日子，后来的诗人称之为田园。而且，就是知道了《诗经》时代的杨柳是蒲柳，认识蒲柳的人也不会多了。今非昔比，人的生活在时间里变动不居，植物和人的关系也被改变着。当工业代替手工，化工材料代替依依柳条，老行当消失，蒲柳从人们的生活中退了场。

"雨雪霏霏"，几千年前的雪，又是一场怎样的雪呢？近年，有人把《采薇》谱了曲，做成一部电影的插曲，只是那唱歌的明星把"雨雪霏霏"唱成了"雨雪靡靡"。霏霏和靡靡，字形相似，但却是两场完全不同的雪：靡靡，这个词，估计只会让很多人想到靡靡之音吧。所以，不必问那谱曲和唱歌的人，是否知道"采薇"采的是怎样一棵草。

和古时大多数的草一样，薇是什么草，后世众说纷纭，莫衷一是。宋人郑樵在《通志》里说采薇采的是"金樱芽"；朱熹《诗集传》说山里人把薇叫作迷蕨，怀疑就是庄子说的迷阳。日本汉学家也参与进来，考辨薇是什么草。小野兰山在《本草纲目启蒙》（1802 年）中说薇是蕨类的紫萁，这个说法在日本流传甚广，但这个说法在中国没有回应。至于金樱子，在我居住的这个小城的田野路边很是常见，夏天开雪白雪白的花，黄灿灿的蕊。花好看，果子甜，有的地方叫它糖罐子，是小孩子们爱的野果。金樱子是蔷薇科的灌木，枝上密生尖刺。古人"采薇"采的会是浑身是刺的金樱子嫩芽吗？明人毛晋对此很是怀疑，在《诗疏广要》里说不知郑樵有何根据。迷阳或者迷蕨我没见过，但宋代的胡明仲说迷阳"条之腴者大如巨擘，剥而食之甘美"。巨擘是大拇指，别说野豌豆苗，就是田间或者菜园里不野的豌豆也不会长那么大那么粗的"条"。而且，"薇"草头下面有个"微"，所以宋代陆农师的《埤雅》说它"似藿菜之微者"。明代的李时珍沿袭陆农师，也跟着这么说。《广雅·释草》进一步解释说："豆角谓之荚，其叶谓之藿。"他们都认为薇像豆苗，很小，不大，没办法长成"巨擘"。薇是什么样子呢？郑樵说薇的叶子像浮萍，明人冯复京说像柳叶，朱熹还说它有芒。最早解释薇的是《尔雅》："薇，垂水。"于是，不少后人跟着说薇生水边，是水菜。而晋代陆玑《诗疏》又说薇是"山菜也"。是山菜还是水菜呢？于是又争论不休。我说，古人生活，就是山山水水，野草野菜。野草野菜，山里，水边，亦或如李时珍所说的麦田中，随处生长。清人郝懿行疏《尔雅》就曾这样说，山菜水菜的薇，"实一物"。

《尔雅》简古，只说"薇，垂水"，但晋人郭璞《尔雅音图》中的"薇"，画的确实是一棵水边的野豌豆。《说文解字》只用四个字解释薇，但说得已很清楚："菜也，似藿。"陆玑《毛诗鸟兽草木虫鱼疏》中的解说更为详尽："茎叶皆似小豆，蔓生，其味亦如小豆藿，可作羹，亦可生食。今官园种之，以供宗庙祭祀。"有以上三家权威认定，足可以结束论争：采薇的薇就是野豌豆。以后，再念"采薇采薇，薇亦作止"时，心里可以是一片春天的野豌豆苗，草绿，花红，很小的豆荚最初也是草绿色。

路边的野豌豆，是现在的草，是古时候的菜，《群芳谱》《广群芳谱》《本草纲目》等草木书，都把薇列于蔬谱或者菜部。王安石写过一本《字说》，说《诗经·采薇》写的是"戍役之苦"，薇之得名，即因为它是兵卒这些"微者所食"之菜。清人多隆阿在《毛诗多识》中谈及薇时，对王安石一脸的不屑，说王安石啊，你没读过四书五经吗？五经中的《仪礼》写得很清楚啊，王公贵族宴客的时候，肉羹要配青菜：牛肉羹配豆叶，羊肉羹配苦菜，猪肉羹就要配薇（见于《仪礼·公食大夫礼，原文为：牛藿，羊苦，豕薇》），这是士大夫们的食谱，怎么能说薇是微贱者吃的啊！还有，人家陆玑都说了，官园里种薇菜，还供神圣的祭祀，薇菜哪里"微"啊？！王安石解释字义，常为时人后人嘲笑，说他牵强附会。还是鲁迅说得好，要是苛求一本书完美，恐怕没有一本书值得阅读。王安石解说汉字有错，谁的解说会完全正确呢？而且，即便有不少解释错了，可换一个角度，不作严肃的学术看，当作好玩儿的拆字游戏，不也是蛮有趣的事吗？比起那些只关心明星八卦，无聊社会新闻的人，对着那么好看的汉字，即便是天马行空，胡思乱想，这样的王安石也真是个可爱的人，和那个迷恋茴香豆的"茴"有不同写法的孔乙己一样可爱。

我的"采薇"是为了上课，《诗经》里那个士兵"采薇"是为了吃。说实话，"昔我往矣，杨柳依依"的诗句很美，但我不太喜欢诗里那个士兵。他一边采薇，一边不停唠叨着"曰归曰归"——我想回家啊！他很悲伤，喜欢思乡的中国人很理解他的悲伤，但我总想起取经路上猪八戒的口头禅："我要回高老庄。"取经啊，戍边啊，这些大业都太苦了啊！和薇菜一样苦啊！我还是爱我的小家。小家爱得太多了，就难免小家子气。《诗经》里的边塞诗缺乏金戈铁马的英雄气，太多诉苦想家的农民气。说的是诗歌，但也不仅是诗歌。

"诗"里采薇的士兵无名无姓，似乎是一切中国人的代表；而"史"里采薇的人则大名鼎鼎，我说的是伯夷和叔齐。这两兄弟坚守先王之道，不赞同武王伐纣，于是隐于首阳山，义不食周粟，采薇而食，最终饿死，殉了他们信仰的道。死前还作了一首采薇的歌，开首两句唱的是"登彼西山兮，采其薇矣"。伯夷叔齐之后，采薇成了隐居的象征，诗歌中只要写到采薇，不是宁静的山，就是空寂的林："树树皆秋色，山山唯落晖"（唐·王绩《野望》），"好去采薇人，终南山正绿"（唐·白居易《送王处士》）。不是"不知有汉"的桃花源，就是"归园田居"："相顾无相识，长歌怀采薇。"

（王绩《野望》）但奇怪的是，被追认为万世隐逸之宗的，是在南山脚下采菊的陶渊明，而不是在西山采薇的伯夷叔齐，虽然他们隐的时间比陶渊明早得多，还被孔夫子表彰为贤人。个中原因，大概是，都叫隐，但差别不小，就像采薇和采菊，都是采，但拿到手里的是完全不一样的草。采菊的五柳先生清高而悠然，采薇的伯夷叔齐饿肚子殉道，后人选择陶渊明，实在是聪明得很。毕竟，学习采菊要容易得多，而要学采薇的伯夷叔齐，便有性命之忧，至少会饿肚子。

《诗经》里的兵和首阳山的伯夷叔齐，采薇都是出于无奈，真喜欢采薇的是后人。岁月荏苒，流传到后世的"采薇"，采的已不是薇，而是一种传统，一个文化符号。比如苏东坡的薇："此物独妩媚，终年系吾胸。"（《元修菜》）薇让苏东坡念念不忘，一棵"微者所食"的草也可以是心里"妩媚"的草。中国自古"采草"的诗很多，苏东坡不愧是大诗人，写得一首采草的好诗："彼美君家菜，铺田绿茸茸。豆荚圆且小，槐芽细而丰……是时青裙女，采撷何匆匆。"春草叶如槐，小叶对对生。草色绿茸茸，有女草间行。少女着绿裙，素手且采薇。真是好春好景！绿草绿裙，绿得好看。苏东坡老家在四川，蜀人把薇叫作巢菜，而巢菜又有大巢菜和小巢菜之分。如果看书看不明白什么是大巢菜什么是小巢菜，就去田野看看，一下子就会明白巢菜的大与小：大巢菜叶圆，大如槐叶，小巢菜叶细小，真如冯复京所说，状如柳叶。回到苏东坡，因为朋友巢元修也喜欢这种野菜，苏大诗人就把它称为元修菜。

古人没有网络，信息不畅，但信仰"君子耻一物不知"，关心着一棵草。写《山家清供》的林洪，不知蜀人的巢菜和苏东坡的元修菜是什么草，到处问菜农，也没找到答案。直到有朋友从四川回来，才搞清了诗里的这棵草为何物。林洪大喜过望："读坡诗二十年，一日得知，喜可知矣。"二十年的时间认识书里一棵草，为认识一棵草而欢欣雀跃，古时读书人也真是迂得很，迂得可爱。

有本小书，叫《花巫术之谜》，写得不好，糟蹋了一个好题目。但书中有个说法很有意思：《诗经》里的采草并非简单的赋比兴，而是十有八九和男女恋情有关。事实确乎如此，《诗经》第一首《关雎》，写春天少男少女春情萌动，那汤汤流着的春水上，不就有一个采荇菜的少女吗？采薇也是这样，除了在边地采薇的兵士，还有一个采薇的少女，唱着苦辣酸甜悲欢离合的情歌："陟彼南山，言采其薇。未见君子，我心伤悲。"（《诗经·召南·草虫》）至于薇或者别的什么草，和爱情有怎样的关联，古人知道，我不知道。但走进古老的文字，看见山上或者水畔，天高地阔，青草生长，草间的人动情地爱着，依然让人感动。

27

可爱春在一槐树

久兰打电话，说校园的槐花开了，问我要不要。这孩子本来是学生物的，本科毕业考研究生换了专业，学文学。大概是看见槐花，想起了闲聊时，我跟她说过小时候吃槐花的事吧。到学校去找她，看见她旁边一袋子槐花。我的槐花是记忆里的化石了，我说。

江南植物多，春天的香花也多，香樟、含笑、海桐、橘子树、柚子树，都在四月开花，白天香，夜里香。走到树下，花香就飘下来。我生长的那个北方乡村，槐花几乎是唯一的香花。说香花，更合适的说法是甜花。槐花开的时候，乡村的每条土街，甜丝丝的花香盖住了尘土的味道。孩子们不赏花，吃花。槐花开的日子是儿童节，每棵槐树上都是孩子，坐在树杈上，一把一把地吃花。汪曾祺有一篇《槐花》，写一对养蜂的夫妻。夫妻不是一个地方的人，妻子比老公年轻很多。汪先生猜测说，大概是女人"觉得这种放蜂生活，东南西北到处跑，好耍"，就跟了这男人，养蜂的人和蜜蜂一样，"哪里有鲜花，就到哪里去"。汪先生把这叫作"农村式的浪漫主义"。坐在树杈上采槐花大吃，现在想来，也是。这些浪漫主义，都成了记忆里美丽的化石。

《尔雅》说了好几种槐树，其中说到小叶的槐叫榎，大叶的叫楸。不一定要见过这两种树，眼前两个好看的汉字："榎"是一棵夏天的树，"楸"是秋天的一棵树。说秋天的树，便想起了郁达夫的名文《故都的秋》，因为文章里说，槐树是北方的一棵秋树："北国的槐树，也是一种能使人联想起秋来的点缀。像花而又不是花的那一种落蕊，早晨起来，会铺得满地。脚踏上去，声音也没有，气味也没有，只能感出一点点极微细极柔软的触觉。"最初读这篇文章时，我中师毕业不久，在北方一个乡村中学教英语，还是一个窝在乡下念书写诗的文艺少年。当时很奇怪，我的槐树春末夏初开花,很香的花,怎么会有秋天落花的槐树,而且没有气味呢？我觉着是郁先生这个南人写错了一棵北方的树。直到很久以后，我跑到北京去读书，才见了秋天花开花落的槐，是国槐。而我的槐是洋槐，树上有刺，我们也叫它刺槐。近人黄岳渊、黄德邻父子写的《花经》里称洋槐为琴槐，说也叫德槐，因为是德国人带到租界，开始栽植的。我的刺槐和德国人没有关系，我也不会觉着它有多洋气，反而觉着它土气，因为它就长在我小时候的乡村，我和它很亲近，倒是和国槐有点隔膜，一直觉着它是城市里的树。当然，那时也不知道国槐是《尔雅》里的树。

和地上的国槐隔膜，倒也不妨碍多读点书，和历史里的这棵树熟络起来。古人也在槐树上找吃的，但吃的不是花，是叶。其实也是，古书里的槐，不见花，只有叶。宋人罗愿《尔雅翼》说槐，首先说的就是"其叶尤可玩"。怎么玩呢？罗愿没说。我们小孩子是拿了羽状对生的槐叶占卜。比如去做什么事，但不能决定，就拿一枝槐叶，揪一片，说"去"，再揪一片，说"不去"，看最后一片是落到"去"还是"不去"。当然，这只是个游戏。

不说玩儿，接着说吃。明人徐光启《农政全书》里说，晋人喜欢吃槐叶。而且还用落了的枯叶煮米饭。有次和朋友聊起槐树，他说他有个北方同学，家里就用槐树落叶煮米饭。说着时，一脸同情地感叹：他们可真穷啊！他这样的反应，让我想起了法布尔。在《昆虫记》里，法布尔说，"比起粗暴的工厂，我还是信任大自然细腻的加工办法。我相信，无论何时，我们会永恒需要大地上的动植物耐心地给我们准备食物。"槐叶煮米饭，我没有吃过，但可以在书里想象。徐光启的书里记下了有人对它的喜爱，那人讲："世间真味独有二种：槐叶煮饭、蔓菁煮饭。"有树叶的米饭，有树的味道。树的味道，是好味道。《礼记》里说，古人饮食，"必有草木之滋"。

除了煮米饭，槐叶也曾被用来做面食。杜甫直接用食名做了诗名——《槐叶冷淘》。用槐叶汁水合面，做汤饼，不说味道，那颜色就应该碧绿得可爱。整天愁眉苦脸的老杜看了这样的颜色，也"加餐愁欲无"了，写出活泼清新的诗句："青青高槐叶，采掇付中厨"。我喜欢一切"青青"的诗句，"青青高槐叶""青青河畔草""青青园中葵"……都是好看的诗，好看的颜色。槐叶冷淘是古人夏天的美食，据说可以防暑降温。老杜诗里说它的口感是"经齿冷于雪"，那么，吃槐叶冷淘应该和吃冰激凌差不多——杜甫吃冰激凌，有点穿越。

当初读周作人《故乡的野菜》，看到江南用鼠麹草做黄花麦果，真是有点嫉妒：黄花麦果，别说在北方没吃过，吃食里这么好听的名字都没听过，真让人感叹江南的风雅；更何况，还有那么好听的儿歌："黄花麦果韧结结，关得大门自要吃，半块拿弗出，一块自要吃。"后来，知道北方有槐花麦饭时，颇有点兴奋，真想跑到苦雨斋，去告诉周作人：你看，南有黄花麦果，北有槐花麦饭，两种好吃食，一副好对子。而且，槐花麦饭也有儿歌："小娃娃，做钩搭，做好钩搭钩槐花。槐花蒸成疙瘩饭，吃得人人笑哈哈。"可惜这儿歌虎头蛇尾，最后一句到底不如"一块自要吃"来得风趣。

槐花麦饭叫饭，但不是米饭，是面食。槐花裹面，蒸熟，所以像儿歌里唱的，也叫槐花疙瘩。比起槐叶煮饭和魂叶冷淘，槐花麦饭的历史要短得多，因为用的是洋槐的花。洋槐到中国不足百年，而国槐已有两三千年的历史了。不说先秦文献里的国槐，北京中山公园里还在生长的古槐已有五六百岁。邓云乡先生的《古槐》写那些老槐树，其中还提到一句俗语："千年松，万年柏，顶不上老槐歇一歇。"老槐树歇一歇，人间已是匆匆百年。

老槐树"歇一歇"的工夫，刚刚说到的苦雨斋也消失在历史烟尘里了。还好，有书在。打开书，就可以打开历史的门，就能跑到苦雨斋，还能遇到苦雨斋四大弟子之一的俞平伯。遇见了，苦雨斋夜话，可以说说槐。苦雨斋的院子里有棵大杨树，而俞平伯的书房叫作古槐书屋，俞君坐在里面写了本《古槐梦遇》。给书写序的是老师周作人，写小引的是大师兄废名。梦也好，序也好，小引也好，里面都有一棵古槐。合起来读，算是旁听几个"立志做秀才"的人闲话一棵树。

古槐虽古，但并无"枯藤老树昏鸦"的衰败。废名送给俞平伯一副对联，上联是"可爱春在一古树"，真是一个好句子，让一棵古树可爱起来，也明媚，甚至妩媚起来。废名说，那古树就是俞平伯书房前的古槐。说他第一次去俞平伯家里的时候，俞君指给他看一棵槐树，并告诉他这树比老屋还老："这情景我总是记得，而且常常对这棵树起一种憧憬。"对一棵树起一种憧憬，这样的心思与好句子，也只有废名想得出，写得出。周作人笑着看弟子，也说这棵树："有一天，我走去看他，坐南窗下而甚阴凉，窗外有一棵大树，其大几可蔽牛，其古准此。及我走出院子一看，则似是大榆树也。"不苟言笑的周作人说到这里，应该笑起来。但废名不管是榆树还是槐树，接着老师树荫的话题说，"一棵树的荫凉便觉得很是神秘"。

我觉得此时可以插话，也可以说说槐树的荫。有人讲槐字有鬼，所以民间不喜欢在院子栽这棵树，这纯粹是无知的胡思乱想。《说文》说得清楚，槐是形声字，鬼是声，所以"槐"古音同"回"。至少，在最初，槐字和鬼毫无关系。不但和鬼没关系，还和仙有关系呢。明人小说《董永遇仙传》里，七仙女下凡就降到槐树下。而且，还是槐树给董永和七仙女做的媒。我们小时候看过电影《天仙配》，看到老槐树上出现一张脸，吧嗒着嘴巴唱"槐荫开口把话提"，真是震惊又喜欢啊！而且，还特别喜欢模仿大槐树下的董永，拿腔拿调地说："槐荫树，槐荫树，请你开口讲话。"当然，那时候也不懂槐树为啥叫槐荫树。很多年后，翻《尔雅》，读到"如槐曰茂"，才知道古人世界里，槐就是一棵茂盛有荫的树。也因为枝繁叶茂，可以遮阴，人们才喜欢在庭院植槐。有槐树的庭院名之槐庭。这点上，北人眼里的槐有点像江南的樟。江南民居讲究前樟后楝，而北方民居喜欢的是前槐后榆。

轮到古槐书屋主人俞君，也说一树荫，"大树密荫，差堪享受"。我知道我院子里的不是槐树，是榆树，但第一，给书取名，如果叫《古榆梦遇》，读起来就不成话了，会被人耻笑的啊。老师跟我说，把榆叫作槐也可以，理由不说……

周作人喝口茶，不紧不慢地说："大抵轩亭斋庵之名多皆一意境也。"所以，叫古槐书屋，屋不必有槐，书里可有槐。

我点头，说是是是，得意可以忘形嘛。而且，《淮南子》说世间万物皆为天地所生，堪称同一父母，故"槐榆与橘柚合而为兄弟"。槐树和榆树既是兄弟，把榆树叫作槐树也合情合理。古人也因此常把这两兄弟并称，夸赞它们都能遮阴。小孩子们背诵的《笠翁对韵》，其中有"槐榆堪作荫，桃李自成蹊"。韩愈《示儿》诗中，给孩子讲穷书生买房的奋斗史："始我来京师，止携一束书。辛勤三十年，以有此屋庐。"奋斗三十年买了什么样的房呢？"庭内无所有，高树八九株。"什么树？"西偏屋不多，槐榆翳空虚。"

俞平伯说也不仅如此，刚才我只说了第一，就被你抢了话头。我接着说第二，"大槐者梦邻也"，说古槐也是为了我这本说梦的书。

是是是，我再次点头，南柯一梦就是大槐树下的梦。陶渊明以一棵树命名桃花源，唐人李功佐在《南柯太守传》中用一棵树命名一个梦境之国——槐安国。当然，南柯一梦说的是浮生若梦，而俞先生的古槐梦不颓废，符合"文以气为主"的古训，有"生气"。如这段，"站起来是做人的时候，趴下去是做狗的时候，躺着是做诗的时候"，我还要加一句，"坐着是写梦的时候"。

废名同意，说是的，"有一天我看见他黎明即起，坐在窗前，把枕边之物移在纸上。平伯总应该说是'深闺梦里人'，但写梦由写实而自然渐进于闻道"。

闻道？我沉吟不语，需要想想为人之道，读书人之道。古时有俗谚，说"槐花黄，举子忙"。举子是读书人，槐树也是一棵读书人的树。槐树开花的时候，古时读书人忙着做文章，准备科举考试。现在的读书人呢？在干什么呢？应该干什么呢？记载秦汉都城的《三辅黄图》载，汉有槐市，在太学旁边，说是市，读书人能有什么买卖呢？又不是商人。没买卖，有槐树，书生在槐树下坐而论道而已。论什么道呢？今天的读书人在论什么道呢？

国槐夏末秋初开花，开很淡的细碎黄花。宋人寇宗奭《本草衍义》载，古人用槐花染黄，"染色更鲜"，和"青青高槐叶"一样新鲜的颜色。现在还是春天，开花的是刺槐，刺槐开白花。十几岁的时候，在《诗刊》上读到一首《又见槐花》："又见槐花／我告诉空谷幽咽的箫／这才是阳春白雪。"诗后有编者附记，说作者是一个患白血病的少女。很多年过去了，还记得那首诗，和那个十几岁少年的想象：一个苍白的少女，看着雪白的槐花，那么心痛地写着冰清玉洁的情感。记忆里的诗，诗人，和读诗的人，都圣洁如槐花。

我胡思乱想的时候，废名还在说着梦：现在"失却梦的世界，凡事都在白日之中。古槐书屋的一棵树今日足以牵引我的梦境"。

汉代大儒郑玄注《周礼》，说"槐之言怀也"。槐，除了读作回，也读作怀，是一棵怀念的树。那么，古槐，也是怀古。怀古的读书人在每个时代都是古人，因为还坚持着、梦想着一些过去的"道"。

因为一棵槐树，四月的夜里，想起了许多令人怀念的人与事，还有梦："S会馆里有三间屋，相传是往昔曾在院子里的槐树上缢死过一个女人的，现在槐树已经高不可攀了，而这屋还没有人住；许多年，我便寓在这屋里钞古碑。客中少有人来，古碑中也遇不到什么问题和主义，而我的生命却居然暗暗地消去了，这也就是我唯一的愿望。夏夜，蚊子多了，便摇着蒲扇坐在槐树下，从密叶缝里看那一点一点的青天，晚出的槐蚕又每每冰冷地落在头颈上。"写这个梦的人是书生鲁迅，写作时间是1922年，已是百年前，那三间房子叫作补树书屋——槐树需要修补？……

第 二 辑

学 与 文

28

梧桐生矣

古史与神话

翻《尚书》，在书里遇见一棵树："峄阳孤桐。"《尚书》算是中国最早的书，那么，也就可以说，桐是中国人最早看见的树。峄是山，阳是向阳的山坡。走到山下，一抬头，晴天丽日，山坡上一棵挺立的树。"峄阳孤桐"，这棵树的第一篇汉字日记，简简单单，四个字，是人和一棵树初遇时的画面。画面足够震撼，所以，还应该傻呆呆站在那里，仰望，一棵高大的树，赞一声："啊！"那是两三千年前的事。

遇见桐树的场景太让人念念不忘了，也被写进了另一本最古的书——《诗经》。那首诗的名字叫《卷阿》，卷阿是丘陵。古人的世界比现在大，《诗经》里的人不会画地为牢，把生命限于方寸之物，他们似乎总是在山谷、河边、原野，走着，看着。那天天气也好，温暖的南风吹拂，有人走上起伏的丘陵，"来游来歌"。眼里，歌里，有一棵好树："梧桐生矣，于彼朝阳。"和《书经》里的"峄阳孤桐"一样，《诗经》里的桐也站在辽阔的高岗上，也是一天好阳光。

好树会滋生好故事，故事里飞来一只鸟："凤凰鸣矣，于彼高岗。"从此，这棵树就成了这只神鸟的巢。良禽择木而栖，高贵的鸟只落在高贵的树上。庄子说那鸟"发于南海而飞于北海，非梧桐不止"（《秋水》）。那鸟也是飞过没有边框的大海以后，找到了一棵树。礼不下庶人，但市井小民也记住了桐和鸟的联系。民谚云："栽下梧桐树，引得凤凰来。"爱一棵好树，市井小民和高人雅士区别不大。

树，被人所爱，就会从山野来到人世。村夫百姓盖房子，把他们喜欢的树栽于房前屋后，墙边井畔；帝王营建宫室宗庙，也会栽树。《诗经》有诗，名《定之方中》。定是定星，这颗星位于天空正中央的时候，是盖房子的好时辰，古人信仰这些。盖房子的是王，建的是宗庙，宗庙里会栽什么树呢？"树之榛栗，椅桐梓漆。"那么多树中，有桐。榛树和栗子树结坚果，桐和椅、梓、漆这些树有什么用呢？"爰伐琴瑟。"等它们长大，伐木做琴。等多久呢？东汉应劭《风俗通义》讲，做琴的不是树干，"采东南孙枝为琴，声清雅"。东南有阳光，古人迷信阳光，也迷信阳光里的树枝。十年树木，百年树人，新栽的树长大成材已经需要那么久，树枝当然会需要更长的时间去等待。《诗经》里的人不急，他们善于等待。

做琴干什么呢？《诗经》第一首是《关雎》，诗中有少年要弹琴，给在春水上采荇菜的少女唱情歌。宗庙里的琴呢？《周礼》答："以礼天神。"宗庙是祭祀之所，榛子栗子也并非供自己"舌尖",而是供神。在宗庙里栽桐树的时代，神还在。神消失的时代，尼采宣布上帝死了，很少有人问上帝是不是该死，只有伏尔泰说，即便没有上帝，我们也要制造一个上帝。突然想起沈从文，写他的湘西理想国时，他说那里的人们"敬神守法"。

有了《诗经》这两首歌，以后的人们再谈及桐，就是凤凰来，就是琴瑟鸣。晋人郭璞的梧桐诗概括得最好："梧桐嘉木，凤凰所栖。爰伐琴瑟，八音克谐。歌以永言，雏雏喈喈。"（《梧桐赞》）喈喈是鸟鸣，而桐树上不仅有凤鸟鸣唱，它自己也会发出好听的声音。古书里有太多人讲，他们听到过这棵树下传来的琴声。宋人虞汝明《古琴疏》杂记古琴故事，其中有记吴叔治事，说他夏夜纳凉，听到桐树下有琴声。后来有人要高价买这棵树，吴叔治说从小就看它，不忍砍伐。后来，吴到外地做官，等回来的时候，桐树已被卖掉。买树的人拿来两把琴，说凉天月夜，它们不鼓而自鸣。并请吴留下一把，吴又拒之。

琴在月下不鼓自鸣已是传奇，但蔡邕的故事更是堪称神奇。故事说蔡邕流落到吴地时，看见人们烧火做饭，而他居然听见了火中木柴发出美妙的声音。蔡说，那是好木啊！他灭火，削以为琴，琴果然有美音。因木有火痕，此琴被称为焦尾琴。吴人烧火蔡邕制琴的木就是桐木。木在火中有好音是神奇，更神奇的是那声音能为人听见。这是子虚乌有的神话，还是真实发生过的事呢？我知道的是，这个故事不仅被晋人干宝写进了《搜神记》，也被写进了正史的《后汉书·蔡邕传》。先民的历史，后人听来已是神话。

桐始华

说清一棵古老的树，和听懂古老的神话一样难。因为《书经》也好，《诗经》也好，古书里的草木大多只有一个名字，一个剪影，缺乏细节。再加上书呆子们五谷不分，只知死读书，古人见到的树是什么树，往往就成了一笔剪不断理还乱的糊涂账。比如说桐，古书只说桐或者梧桐，而明代毛晋在《陆氏诗疏广要》中说，桐的"种类太多，如青桐、白桐、赤桐、冈桐、赪桐、紫桐、荏桐、刺桐、胡桐、蜀桐、罂子桐之类，不胜枚举，其实各个不同……"学者名物考证、杂家笔记、医家药书、农学书、园艺书，只要谈及桐，也正如毛晋所说"诸家纷纷致辨"：桐有多少种？古人的梧和桐是现在的哪种桐？"凤凰鸣矣"的桐是什么桐？"爰伐琴瑟"的又是什么桐？纷纷扰扰，你说我错，他说你误，莫衷一是。但其原因不是毛晋说的种类多，而是名字多：一树多名，才最是麻烦。毛晋列出那么多桐，也是掉进了一棵树天花乱坠的名字旋涡。那么多名，其实并非都是"各个不同"的"种类"，好多只是同一种桐的不同名字而已，比如冈桐、荏桐和罂子桐，本是同一种树的别名，后世称之为油桐。

明人方以智在《通雅》中说桐"唐宋本草纷无定名"，但纷乱的名字中，定名如一条线，也一直没有断过。晋之后，北魏贾思勰《齐民要术》中区分桐类，说"花而不实者曰白桐；实而皮青者曰梧桐。按：今人以其皮青，号曰青桐"。宋人陆农师的《埤雅》、罗愿的《尔雅翼》等书区别梧和桐，说古之梧和梧桐即青桐。著《桐谱》的宋人陈翥不同意认定《诗经》的梧桐是青桐的说法，但也说青桐也叫梧桐。陈翥弃绝仕途，无意名利，一生爱桐，自号桐竹君，在乡间栽桐写桐。他爱的和写的桐是开花的桐，《桐谱》名之为白花桐和紫花桐，也称白桐和紫桐。到了明代，《本草纲目》又说了古之桐的一堆名字：白桐、黄桐、椅桐、荣桐，但"以今咨访"——经过实际调查，李时珍说得很是自信："白桐即泡桐也。"在《群芳谱》中，明代另一位草木大家王象晋不仅支持李时珍白桐即泡桐之说，又给它加了一个名字：华桐。华桐也就是开花的桐。

古人之桐种类繁多，名目杂乱，但到了明代，梧与桐之辨基本结束，有了结论：梧和梧桐是青桐，桐是泡桐。但桐之纷争还在，争的是青桐泡桐和凤与琴的联系：凤栖的是青桐还是泡桐？青桐泡桐谁堪斫琴？青桐结子，至少从南北朝，人们就知道它的种子可以吃。《齐民要术》已说它"炒食甚美"。宋人周密《武林旧事》记杭州旧俗，说"雨后新凉，则已有炒银杏梧桐子吟叫于市"。客家有童谣："童子打桐子，桐子落，童子乐。"因为青桐子可食，所以，争辩诸家多因此认定引凤之桐乃青桐，理由是桐子可供凤食。诗人写诗道："兔食茅草根，凤食梧桐子。"（明·刘基《杂诗》）只是他们忘记了最初庄子说凤鸟"非梧桐不止"时，下一句是"非练实不食"。练同楝，练实即苦楝树的种子。陈翥不同意凤落青桐，理由是，庄子曰"桐乳致巢"，泡桐子的形状才像"乳"。"凤栖梧桐"本是神话，吃什么哪里有那么重要。这么较真儿一棵树的神话，也真是迂，但迂得可爱。

制琴呢？近代琴学大师杨宗稷在《琴学随笔》中扬青桐抑泡桐，甚至以为"最不良之才莫若泡桐"。清代琴家祝凤喈——名字即是桐，又自号桐君，这个爱桐爱琴的人和杨宗稷一样，在《与古斋琴语》中说"古人多用梧桐，今人多用泡桐，二者虽可以为琴，然……"一转折，就转到反对泡桐制琴去了。但实际上，古人倒是与近人正相反，南朝的陶弘景说白桐"堪中琴瑟"；北朝的贾思勰在《齐民要术》中说白桐"成树之后任为乐器，青桐则不中用"。清以前的诸家在制琴之桐上意见颇为一致，扬白桐而抑青桐：宋代《埤雅》说白桐"材中琴瑟"；罗愿《尔雅翼》说古之梧异于桐，乃青桐，"不中乐器"。陈翥《桐谱》当然更是认为"琴瑟之材，皆用桐"，而青桐"虽得桐之名，而无工度之用"。陈翥爱桐，不爱梧，才有这样偏执的说法。《尔雅》用"櫬"释"梧"，说的就是功用：櫬是棺，青桐可用作棺木。到明代，用泡桐木斫琴这个说法也没什么异议：方以智《通雅》说"泡桐制琴"；《群芳谱》说"造琴瑟以华桐"；蒋克谦《琴书大全》说得最详尽，"白桐堪做琴。今之斫琴当用清明发花者，世谓之紫花桐……天下之材柔良莫若桐，坚则莫若梓。以桐之虚合梓之实，刚柔相配，天地之道阴阳之义也。"

华桐，这个名字让我们突然意识到，我们还没说过这棵树的"华"，即"花"。也想问一句，这棵树最早的日记里有花开吗？前面我们说起"五经"中的《诗》《书》，按顺序，接下去应该是《礼》。而《礼》中有篇《月令》，《月令》中记下的是：季春之月，"桐始华"。在古史中，我们曾看见一棵树的神话，神话的桐树上有神鸟鸣；而现在，我们还可以看看桐树开花，开花的世界像童话："桐始华，田鼠化为鴽，虹始见，萍始生。"春天，有那么多美好的"开始"：天空开始有彩虹，春水开始生浮萍，还有，田鼠开始变小鸟——不管有多少更切实的解释，我还是喜欢做这样最直接的想象，田鼠和鹌鹑都是短尾巴的小家伙，田鼠变为鹌鹑也真是有趣的想象。就是这样，万物重新开始生命循环的时候，桐，一棵大树，开始开花。李时珍解释其名，说"桐花成筒，故谓之桐"，开花成筒的桐，是泡桐。

春天开花的桐是泡桐，先花后叶，花是白花或者紫花。还记得一个春夜，我在十字路口停下，等红灯。花香飘来，我抬头，对面一棵大泡桐树。暗夜里，满眼白色花，像是浮雕在夜的黑石之上。而花,如清澈的星空,铺天盖地。我被一树繁花震撼,呆在那里,看不见红灯绿灯,似乎只要我再往前走一步,就会走到星群一样的白色花朵里去了。青桐,初夏开花,细碎的黄花隐在大大的绿叶中,静静的,不大为人注意,更不会有泡桐花给人的震撼。

从字源上讲,《尔雅》和《说文》都释桐为荣。荣,繁体写作榮。但看看古文会更清楚,"木"上不是"火"。金石大家方浚益《缀遗斋彝器款识考释》说其撇捺原是"枝柯相交之形",点点本是朵朵花开。所以,荣即"木之华"。每日盘桓梧桐树下的陈翥有一句诗,更是对"荣"这个字,和桐这棵树,有最好的诠释和描绘:"枝软自相交,叶荣更分茂。"

桐,"柔木",是一棵开花的树。

梧桐的春秋与悲欢

梧桐是两棵树:梧是青桐,桐是泡桐。晋人郭璞注《尔雅》,说梧是梧桐,桐也是梧桐。这样说也没错,因为不管在古代的书里,还是现在的民间,泡桐和青桐都被叫作梧桐。陈翥的《桐谱》以泡桐为梧桐,但也承认他不爱的青桐也被叫作梧桐。我北方老家的院子里有一棵泡桐树,妈妈管它叫梧桐,还告诉我,这棵树能招来凤凰。我会抬头看那棵树,那只神鸟在想象里,桐花桐叶在树上。那时,我还是个小孩子，妈妈也还年轻。和人一样，一棵树也在岁月里经历着，改变着。

《诗经》可说是少年的春歌集，其中有三首唱梧桐。三首诗里，梧桐都是一棵春天的大树。那个时代，天大地大，人们眼界大，看见的树也大。后世的人们解释"美"这个字，说是"羊大为美"，其实，初民的世界里，美的树也是大树。《卷阿》里的梧桐挺立在山岗上，"菶菶萋萋"——枝繁叶茂，郁郁苍苍。葱茏的树，留在古老的语言里就不会再老，几千年后，看书的人看见它遇见它，它还是挺拔、葱茏。《湛露》里唱的是："其桐其椅，其实离离。岂弟君子，莫不令仪。"高大的梧桐，果实累累，树下的人，仪态优美。是说人和树都美，也是说人像树一样美。那时候的人爱看树，也善于看到树的美，希望人像树一样美。

少年的世界里，多阳光，多生长，多幻想，多欢乐，这些，都在一棵树上。《卷阿》里的少年走上山岗，唱着欢快的歌，看着阳光里的梧桐，想着神话里的鸟；《湛露》里的梧桐在一个狂欢的夜里，是酒神时代的一棵树：草叶上的露珠在月下闪光，天亮会有太阳升起来，但今夜，"厌厌夜饮，不醉无归"。《定之方中》的梧桐还是新栽的小树，小树就是欣欣向荣，充满希望。"爰伐琴瑟"的期待与想象里，新栽的小树已是一棵长大的树，那树上有"高山流水"的琴声。

房子简陋点没关系，窗前有好树就好。人们喜欢梧桐，梧桐就从山里走到尘世："有南国之陋寝，植嘉桐乎前庭。"
不必去远方，在庭院，人就可以和一棵树朝夕相见："春以
游目，夏以清暑。"这是晋人夏侯湛《愍桐赋》中的句子。
实际也是，魏晋南北朝多桐赋。"赋"是一种用来赞美的文体，
尤其是赞美大东西。"梧桐生矣"，就赞美梧桐。从高山来
到人世，梧桐依然是一棵大树。南朝的谢朓坐在窗前，看着
那棵树："孤桐北窗外，高枝百尺余。叶生即婀娜……"虽
然《月令》已注意到"桐始华"，但魏晋南北朝之前，诗人
们说梧桐时，说的最多的是树大叶大，很少说桐花。等到人
们开始说桐花时，盛唐都结束了。桐花已是落花，人不再是
意气风发的少年，桐树也不再是朝阳里的一棵树，月下梧桐，
安静而寂寞。

唐代的元稹人在旅途，夜里看见月光也看见月下的梧桐：
"微月照桐花，月微花漠漠。"（《三月二十四日宿曾峰馆
夜对桐花寄乐天》）看见了，就写一封信，寄一首诗，跟朋
友讲一棵月下的树："我在山馆中，满地桐花落。"收信的
白居易回的信叫《答桐花》，也说这棵树和它的花："况此
好颜色，花紫叶青青。"树好花好，只是为花发痴的人忧世
伤生，也悲伤于一棵树："胡为爱此花，而反伤其生。" 古
人爱桐爱琴，而风尚转移，大唐只爱"霓裳羽衣曲"，古琴
寂寞，桐树寂寞，爱琴爱桐的人也就难免寂寞了，"丝桐合
为琴，中有太古声。古声淡无味，不称今人情"（唐·白居

易《废琴》）。

桐花落时还是春，寂寞也是清浅的春愁；而桐叶落时已是秋。大唐以后，梧桐是一棵秋天的树，不再是《诗经》里的葱茏，是落叶；不再是"凤凰鸣矣"，是滴滴答答的梧桐雨；不再是朝阳，是夜；不再是欢乐，是"识得愁滋味"的沉重；不再是"来游来歌"的欢歌，是"长恨歌"："秋雨梧桐叶落时"（唐·白居易《长恨歌》）。后世的中国读书人，想起梧桐这棵树，心里都有几句悲伤的诗："寂寞梧桐深院锁清秋"（五代·李煜《相见欢·无言独上西楼》）；"雨滴梧桐秋夜长"（唐代·刘氏媛《相和歌辞·长门怨》）；"梧桐树，三更雨，不道离情正苦"（唐·温庭筠《更漏子·玉炉香》）……最难堪的要算是李清照的梧桐树吧："梧桐更兼细雨，到黄昏、点点滴滴。这次第，怎一个愁字了得！"（《声声慢·寻寻觅觅》）

文人多愁，多得过了，有些病态。还好，愁的时候还能看见一棵树，耳朵也比今人灵敏，还能听见夜里的雨落在大大的树叶上。民间的心要比文人大得多，没那么多愁。即便是生离死别的悲，也不会颓废。乐府民歌《孔雀东南飞》中那对夫妻死后，"合葬华山傍"。坟上还生出梧桐的神话和中国的爱情鸟："东西植松柏，左右种梧桐。枝枝相覆盖，叶叶相交通。中有双飞鸟，自名为鸳鸯，仰头相向鸣，夜夜达五更。"

民歌多情歌，情歌里草木生长，民间歌声里的梧桐是棵温柔的爱情树："桐树生门前，出入见梧子。"梧子是梧桐果，成了《吴歌》中恋人的代称——"吾子"的谐音。看见亲昵的梧子，也会看见好看的桐花，唱出白首偕老的期待："仰头看桐树，桐花特可怜。愿天无霜雪，梧子结千年。"（南北朝·佚名《子夜四时歌》）民间的温柔也感动了秀才们，学着写一棵温柔的树："人采莲子青，妾采梧子黄。"（明·吴伟业《子夜词》）即便是秋天，也不再只有悲苦："秋风生桐树，任吹桐花飞，莫吹梧子去。"（明·于慎行《子夜秋歌》）

民间的梧桐叶和悲秋无关。宋人罗愿《尔雅翼》说，民间用桐叶喂猪，"肥大三倍"。虽是介绍桐叶功用，但却染上了民间喜剧的色彩：梧桐树叶大，用来喂猪，猪也跟着大。

29

海金沙和蕨

　　刚到这个江南小城的时候，住在一个叫柳湖的地方。名字里有水有植物，让人喜欢。但那里的居民有点不大高兴物业，说他们什么都不管。我倒是喜欢没人管的园子。史铁生的名文《我与地坛》中，地坛还没有被旅游业开发，人迹罕至，但野草荒藤生长得自在坦荡，我的园子也是这样。城市人的日常里，规规矩矩的绿化常见，原始、野性生长的草木难得。

　　没事儿的时候，我喜欢在园子里四处走走，看看。蕨菜、苦荬菜、黄鹌菜、堇菜随处可见，虽然名字里还有个菜，但都是过去的事了，现在少有人采，野菜也就流落成了野草，和黄杨、火棘、女贞、檵木等绿篱灌木一起肆意生长。灌木丛中，张牙舞爪攀爬着的是各种野藤：乌敛梅、鸡屎藤、鹅绒藤、木防己、扛板归、葎草……一边爬，一边开着各色的花，结着各色的果。很多藤类野草有钩刺，像葎草，我们老家就管它叫拉拉秧。小孩子们常年在野地里玩耍，衣服和皮肉没少被拉拉秧划破。现在看见拉拉秧，总会怀念那些野地里的日子。记忆不记仇，总是过滤掉当年的不快。带着记忆看拉拉秧，看到野性的美，怀念过去的野孩子。

海金沙是灌木丛里温柔的藤。第一次看见它是在六月，淅淅沥沥地下着小雨。我看见海金沙温润翠绿的小羽叶，也看见它纤细的藤，沿着一棵红花檵木的枝干攀缘。待爬到树枝的尽头，那藤就伸向空中。虽然空无所依，但也不掉落下来，而是在空中回旋着，像一首歌，唱着温柔的旋律。

我爱野性的拉拉秧，也爱温柔的海金沙。伟大的巴乌斯托夫斯基在一次演讲中说，生活为我们准备了许多迷人的事物，我想，其中就包含着温柔，人类最美好的情感。老巴自己就是温柔的，他写俄罗斯的森林，写一篮云杉球果，写人，不管写什么，都是在温柔地讲述着生活中迷人的事物。看草看树如看书，看海金沙时，我老是想起温柔的老巴和他的书。

1918 年商务印书馆出版过一本《植物学大辞典》，编者也是爱海金沙的吧，说它是"奇品，供观赏之用"。会有人在家里养海金沙吗？我没有听说过，明代王象晋的《群芳谱》也没有收录它。古时入不得《群芳谱》，今天也进不了花市，上不了人家的几案。海金沙，还是野草。想要观赏海金沙，得到荒地野草丛中。而再温柔的野草终究也是野草，在民间看来，海金沙温柔的藤充满了狼的野性，和金属般的硬度。1970 年出版的《浙江民间常用草药》记载了海金沙几十个名字，名字里多有狼和金属：金丝狼衣、上树狼衣、大藤狼衣、铁线毛、钢丝绳、铜筋草……

《本草纲目》写海金沙时，没提到这么多别名，只说它俗名竹园荽，这个名字倒是不难解释。李时珍是医生，也是观察者、文章家，文章写得好，姑且抄上一段他写海金沙的文字："生山林下，茎细如线，引于竹木上，高尺许。其叶细如园荽叶而甚薄，背面皆青，上多皱纹。皱处有沙子，如蒲黄粉，黄赤色。不开花，细根坚强。其沙及草皆可入药，方士采其草取汁，煮砂。"这么一小段文字，简洁质朴，但把海金沙的生长环境，以及其形、其名、其用，说得清清楚楚，真是让后人赞叹。

海金沙不仅常生于竹林，缘竹而上，也和竹一样，都是江南的草，我在北方就没见过它。园荽也即芫荽，俗名香菜，海金沙和它叶形相似，都是边缘有锯齿的小羽叶。竹园荽是因叶得名，而名之海金沙是因为叶子上如蒲黄粉一样的"沙"。蒲也叫蒲草、香蒲、水烛，水边大草，花序像根大香肠，乡下人用草叶编草墩子和床垫子，孩子们把花序叫作蒲棒，当玩具，扔来扔去。蒲棒色黄，晒干后，孩子们揪下一撮，放在手心，轻轻一吹，四散飞去。蒲棒晒干后的粉轻飘，也细腻光滑，确实有点像海金沙的"沙"。海金沙的"沙"，学名为孢子。按现代科学分类，海金沙乃是蕨类植物。

俗语说，小鸡尿尿，各有各道。古人认识世界和现代科学也是各有一套，殊途不同归。现代科学可以把海金沙和蕨归为一类，这是自然科学；但古人的世界里，海金沙和蕨风马牛不相及，各有各的文化史：《诗经》时代，人们的眼里已经有蕨生长。而海金沙比蕨至少晚了两千年，直到宋代，才走进一本叫《嘉佑本草》的书里；《诗经》是诗，蕨一出现，就有诗人为它写诗，为它歌唱。《诗经》以后一千年，还有李白、王维这样的大诗人给蕨写过那么好的诗句："烟窗引蔷薇，石壁老野蕨"（唐·李白《登梅冈望金陵赠族侄高座寺僧中孚》）；"绕篱生野蕨，空馆发山樱"（唐·王维《游化感寺》）。看这些诗，总觉着古人比我们更爱田野或者荒野。

蕨，一棵野草，在诗句里和蔷薇和樱花一起在人间生长，那是一个空灵的纯美之境，是心灵的桃花源。但看见海金沙的是本草学家，没有诗人给它写过一句诗；蕨是野菜，入蔬谱，但同样也不妨碍它入诗，因为它是春天的野菜，是山里的野菜，有山野的情趣和味道："晓日提竹篮，家童买春蔬。青青芹蕨下，叠卧双白鱼。"（唐·白居易《放鱼》）山间情趣和味道总是让人怀念，怀念里有一棵草："日日思归饱蕨薇。"（宋·陆游《食荠》）而海金沙是药，只能入药谱，进药铺。采蕨的往往是思春的男男女女，关乎爱情，而采海金沙的是医生和炼丹的术士。

古史里，和蕨如影相随的，是现在叫作野豌豆苗的薇，不是海金沙。古时蕨薇并称，蕨薇不分。比如谈到伯夷叔齐隐于首阳山的事，有时说他们采薇，也有时说他们采蕨。上面所引的诗句中，想家的陆游想的也是"蕨薇"。宋人罗愿《尔雅翼》云：蕨薇是贫贱者所食的野菜。而中国的文人曾经甘于贫贱，喜欢贫贱，因此才有了那些"安贫乐道"的蕨菜歌：蕨是菜，也是道。吃，从来不仅是吃。

蕨薇并称源于《诗经·草虫》，这是第一首蕨的歌。让两棵野草长在了一起，也是诗歌的力量吧。唱歌的是个女子，她登上南山，听着草丛里的虫鸣，采蕨，采薇："陟彼南山，言采其蕨""陟彼南山，言采其薇"。眼前是蕨，是薇，心里是爱情，是想念，是悲伤："未见君子，忧心忡忡。"这悲伤，只有见到想念的人才能止息，只有男欢女爱才能让心欢悦起来，采蕨的女子这样唱。清代大学问家俞曲园老先生说，这诗里的女子采蕨是假，和情人幽会野合才是真。是不是这样呢？我不知道，但如果问沈从文先生，他应该同意俞曲园的看法。甚至也许会说，做如此"呆事"才不会"糟蹋了这好春天"，因为他写过一篇叫《采蕨》的小说。故事里采蕨的女子叫阿黑，男孩子叫五明，只要看见阿黑头上的花帕子出现在山坡上，五明就跑过来，帮阿黑采蕨。但采蕨是假，"撒野"才是真。蕨，也曾是一棵爱情草。据说，有的地方，男子要约女子私奔，就用树叶包好蕨菜送去。如果女子同意，就加一根茅草送回来。野草野菜的旧俗里，爱情也真是够浪漫、够坚定、够大胆、够撒野，据说其含义是吃野菜也要和你在一起。

古人采蕨干什么呢？陆农师《埤雅》说是祭祀，还说女子出嫁以前用蘋和藻两种水草祭祀，而出嫁后，祭祀用蕨薇。沈从文《采蕨》开篇第一句说的是："阿黑成天上山，上山采蕨作酸菜。"以野菜祭祀的事很让我神往，但毕竟是太远的事了，不说也罢，还是说说蕨怎么做菜吧。北魏崔浩《食经》说把蕨洗净放进缸里，一层蕨一层盐的腌起来，还要加粥之类，吃的时候还要过开水，麻烦得很。贾思勰《齐民要术》说得简单："沦为茹，滑美如葵。"就是说，蕨菜味美如葵菜，古时的"百菜之主"葵菜是滑菜。但要过开水，不能生吃。托名陶渊明的《搜神后记》有一则故事，说有人生吃蕨菜，结果恶心肚疼，半年后吐出一条一尺长的红蛇。他把蛇挂起来，等蛇滴尽汁液，焦干之后再看，原来是一根蕨。看了这样的故事，估计没人敢再生吃蕨菜，除了《采蕨》里的五明。他吃生蕨是为了向阿黑表白，证明自己采的蕨并不老。山野间，春天的嫩蕨和春情荡漾的少男少女，怎么写都是好故事。

蕨菜不仅不能生吃，宋人罗愿的《尔雅翼》还说脚夫们不吃蕨，因为吃蕨"令人脚弱"，而原因也颇为好玩儿。说是因为蕨菜的形状像脚趾攒在一起的样子。能做菜的蕨是初生的蕨芽，蕨芽无叶，形状有点怪怪的，所以古书里谈到蕨，总是热衷于描述其形，说像这像那的：陆玑《毛诗草木疏》说像蒜苗；陆农师《埤雅》说像鸟雀"拳足"，就是攒在一起的脚；黄庭坚说"蕨芽初长小儿拳"。要说比喻，还是诗人厉害，后世再说蕨芽，都袭用了小儿拳的说法。椴树科有一种树，也叫孩儿拳头，我在燕园的未名湖边看见它时不觉一笑。陆农师也会让人笑，因为《埤雅》中除了说蕨芽像拳足，还说它像鳖脚。像吗？我是看不出来。但《说文》《尔雅》都说蕨又名蘩，就是"鳖"上加了个草头。陆玑解释说"周秦曰蕨，齐鲁曰蘩"，按此说，蕨与蘩应该是不同地方对蕨的不同叫法。但陆农师写来却成了"鳖脚"，鳖脚又被解释成了蹩脚，说蕨芽像"足之蹩也"，也就难怪脚夫不敢吃蕨菜了。

文明史的故事说完了，说点自然史的事。毕竟，比起漫长的自然史，人的文明史实在太短了。蕨类植物繁盛于古生代晚期，距今 4 亿年……

30

栀子曾是解暑花

酷暑，翻翻旧书，想看看古人消夏的事儿。

以消夏为题的书很多，书里有玩儿古董的、赏字画的、考证金石的……心有所喜，浸淫所爱，自可消暑，可惜这些都是我爱不起的事儿。倒是俞樾的《九九消夏录》、纪晓岚的《滦阳消夏录》这类人和这类书还可以亲近，因为翻翻闲书，听听鬼故事，姑妄言之姑妄听之，不用花费很多银子，也可以让人欣欣然，忘记炎夏苦夏。但，还不满足，因为想起了老北京的两句俗谚。第一句是，天棚鱼缸石榴树，先生肥狗胖丫头；第二句是，凉席板凳大槐树，奶奶孙女子小姑姑。两句俗谚都涉及消暑，家境不同，消暑方式也不同：有钱人家搭凉棚，没钱人家买凉席。相同的是，消暑得有辙。如果上穷碧落下黄泉，东翻西翻找材料，写本《草木消夏录》，讲讲过去那些解暑的植物，该是件有趣也解暑的事儿。比如，栀子就曾是解暑花。

"对花六月无炎暑"（《蓍卜花》），诗里让人忘记炎暑的花就是栀子，作者是宋人蒋梅边。梅边，真是好听的名字，想来都让人解暑：站在一棵梅树旁边，不管是梅子树，还是梅花树，都生凉意。梅子，望之生津，想象也能止渴；梅花，雪里盛开，想象的雪也寒凉，人的想象也还真是有用。栀子炎夏盛开，却也总是让人想到雪，乃是因为花形与花色。栀子花白如雪，今人看得见，但要说花形也如雪，恐怕是今人想不到的。因为园艺家们一直有一种奇怪的癖好，似乎他们的职责之一就是把单瓣花朵改造成重瓣。其结果就是，古时简洁朴素的单瓣花难得一见。最初引人注意的栀子花是单瓣，而今天花圃和花盆里的栀子，无论大小，都已是重瓣了。单瓣的栀子在野外，成了野栀子。

唐人段成式《酉阳杂俎》说，"诸花少六出者，唯栀子花六出"。六瓣的花确实少见吧，文人也好，民间也好，唱栀子花时常以此起兴。市井小民这样唱："栀子花开六瓣头，情哥哥约为黄昏后。日常遥遥难得过，双手扳窗看日头""栀子花，六瓣头，男儿爱笑女儿愁。男儿爱笑朋友多，女儿愁多会梳头"。不管是个人著述的《群芳谱》，还是皇帝组织编写的《广群芳谱》《古今图书集成·博物汇编·草木典》，都只搜罗阳春白雪的文人草木诗。其实朴素、活泼乃至泼辣的民间歌谣，自有文人诗里没有的清新可爱。读读这些歌谣，解人颐，解酷暑。

栀子花开六瓣不仅是歌谣里悲欢的起兴，而且古人的想象力也真是发达，看见栀子的六瓣花居然想到了雪花："六出分明是雪花"（宋·张镃《薝卜花盛开因赋四韵》）——雪花也是六瓣啊！这种想象让古诗里的栀子花和雪花如庄生梦蝶，梦幻迷离："疑为霜里叶，复类雪封枝"（南北朝·萧纲《咏栀子花》），是花？是雪？分拆不清。"何如炎炎天，挺此冰雪姿"（明·黄朝荐《咏栀子花》），"雪魄冰花凉气清"（明·沈周《栀子花诗》）……明明是写栀子开，写来却是雪花飞。栀子花带来夏天的雪，而想象的雪也冰凉。甚至，栀子的花香都带了寒意："树恰人来短，花将雪样年。孤姿妍外净，幽馥暑中寒"（宋·杨万里《栀子花》）。

栀子花带来想象的雪，而它又真的爱雨爱水，雨和水自然也是夏天的清凉。大多数花朵不堪风雨，而栀子花却在雨中更见精神："升堂坐阶新雨足，芭蕉叶大栀子肥。"（唐·韩愈《山石》）鲁迅曾赞汉唐的中国人"多少闳放"，大叶肥花，这是闳放的唐人欣赏的美。一场雨后，韩愈坐看草木，碧绿的芭蕉叶，雪白的栀子花，无暑意，生凉意。

栀子爱水，可水培，所以又名水栀子，或者水横枝。一钵清水，绿叶白花，花香袭来，想来都是清凉之境：'一根曾寄小峰峦，薝卜香清水影寒。玉质自然无暑意，更宜移就月中看。"（宋·朱淑真《栀子》）薝卜是佛经一种植物的音译，很长一段时间被认为就是栀子花，虽有罗愿、李时珍、方以智等不少人考证出这只是以讹传讹，但传得久了，积非成是，薝卜成了栀子的别名，尤其是宋人，似乎对这个名字情有独钟。

甚至，没有花开，没有花香，只是净水中新鲜的青枝绿叶，也足以解暑消夏。栀子又写作支子，也称鲜支。近人林义光的字书《文源》说，支即是枝的古字。那么，栀子或者支子其实也是枝子。实际也是，栀子的枝子也为人所爱——盆景本来讲究的就是枝、叶、根、干，有花无花并不重要。朱淑真的《水栀子》写栀子水培盆景，第一句"一根曾寄小峰峦"，横空出世的就是曲折如峰峦的一根"枝子"。暑热时候，陆游闭户不出，静对两盆案头清供，如对老友："清芬六出水栀子，坚瘦九节石菖蒲。"（《二友》）清水里栀子的枝子，菖蒲的叶子，都是夏天消暑的好颜色，青翠欲滴，不必花开。宋人李处权的《水栀》写得也好："我有古鱼洗，岁久莓苔蚀。注之清泠水，藉以璀错石。静态自憎憎，孤芳何的的。"清凉的不仅是鱼洗里的水，也是盆里一棵水栀子。

1927年夏天，鲁迅在广州，给将要出版的《朝花夕拾》写着《小引》。心情本来就颇为芜杂，更何况又是岭南酷热的黄昏。但"书桌上的一盆'水横枝'，是我先前没有见过的：就是一段树，只要浸在水中，枝叶便青葱得可爱……很可以驱除炎热的"。看着水里栀子的枝子，鲁迅写下"青葱得可爱"几个字时，心情应该轻松了一些。而且，这时的鲁迅也进入了一种文化传统——栀子消夏也消愁。

鲁迅是爱花爱草的，要不，后人怎么会有一个那么美好的百草园。他在夏天看见栀子，在秋天也看见栀子。写《秋夜》时，他看见扑火的蛾子们撞到亮着的灯上，也看见新换的灯罩，雪白的纸，"一角还画出一枝猩红的栀子"。鲁迅喜欢热烈的红色，生命中的最后一年还写了一个"比别的一切鬼魂更美，更强的鬼魂"——女吊，她穿着"大红衫子"，有着"猩红的嘴唇"。但有人问，栀子花不是雪白的吗？有猩红的栀子吗？宋人景焕的《野人闲话》等书上说，蜀后主迷恋花蕙，有奇人送他两株红栀子，"其花六出而红，清香如梅"。园艺大家周瘦鹃说，蜀后再无红栀子。送红栀子的人离开蜀后主就不见了，这样的记述已如神话。也许，红栀子只开在神话里，画纸上。

被人讲过，写进了书里，画在了纸上，后人的想象里就有了一朵红栀子，实际的有无倒不再重要，也无须争辩。但鲁迅画着红栀子的灯罩，让我想起了古代的栀子灯。"风霜成实秋原晚，付于华灯作样传"，宋人董嗣杲的《栀子花》说得清楚，栀子灯的样子不是栀子花，而是经历风霜的果实。栀子，古书也写作卮子。李时珍解释说，是因为栀子果实像古代的一种酒器：卮。其实，这种说法不太恰当：栀子果实宿存的花萼很长，而酒器卮形如圆柱，柱下有短短的三足。若说像酒器，栀子的果实倒是更像爵或者角，它们才有长长的"腿"，像是栀子果宿存的花萼。

栀子以果名，应该是事实。麦子谷子无患子、桃子栗子覆盆子，植物名里的"子"本来就多指种子和果实，而栀子最初为世人所重也是因为果。《说文解字》对"栀"的解释是："木，实可染。"栀子的子，古人用以染黄，所以，古有栀黄之说。《汉宫仪》记载，"染园出栀茜，供染御服。"皇帝的御服都是用栀子和茜草来染，也就难怪司马迁说种千亩栀茜，其富有不下千户侯。现今《史记》白话译本多译作栀子花茜草花，不知染色的是栀子果和茜草根，翻译史书却不懂历史，也是眼光狭隘，一花障木，看不见整棵树、整株草。

栀子染黄，但日晒容易褪色，所以后来被槐花代替。栀子果的历史使命完成了，接下来才是栀子花开。栀黄不耐烈日，栀子花却在炎夏开得正好，白得像雪。

31

菁华原是韭菜花

"五四"以后，文化界有一种风气，就是反对汉字，甚至要废除汉字，这种风气持续了几十年。最初的理由是，中国人的思维是诗意思维，导致科学不发达。提倡科学，就要学习西方的逻辑思维。而改变思维，要从改革文字开始。又几十年过去了，科学似乎已无处不在，而诗意日渐荒芜。这样的时候，敲击键盘的手，也许应该翻翻古代的字书，重新盯着汉字看看，想想。古代的字书多博物，也就是解释天地万物，古人对物有情有义，造出的字也就没法不诗意了。

发这样的感慨，是因为翻《说文解字》时翻到了"菁"。现在说来，菁华就是精华，抽象得很，但许慎的解释是："菁，韭华也。"也就是说，在古人那里，菁华原来就是一茎韭菜花。不管喜欢还是不喜欢，韭菜总是常见的蔬菜，大多数人都认识。但要说韭菜花，估计见到过，并且还能说出个子午卯酉的人不会多。

再接着找找，看看"韭"。居然比"菁"字还要好，音和形都好。"韭"（读音同久）意思是说种下就可以长久生长。北魏贾思勰的《齐民要术》是农书，宋人陆农师《埤雅》是延续《尔雅》的字书，但说起韭菜都诗意得很，像是一首小诗："韭者久也，一种永生。"当然，比起文人的抒情，市井平民更善于插科打诨，制造民间喜剧。还是这个长长久久的意思，民间只戏称韭为"懒人菜"。只要种下，割一茬，长一茬，"韭"颇有点生生不息的味道。生生不息也有故事，宋人罗愿《尔雅翼》说，"物久必变，故老韭为苋。"汉代的郑玄说，如果政治清明，葱可以变成韭菜。《典术》里则说因为尧功济天下，所以天降韭菜，而韭菜又变为菖蒲。小时候，我家窗下就是一畦韭菜一畦葱，如果听过这样好玩儿的怪力乱神故事，那个小孩子一定会趴在窗口，望眼欲穿，等着菜畦里的菜们变来变去。等不到也没关系，因为心里已经有了个好故事。这样的故事如果有人再发挥一下，说不定会比安徒生《小意达的花儿》还要好看。

字形呢？《说文》说"韭"字象形，下面的"一"是大地，上面的"非"就是韭菜丛生。用李时珍的话来说，是"丛生丰本，长叶青翠"。韭菜是菜，但即便看菜，也是各有法眼。鲁迅的百草园很美，美的百草园里第一个画面就是"碧绿的菜畦"——看菜也可以看见"青翠"和"碧绿"，一片好颜色。以后，再见"韭"字，眼前可以幻化出大地上一丛"长叶青翠"的草，而不单单是一个无情的字符。当然，也有遗憾，"韭"字里没有一茎韭花：绿叶丛中，一茎白花。古人偏爱栀子，只说栀子花开六瓣头，其实韭菜花也是花开六瓣，也一样白得像雪。都是花，也真是各有各命：说栀子花开，就是诗意；而要是有人说韭菜花开，就有点莫名其妙。栀子花插在花瓶里，是人间清供；韭是菜，韭花虽然是菁华，但也还是菜。李时珍倒是看见了韭花之美，说"八月开花成<u>丛</u>"。但采韭花终究不是雅事，是俗事。徐光启《农政全书》说得清楚："秋后可采韭花，以供蔬馔之用。"怎么用呢？北方人现在吃豆腐脑和涮羊肉都少不了韭菜花，当然已看不出花，花被腌成了酱。

这样说丝毫没有看不起俗事的意思，韭菜开花，俗世人间就多了一种好味道。唐代的杨凝式一觉醒来，恰逢有人送来韭花酱，于是用来佐餐，涮羊肉。吃得尽兴，写了个便条，感激送韭花的人。结果，便条成了天下第五大行书，名之《韭花帖》。好味道带来好艺术，多好。吃和诗本来就不矛盾，如果有矛盾，那是吃者有问题，和吃食无关。民间有四大鲜的说法："头刀韭、谢花藕、新娶的媳妇、黄瓜纽。"除了新娶的媳妇不能吃，其他的鲜都可吃。这俗谚俗得真是艺术，虽然和"春眠不觉晓"是不一样的艺术，但一样好听，让人忍不住想笑。"二八韭，佛开口""六月韭，臭死狗"，不过是说二八月的韭菜好吃，六月韭菜不好吃，意思就是这个意思，别无深意。民间智慧不仅在说什么，也更在怎么说。这两句俗谚，蛮有儿歌的活泼和趣味。

韭花虽是盘中餐，但开着的时候，也有大诗人对之动情。白居易的"漠漠谁家园，秋韭花初白"（《邓州路中作》），陆游的"雪晴蓼甲红，雨足韭头白"（《纵笔》），元人许有壬的"西风吹野韭，花发满沙陀"（《上京十咏其十 韭花》），这些诗句虽然没有杜甫"夜雨剪春韭"（《赠卫八处士》）那样的知名度，但都是好诗好景致，一点也不比老杜差。说到杜甫的这句诗，倒想起了宋人林洪的《山家清供》。古人也真是厉害，美食家也好，医生也好，都可以是诗人。林洪这本野菜谱里有一道菜叫柳叶韭，本来说怎么做菜，林洪却说起了杜甫那句诗。他说大家理解得都不对啊，"夜雨剪春韭"，不是说大晚上冒着雨跑到菜畦割韭菜。所谓剪春韭，乃是把韭菜对齐，一手提着一手剪，剪去的是叶子，剩下的是根，用开水焯，再过冷水，口感"甚脆"。怪不得古人说韭菜时，还要强调一个"丰本"——根须茂盛。我没吃过韭菜根，但小时候，母亲常把葱根洗净，用豆面做羹，叫作葱胡子，那可是我的美味。多年后，想起这道菜，让母亲再做一回。结果呢？只能抄一段鲁迅的《朝花夕拾》："我有一时，曾经屡次忆起儿时在故乡所吃的蔬果……都是极其鲜美可口的；……后来，我在久别之后尝到了，也不过如此；唯独在记忆上，还有旧来的意味留存。"

　　韭菜根，我没吃过，估计现在也不会有人愿意吃。有一段时间，《菜根谭》流行，"咬得菜根，百事可做"也成了广为人知的励志格言。格言向来是说说而已，较真儿去做的人不会多。不信，问问谁愿意去咬韭菜根。但古人是真爱。不仅林洪这样的山野隐士喜欢，连晋代的大富豪石崇都喜欢。《晋书·石崇传》记载，冬天，石崇家还有韭荠虀可吃。虀是酱，"荠"据说就是"食野之苹"的"苹"，是艾蒿。韭菜和艾蒿都是冬天没有的菜，石崇家怎么会有呢？跟他一直斗富的王恺不解，于是买通石崇家的下人，才知道了韭荠虀的秘方："捣韭根杂以麦苗尔"。

古人的世界，有时真是让今人难解。韭根好不好吃姑且不谈，陆农师居然说"韭之美在黄"。黄是韭黄，但古人的韭黄不是今人的韭黄：今人的韭黄是没有见过太阳的韭菜叶，而古人的韭黄是韭菜根。《本草纲目》直接说韭菜"其美在根"。能看见埋在地下的韭根之美，实在让人佩服古人的眼和心，因为这实在比咬菜根要难得多。但李时珍说的没错，"丛生丰本"的"丰本"正是韭菜的古名：《礼记》云"韭曰丰本"，丰本也就是茂盛的韭菜根。

追溯草木文化史，今人看重《诗经》，让人感慨文学的魅力，让平凡草木也传播久远，甚至成为意义深厚的文化符号。而四书五经之类，似乎过于正襟危坐，一副拒人千里之外的样子。而实际上，不是书拒绝人，只是人拒绝了书。即便四书五经，只要以看风景的心态走进去，一样草木葱茏。风景和草木里，也自有古人的诗意生活。

《诗经》里只有《豳风·七月》唱过一次韭菜："四之日其蚤，献羔祭韭。"四之日是二月，春将至，古人怎样迎接春天呢？做春祭，献上羔羊和韭菜。羔羊和韭菜是人吃的肉和菜，但身体满足了，还要满足精神，敬畏天地，于是有祭祀。谈祭祀，最详细的当然要数《礼记》。《小戴礼记》云："庶人春荐韭，夏荐麦，秋荐黍，冬荐稻。"读起来朗朗上口，也可作诗看。再说意思，祭是用动物，是"牺牲"，会有流血和死亡，而"荐"是草木祭，清贫无田地的老百姓也向天地、神灵和祖先献上大地最珍贵的产出：春天，献上的是最新鲜的春菜——韭。礼，也不仅是刻板的规章制度，还有人的生活。这种生活里，有新鲜的草，有朝圣的心。

《大戴礼记》里的《夏小正》记物候，物候就是季节更替，草木轮回，以及人该如何应天行事。正月，寒冷的北风变为温暖的南风。《夏小正》里称南风为俊风，这有点让我想起乡下夸孩子："这孩子多俊啊！"没想到古人会说："这风多俊啊！"他们和天地亲近得简直像童话。接着说《夏小正》里的正月：南风吹拂，人们安居乐业的园子里，"囿有见韭"——韭菜钻出地面，发芽啦！那时候，韭菜是一丛欢乐的春菜，看见韭菜的人也止不住欢乐起来。欢乐的人首先要做的，就是把这份欢乐也献给天与地，于是"祭韭"——用韭菜祭天祭地。

宋人徐铉注《说文》时，说韭割了又生，"异于常草"。

韭菜是异草？我们的经书里还有一本最神异的书——《山海经》，山山海海都是神异的草和神异的兽。比如边春山，山上有杠水汤汤流淌，葱、葵、桃、李肆意生长，还有一个好玩儿的怪兽，长得像个大母猴，一身的花纹还喜欢笑，看见人就装睡。谁读到这里不会笑呢？那怪兽怪得可爱。书上没说它吃什么，不知道它吃不吃韭菜，这山上就有韭菜，"青翠丰本"，开一茎白花。

32

萱草的别名和它的伴儿

夏夜，翻书翻到宋人张鉴的一篇小文章，题为《赏心乐事》。想起周作人《北京的茶食》，正可以给张鉴的文章做个序，来解释什么是赏心乐事："我们于日用必需的东西以外，必须还有点无用的游戏与享乐，生活才觉得有意思。我们看夕阳，看秋河，看花，听雨……"既然说到看花，就要想想现在可以看什么花呢？这个夏天酷热，少雨也少花。"关于风流享乐的事我是颇迷信传统的"，周作人这样说。于是，也就想看看八百年前的古人在夏天看什么花：

　　清夏堂观鱼。听莺堂摘瓜。安闲堂解粽。重午节泛蒲。烟波观碧芦。夏至日鹅脔。南湖萱花。水北书院采蘋。清夏堂杨梅。艳香馆林檎。丛奎阁前榴花。

这是张鉴的五月仲夏，说来也不过是吃喝玩乐，但吃喝不仅是口腹之事，还可以是赏心乐事，而"乐"前面还得有个"赏心"。帮助完成这"赏心乐事"的，是花花草草，和人对它们的喜爱。除了观鱼和吃鹅肉，张鉴的五月草木葱茏：瓜摘自瓜藤，裹粽的是粽叶，泛蒲是喝酒，但这酒是菖蒲根浸过的酒，杨梅和林檎是夏天的好树好果子，水边挺拔生长的芦苇是大片的碧绿，水上漂浮的是蘋，可以唱着《诗经》的古歌来采："于以采蘋，南涧之滨。"（《召南·采蘋》）而五月，开花的，是萱草和石榴。

不仅张鉴，古人和草木亲近，亲昵地呼之"友"、称之"客"。友也好，客也好，可坐而论道，一本正经，也可戏谑调笑，没个正经：栀子花是禅友，荷花是净友，茶花是韵友，梅花是清友，芍药是艳友……兰花是幽客，紫玉兰是书客，杜鹃是山客，凤仙花是媚客，林檎是靓客，石榴花是村客，萱草花是欢客……今天还有人问我，萱花落了吧？我说，没，还在。前天我还在路边树下见过它。那位没见过面的朋友说，讲讲萱草的故事吧。我说，好——

鹿葱和宜男

萱草又名鹿葱。宋人陆农师《埤雅》引战国时代壶子的话，说，鹿能辨别山野良草，常吃的有九种，萱草是其一。其他呢？《埤雅》列出了一份详单：葛叶花、鹿药、白蒿、水芹、甘草、齐头、蒿山苍耳、荠苊。这些草有你熟悉的，有陌生的，但不要说它们是普通的野草野菜。鹿是好兽，草是良草，有好兽有良草就是好世界，就会有好诗："呦呦鹿鸣，食野之苹。"（《小雅·鹿鸣》）多好的诗句，和"关关雎鸠，在河之洲"正是一副好对子。苹就是上面那个单子里的白蒿。说了鹿，葱呢？《本草纲目》解释说，"其苗烹食，气味如葱"。当然，比李时珍晚生四十三年的王象晋写《群芳谱》时说鹿葱不是萱草，那我还可以说古人的萱草不是今天的萱草呢——古今变化太大，有时间应该写点古今草木的变与辨。古人世界里，写萱草形态最详细的是李时珍——

萱宜下湿地，冬月丛生，叶如蒲、蒜辈而柔弱，新旧相代，四时青翠。五月抽茎开花，六出四垂，朝开暮蒌，至秋深乃尽。其花有红黄紫三色，结实三角，内有子，大如梧子，黑而光泽。其根与麦门冬相似，最易繁衍。

都说法布尔是昆虫诗人和观察家，其实，李时珍也真算得上草木诗人和观察家。你看，他写萱草，多好的一段文字。我们只知道木槿朝开夕落，原来只有一天生命的花朵还有个萱草花，而且，英文还以此命名，叫它 day lily，意为只开一天的百合花。但再看看这段文字，那萱草和今天的萱草有点像，又有点不像。和栀子花一样，萱花是六瓣，但，是两瓣如兔耳上挺，另外四瓣下垂吗？就算是，明代的植物世界和先秦两汉已大有不同：先秦的梅到了宋代不就从果树摇身一变，成了花树吗？

而南北朝之前，只要写到萱草，大多是"奇草""灵卉"之类，一堆抽象的赞美之词，至于萱草萱花是什么样子，则语焉不详。宋人陈景沂编《全芳备祖》时引三国周处《风土记》，说萱草"花如莲"，今天谁还能看出现在的萱花像莲花呢？萱与莲简直是风马牛。而且，这么说的还不止一个周处，晋人夏侯湛也曾说萱草"萋萋翠叶，灼灼朱华""若芙蓉鉴绿泉"（《宜男花赋》）。别说远古的历史，就是我们短短的一生中，很多过去的事都已如古书残卷，漫漶不清，说也说不清了。说不清就不纠缠，当故事听好了。好草应该有好故事。

萱草的第二个名字和故事也来自刚才提到的《风土记》，后人提及萱草的别名，大多会引这本已经失传的书，说它又名宜男草。这个名字一定很流行过，大名鼎鼎的曹植和梁元帝，一个太子，一个皇帝，吟诗作赋写这棵草时都称其宜男。要知道，曹植的《宜男花赋》和梁元帝的《宜男草》差不多是写萱草最早的诗文。曹植的赋像是写给新婚夫妻的祝词，祝愿人家琴瑟和谐，多子多福。梁元帝的小诗倒是清新："可爱宜男草，垂采映倡家。何时如此叶，结实复含花。"一个风尘女子，看着萱花，伤心地想着，什么时候，也能像眼前的这棵草，开花结子呢？诗与文都涉及生育，用《风土记》的说法来解释倒也简单：此草宜怀孕女子佩戴，必生男。真的吗？你若问我，我只能答不知道，但我也不问这样的问题。我愿意把它看作花的胎教，等那孩子出生，不管是男孩还是女孩，一定也会像母亲一样爱花吧。而且，戴花是多美好的一件事。也不仅怀孕的女子喜欢萱花，夏侯湛的《宜男花赋》里还说它"充后妃之盛饰"——宫墙之内的女子也是爱佩戴萱花的。

忘忧草

说完鹿葱和宜男的名字，这棵草剩下的故事就都和《诗经》的一首诗有关了。诗是《卫风》里的《伯兮》，一个女人想念男人时唱的歌："自伯之东，首如飞蓬。岂无膏沐，谁适为容。"用白话说来就是，你走后，我整天蓬头垢面。不是没有化妆品，可女为悦己者容，你不在，我化妆给谁看呢？几千年一下子就过去了，女人唱的那棵飞蓬还在。而且，那棵草也不仅生长在大地上。《诗经》用一首古歌，把那棵草也栽在我们的语言里。孔子说不学诗，无以言。细究起来，《诗经》时代的很多词语，也还被我们说着。我们不是还在说首如飞蓬、蓬头垢面吗？

古歌里女人的心在那棵飞蓬上，也在萱草上："焉得谖草，言树之背。愿言思伯，使我心痗。"那女人继续唱着：想念让我心痛，到哪找一棵忘忧的草呢？把它栽在房子北面。汉代的毛亨注《诗经》，解释说："谖草，令人忘忧。"这应该是萱草成为忘忧草的开始，但毛亨还只是按字面解释，因为《尔雅》已说"谖"即"忘"。真把古歌里的谖草说成萱草的是许慎。在《说文解字》里，许慎也引了这句诗，不过，他"偷梁换柱"，把谖草写作了蘐草——给这棵草找了个和"谖"同音但带"草"的字，并释"蘐"为："令人忘忧草"。并说"蘐"也可以写作"薱"，还可以写作"萱"。这以后，古书都得有孔乙己这样关心茴香豆的"茴"有几种写法的人来解读了，因为萱草的"萱"写法真是多：谖、蘐、薱、蘐、薱。孔乙己常被人嘲笑为迂腐，可是，陈寅恪先生讲得好："凡解释一字即是作一部文化史。"不懂这些麻烦的古字，怎么走进文化史呢？我们不是爱传统爱国学的吗？孔乙己实在有点可贵，做不了孔乙己的人至少也得学着尊敬他。

但也有人不同意"焉得谖草"的谖草是萱草的说法，唐人孔颖达说谖"非草名"。宋人罗愿《尔雅翼》更说，世间根本没有这种草啊！《诗经》说"焉得谖草"不过是表达深情而已，是解经的人因为"萱""谖"同音，就把"谖草"的意思给了"萱草"，这是过度阐释，不是事实。也许，孔颖达和罗愿等人说得都对，可是，人的忧愁太多了吧。人们希望世间真的有这样一棵忘忧草，看得见摸得着。就这样，谖草成了萱草，萱草成了忘忧草，成了欢客，还有了一个意味深长的别名：疗愁。"树萱"也成了汉语的一个词，意为忘忧。而且，本草学家们还找到了药理学的依据，唐人苏颂在其本草书中说，萱草做菹——也就是腌酸菜，可以安五脏，令人欢乐无忧。《本草纲目》引李九华《延寿书》，说得更详细："嫩苗为蔬，食之动风，令人昏然如醉，因名忘忧。"翻翻古书，说吃萱草可以忘忧的人很多。而李时珍终究有诗人气，解释"焉得谖草"时，只说那唱歌的人"忧思不能自遣，故欲树此草，玩味以忘忧"。吃也好，赏玩也好，萱草忘忧成了人们认定的事实。大家好才是真的好，于是又有了赠萱花的美好习俗。晋人崔豹《古今注》说，"欲忘人之忧，则赠之以丹棘"——丹棘是萱草的另一别名。

　　《诗经》以后的几千年岁月里，人们说起萱草就是忧愁和忘忧的渴望。画家画着，诗人写着：宣纸上画一茎萱花，题名就是忘忧图，或者一见忘忧。诗人们呢？诗句里的萱草上，都是想忘却忘不掉的忧愁："总使榴花能一醉，终须萱草暂忘忧"（唐·沈颂《卫中作》）；"忘忧或假草，满院罗丛萱"（唐·李白《之广陵宿常二南郭幽居》）；"思君如萱草，一见乃忘忧"（南齐·王融《和南海王殿下咏秋胡妻诗》）；"杜康能散闷，萱草解忘忧"（唐·白居易《酬梦得比萱草见赠》）。宋代的宋祁这样写萱草也这样问诗人："修茎无附叶，繁萼攒莲首。每欲问诗人，定得忘忧否？"（《漱玉斋前杂卉皆龙图王至之所植各赋一章凡得八物或赏或否亦应乎至之意欤遂写寄至之 萱草》）

萱草的伴儿

人最大的忧愁是孤独吧，总是渴望着知音、朋友、伴侣。说起这些，倒有点想笑，因为突然想起，古人世界里的花草一定不孤独，它们常常是成双结对，分拆不开的：桑梓是家乡，桃李是学生，兰桂是君子，蕨薇是清贫……萱草呢？我们也翻翻古书，找找它的伴儿吧。

萱草的第一个伴儿是香椿树。这依然和"焉得谖草，言树之背"的古歌有关。毛亨解释说，"背"就是"北"，就是"北堂"。元人朱公迁《诗经疏义》的解说像句诗："北堂幽暗，可以种萱。"养花的人知道，观叶植物喜阴，观花植物喜阳。而萱草开花，却耐阴。前天，我看见的萱花，就在一小片树林里。林外是酷暑阳光，而林子幽暗幽静，萱草在树下，高高挺立的花葶上，开着花。依古礼，北堂是女人洗漱的地方。大概人们又想起了萱草的别名宜男吧，戴花的怀孕女子会做母亲的，于是北堂成了母亲的居室。因为这句诗，母亲居室被命名为萱堂，萱草也因此成了母亲花。写《游子吟》的孟郊还有一首《游子》，把母亲和萱草定格在了一个古旧的画面上："萱草生堂阶，游子行天涯。慈亲倚堂门，不见萱草花。"而跟萱堂相对的是椿庭——父亲。捃说是因为《庄子》里说，上古有大椿树，以八千岁为春，八千岁为秋，人们希望父亲长寿，以椿称父，是长寿的祝愿。椿萱结对，成了父母的代称。"堂上椿萱雪满头"（唐·牟融《送徐浩》），雪满头的不是椿树和萱草，是白发苍苍的双亲。

诗文里的萱草也常常是有伴儿的。张鉴的五月有开花的石榴和萱草，它们在诗歌里也常结伴儿出现："总使榴花能一醉，终须萱草暂忘忧。"萱草忘忧，杜康解忧，与石榴树有何关系呢？却原来，石榴是棵酒树。《南史》记载顿逊国有酒树似石榴，花汁入水瓮，则水成酒。又是一个好故事，故事也让石榴花和萱草都成了解忧的树解忧的草。

梁元帝给人写的信里说："鹄望还信，以代萱苏。"苏是皋苏，《山海经》里的嘉木，汁液甘甜，人食之，可以忘饥，释劳——不疲惫。知道了这树的故事，才会明白"萱苏"到底是什么，也才能听懂信里的话：盼望着你能早点回信啊，你的信可以代替萱草解我忧愁，代替皋苏解我疲乏。王朗《与魏太子书》中也这样盼望着回信，说"萱草忘忧，皋苏释劳"，萱草和皋苏是常在一起的。

白居易留不住友人，悲伤地写道："使君竟不住，萱桂徒栽种。桂有留人名，萱无忘忧用。不如江畔月，步步来相送。"这次，萱草的伴儿是桂树——诗名即为《别萱桂》。桂树的故事出自《楚辞》中淮南小山的《招隐士》："攀缘桂枝兮聊淹留，王孙游兮不归。"此后，桂树就成了留人的树，"桂树留人久"（唐·窦庠《敕目至家兄蒙淮南仆射杜公奏授秘校兼节度参谋同书寄上》）。萱草和桂树一起长在送别的路上，就是挽留和留不住的悲伤。

狂放的李白也会悲伤起来,悲伤起来也会想到这棵萱:"托阴当树李,忘忧当树萱。"(《送鲁郡刘长史迁弘农长史》)汉人韩婴的《韩诗外传》云:"春树桃李,夏得其阴。"《诗经》有诗:"南有乔木,不得方思。"(《周南·汉广》)乔木是杉树,杉树无荫,人不能在树下歇息。而桃李有荫,疲倦的人可以在树下停驻,坐下,歇歇。李树下栽一丛萱草花,有荫凉无忧愁,就是岁月静好。

还可以找下去,给萱草找好多伴儿:"合欢蠲忿,萱草忘忧"(晋·嵇康《养生论》);"甘枣令人不惑,萱草可以忘忧"(晋·束皙《发蒙记》)……人世悲欢离合,五味杂陈,有萱草和它的伴儿们,这些好树、好草、好故事,多好。但这些故事都有点悲伤,萱草是草木丛中的欢客,让人忘忧是因为有忧。

有忧的人也会珍爱欢欣,悲伤的萱草也自有它的欢乐,那就让我们以欢快的诗句讲完这棵草的故事。萱花是夏花,萱草是春草,古人的春歌也常见它:"舞衫萱草绿,春鬓杏花红"(唐·温庭筠《禁火日》);"草芽犹未出,挑得小萱丛"(唐·元稹《生春二十首 其十二》);"雪尽萱抽叶,风轻水变苔"(唐·王涯《春闺思》);"萱草丛丛尔何物,等闲穿破绿莓苔"(唐·卢纶《玩春因寄冯卫二补阙戏呈李益》)……你看,春歌里的萱草和它的伴儿一样,是温柔、欢快、活泼的。

33

篱笆处处碧牵牛

　　郑逸梅先生的《花果小品》写牵牛时，引了一段《烬宫遗录》。作者应该是明末遗民，因为书里多记崇祯遗事。说牵牛花最初传到宫里时，因花色青紫，像刚出炉的银子，被称为炉银花，又讹传为露行花，后来才知道其实就是牵牛花。后宫的女人们本来喜欢佩戴，但崇祯知道有露行花的名字之后，就下令不让戴了。不说故事编得好坏，把露行花的名字解释成炉银花的音讹，就实在不怎么高明。古人写牵牛花，是常常有"露"的："名在星河上，花开晓露间"（宋·赵与湉《牵牛花》）；"楚女雾露中，篱上摘牵牛"（宋·梅尧臣《篱上牵牛花》）。牵牛花开早，所以俗名勤娘子，想要看花或者采花，常常要早起，踏露而行。而且，牵牛花也像露珠一样——美，但短暂。梅尧臣的诗就吟唱道："采之一何早，日出颜色休。"太阳出来不久，牵牛花和露珠的光辉一样，烟消云散，恐怕这些才是露行花名字的来由。

　　孔夫子说读诗可以多识鸟兽草木之名，而识名委实不是件容易的事。现在有那么多高科技的识花软件，虽然号称神器，但终究是仅供参考而已，很难给出一个板上钉钉的确凿答案。所以，宫里的男男女女不识牵牛花，也不值得大惊小怪。识名不容易，释名更难。草木之名，命名者是谁，基本无从考察，也就没办法去问个原委究竟。因此可以说，历代的草木名释多想象的成分，都不能太较真儿。我说《烬宫遗录》解释牵牛花的别名露行花有牵强附会之嫌，而我的解释又何尝就确凿无疑、理直气壮。

牵牛花，最早解释其名的是南北朝的陶弘景，其书已经散佚，后人引用也颇不一致。宋人陈景沂《全芳备祖》引的是"此药始出，田野人牵牛易药"；到了明代，李时珍《本草纲目》说的却是"谢药"：是牵着牛去田野换药呢？还是去感谢牵牛花送药呢？一字之差，故事已大不同。但空旷的田野，晨露闪着湿润的光辉，野花盛开，朵朵好颜色，有人牵牛径直走到花前，不管对花说了什么，都是好画面、好故事。

但也有遗憾，那牵牛人看的不是花，是子。因为人们最初认识的牵牛是药，而入药的是种子，所以牵牛最初的大名是牵牛子。而且，也不仅是最初，明代的《群芳谱》中，牵牛还是以牵牛子之名入药谱；清代规模庞大的类书《古今图书集成》有《博物汇编》，《博物汇编》有《草木典》，《草木典》里，牵牛的名字依然是牵牛子。

牵牛子有黑有白，黑子的叫黑丑，白子的叫白丑。牵牛是乡野的草，黑丑白丑也像是俩乡下孩子的乳名，爹妈乡亲都亲昵地说黑丑白丑都"丑亲丑亲"的。当然，释名的人不会这样说。李时珍的解释是：十二地支对十二属相，丑属牛。也就是说，黑丑就是黑牛，白丑就是白牛。好像无论如何，这棵草都不能离开牛似的。而且，《本草纲目》也记下了牵牛的另一个名字：草金铃，并解释说金铃是牵牛子的形状。小时候种过牵牛花，但那时只盼望着种子发芽，长大，开花，没有留意过种子长什么模样。即便现在，喜欢牵牛花的人，恐怕大多也说不出它种子的模样吧。古人好奇，什么都想看看，看了就浮想联翩。唐代段成式《酉阳杂俎》写得最好玩儿，说牵牛子也叫盆甑草。先解释一下甑（读音同赠），是一种底部带孔的瓦盆，古人用来蒸饭。接着听段成式说这棵草：花落结果后，把果切开，其形就像盆甑，想来应该和横着切开的莲蓬差不多，都是小孔，孔里有子，而段成式说"有子似龟"。果子切开，每个小孔里居然都趴着一只小乌龟，想来都让人笑。如果用现代植物学术语来说牵牛的果实和种子，只能是蒴果球形，种子卵状之类，质木无文也没有情感，还是古人的说法可爱。

宋代是个艺术发达的时代，那时代的诗人们爱花。甚至可以说，我们现在的好花，大多是有宋一代的诗人所发现。牵牛从药变成花，也是宋人所为——他们不写牵牛子，只咏牵牛花："篱笆处处碧牵牛"（宋·徐橘隐《牵牛花》），多好的诗句，多好的颜色。古时的本草学家也好，诗人也好，提到牵牛花大多说是碧色，可古人今人眼里的颜色差别也太大。我们也说碧玉、碧绿、蓝天碧海、碧波荡漾，碧色似乎成了有诗意的颜色，可什么样的颜色是碧色呢？是绿吗？牵牛没有绿色花，我们只看见纤细的藤蔓上，蓝色花、红色花、紫色花，但古人说是碧色花。碧色终究是什么样的颜色呢？还是用一句古诗来说吧。宋人赵与湑写牵牛花"秋空同碧色"（《牵牛花》）——牵牛花和秋天的天空一样的颜色，就是"孤帆远影碧空尽"（唐·李白《黄鹤楼送孟浩然之广陵》）的"碧空"的颜色。以后再说到碧，可以想象秋天的天空，和乡野篱笆上一朵牵牛花。

牵牛花不名贵，只是乡野花朵。但也自有诗人爱它，爱到再也不睡懒觉，一大早起来站在花前，傻呆呆地看着："主人凝伫苦，长是废朝眠。"（宋·邵雍《和花庵上牵牛花》）没有被诗人唱过的花再美，终究是有遗憾的花，牵牛花不遗憾。这样说的时候，想起了日本江户时代女诗人贺千代的一首诗："早上汲水去，朝颜绕井绳。惜花不忍摸，邻家借水去。"井里的、诗里的牵牛花和四百年前看花写诗的女子，都让人的心柔软温润。

中国古诗里的牵牛不绕井绳，缠在秋天的篱笆上，开艺："秋来难得花成染，闲引牵牛上短篱。"（宋·赵汝绩）对于大多数失去篱笆的现代人来说，篱笆上的野花应该别有一番风致：篱上牵牛花开，是闲，是静，是乡，是一种让人怀想的生活和颜色。而且，那么好的颜色，也不仅在篱笆上。不是还有少女在晨雾中踏露而来，采摘篱上牵牛花吗？但采花做什么呢？"持置梅窗前，染姜奉盘羞。"那么好的牵牛花放在有梅花格子的窗前，染姜做菜，梅尧臣这么说。杨万里的牵牛诗也提到了这道小菜："只解冰盘染紫姜。"紫姜是嫩姜，连接地上茎的地方紫色，故名紫姜。清人吴其濬《植物名实图考》说南方民间用牵牛花染嫩姜，做蜜饯，"色如丹""红鲜可爱"。梅尧臣也是喜欢这牵牛染成的颜色吧，赞叹染过的嫩姜"烂如珊瑚枝"。盘中餐，也可以是一盘好颜色。

篱笆上牵牛花的好颜色，从盛夏到深秋，都在。俗谚说：秋赏菊，冬扶梅，春种海棠，夏养牵牛。但古诗里的牵牛，是秋花。"满身秋露立多时"（宋·姜夔《武康丞宅同朴翁咏牵牛》），为的就是秋天还在盛开着的牵牛花。如若有人再问"为谁风露立中宵"，可以答他牵牛花。 如果读出黄景仁《绮怀》的全诗，简直更让人确定这个答案："几回花下坐吹箫，银汉红墙入望遥。似此星辰非昨夜，为谁风露立中宵"。花是什么花，暂且不说，而银汉即银河，那么，银河边的星辰当然就是织女星和牵牛星。宋人眼里的牵牛不再是田野的药草牵牛子，而是神话变幻来的牵牛花。"名在星河上"（赵与滂《牵牛花》），这棵草的名字和天上的两颗星被宋人联系在了一起："天孙滴下相思泪，长向秋深结此花"（林逋山《牵牛花》），天孙是天帝的孙女织女，乡野牵牛花成了织女的眼泪化成；"应是折从河鼓手，天孙斜插鬓云香"（杨巽斋《牵牛花》），《尔雅》云"河鼓谓之牵牛"，杨巽斋诗里说，牵牛花乃是牛郎折下，戴在织女的头上。当诗人们把牵牛花和牛郎织女的神话联系在一起时，它也就成了秋天的花，因为秋初有个美好的爱情节——七夕："女以秋为期，郎将花作证"（元·郝经《甲子岁后园秋色四首其二 牵牛》），牛郎走上鹊桥时，手里拿着的，是牵牛花。

那位写《桃花扇》的清人孔尚任还写过一本《节序同风录》，逐月记录当时风俗。七月初七，即七夕日项下写道："早起，带牵牛花。"

34

舜帝是棵打碗花

　　近人钟毓龙著有《上古神话演义》，其中写到舜帝名字
的来由："因为舜是一种花卉，所以他的号就叫'华'。因
为他是行二，所以就叫仲华。因为他是重瞳子，所以亦叫重
华。"顾颉刚先生曾考证说禹是一条虫，那么按照钟毓龙的
说法，舜是一朵花。远古的历史，和神话纠缠在一起，远古
的草木虫鱼，也是一样，闪耀着历史和神话的光辉。当然，
"演义"的事，当不得真。但舜是一朵花可不仅是小说家言，
大学者章太炎也是这样给学生讲的。1908 年，太炎先生在东
京给留日学生讲《说文》，后人根据朱希祖、钱玄同和鲁迅
的记录，整理出《章太炎说文解字授课笔记》。关于"舜"字，
朱希祖记的是："今旋覆花，故尧舜之舜曰重华。"

　　旋覆花是一种黄菊花，舜是菊花吗?《诗经》中"有女同车，
颜如舜华"（《郑风·有女同车》），舜一向被解释成木槿花
啊。《诗经》距现在三千年了，《诗经》时代的草和树还生长
在大地上，变化不大，而人世的太多东西变了，面目全非实在
是件太容易的事。草和树的名字变了，记录它们名字的字也变

了。对着一个陌生或者熟悉的汉字，我们往往已不知道那个字在说哪棵草、哪棵树。我们能做的，只有追本溯源，向回走，也许还能在历史古旧的世界里，在漫漶不清的道路上，和那些草木相遇。《说文解字》里还有一个"薛"字，释义为："木董，朝华暮落者。诗曰：颜如舜华。"现在的"木槿"，古时写作"木董"；现在《诗经》里印着"颜如舜华"，古书里是"颜如薛华"。

"舜"呢？再看《说文》的解释："草也。楚谓之葍，秦谓之薁。蔓地生而连华，象形。"薛是一棵树，而舜是一棵草。在象形的古字里，我们还能看到"舜"上有纤细的藤在大地上弯弯曲曲地蔓延、攀援，以及藤上一朵朵连续开放的花。这棵草的古名也叫葍（读音同扶）和薁（读音同琼）。

葍，《诗经》里有人采过。《小雅·我行其野》中，有个女子在田野里走着，一边走，一边采着身边的一种野草："我行其野，言采其葍。"《诗经》只说那个女子采草，没说草是什么样子。没办法，只好继续查字典。《尔雅》和《说文》都有这个字，但都只说了说葍还可以写作薁。还好，这些语焉不详的古代字书和诗集，历代都有人注疏。郭璞注《尔雅》解释这个字和这棵草，说它大叶，白花，根白色，像手指，可以吃。三国时代的陆玑《毛诗草木鸟兽虫鱼疏》里也说这棵草的根可以吃。而且，还具体说了吃法——像烤红薯一样，放在热灰里煨熟；荒年救饥，还可以蒸着吃。只看这些文字，还是搞不清菖的样子，因为符合大叶、白花、根可吃的植物太多了：莲叶最大、可开白莲花，根是藕；土豆当然是根可食，叶子也不小，花也有白色……

看字搞不清，那就看图。晋人郭璞有《尔雅音图》，可惜已失传，传下来的据说是宋元时代的人所绘的图，"菖"图居然是两棵大萝卜！萝卜确实是大叶白花，根可以吃，可是，《说文》里说菖是藤类植物啊！三国时代周处《风土记》也说："菖，蔓生。"而且，萝卜像胳膊一样粗，不是像手指那样细。而两位日本人——冈元凤和细井徇的毛诗名物图又都把"菖"画成了山牛蒡！当然，牛蒡的根也可以吃。托尔斯泰的名著《哈吉·穆拉特》一开始就写到这棵草，说牛蒡的红色花朵如大蓟，花和花梗上都是刺，扎手，而且极有韧性，"我"和这棵草搏斗了五分钟，还是以失败告终——采它可真是不容易。《我行其野》里的女子会采这种草吗？《诗经》里唱歌的人不知道后人陌生他们的草，当然更不知道为了这些草，人们争论不休，莫衷一是。

《毛传》解释这句诗，只说了一句："恶菜也。"萝卜和牛蒡都是菜，但应该算不上恶菜。"菖"怎么"恶"呢？《尔雅》和《陆氏诗疏》都说菖有两种：大叶白花的叫菖，有香味；细叶红花的是蕫，或者角蕫茅，有臭味。今人吴厚炎《诗经草木汇考》说《毛传》以菖为恶菜，大概就是因为它的"臭"；而且，蔓生的"菖"随意缠绕他物，也可象征人的用情不专。

因而，《我行其野》里，那个采葍的女子就是被一个到处拈花惹草的男人所抛弃。吴厚炎说，这样来解说这棵草，也正合诗的意思。吴先生说法只能聊备一说，也并非标准答案。清人邵晋涵《尔雅正义》说葍时，也提及《我行其野》，他解说采葍只说"诗人所采以御饥荒者也"。诗歌从来就没有答案，它鼓励七嘴八舌，众说纷纭。

清人郝懿行《尔雅义疏》说法和吴厚炎也不一样："葍蔓生难治，故《毛诗》谓之恶菜。"解释完"葍"为什么是恶菜，郝懿行接着说葍的形态及别名："其叶如牵牛叶而微长，花色浅红如牵牛花而差小，即鼓子花。"说到这里，我们已知道"葍"的样子了：花浅红色，跟牵牛花很像，只是小一点。古人谈牵牛花时，是常用鼓子花来做比的，比如宋人苏颂的《图经本草》说牵牛花："微红带碧色，似鼓子花而大"；另一位宋代本草学家寇宗奭同样说牵牛"花朵如鼓子花，但碧色"。考证是烦琐的，但搞不清花花草草这些天花乱坠的名字，我们会连古诗也看不懂。"鼓子秋来染碧衣"，明白了本草学家的说法，我们才会看懂宋人陈古洞写牵牛花的诗句。

寇宗奭的《本草衍义》里也写到了鼓子花，而且解说了它被称为恶草的原因："田野中甚多，最难锄艾，治之又生。"但鼓子花只是俗名，《本草衍义》中用的正名是"旋花"。这个名字沿用至今，但其实早就出现过。多早呢？中国最早的本草著作《神农本草经》已有旋花，清人孙星衍和孙冯翼注这本书时，特别提到旋花即是寇宗奭所谓的鼓子花。不过《毛诗》称之恶草，而《神农本草经》将其列为上品。能进入《本草经》上品的，大多有点神药的味道。按"神农"说来，旋花能祛除脸部黑斑，"色媚好"——女人们看到这里应该笑吧；不仅养颜美容，而且"久服，不饥"。南北朝的陶弘景说得更详细：用根做丸散，可以辟谷止饥。还说有人从江南回来，专门教人用此辟谷，半年的时间可以不饥不瘦。这样普通的野草，有这样神奇的故事，是一般人想不到的吧。但还是那句话，姑妄言之姑妄听之。我不懂医，看医书只为了解草木故事而已。可不希望有人借此去吃旋花根，然后半年不吃饭。徐光启《农政全书》谈到旋花根时，只说了俩字："尝过"，没再说别的，估计不怎么好吃吧。而周定王朱橚的《救荒本草》说得更是吓人："久食则头晕破腹。"如果能以听故事的态度听古人说话，还可以讲讲李时珍说过的民俗。《本草纲目》中说藤蔓类植物像人的筋，所以多能治筋病。还说他从京城回来的路上，常见北方的车夫带着鼓子花，说晚上回家用来煎汤喝，可补损伤，益气养筋。

鼓子花和旋花又是如何得名的呢？李时珍释名道："其花不作瓣状，如军中所吹鼓子。"所吹的鼓子应该就是喇叭一类的乐器，直到现在，民间说吹鼓手，其实还是指吹喇叭的。也就是说，鼓子花即喇叭花。旋花呢？宋人郑樵的《通志略》这样解释："花不作瓣，故谓之旋。"旋，古时意为"圆"。就是说花不分瓣的鼓子花，花冠圆圆的。

唐人苏恭的《唐本草》称旋花又名旋葍花，郑樵说旋葍花和旋覆花很容易混淆，特别需要注意：旋葍花，医家用根入药；而旋覆花，医家用的是花。到此，我也可以知道了，《章太炎说文解字授课笔记》中解释"舜"的旋覆花，实际应该是旋葍花。不管错误出自记录者朱希祖，还是整理者，错误的原因不会是笔误，而是不解草木及草木史。

清人吴其濬《植物名实图考》中谈及旋花，大概也想起了《诗经》的"言采其葍"吧，说"葍为恶草，流离者采之"。《诗经》里那个采葍的女子也正是一个悲伤又悲愤的流离者，离家走进田野。但吴其濬的解说还没有结束，他说人们很早就种植各种草木，而祭祀用的植物："皆非出于种植者，何也？"吴的回答是：这些野草野菜"得自然之气，无粪秽之培，既昭其洁以交神明"。如此说来，葍是一棵洁净的草，不仅可以御饥，还可以放到祭坛上祭神。陆玑《诗疏》释葍时说，汉代祭祀甘泉的时候，有时也用这种草。

最初我们曾提到陆玑《诗疏》说"葍"的根可以荒年救饥，其实那时候我们就应该直奔救荒的草木书《救荒本草》，查找"根可食"的草或者木。而这本书的目录里赫然写着：葍子根。翻到那页，周定王朱橚写道："葍子根，俗名打碗花。"旋花的名字是知道的，可总没有打碗花那样亲切。虽然，牵牛花还有人栽进庭院，而打碗花至今还是田野里的野花。但中国各地，无论南北，应该都有人记得，小时候，曾被妈妈或者奶奶或者外婆教育，不要摘打碗花，否则吃饭会打破饭碗，那还是一个饭碗弥足珍贵的年代。现在，估计没有人再跟孩子说摘这朵野花会打破碗的事儿了。但我们还可以带着孩子"我行其野"，如果遇见一棵打碗花，那就告诉他们，我们有个祖先叫舜，他的名字就是眼前的这朵打碗花。

35

"恶木"构树

"三寸丁穀树皮"的穀

武大郎很有名，虽说是丑名，但终究名气大到超过不少梁山好汉。如果活在一个不管丑名美名，有名就值钱的时代，武大郎应该不必辛苦卖炊饼了，可以大红大紫。他的诨名响亮得很，四海皆知，叫作"三寸丁穀树皮"。《水浒传》只说他"生得短矮"，所以才有这个诨名，并没解释为什么是穀树皮。从《水浒传》衍生出的《金瓶梅》中，第一个出场人物就是武大郎。书中对那个诨名的解释稍微详细些，说是人们见他"为人懦弱，模样猥琐"，才给他取了这个诨名，"俗语言其身上粗糙，头脸狭窄"。穀树皮很粗糙吗？和头脸狭窄又有什么关系？兰陵笑笑生也没说清楚。

把"三寸丁穀树皮"说得比较清楚的是清人程穆衡，他著有两卷《水浒传注略》，书中这样解释武大郎的诨名：据《隋书》，"男女十七岁以下为中，十八岁以上为丁。云三寸丁者，甚言其短小也"。这样说来，有人将其写作"三寸钉"就不对了，是人丁的"丁"才对。至于穀树皮，程氏引宋人苏颂

《本草图经》，说"榖树有二种，一种皮有斑花纹，谓之斑榖。云榖树皮者，甚言其皮色斑麻粗恶也"。看了程穆衡的说法，再想起武大郎，他的脸上满是色斑和麻子。

　　武大郎有名，榖树也跟着有名，但也只是有名而已。和很多有名的名一样，有名无实。它是个什么样子的树，知道的和想知道的人都不会太多。就是走到树下，往往也是相见不相识，不会想到这就是武大郎脸上那棵树。毕竟，榖树这个名字真是太"古"了。古汉语里，榖、穀和谷本是三个不同的字：榖字有木，所以榖是树；穀字有禾，故穀是庄稼；而谷字上面是水，下面是口，是水流出的地方，是河谷。现在，三个字简化合并成一个"谷"，古书里的"榖树"都印成了"谷树"，好像沧海桑田，一棵树也改变了样子，面目全非。而榖树，似乎也真的成了古书里的一棵古树。

　　但榖树真称得上古树，中国最早的书《诗经》和《山海经》里都有这棵树在生长。"他山之石，可以攻玉"是为人熟知的成语，出自《诗经·鹤鸣》，而那块石头前面，就有一棵榖树："乐彼之园，爰有树檀，其下维榖"，让人喜爱的那个园子里，有高大的檀树，檀树下面，榖树长出来。翻开《山海经》，走进山山海海的第一座山，你就会遇见一棵像榖树的树，叫迷榖，因为佩戴它可以让人不迷路。这样神奇的树，路痴们应该喜欢。

　　小说再有名，也终究是"小"，消遣而已，过去是不会有人花时间正经研究《水浒传》的。而"经"乃经天纬地之"经"，注经解经也就成了天地间的大事。也真要感谢经书汗牛充栋的"注"，我们才能看清远古时代的一草一木。三国陆玑的《诗疏》说榖树："荆扬交广谓之榖，中州人谓之楮。"晋人郭璞注《山海经》时，除了说榖树又名楮树，并且还说出了榖树的第三个名字：构树——今天这棵树的学名。无论是南北，还是城乡，构树还在。唐人段成式《酉阳杂俎》说庄稼地荒废时间长了，就会有构树长出来。到现在，构树依然是一棵野树，生长在荒野或者城市的角落。夏天，一树葚果，在耀眼的阳光下，橙红，透明。

先不管这棵树今天的名字构树，接着听古人说榖树。陆玑说榖树和楮树乃是不同地方的人们对这棵树的不同叫法，苏颂按树皮有无斑纹区别榖和楮，段成式则按叶形区分楮和构："叶有瓣曰楮，无曰构。"清人郝懿行笺疏《山海经》时，说榖树也叫构树，乃是因为"榖"和"构"古音相同。做总结的是李时珍，他说不用区分榖和楮啦，应该做的是辨雌雄："雄者皮斑而叶无丫叉，三月开花成长穗，如柳花状，歉年人采花食之；雌者皮白而叶有丫叉，亦开碎花，结实如杨梅，半熟时水澡去子，蜜饯作果食。"李时珍说的都对，但树叶有裂无裂无法辨识雌雄，因为两种不同形状的叶子会长在同一棵构树上。

历来解释草木之名，大多如同好玩儿的猜谜游戏，当不得真，但有趣。对于榖树之名，郭璞的说法是，"以其实如榖也"。说果实如榖肯定不对，因为正如李时珍所说，构树果像杨梅，像谷穗的应该是雄树的柔荑花序。宋人罗愿《尔雅翼》引段成式的话"榖田久废必生构"，说榖树得名应该和这荒废的"榖田"有关。清人徐鼎《毛诗名物图说》解释榖树之榖，说"楚人呼乳为榖，今木中白汁如乳，故亦名榖"。这个说法源于《汉书》，唐人颜师古注《汉书》时，还说牛羊的乳汁被叫作构。构与榖原本是乳汁的说法应该比较靠谱，因为，至今还有些地方把构树叫作构乳树。榖树皮中的"乳"——白色汁液，中医称之为构胶：道家用来团丹沙，佛家用来粘经书，医家用来治皮癣。过去，小孩子都知道构树皮中的药。皮肤上长了癣，就爬到树上，折断树枝，或者用刀划破树皮，把汁液涂抹到患处，嘴里念念有词："白汁子，当膏药，不到三天就好了。"

至于楮，《说文解字》说也写作"柠"。一定会有人吃惊地说，这是柠檬的柠啊！但古人的世界里，柠和楮的读音相同，读作"楚"，都是指构树。按李时珍的说法，楮树最初的写法是柠，因为"其皮可绩为纻"。纻是粗麻布，晋人陶弘景说武陵人用来做榖皮衣，"甚坚好"。李时珍说榖皮衣"不坚，易朽"。是坚呢？还是易朽呢？估计已没人知道。宋人罗愿《尔雅翼》记载，在江南，人们用榖皮布做帽子。又引裴渊《广州记》，说南方人槌榖树皮为布，铺在地上做毡子。榖树皮绩布是粗布，但榖树皮造纸名楮纸，却不是粗纸。陆玑的《毛诗疏》说楮纸"长数丈，洁白光辉"。榖树皮有斑，榖树皮造纸却"洁白光辉"。武大郎真是不幸，就差一个字，如果把诨名的榖树皮换成榖皮纸，那他就是梁山好汉了：长数丈，洁白光辉。

榖、构和楮，我们说的这棵树的三个名字，都和骂武大郎的树皮有关。问题是，我们看不出它有什么让人讨厌的地方。比起樟树杨树沟壑纵横的树皮，榖树皮有斑，但实在算不上粗糙。程穆衡说榖树皮粗恶，"恶"在哪里呢？

诗经、山海经、本草经和农书中的构树

榖树皮被小说家贴在了猥琐的武大郎脸上，让人嗤之以鼻，也并非空穴来风。因为，构树在文学里一露头就得了个骂名。《诗经》是中国草木文化的源头之一，最初讲《诗经》的有多家，可流传下来的只有一家《毛诗》，说《诗经》几乎就等于说大小毛公的《毛诗》。而《毛诗》解说《鹤鸣》中的榖树，恰如法官宣判，掷地有声，不容置疑，当头就是一句："榖，恶木也。"中国自古就有以香草喻美人的传统，那么与之相对的也就只能是"以恶木喻丑人"了。恐怕这就是武大郎诨名"榖树皮"的由来，虽然这个可怜人连恶人也做不了，却被小说家绑在了恶木上。

可问题是，为什么榖树是恶木呢？毛氏叔侄没说。后人

慑于权威，似乎也只有阐释的份儿。郑玄说"上善下恶，故知榖恶木也"。原来，榖树被称为恶木跟榖树没有关系，跟对诗的理解有关。按郑玄的说法，上面的檀树是善，下面的榖树就是恶。这样的解释，只能说牵强附会，毫无道理。构树是《山海经》里出现最多的树之一：

  大时之山，山上多构树和橡树，山下多杻树和檀树，阴面多玉，阳面多银，有水南流，有水北流。

  鸟山，山上多桑树，山下多构树，阴面多铁，阳面多玉。有水东流。

  同是构树，有时在山上，有时在山下，上下能区别善恶吗？而且，《山海经》的山上，构树常和檀树长在一起：

  众兽之山，山上多玉，山下多檀树，构树，多黄金。

  莱山，山上多檀树，构树，有罗罗鸟，吃人。

  《山海经》宛如荒蛮的伊甸园，山高林密，多怪树怪兽，多黄金白玉，清水浑水，南流北流，滋养生命，而一切生命都在山山海海之间，生长得自在坦荡，闪耀着金玉之光、铜铁之光。这样的园子里，檀树与构树，都是原始的野树，谁是善谁是恶呢？可惜在我们的文化中，《山海经》只能是不足道哉的怪力乱神，难以和《诗经》分庭抗礼。

而从《毛诗》到现在，两千多年了，对于榖树的文化宣判源远流长，至今有效。今人程俊英先生的《诗经》注译本流传颇广，她注释两棵树依然是：檀树比贤人，榖树喻小人。《鹤鸣》一诗，程氏的白话翻译如下：

> 沼泽曲折白鹤叫，鸣声嘹亮传九霄。
>
> 鱼儿游在沙洲边，潜入深渊也逍遥。
>
> 美丽花园逗人爱，园里檀树大又高，下有楮树矮
>
> 又小。
>
> 他乡山上有宝石，同样可把玉器雕。

一切都那么美，美得神奇，简直就是一则押韵的《山海经》，唯一不和谐的就是"矮又小"的楮树。小没有错，人不是喜爱幼小的生命吗？但加个"矮"，就是春秋笔法了，以示厌恶之意。可榖树和梧桐一样，是速生树种，很快就可以长成参天大树。解诗的人不管这些，不看风景，只往纸背后面钻，一心要寻找压在纸背的春秋大义，把读诗搞得恰如猜谜——今人读《鹤鸣》，会有几个人能读出贤人小人、善树恶木呢？

当然，也会有人不猜谜，不问中心思想，只欣赏诗歌里的山水草木。陈子展先生《诗经直解》说《鹤鸣》"似是一

篇《小园赋》，为后世田园山水一派诗之滥觞。如此小园位于湖山胜处，园外邻湖，鹤鸣鱼跃。园中檀构成林，落叶满地。其旁有山，山有坚石可以攻错美玉。一气写来，词义贯注。诗中所有，如是而已"。陈先生并不区分檀树构树的善与恶，一视同仁。

南北朝的刘孝标隐居金华山时，作《东阳金华山栖志》，也正可印证陈子展先生所说，可视为《鹤鸣》后的田园山水一派。《栖志》开头即是"鸟居山上""鱼潜渊下"，也正是出自《鹤鸣》的"鹤鸣于九皋""鱼潜在渊"。山居自然多草木："枫楮椅栎之树，梓柏桂樟之木，分形异色，千族万种。结朱实，包绿果，杭白带，抽紫茎……"那么巧，楮树也在其中，但并未被视之为恶木，而是和其他草木一样，开花结实，渲染山水之美。

在构树这件事上，本草学家和文学家分道扬镳。陶弘景《名医别录》和吴普的《吴氏本草经》这些早期的本草著作中，都已将构树果和榖树皮列为上品。本草学中，什么东西一旦名列上品，就近乎长生不老的神药了。构树果实被称为楮实或者楮桃，陶弘景说它"益气，充肌肤，明目，久服不饥，不老，轻身"。构树下，红果落了一地，摔碎了，橙红色的。走过的人，估计不会有采果的欲望。清人陈淏子《花镜》说构树果"不堪食"。"不堪食"的楮实是神药。

《诗经》和本草经的分歧，也让后人对着一棵构树纠结不定。明人袁中道"临水有园，楮树丛生"。有人来劝：砍掉这些"不材木"，栽松柏吧；袁答：我要纳凉，松柏成荫太慢了啊！又有人来劝：砍掉不成材的楮树，栽桃李吧；袁答：桃李成荫也要四五年，我等不了啊！面对高大的楮树和众人对这棵树的厌恶——被众人厌恶的那棵树会很无助吧？幸运的是，袁中道脑海中闪现出一位古人——宋代大诗人苏东坡。当年，苏东坡也有一个园子，角落里也一棵大构树，树高叶大，浓荫匝地。可想起恶木的名声，苏东坡拿起了斧子，想把这棵树砍了当柴烧。可是，他又想起它有那么多用处："肤为蔡侯纸，子入桐君录，黄缯练成素，黝面颊作玉……"榖树皮可造纸、楮实入药、染色、美容……想起这些，苏东坡扔下斧子，写了一首《宥老楮》。袁中道呢？没听人劝，不仅没有砍掉恶木构树，反而在树旁建了亭子，名之为楮亭，还写了篇《楮亭记》，记下自己对构树的喜爱：炎炎夏日，每天都会走到水边构树下，肌肤上习习凉风，耳中是叶间鸟鸣，一棵树，带给人走入深山的想象。

构树长出来，居然有那么多人劝袁中道砍掉它。读书人读《诗经》，大概不屑于读农书吧。不是不能做栋梁就是不才，因为"才"有很多种的啊。《齐民要术》鼓励农人栽种构树，销售树皮即可获利，因为树皮可以造纸，绩布。如果栽种三十亩，一年收十亩的皮，就可以有一百匹绢的收入。如果自家能够造纸，获利更大。野树一样的构树，原来也是有人大片栽种的，因为"榖树皮"的有用。

俗谚云："门前莫栽桑，屋后不栽构。"理由是，桑谐音"丧"，不吉利；构树呢？构树皮中有构胶入药，便常遭刀砍。想象力丰富的人们想起了一句"挨千刀"的，真是不吉利！但也有人不管这些，诉说园中构树之美。近人黄岳渊和黄德邻父子著《花经》，把构树列入"生利木"——可以赚钱的树，但获利和审美并不矛盾吧。《花经》中写构树，是一段很美的文字，一棵很美的构树："楮树多系野生，枝叶扶疏，绿荫稠密，可招禽鸟之来集，啁啾作清歌。故庭院中栽之一二，大有声色之娱也。"

36

葵菜、葵花与葵果的变迁

龙葵小史

喜欢带孩子去野外，看落叶的树看开花的草，看野塘里的鱼看高天上的鸟，我叫它自然课。秋天，在草丛里遇见龙葵，开着花结着果。花很小，白花黄蕊，花瓣向后反扭，像很小的黄嘴鸟在飞。果也不大，圆圆的浆果，有的碧绿，有的紫黑，紫黑的是熟透了的果。摘几颗给孩子，也放进自己嘴里。不喜欢说舌尖上的味道，几颗野果早已被时间酿成酒，沉淀成心里的味道。心里的味道没办法用舌尖品尝，只能用心回味。

孩子把嚼碎的野果吐出来，嘴唇都是浆果的紫，叫着：不好吃。我和孩子当中是时间，龙葵的浆果在流逝的时间里改变了味道。七十年前，一个叫萧红的女人回忆她的"百草园"时，想起了这棵草和它的果，还有草边一个吃浆果的小孩子："蒿草里长着一丛一丛的天星星，好像山葡萄似的，是很好吃的。我在蒿草里边搜索着吃，吃困了，就睡在天星星秧子的旁边了。"以后的孩子们长大了，如果拿起《呼兰河传》，读到这里，还会知道这是什么草，这果是什么味道吗？不知道也没关系，只是，希望他们还能理解，一棵野草和一枚野果上也有人的深情。

天星星是东北方言，就是龙葵，我们北方老家管它叫狗奶儿。小孩子嘴里的这些名字都不见于古籍，只在不同地方的民间流传。流传的事，大多不知道什么时候开始，什么时候结束。结束了，就不再流传。不再流传的事，有的就彻底消失了，像堕入永恒的黑暗；有的被写进书里，偶尔还会被看书的人遇见，在遗忘的深渊里闪一下光。宋人苏颂的《本草图经》说它还叫老鸦眼睛草，应该也是以果命名这棵草，只是不知道现在是否还有人这样叫它。书里的，书外的，把一棵野草的浆果说成草丛里的星星、狗奶子、老鸦眼睛，或美，或俗，或怪，都有些奇幻，都好听。龙葵这个名字出现得很早，南北朝的《颜氏家训》讲《诗经》里的苦菜时说："江南别有苦菜，叶似酸浆，其花或紫或白，子大如珠，熟时或赤或黑，此菜可以释劳。"并说《尔雅》中称之为蘵草（读音同枝），"今河北谓之龙葵"。写家训，不仅给后辈讲做人之道，也说书讲草，是我没想到的，但喜欢这样的传统。

苏颂说龙葵时，也说有两种，黑果的叫龙葵，红果的叫赤珠，也叫龙珠。李时珍则进一步说龙葵和龙珠是一类二种。古人说龙葵时大多会说它和酸浆相似，龙葵甚至还被叫作酸浆草或者老鸦酸浆草，而酸浆结红果，所以，龙珠可能就是酸浆吧。不管今人怎么看龙葵与酸浆，古人世界，它们就是亲兄弟，不过是果实颜色不一样而已。龙珠是不是酸浆暂且不管，龙葵龙珠并称，倒是解决了我一直的疑问：龙葵的"龙"在哪里？龙葵也许就是龙珠葵的省略。如果是这样，那么，龙葵的名字里也还是有浆果在。

《尔雅》中说的蘵草初见于《夏小正》，而有人说《夏小正》记的是夏代的农事与物候，那么可以说，人们看见龙葵已有三千多年了。三千年的岁月里，不同地方的人们月浆果命名这棵草。只是，在那些古旧的书里，我还没有看到有人摘果吃，也不曾听人讲起那的味道。从小萧红到小时候的我，不到一百年，也许这就是龙葵的浆果被小孩子们爱过的时间。

龙葵的正名俗名多和果有关，但也正如颜之推说的，它首先是菜。《夏小正》说三月"采蘵"。采龙葵干什么呢？晋人郭璞注《尔雅》时说龙葵可做干菜或者腌菜。苏恭的《唐本草》将龙葵列在菜部，称其苦菜，还说只能煮着吃，不能生吃。唐之后是宋，苏颂称其苦葵。而葵，《说文解字》释为"菜"。李时珍解释龙葵之名，说的也是"龙葵，言其性滑如葵也"。葵，古时的滑菜，也就是黏黏的那种，做菜时如同勾了粉芡。有很长一段历史，葵曾是辉煌的"百菜之主"。其地位，有点像我们小时候的大白菜，一年四季都在吃。现在，菜品多了，不会有什么"百菜之主"了。龙葵即名为葵，也算是幸运地列名"葵菜"了。明代徐光启《农政全书》讲种菜时，的确也将龙葵列在其中。

把龙葵当菜种，是我不曾知道也想不到的事。小时候，天天在野地里挖野菜，遇见龙葵，只是采果，并不带回家，也从未吃过龙葵嫩苗——龙葵不是菜已经很久了，今人早已忘了它是菜。李时珍写《本草纲目》时，把龙葵从《唐本草》的菜部移入了草部。一个"移入"，完成了一棵野草的变迁史：从苦菜到野草，从野草到浆果，采野果的孩子们不来了，龙葵，回到野草。然后，龙葵浆果的味道，渐渐消失在历史的烟尘里。它生它长，开花结果，但不再有故事流传。

葵菜、锦葵和向日葵

说完小时候的龙葵，也不由想起小时候读过的古乐府《长歌行》："青青园中葵，朝露待日晞。"那时候读这句诗，想象里就是一片高大的向日葵，比乡村院子的围墙高，比人高，粗壮的茎秆上大叶婆娑，顶上一个大花盘低着头，黄灿灿的，好看。现在，城市绿化用的多是矮化向日葵，矮矮的，到不了人的膝盖。

很久以后读到贾祖璋先生的《葵与向日葵》，才知道我的想象有误。文章开篇就说："向日葵不是我国古代所说的葵。有关葵的种种古代的故事和出典，与向日葵都没有关系，把它们牵扯在一起，可以说是常识性的错误。"平平淡淡的几句话，读得让人冒冷汗，因为不知道脑子里还有多少这样的"常识性错误"。

向日葵是明代才传到中国，这之前的葵是菜，李时珍说葵也名露葵，因为古人都是露水干了才会采葵。宋人罗愿《尔雅翼》还记下了一句民谚："触露不掐葵，日中不剪韭。""青青园中葵，朝露待日晞"，说清了这首诗的，是个医生和他的医书，不是老师。老师只给我们讲"少壮不努力，老大徒伤悲"，不讲一棵菜。课堂是正经严肃的，人生大道理当然比一棵草重要。再说，老师擅长的也是前者，而不是后者。但，古时的医生不只懂医理。清人张炯《神农本草经·序》起首就说：读书人不必是医生，但医生首先得是个读书人。李时珍是医生，也是读书人，不仅懂医理，也"格物致知"，探究天地万物之理，包括一棵草，一句诗。读过《本草纲目》关于葵的记载，再读《长歌行》，古诗成了百草园，那里有"碧绿的菜畦"，一园子生机勃勃的青菜，青翠欲滴，滴的是清澈的露水，闪着清凉的光。

古时的葵声名显赫，《黄帝内经》讲五菜，它排在第一。说是五菜之首都有点不够，元人王祯的《农书》称它"百菜之主"。这种说法应该不为过，南北朝的《齐民要术》写蔬菜种植，第一个讲的也是它。但到王祯写《农书》时，葵为"百菜之主"早已成为历史，因为王祯还写道："今人不复食之，亦无种者。"《南齐书》记周颙事颇有名，说他常年隐居，有将军问他在山里吃什么。周答："赤米白盐，绿葵紫蓼。"答得真是好，直是一句好诗：音节好，颜色好，好听好看。但故事没有结束，太子又问周颙，什么菜味道最好。周答："春初早韭，秋末晚菘。"这个回答简直像预言：菘是白菜，就是它最终取代葵，做了百菜之主，结束了葵菜一千多年的辉煌史。当然，现在，白菜是"百菜之主"的历史也结束了。

历史中的好多事，都是日渐模糊乃至被遗忘。生活，也就是在对故去的遗忘中继续着。到明清时，葵是什么，已说不大清楚。清人阮元作了一篇《葵考》，考辨古籍，又实地考察，得出结论，说古之葵乃是金钱紫花葵。金钱紫花葵即锦葵，我小时候在乡下院子里种过，却从来没吃过。锦葵真的能吃吗？《尔雅》中有锦葵古名：荍。三国陆玑的《毛诗疏》说它又名荆葵，"可食，微苦"。即便古人这样说，但想尝尝锦葵的今人大概不会有吧。想起了《诗经》的《东门之枌》，古歌里有爱情，有枝叶婆娑的大树，树下有舞者的少女，还有锦葵花：东门的大榆树下，宛丘的大柞树下，少女翩翩起舞。少年走过去，看着少女，唱起情歌："视尔如荍，贻我握椒"——你真美，美得像锦葵花！《诗经》里的少年居然这样说，几千年后的我听着就想笑，锦葵花很美吗？那么小的紫色花，花瓣上有条纹。但那树下跳舞的少女喜欢这样夸她，很受用，送给少年一把"椒"做回报。古时说椒是花椒，辣椒传入中国后，人们再说椒就是辣椒了。就像古时的葵是葵菜，但到了明代，向日葵远渡重洋，从美洲大陆来到中国，再听人说葵，人们脑子里就是这位外来客了。草木世界和人的世界一样，也是白云苍狗，沧海桑田。

时过境迁之后，即便有历史癖的人，要说清这些古代的草，也不是件容易的事了。阮元费了那么大劲考证，还认真地种了半亩锦葵，又亲自下厨，品尝葵之味，说"滑而肥，味甚美"，但还是错了。1964 年，周作人写过一篇《向日葵的神话》，谈到阮元，说"当时可吃的葵实在乃是所谓冬葵，这在吴其濬的《植物名实图考》中已曾说明，云湖南称作葵菜亦曰冬寒菜，至今还有人吃"。

汪曾祺也是读过吴其濬的书，才解开多年的疑惑，知道了古诗"采葵持作羹"的葵为何物。当然，所谓知道了，也只是知道个名字，是个眉目不清的符号。直到有次去武昌，汪先生住在招待所里，"几乎餐餐都有一碗绿色的叶茎做的汤。这种菜吃到嘴里是滑的，有点像莼菜"。问过服务员，汪曾祺才知它叫冬苋菜，也就是葵。尝过了葵味，还未见葵形，所以认识葵的故事还要继续。第二天，汪曾祺看见巷子井边有人洗菜，又问，结果，洗菜的人又说了昨天服务员说过的菜名，"我这才明白：这就是冬苋菜，这就是葵！那么，这种菜作羹正合适。从此，我才算把《十五从军征》真正读懂了。"这回，说清一首古诗的，是位植物学家、旅社服务员和井边洗菜的人。读汪曾祺《葵·薤》的人，也感动于一个那么有好奇心的人，好奇一棵古菜。而认识一棵古菜后，又那么欢欣雀跃。

汪曾祺欢欣雀跃，吴其濬却有些动气——为一棵古菜动气，也是可爱的人。吴其濬动气是因为李时珍，因为《本草纲目》把葵也从《唐本草》的菜部移入草部，还解释说："古者葵为五菜之主，今人不复食之，故移入此。"吴其濬大叫：哎呀，你一个人没吃过葵，怎么就能说今天的人们都不吃葵啊？！我的菜园子里就种着葵啊！一年到头，我都在吃啊！那么好吃的菜啊！你李时珍名声那么大，如果因为你的巨著这么说，从此人们就真的以为葵已经消失，葵的声名从此湮没不闻，你能负得起这个责任吗？

跟李时珍生完气，这位可爱的植物学家又伤心了，叹息一声，说：都是葵，那么多诗人写蜀葵黄葵，为什么没有人给那么好吃又有历史意味的葵写诗啊？如果遇见吴其濬，我也会跟他开玩笑，做出一副义正词严的样子教训他：你一个人没读过多少古人写葵菜的诗，怎么就能轻易说没人写啊？！"青青园中葵，朝露待日晞"，这是多好的葵诗啊！而且，直到唐宋，人们还喜欢吃葵菜，所以很多诗人写过啊！唐代三大诗人李白杜甫白居易就都吃过葵菜也赞美过葵，他们完全可以给葵代言啊。李白不仅在葵叶上写诗，还"野酌劝芳酒，园蔬烹露葵"（《赠闾丘处士》），美酒加露葵，你看他吃得喝得多有滋有味；杜甫多爱葵啊！"枣熟从人打，葵

270

荒欲自锄"（《秋野五首》），大诗人自己下地给葵除草，而且采葵时那么小心翼翼："刈葵莫放手，放手伤葵根"（《示从孙济》）；白居易呢？更是栽了一园子的葵："中园何所有，满地青青葵"（《续古诗十首》），前一天晚上，空着肚子睡了，早晨饿醒了，吃啥？"贫厨何所有？炊稻烹秋葵。红粒香复软，绿英滑且肥"（《烹葵》）；直到宋代，诗人的锅里还散发着葵菜的香味，陆游有诗："葵羹出釜香"（《即事》）。

宋以后，人们可吃的菜品多了，葵菜确实没落了。没落就没落吧，世间的事，不管你有多爱，变是常理，也是历史的常态。但有历史就有遗留，葵，没落了，留下不少名字带"葵"的草，不管是野草龙葵，还是观花的蜀葵或者锦葵，都曾有一段"菜"的历史。

从葵菜到葵花再到葵花子：蜀葵、秋葵、向日葵

葵菜也开花，白花很小，从春开到冬，但没人叫它葵花，人们爱的是"青青园中葵"，是葵菜。不是所有的爱都能爱屋及乌，人们爱葵的菜叶，但没有"及"到葵的花。对葵的花，只是视而不见。可是花落结子，入药，本草之祖《神农本草经》将其列入上品，名冬葵子。《齐民要术》说葵菜可以一年种三季，分别叫作春葵、秋葵和冬葵。古书中的秋葵乃是秋天的葵菜，并非今天蒴果可食的秋葵。秋葵的故事待会儿再说，先接着说冬葵。冬天，草木萧疏，葵菜居然越冬，让餐

桌上还有青青菜蔬，也就难怪为古人所珍了。传为西汉刘向作的《列仙传》记丁次都故事，说他给人作奴，冬天送主人新鲜葵菜，主人惊问何处得来，丁答说日南。太阳之南是极温暖的神境吧，从那里得来的冬葵也像是神菜，难怪凡人惊异。也因此，冬葵成了葵的第一别名，以示其异于众菜。我甚至怀疑葵的命名都和冬天有关：葵字从草，从癸。古人用天干地支计时，"癸"在天干，排于最后，对应的季节是冬。

清人张璐《本经逢原》也收入冬葵子，称葵为向日葵，说冬葵子又名向日葵子。这倒也没什么奇怪的，甚至可以说是水到渠成。人眼里的草与木，从来不仅是天地自然所生，更会在文化中累积，最终固定成一个别有意义的象征符号，比如人人皆知的玫瑰代表爱情。文化史里，葵，是一棵倾心向日的草。这一说法的始作俑者是孔夫子。《左传》记载，有人因口舌惹是非，被斩去双足。孔夫子冷冷地说了一句：还不如葵聪明，"葵犹能卫其足"。晋人杜预凑上去，解释道："葵倾叶向日，以避其根。"夫子和杜预说的还只是葵菜用叶子遮挡阳光，保护其根。而《淮南子》中的葵则是主动朝向太阳了："圣人之于道，犹葵之于日也。虽不能与始终哉，其向之诚也。"古人只是"近取譬"，以身边熟悉的东西打比方，但时间久了，比喻就成了典故。有这些典籍与典故打底，葵也就被后人塑造成了倾心向日、忠心耿耿、至死不渝的形象。遭贬谪的大诗人白居易有诗云："葵枯犹向日"（《江

· 272 ·

南谪居十韵》）。

《尔雅》还提到一种葵，名戎葵，晋人郭璞注释说就是蜀葵，"似葵，花如木槿花"。同样是葵，冬葵是菜，而蜀葵是花，虽然直到宋代，本草书里还把蜀葵列入菜部，但少有人说起它嫩苗的味道，人们说蜀葵就是说它的花。清人郝懿行释其名，说蜀和戎并非产地，而是大的意思。蜀葵茎高叶大，花也大，我们老家称蜀葵为大手巾花，也是说大。江南更甚，叫它一丈红，真是有气势。那么高的茎，那么大的花，不看都不行。

冬葵虽是百菜之主，但没人把它的花叫作葵花，被叫作葵花的是蜀葵的花。因为它的花，早在南北朝，诗人们已开始赞美蜀葵："惟兹奇草"（王筠《蜀葵花赋》），"惟兹珍草"（虞繁《蜀葵赋》），"卉草之英"，赞其花"渝艳众葩，冠冕群英"（颜延之《蜀葵赞》）。唐代和宋代，诗人们还在吃葵菜，但葵菜终究是日渐没落下去了。不知是唐宋以后的本草学家们落井下石，还是葵菜的咎由自取：唐代孟诜《食疗本草》说没有蒜不能吃葵菜，生吃葵菜不消化，发宿疾；宋代苏颂说葵菜苗叶做菜甚甘美，但性滑利，不益人。李时珍总结道：葵"为百菜主，其心伤人"。

"葵"的历史里，葵菜没落下去，葵花崛起。宋人陈景沂的《全芳备祖》讲葵时，起首就说："葵有三种：一取其花，名蜀葵；一取其叶，名蒲葵；一取其可食，名葵菜。"蒲葵叫葵，但不是菜，是树，大叶子可做蒲扇，以前的夏夜常见人们摇这样一把扇子。"葵"这个名字本来最初指的就是葵菜，而在宋人那里，"百菜之主"的葵已经排在了不是菜的蒲葵之后，列在了葵的末位，开花的蜀葵排在了首位。唐人和宋人也真是爱美——爱"花"超过了爱"食"，好多实用的木和食用的草都被他们改造成了供欣赏的花。葵，也是在唐宋之际由葵菜变成了葵花。简直可以说，这是唐与宋的诗人们集体为葵花合唱的结果。虽然之前也偶有好诗，但若编一卷葵花诗，作者一定大半是唐人与宋人，最好的葵花诗也一定出自他们。那两个朝代，无论大诗人还是小诗人，都有好诗献给葵花："昨日一花开，今日一花开。今日花正好，昨日花已老……君不见，蜀葵花"（唐·岑参《蜀葵花歌》）；"花生初咫尺，意思已寻丈。一日复一日，看看众花上"（宋·吴子良《葵花》）。

当然，也不仅诗人们喜欢蜀葵花。宋人孟元老《东京梦华录》、周密《武林旧事》、明人田汝成《西湖游览志余》记江南端午旧俗，人们买草买花，祛病避毒，装饰庭院门楣。草是菖蒲、艾草；花是榴花、葵花。一千多年过去，沈书枝在她的《八九十枝花》里讲皖南过端午时，还不忘写上一句："这时候蜀葵也开花了，我们叫蜀葵'端午锦'。""锦"应该是"槿"吧——因为蜀葵"花如木槿花"。

本来是说着"葵心向日"，怎么就说到蜀葵花了呢？原因简单，葵菜没落以后，诗人们把"葵叶"的"向日"给了蜀葵的"葵花"。虽然南朝的颜延之赞蜀葵花时已说过："方葵不倾"——蜀葵花并不向日。但后世的诗人们听而不闻，兀自让蜀葵花深情眷恋太阳："今日见花落，明日见花开。花开能向日，花落委苍苔。自不同凡卉，看时几日回"（唐·戴叔伦《叹葵花》）；"更无柳絮因风起，惟有葵花向日倾"（宋·司马光《客中初夏》）；"李陵卫律阴山死，不似葵花识太阳"（宋·刘克庄《葵花二首》）；"谁怜白衣者，亦有向阳心"（明·高启《白葵花》）。别说诗人，连禅师也这样说："芭蕉闻雷开，耳在什么处。葵花随日转，眼在什么处"（宋·释思岳《偈颂七首》）。

中国的诗人爱清寂萧疏之美，而蜀葵花开得太艳太繁，终会招人烦："能共牡丹争几许，得人轻处只缘多。"（宋·陈标《蜀葵》）蜀葵有时"不入当时眼"（宋·韩琦《蜀葵》），但开黄花的黄蜀葵——今人称之为秋葵——得到的却只有诗人的热爱与赞美，没人说它的不是，这是只知秋葵可以吃的今人想不到的吧。古人不爱秋葵的果，只爱秋葵的花。爱到什么程度呢？唐人韩偓有《黄蜀葵赋》，铺排了一大篇葵花之美，结尾忍不住激动，叫道："而已而已，唯有醉眠于丛畔！"秋葵又名侧金盏，也不知这朵花的酒杯醉倒过多少诗人："一树黄葵金盏侧，劝人相对醉西风"（宋·潘德久）；宋人晏殊醉也不醉，只轻轻地说了一句："秋花最是黄葵好"（《菩萨蛮·秋花最是黄葵好》）。

　　古人爱秋葵花的什么呢？明人王象晋《群芳谱》回答：秋葵"雅淡堪玩"，后人应该说句"诚哉斯言"。对中国诗人来讲，艳是俗，淡才是雅。而秋葵开花，鹅黄的颜色，正是淡，淡雅之美，俗人是不明白的吧，所以唐人李涉写道："此花莫遣俗人看，新染鹅黄色未干。"（《黄葵花》）也不仅颜色，诗人们还在秋葵花上闻到了别样的花香："君看此花枝，中有风露香。"（宋·苏轼《题王伯敭所藏赵昌画黄葵》）风露香是什么香？别问我，自己去闻闻就是：闻闻风，闻闻露，闻闻秋葵花。

　　陈景沂《全芳备祖》说葵中第一是蜀葵，可是，恐怕他的蜀葵也是秋葵。陈自己有《葵花》诗，"人情物理要推求，不早敷黄隶晚秋。黄得十分虽好看，风霜争奈在前头"——诗中的葵花正是秋葵。而且，《全芳备祖》第一部分说葵的故实，说的居然全是开黄花的秋葵。甚至，晋人傅玄的《蜀葵赋》原本说蜀葵"紫色耀日"，也被陈景沂改成了"黄色耀日"。书中还引《说文》，说"黄葵常倾叶向日，不令照其根"。本来古书中说的是葵菜，陈景沂却悄悄地把"向日"给了秋葵。而且，也不独陈景沂，写秋葵的诗人们写花之色、花之香、花之秋风秋雨和秋霜，也不会忘了这朵花"独自倾心向太阳"（宋·刘攽《黄葵》）。直到明代，王象晋还在说诸多的葵中，"朝夕倾阳，此葵是也"。

秋葵的花终究也没落下去了。走在路上的时候，路边一畦秋葵。果被摘走了，不知成了谁家盘中餐。几朵黄花在秋风中，像是千年前刘敞的一句诗："黄花冷淡无人看"（《黄葵》）。秋葵花无人看了，而校园里大片向日葵盛开时候，像是小城的节日，人们争相赶来看花。美洲大陆来的向日葵代替了冬葵和秋葵，在太阳底下生长、开花。这棵大草以向日葵闻世，初见于清人陈淏子的《花镜》，可这位只爱花和书的先生肯定没有多爱它："只堪备员，无大意味，但取其随日之异尔。"

今天的向日葵被叫作了葵花，但把它当花养的人也不会太多了吧。在北方的平原阔野，常见大片向日葵生长。但人们爱的、要的，不是葵花，是葵花子。

木耳菜也叫落葵

国庆放假，去山里一个小村子。现在有了公路，开车也还要两个多小时。村子是狭长的一条，房后是山，房前是溪。年轻人大多搬到山外的镇上去了，村里只剩下几十位老人，享受山上茂林修竹和山下清澈溪水。招待我吃饭的老人极骄傲，说满桌菜蔬皆是自己所种。老人也确实应该骄傲，盘中青菜让一个久在城市的人突然明白了什么是"鲜"。

饭后，夕阳在山，站在门前溪边，看水，听水，空气和老人所烹菜肴一样新鲜。门前竹篱上，一棵绿色草藤攀援，肆意生长。叶色浓绿，叶腋花茎上，点点浅粉、新绿和紫黑，浅粉的是花，新绿和紫黑的是果，都在夕照中闪光，了无尘埃。老人走过来，说，去年种过一畦木耳菜，今年没种。

对，是木耳菜，古时葵菜家族的一员，又名落葵，《尔雅》称其蔠葵，后世写作终葵。李时珍怀疑落葵的"落"是终葵的"终"之讹，因为两个字很相似。夏纬瑛先生不同意，在《植物名释札记》中说落葵之"落"乃篱落之"落"。这个解释倒正符合我眼前的乡村小景——落葵，乡间篱笆上攀援的藤和菜。

木耳菜的另外两个名字也好：胭脂菜、繁露。名胭脂菜，按陶弘景解释，木耳菜果紫汁红，女子将其揉碎，用以涂抹面颊和嘴唇。至于繁露，李时珍的解释同样有诗意："其叶最能承露，其子垂垂亦如缀露。"面前篱落的藤上，叶上的露珠儿不在，露珠儿一样的果还在。木耳菜上古老的化妆术也还在，并未失传。当我在微博上写这棵菜时，有读者评论道："小时候为了一粒黑果，不知残害过多少菜藤。"

李时珍写《本草纲目》时，古时百菜之主的"葵"被移到草部去了，而当时不起眼儿的落葵留在了菜部，也留在乡间的篱落间，像一个古老的传说，流传到现在。

37

青青水中蒲

蒲棒和蒲草

雨天，翻《尔雅·释草》，翻到"莞"。不觉一笑，因为想起了"莞尔一笑"，原来笑的是一棵草——莞草。前几天，三岁的雨点儿拿着一束南天竹的红果，说："爸爸，果果对我笑呢。"这么想的时候，觉着汉字像百草园里天真的孩子，能看见草的笑。

这"莞尔一笑"的莞草到底是什么草呢？《尔雅》只说"莞"又名"苻蓠""其上蒚"。"蒚"（读音同丽），可它是什么东西呢？南朝的字书《玉篇》说蒚即蒲蒚，又名蒲黄。说到蒲黄就可以知道了，因为《神农本草经》的上品中已有蒲黄和香蒲，按山中宰相陶弘景的说法，蒲黄即香蒲花上的花粉。宋代苏颂等编撰的《本草图经》说得更清楚，说香蒲"至夏抽梗于丛叶中，花抱梗端，如武士棒杵，故俚俗谓蒲槌，亦谓之蒲厘"。《尔雅》说的苻蓠，《玉篇》的蒲蒚，《本草图经》的蒲厘，读音相似，都是记音，指的是蒲黄，苏颂说它俗名蒲槌，我们小时候叫它蒲棒。

童年多草木，蒲草也是很多人记忆里童年的草，生长在孩子们热爱的河边。当然，小孩子们不知道蒲棒是香蒲的花——哪有那么奇怪的花啊！就是像个棒槌。他们折下蒲棒，扔来扔去，模仿电影中的战士，扔手榴弹。有人爱雅，称蒲棒为水烛。水边绿草丛中，亮着蜡烛红红的火苗，想来也奇异，好看。冬天，孩子们也真的会点着干枯的蒲棒，但不是当蜡烛照明。蒲棒不易燃，难有火苗，只如熏香，明明灭灭。春节期间，孩子们手里举着它，吹一下，吹出火星，去点鞭炮，噼噼啪啪。

《本草图经》说蒲棒初生时，人们采来做成蜜饯，拿到市上贩卖，"甚益小儿"。宋代另一位本草学家寇宗奭在《本草衍义》中提到蒲棒的另一种吃法，说蒲黄可以用水调成膏，大概像芝麻糊吧，"小儿尤嗜"。当年我们那些玩蒲棒的小孩儿缺吃少穿，可惜没人知道蒲棒居然是美味的儿童食品。那些吃法，早就失传了吧。

小孩子把蒲棒当玩具，大人们割下干枯的香蒲，编蒲垫子，做蒲墩子。蒲墩子小，用来坐；蒲垫子大，铺炕铺床。我上初中时住校，褥子下面就是一张厚厚的蒲草垫子。睡在上面，暖暖的。如果是新蒲草，还会有好闻的草香。乡下以前常见的蒲垫和蒲墩也有很长的历史了：《说文解字》释"莞"，即说"可以为席"。这蒲席在更早的《诗经》里也已经有了。《小雅·斯干》唱的是王公贵族盖房子，盖好房子就睡觉："下莞上簟，乃安斯寝。"古时的帝王将相，想来和现在的乡下人差不了多少，铺上蒲草垫子竹席子，就可以美美地睡大觉、做美梦了。梦见什么了呢？"吉梦维何？维熊维罴，维虺维蛇。"古人的梦真是有气势，梦里会有大熊大蛇，请人占卜，还以为是吉兆。不说古人的梦了，接着说莞。郑玄注释这首诗，说莞是小蒲。有人说莞尔一笑的"莞"虽然和指蒲草的"莞"读音不同——蒲草的"莞"（读音同官），但意思还是有关联——莞是小蒲，莞尔一笑是微笑，也就是"小笑"。

古时的蒲席蒲墩应该很普及，从皇帝到百姓，从日常坐卧到郊庙祭祀，都离不开它。《汉书·东方朔传》还记载孝文皇帝"莞蒲为席"，你看，皇帝睡的也是蒲垫子。而且，臣子拜见皇上，倒头便拜时，膝盖下常有的也是一个蒲墩子，顶多比我们乡下坐的精致一些吧。蒲席蒲墩，在家可睡可坐，带出去就是野餐垫。明人王衡《东门观桃花记》中有记，王与几个朋友出城赏花，走至一处，见小溪潺潺，一间茅舍，几树桃花，于是"就酒鎗与蒲席已次第设矣"——铺好蒲席，摆上酒器，几人坐于蒲席之上，清风徐来，饮酒赏花。

蒲草入药、编席、可食，是有用的草，但实用从不妨碍审美。唐人苏敬的《唐本草》有云，古人以莞蒲为香蒲，以菖蒲为臭蒲。蒲草是文化史里的香草，人们爱它，看见它的美。唐人司马贞《史记索隐》云："蒲是草之美者。"《大戴礼记·劝学》解释孔子的"君子不可以不学"，讲学习的重要性，就是以香蒲之美为例，说学习可以让人少鄙吝、多光彩，这就如污泥浊水，"莞蒲生焉"。走过这里的人们，还能看见污浊的水吗？他们只见美丽的草。最早出淤泥而不染的，不是宋人周敦颐爱的莲，是蒲草。

香蒲古歌和拔蒲

香蒲，丛生水边的美丽大草，像一个古老文化的遗迹，还在今天的水边生长，前几天我还曾遇见它：在水边，在诗里。水边的香蒲已枯黄，枯黄的大草里挺立着几茎蒲棒；诗里的香蒲还绿着，草下的水里游着两条鱼："青青水中蒲，下有一双鱼。"这是韩愈的诗。比起过于精致的唐诗宋词元曲，我更喜欢先秦两汉朴素的古歌。几千年过去，那些诗句还是那么简单，像大白话，像孩子的话：爱重复，爱叠字。一个"青青"就可以让好多草永恒闪耀生命的光辉，而不至于变成诗歌里死亡的标本："青青园中葵，朝露待日晞"（《长歌行》）；"青青河畔草，郁郁园中柳"（《青青河畔草》）……五个字，就是一棵、一丛或是一片碧绿的草；十个字，那草就有了流水或露水，有了阳光，有了陪伴草的小鱼和大树。还好，唐以后，人们还爱这样简单的句子，还爱这样"青青"的草。唐人韩愈也还能看见流淌的水，水边静静的草，草下游动的鱼，并用最简单的句子把它们留在了诗里。

最古老的古歌是《诗经》，《诗经》里也有香蒲新鲜地生长，草丛下面的水里有鲜活的鱼："鱼在在藻，依于其蒲"——鱼在哪里？鱼在水藻里游来游去，鱼安安静静待在蒲草丛里——《小雅·鱼藻》这样唱。歌声里的鱼顺着时间的河流，一直游进韩愈眼前的蒲草丛，游到今天读《诗经》的人这里。宋人陆农师《埤雅》解说蒲草时，说它有"安人之道"。美丽的草让人安静，会让人心动，因为美丽的草边会有美丽的人。《泽陂》是和《关雎》极为相似的古歌：也是一个少年爱上水边的少女，也是忧伤得夜不能寐，想着水里的草和水上的人。只不过，《关雎》的水上是荇菜漂浮，《泽陂》的岸边是香蒲生长："彼泽之陂，有蒲与荷。有美一人，伤如之何。寤寐无为，涕泗滂沱。"

"彼泽之陂，有蒲与荷"，曾经，蒲草跟荷花长在一起，都是美丽的水草，一样被人爱着。《神农本草经》将其列为上品，称其香蒲。我的北方老家也这样叫它，在村南的河里，我也曾闻到过香蒲的草香。只不过，乡下野孩子和村子里的大人一样，不知道香蒲的名字已有几千年的历史，也不知道这棵草的生命史里，有过那么多人站在它身边，唱着或欣喜或悲伤的歌。三国时代的甄夫人被魏文帝曹丕赐死，据说是因为一首《塘上行》，诗歌的首句是："蒲生我池中，其叶何离离。"那么好的一首诗，那么好的一丛草，成了一个女人的绝唱。

古人爱莲，有采莲歌；古人爱蒲，也有拔蒲歌。蒲与荷都在水上，柔情似水，水上多爱情故事，也多情歌。采莲歌是少男少女的情歌，拔蒲歌也是一样。汉乐府里，没有留下名字的诗人留下两首拔蒲歌——

其一：青蒲衔紫茸，长叶复从风。与君同舟去，拔蒲五湖中。

其二：朝发桂兰渚，昼息桑榆下。与君同拔蒲，竟日不成把。

《诗经·关雎》里，少年爱慕的少女还在水上采荇，还是"求之不得"的急躁和伤感，少年也还只能一个人在夜里"辗转反侧"的失眠；而《拔蒲》已是"与君同舟去""与君同拔蒲"的欢乐。都说《乐府》多悲歌，而《拔蒲》是欢歌，欢乐的世界草木葱茏：蒲草丛里挺出毛茸茸的蒲棒，长叶在风中摇摆，早晨一起出发的地方生长着桂树与兰草，从水上回来，一同坐在桑树榆树下。坐在那里，不由相视而笑——去了一天，拔来的蒲还不到一把。没有说出的话，如果按沈从文的《采蕨》来讲，就是少男少女以采草为名，"撒野"去了。

拔蒲是拔什么呢？我的家乡没有拔蒲的习俗，只能问古诗了。

明人刘基有《拔蒲》诗，诗里说的是拔蒲叶："拔蒲复拔蒲，织作波纹簟。"波纹簟是图案好看的蒲席，而蒲叶不仅可以用来织蒲席和编蒲墩。唐人徐寅有诗《咏蒲》："编为细履随君步，织作轻帆送客愁。"长长的蒲叶也是可以编鞋子织船帆的，这应该不只是诗意的想象，唐人陆龟蒙《种蒲》诗也曾这样说："何时织得孤帆去，悬向秋风访所思。"

而唐人李贺《绿水词》说拔蒲乃是拔蒲根："东湖采莲叶，南湖拔蒲根。"拔蒲根干什么呢？——蒲根是菜，称蒲菜、蒲笋、蒲芽、蒲白。《诗经·大雅·韩奕》写韩侯进京接受册封，离开时有官员设宴饯行，除了酒肉还有什么呢？"维笋及蒲"，蒲就是蒲根。陆玑《毛诗疏》说蒲根洁白，可以生吃，也可以用苦酒泡着吃，其味甘脆。到宋代，苏颂写《本草图经》时谈及蒲笋，把陆机的苦酒浸泡改成了用醋，还赞叹说"大美"。蒲笋吃法，李时珍《本草纲目》说得最详细：采其嫩根，开水焯过，切碎拌菜。还可以炸着吃，蒸着吃，晒干磨粉做饼吃。明人王世懋在《瓜蔬疏》中说："蒲笋、芦笋皆佳味，而蒲笋尤佳。"我的家乡有蒲，可惜，却从未尝过"甘脆""大美"的蒲笋。到了江南，芦笋是常见菜蔬，但也不见比芦笋还美味的蒲笋。

宋人徐照有《拔蒲曲》："拔蒲心，叶再抽。拔蒲根，种不留。"诗歌总是意在言外，但言内之事也并非空穴来风。按徐照的说法，除了拔蒲根，还有拔蒲心。蒲心即是蒲棒。小孩子拔蒲棒做玩具，大人们拔蒲棒做什么呢？宋人周密《澄怀录》和明人高濂《遵生八笺》都曾讲到蒲花褥，说秋后蒲花如柳絮，可采来做褥，"虚软温燠，他物无比"。这么一说，我倒想起来，小时候，老家也有用蒲花装褥子的做法，只不过没有蒲花褥这样雅致的名字，只叫它蒲棒褥子。好多事，不说就忘了，好像没有发生过一样。

38

异木枫香

枫的风

"停车坐爱枫林晚，霜叶红于二月花。"（唐·杜牧《山行》）诗比人长寿，写诗的人早就不在了，诗已经流传了一千多年。应该说，诗比世间一切有机生命都要长寿。即便大地上那片枫林不在了，它还在诗里生长，不同时间空间的人都能看见它，红着。明代的钟人杰《过枫林记》说，他秋日黄昏经过一片枫林，不由"坐吟远上寒山之句"。杜牧之后，人们看见枫树红叶，难免像钟人杰一样，想起那几个美好的句子。当然，读这诗的人，会于想象中，走进一片红叶斑斓的树林。只是，今人沿着诗句走进的树林，恐怕已不是杜牧的枫林。因为今人嘴上说枫，心里想着的实际是槭树；而古人的枫，是枫香树。

槭树有用，但没有故事。所以，《广群芳谱》也只是在连篇累牍地讲完枫树之后，附录了一下槭。而附录也只有一句《说文解字》，一句唐人萧颖士的诗。《说文》释槭，也只说其木可以做车轮。给它写诗的，当然不止一个恃才傲物的萧颖士。晋人潘岳的《秋兴赋》里不就有"庭树槭以洒落兮"吗？但即便有，应该也不会多。而且，萧颖士本是坐在槭树下，写来却是《江有枫》，开篇先说的也是枫："江有枫，其叶蒙蒙。"然后才是槭："山有槭，其叶漠漠。"槭树能走进诗里，应该说也是沾了枫的光，萧颖士说它"与江南枫形胥类"——和枫长得有点像。

和槭树寒酸的生活史比起来，枫树活得有声有色，活色生香。色，不必说，是"红于二月花"；声呢？今人说枫几乎等于说红叶，古人说枫也是先说叶，但最初说的不是颜色，是声音。《尔雅》说枫又名"欇欇"。欇（读音同摄），唐代司马贞《史记索隐》引犍为舍人的《尔雅注》，说"枫为树，厚叶弱茎，大风则鸣，故曰欇欇"。欇欇，是枫树上的风声。后人也据此解释，为什么"枫"字里有个"风"。这棵树，以风中的声音得名。

西汉经学家犍为舍人的《尔雅注》早已失传，后人谈枫必引的是晋人郭璞和东汉许慎。郭璞应该是最早确认古之枫即枫香的人，他注《尔雅》时说："枫树似白杨，叶圆而歧，有脂而香，今之枫香。""叶圆而歧"，按《唐本草》的说法即是"叶三角"，用现代科学术语来讲，就是掌状三裂。郭璞说的是叶形，而《说文》说叶形，也说叶态："厚叶，弱枝，善摇。"郭璞和许慎的说法，都让人想起另一棵树——白杨。晋人崔豹《古今注》曾说杨树又名独摇，枫与杨一样，都是"善摇"的树。而一树的树叶摇动起来，就是一个天然的乐团，乐声在风中响起。唐人苏恭说白杨"无风自动"，宋人寇宗奭说白杨"风才至，叶大如雨声"，同是宋代的罗愿在《尔雅翼》里说枫"无风自动，有风则止"。相传为苏东坡所作的《物类相感志》说："枫木无风自动，天雨则止。"你可以说，苏东坡是以讹传讹，错把"有风"说成了"天雨"，古书里这样的情况委实不少。但也可以说，古人就是这样，似乎总有闲情，站在树下，看着长柄悬垂的大树叶，轻轻摆动，听着天地之间，风风雨雨里一棵树的声音，他们说是大树在"鸣"："白杨何萧萧"（汉人《驱车上东门》）——白杨"萧萧"地鸣；而枫树，"天风鸣橚橚"，宋人苏颂这样写。苏颂是个医生，写医书，写得像诗。

枫人与枫子鬼

人看树，树的世界里就有了嘉木，有了恶木。而枫，在《太平广记》中被列入异木。异是不同寻常，是奇异，怪异，也是神异。枫之为异木，首先是因为风风雨雨。晋人嵇含《南方草木状》木类第一条为《枫人》，说时间久了，枫木会长出瘿瘤。树长瘿瘤不足为怪，怪的是在狂风暴雨之夜，枫树瘿瘤会悄悄长三五尺，人们把它叫作枫人，说巫师用它作法，能通鬼神。这是枫木史上最早的"异事"，传之久远。久远的历史里，累积起来的是岁月，也是岁月里的故事。故事，不管是讲人还是讲树，只要不被遗忘，就会像枫子鬼，悄悄生长。

到了南北朝，任昉的《述异记》讲枫树故事时，枫人变成了枫子鬼，枫子鬼不是瘿瘤，而是苍老的枫树："枫木之老者为人形，亦呼为灵枫。"虽说是人形，但终究是"异人"，和凡夫俗子不一样。五代谭峭《化书》说"老枫化为羽人"——老枫树变成生翅膀的人，羽人是仙人。《化书》的"化"是变化，"老枫化为羽人"的下一句是"朽麦化为蝴蝶"。树变人，草变蝶……就这样变来变去，讲下去多好。那样的话，谭峭就成了中国的奥维德，汉语里就有了一部有趣又庄严的史诗《变形记》。可惜，谭峭追随老子，忙着讲天地之道去了。

接着说枫的异事吧。三国孙炎的《尔雅正义》里，枫的怪异处又为之一变，不是瘿瘤不是树，而是寄生枝："欇欇生江上，有寄生枝，高三四丈，生毛，一名枫子，天旱以泥涂之即雨。"传说在流传中继续生长，罗愿接上孙炎，继续说：寄生枝是在雷暴雨之夜，从老枫树的瘿瘤上长出来的，一夜长三五尺。长得像个鬼，有嘴有眼，南方人叫它枫人。

嵇含只说枫人生于风雨之夜，而在孙炎和罗愿的讲述或者记述里，枫子鬼已能为人呼风唤雨。为枫的这项法力找到原因的，是晋人王子年和宋人陆农师。前者著《拾遗记》，书里写了一大片茂密的枫树林，"雷电常出树之半"；《埤雅》像是解释王子年的说法："旧说枫之有瘿者，风神居之。""旧说"是谁说的呢？已无从考察，也不必考察，因为传说中的"旧说"，往往是"新说"，让流传中的故事愈加丰富起来。就是在这样的旧说与新说中，枫树成了风雨雷电之神的居所。枫字里的"风"，也从无风自动和大风则鸣，变成了风神。

有风雷之神居住，枫树成了异木，有了神力——神秘的力量。以枫木做盖子，以雷击枣木为底子，做成类似星盘的一种东西，古称"枫天枣地"。用来占卜，极灵验；用于兵法，更厉害：置于马槽则马惊，置于车辙则车翻。

唐代之前，人们讲枫树异事多是粗陈梗概，而活泼的唐人讲起来则要细致生动得多。枫木里的人人鬼鬼，唐人讲来，不仅不可怕，还有些可爱。张鷟《朝野金载》里有一则《枫生人》，说山里枫树下有枫木人，高三四尺，雷暴雨之夜，会变得和枫树一样高大。如果见到人，立刻就缩回去，变小。有人进山，遇见枫人，就把斗笠戴在它们头上。第二天再去看，斗笠挂在树上呢。梁载言《十道志》称之枫子鬼，说是数千年枫木所变，但说来也不过是"人形"，还有鼻子有眼，有嘴有胳膊，只是没有腿。没有腿，就跑不掉，只好等着被调皮的唐人捉弄了：张鷟给它们戴斗笠，而梁载言随手采了一把蓝草堆在枫子鬼头上。恶作剧的人都要看看结果，第二天——两人都写第二天，也都去看枫子鬼，结果有点差异：枫树上的斗笠还在，蓝草不见了。大概是枫子鬼喜欢斗笠，但对胡乱堆放的野草生气了吧。

既然是异木，出世也不会平凡，枫的出生证明在神异的《山海经》里：黄帝杀蚩尤，"弃其桎梏"，化为枫。现代的手铐脚镣是铁，古代的桎梏是木，那木被丢弃于宋山。山上有红色的蛇，有方齿虎尾的人。枫香树，就出生在那样荒蛮怪异的山上。

有人会说《山海经》讲的都是荒诞不经的事啊，但蚩尤的后裔苗族人肯定不这么认为。《苗族史诗》讲完开天辟地，就讲《枫木生人》——汉族志怪小说里的题目在另一个民族那里，成了史诗——史诗也是历史。苗人的历史里，人来自一棵树——枫香树。

枫的香

枫香的名字里还有个香，哪里香呢？《南方草木状》中，《枫人》下面一则即是《枫香》，嵇含说这棵树"有脂而香"，而且枫果"八九月熟，曝干可烧"。烧来做什么呢？唐人段成式的《酉阳杂俎》写枫子时，基本是抄嵇含，但在烧之后，加了两个字："香馥"。原来，烧枫果是"焚香"。冬天，我和一个三岁的小孩子从枫香树下走过，满地落果，孩子说像宫崎骏《龙猫》里的灰尘精灵。我们带几个已晒干的小刺果回家，点着，烟缕袅袅，味如檀香。

除了嵇含说的枫香脂和枫果有香，《本草图经》中还说枫树"叶圆而作歧，有三角而香"。除了苏颂，不见别人说起枫香树叶有香。那么，枫香树叶究竟香不香呢？想起周作人在《北京的茶食》中说的一句话："关于风流享乐的事我是颇迷信传统的。"明天从枫香树下走过，要闻闻它的叶子散发怎样的香。

到了唐代，嵇含说的枫香脂在《唐本草》中被称为白胶香，之后也以此名世。白胶香能疗疾，能熏香，所以入得药谱，也入得香谱。能入香谱的香，可不是随随便便闻闻的东西。集香学之大成的著作是明人周嘉胄的《香乘》，其序云："香之为用大矣哉！"大到什么程度？"通天集灵，祀先供圣""返魂祛疫，辟邪飞气"。至少也如宋人黄庭坚所说，能守护心胸，免除俗气，达精神澄明之境："隐几香一炷，灵台湛空明"《贾天锡惠宝薰乞诗予以兵卫森画戟燕寝凝清香十字作诗报之 其一》，"俗氛无因来，烟霏作舆卫"（《贾天锡惠宝薰乞诗予以兵卫森画戟燕寝凝清香十字作诗报之 其二》）。虽然香品不如沉香和檀香，但枫香是道地的国货，而沉香檀香是汉人张骞通西域以后才有的舶来品。比张骞大几岁的司马相如在《上林赋》已说过"枫脂可以为香"。因此可以说，在沉香檀香之前，中国人的香炉里，是枫香袅袅。春天，古人站在枫香树下，用刀割开树皮："五月斫为坎，十一月采脂"（晋·嵇含《南方草木状》），他们已闻到树皮中溢出、凝结的枫脂之香。采回去，点燃，任香气弥漫，盈室。

枫香是异木，枫香脂也会有神异的故事。南朝能诗能文的梁元帝萧绎有本《金楼子》，书里说枫脂"千岁化为虎魄"。可不要以为我写错了字——就是虎魄，不是后来写的琥珀。而且，埋在地下的虎魄依然散发着神秘的力量，它周围寸草不生。直到明代，李时珍解释琥珀时还说，"虎死则精魄入地化为石"。虽然调虎离山，说了句"此物状似之"，说只是像，而非琥珀就是虎魄，但虎魄的故事还在。今天还喜欢琥珀的人，看着那透明光洁的天地产出，还能想起一只老虎和它的魂魄吗？

枫果未入香谱，但清人赵学敏《本草纲目拾遗》说枫果"焚之香郁，可熏衣辟瘴疫"。点燃树果熏衣，今天想来都让人神往。而且，这位本草学家的文字也极好，说枫果"一名橘子。外有刺球如栗壳，内有核，多空穴，俗名路路通。以金箔贴之，村妪簪于发，云可明目，宜老"。没见过乡下老太太把枫果簪在头上，可是真好——一枚曾经的树上果，移到白发黑发间。而且，赵学敏的枫果故事还没有结束："其果冬月即孕枫蚕子于中，交春，内生蚕，每果中一个，立夏后乃化蛾飞去。"树果里有种子，可以长成参天大树；还可以孕育一只虫，化作蛾子飞去。一树的果子，一树的翅膀。

周嘉胄把"香"说得太大了。人世应该有大事，但也不能只是大。赵学敏又把"香"从远古的郊庙祭祀和书斋焚香拉回到亲切的民间生活记忆。《吴中风俗记》讲的也是民间的事，说除夕夜，"宜焚避瘟丹，或苍术、皂角、枫、芸诸香，以辟邪祛湿，宣郁气……"民间缭绕的香都是天地间常见的草木之香，其中也有枫香，至今还常见的树。枫，常见，枫的香，不见不闻已很久了。不见不闻的，当然也不仅是枫的香。现在的人，不在树下，更多时间在大大小小的机器前。

这样说的时候，不由想起德国人斯威布《希腊的神话和传说》。翻开书，第一页写普罗米修斯造人："最初的人类遂被创造，不久且充满远至各处的大地。但有一长时期，他们不知怎样使用他们高贵的四肢，和被吹送在身体里的灵魂。他们视而不见，听而不闻。他们无目的地移动着，如同在梦中的人形……"当初读到这里，惊叹整理神话也可以写成一部伟大的著作。伟大的著作从不单纯指向过去，也审视今天。

周嘉胄说香炉里熏的香，身上佩戴的香，"或生于草，或出于木，或花，或实，或节，或叶，或皮，或液……"那些香的草，香的树，还在。人，也还在，能看，能听，能闻……

最后再说一个奇异欢乐的故事，是晋人张华在《博物志》里讲的。说江南的山里，常有大树枯朽倒地。经过春夏，会生出菌来。但长在枫树上的菌可不能随便吃，吃了会大笑不止。

39

"江枫渔火对愁眠"的"枫"和"江"

苏颂的《本草图经》说枫，"霜后叶丹可爱，故骚人多称之。"本草书讲文学的事儿，那时候不算跨界。苏医生说得也准，诗人很少写枫的异和香，他们爱的是这棵树的叶子。或者说，因为叶子，诗人们爱这棵树。他们爱秋冬的红叶，也爱春夏的绿叶。树叶红了，诗人们叫它丹枫，"明朝烟雨桐江岸，且占丹枫系钓舟"（宋·陆游《秋兴》）；树叶绿着的时候，他们叫它青枫，"松陵桥畔太湖前，斜日青枫系客船"（宋·孙大雅《泊吴江寄僧》）。

写枫树的诗中，和杜牧的《山行》一样流传久远的，是唐人张继的《枫桥夜泊》："月落乌啼霜满天，江枫渔火对愁眠。"但诗里的枫树也着实招来不少麻烦，总有人要质疑：姑苏城外的水边有枫树吗？没有吧？诗里的江枫应该是江桥和枫桥，不是树啊……这样想事儿的人，为什么不想想，现在没有就能证明古代也没有吗？今无昔有，今有昔无，不正是古今演变这出戏的主要情节吗？古人有，我们没有的东西太多了。去寒山寺的人会去找寒山和尚吗？如果你不去找，甚至不知道这个寺因他而得名，你的寒山寺里就没有寒山子，但那个会写诗的和尚依然住在寒山寺的历史里。什么是有什么是无呢？

张继到寒山寺的那个晚上距现在一千多年了，一千年，天灾人祸，沧海都可以变桑田，为什么要苛求一棵树在江边一直等你呢？张继和他的客船早就不在了，他的诗还在。去寒山寺的人不就是为了朝圣这首诗吗？那棵树在不在江边有那么重要吗？比起在江边，它本来就更在诗里。因为这首诗，原来的封桥改名枫桥，寒山寺改名枫桥寺，而因为那个写诗的寒山和尚，现在那寺还是被叫作寒山寺。白云苍狗，人间的事就这样变来变去。有一天枫桥不在了，但这首诗还会在。诗在，枫就在。寒山寺叫不叫寒山寺都没关系，寒山的诗还在。寒山的诗在，寒山寺就在。因为《枫桥夜泊》而去寒山寺的人，应该知道，那里不仅有一棵树和一座寺。"偶然渔火江枫地，记得寒山寺里诗"（《枫桥》），清人舒位这样写枫桥，但他记得的是诗，写的也是关于诗的记忆。

还有人说张继的江枫不是枫，是另一种红叶树——乌桕。周作人写过一篇《两株树》，引清人王端履《重论文斋笔录》来做证据："江南临水多植乌桕，秋叶饱霜，鲜红可爱，诗人类指为枫，不知枫生山中，性最恶水，不能种之江畔也。此诗江枫二字亦未免误认耳。"周作人的学问和文章，我都喜欢，但他和王端履一样，都太武断了。王端履是藏书家，周作人读过那么多书，但他们何以不知道古诗里的枫多生于水边尤其是江边呢？

长枫千余丈，萧萧临涧水。（古诗）

花叶洒行舟，仍持送远客。（南北朝·梁简文帝《咏疏枫诗》）

回首过津口，而多枫树林。（唐·杜甫《过津口》）

两边枫作岸，数处橘为洲。（唐·张九龄《初入湘中有喜》）

枫叶千枝复万枝，江桥掩映暮帆迟。（唐·鱼玄机《江陵愁望寄子安》）

吴江枫。吴江风。索索秋声飞乱红。（宋·王之道《长相思》）

丹枫岸边雪色芦，下有老翁方捕鱼。（宋·陆游《弋阳县江上书触目》）

水枫叶下，乍湖光清浅。（宋·仲殊《念奴娇·水枫叶下》）

枫叶芦花暗画船，银筝断绝十三弦。（元·顾瑛《泊阊门》）

曲滩枫叶回渔棹，两岸芦花叫雁群。（明·蔡汝楠《督兵后还省发吉州》）

桃叶渡头枫尽凋，莫愁湖上雨潇潇。（清·李子荣《秦淮镫舫词》）

秋叶总堪伤。不禁风力强。水边枫、一半陨黄。（现代·顾随《唐多令》）

还可以这样一直引下去，从先秦两汉引到唐宋元明清，引到现在，几千年的诗歌史中，枫一直站在水边：江边、河边、湖边，或者溪边、涧边。除了海，似乎所有的水边都会有枫。和这棵树出现在同一首诗、同一个画面的是渡口，是岸，是洲。而且，水边的这些地方都常用枫来命名，称之为枫岸、枫桥、枫渡、枫浦、枫汀……当然，还有水边的芦花、蓼花，还有船。似乎有枫的诗里，诗人就在水上漂着，在船上看着远远近近的那棵树：远远的枫近了，近了的枫远了。红叶落着，落到水上，落到船里。船，在哪里靠岸呢？前面，我们曾引陆游和孙大雅的诗，他们的诗里，枫叶绿着，船就系在青枫树下；枫叶红着，船就系在丹枫树下。船，总是系在这棵树上，好像这棵树就是可以停泊的码头："船几度，系江枫"（宋·周密《齐天乐》）；"亭柏僧归路，江枫客渡湾"（宋·何执中《巾山广轩》）；"马嘶山坞谁家宿，缆系江枫何处留"（宋·徐积《君向潇湘我向秦》）；诗人们都这么说。

枫桥那里有没有枫，问古人，古人也莫衷一是。宋代的程公许已说"唐人旧题处，那复有江枫"（《枫桥墩寺侍悦斋先生诲语三日而别》）。但说有红枫的人更多，跟程公许同代的赵蕃有诗道，"吴江应已落丹枫，况说枫桥半夜钟"

（《寄林敏夫》）；明人张元凯诗云，"枫桥秋水绿无涯，枫叶满树红于花"（《枫桥与送者别》）；清人吴觌写的是，"瑟瑟吴江正落枫，碧山古寺独携筇"（《寒山寺》）。直到现代，写枫桥的诗里，枫还在："青山如画水迢迢，两岸丹枫白板桥"（缪祉保《枫桥夜泊》）。

上面引的几首诗里，有两首提到吴江，吴江边有枫吧？"枫落吴江冷"，唐人崔信明的这一孤句，也是千古名句，常为人引用。1901年，16岁的周作人作过一组《四时村居即景》，都是集前人诗句，《其四》的首句是宋人司马棫的一句诗："枫落吴江小雪天。"熟悉这些古诗的周作人，不知后来为何信了王端履江边无枫的说法。吴江有枫，而"枫桥之水来吴江"（明·程敏政《枫桥送别图追赋送刘汝器太守》），那么张继的"江枫渔火对愁眠"就没什么不对的了：即便"姑苏城外寒山寺"没有枫，但"夜半钟声到客船"的"到"之前，船是一路行来的船；诗是一路行来的诗。张继是在哪处的岸上看见"霜叶红于二月花"呢？他没说。

当然，这样说也有点强词夺理。因为，"枫落吴江冷"也是一句没有实证的诗。但又有什么关系呢？植物本来就有自然史和文化史两种不同的历史。追问江边有无枫树属于自然史，而张继写的是诗，诗属于文化史。关注诗歌里的一棵树，这是个文化史的问题。而无论自然天地间的江边是否有枫，文化史中的第一棵枫就在"江"上——

湛湛江水兮，上有枫。

《招魂》的结尾处，江水流着，枫，就在那里。不管《招魂》是屈原招自己的魂，还是宋玉招屈原的魂，后世的诗人们一代代读到这首诗，一次次想起楚臣屈原，也想起他"湛湛"的江，江上那棵枫。只要还能被后来的诗人们想起，诗歌即是"招魂"，因为在后世的诗歌里，屈原、江和枫，一次次"魂兮归来"——

湛湛长江水，上有枫树林。（晋·阮籍《咏怀》）

楚臣伤江枫。（唐·李白《同友人身行游台越作》）

湛湛千里之江，上有枫。（宋·辛弃疾《醉翁操》）

湛湛长江枫，落叶逝流水。（宋·方回《秀亭秋怀》）

我生楚臣后，身在江枫前。（宋·周文璞《诵哀江南赋》）

湛湛长江上有枫。（元·吴景奎《桐滩月夜舟中闻琵琶》；明·刘崧《渔村图》）

闲对江枫诵楚骚。（明·唐顺之《病中秋思》）

招魂空自赋江枫。（明·陈恭尹《壬申清明即事次杜韵同王础尘》）

滔滔浙江水，湛湛上有枫。（清·夏曾佑《寄严

又陵》）

文化史就是文化记忆，而文化记忆最擅长的就是制造联系。文化史的源头上，柳在园子里："青青河畔草，郁郁园中柳"（汉乐府）；"池塘生春草，园柳变鸣禽"（南北朝·谢灵运《登池上楼》）。这些诗句以后，人们看见柳，想起那些诗，即便那棵树不在园子里，也叫它园柳。同样，人们记住了屈原的诗，记住了他的江和枫，两者就联系在了一起，枫也就成了江枫。就像人们记住了张继的《枫桥夜泊》，也就记住了一座小小的枫桥。一首诗，让一座普通的小桥在文化史中熠熠生辉。宋元明清，枫桥已是"唐人旧题处"，却不断有人赋新诗。而新诗中到处散落着唐时旧景，因为只要说枫桥就是"月落乌啼"，就是"江枫渔火"，就是"寒山寺"，就是"夜半钟声"：

七年不到枫桥寺，客枕依然半夜钟。（宋·陆游《宿枫桥》）

画船夜泊寒山寺，不信江枫有客愁。（元·孙华孙《枫桥夜泊》）

千古枫桥尚有名，孤舟来泊最关情。江村渔火愁仍对，山寺疏钟夜不鸣。（明·史鉴《泊枫桥》）

渔火前村暗，疏钟远寺鸣。（清·杨岳斌《枫桥

夜泊》）

当"江枫渔火"的诗和一座小桥联系起来的时候，封桥更名枫桥；当枫的文化史源头，枫在"湛湛江水"上，枫有了江，江枫也成了这棵树的别名——大地上的枫有没有在江上或者江边，它都是江枫，或者叫作楚江枫，因为它是楚臣屈原的树。"辇路江枫暗，宫庭野草春"（唐·司空曙《金陵怀古》）；"徘徊灵庑下，暮叶乱江枫"（宋·袁陟《过金陵谒吴大帝庙》）；"江枫园柳半青黄"（宋·吴儆《浣溪沙》）；"睢苑树荒谁共客，楚江枫老独悲秋"（宋·欧阳修《寄徐巽秀才》）……不管这棵树在路边，还是在廊下或者园子里，枫都是江枫。就像柳树在不在园子里都可以叫园柳，因为有一句那么好的诗："池塘生春草，园柳变鸣禽。"

唐人萧颖士坐在槭树下，槭树像枫，看着槭树，他就想起了枫，想起了江。想起这些，他开始写诗，诗名《江有枫》，写下的第一句是："江有枫，其叶蒙蒙。"没人会责问他，不在江边不在枫下，何以写《江有枫》。人，有心有文化记忆，有一个精神世界。江与枫，不在萧颖士身边，但他的精神世界里有一条悠久的江，水从屈原那里流来，那江上，有枫，枝叶婆娑。张继的江枫也是一样，他说与不说，那江那枫，都不只是在姑苏城外。

40

草木古今谈（两则）

草木有古今

植物书在时下很流行，有做出版的朋友也凑热闹出了一本，送我时说卖得很好。翻开来，第一篇写梅花，开首便道："《诗经》里已有梅花。"不由兴味索然，不想再看这样似是而非的发现和知识。

法布尔一辈子跟达尔文作对，不承认进化论，说古埃及人看见的圣甲虫和他看见的圣甲虫没有什么不一样。从《诗经》到现在是几千年，人间是悠久的历史，是沧海桑田，而对于自然史来讲，不过是沧海一粟，不值一提。如果没有人，大地上的植物估计不会有多大变化，《诗经》时代人们看见的梅和我们今天看见的梅也不会有什么太大差异。变了的植物是"因人而异"，它们首先是在人的世界里变，不是在自然里变。可以说，植物的变迁史是人写的，就像"字"是人写的一样。还是那个读音，只是"楳"字变做了"梅"字，字里的那棵树也从结酸果的梅子树变成了"暗香浮动"的梅花树。树没有变，梅子树还是梅子树，梅花树还是梅花树，变了的，是写字读书的人，以及人的审美与文化。

"人定胜天"的说法似乎不大被提及了，但在植物史上，人一直在改变着自然。人创造了园艺学，园艺学创造了大地上没有的物种，也把自然乡野的草木带进人间庭院，把它们驯化培育成自己喜欢的样子。那样子和原初的它们比起来，有时真算得上"面目全非"——除了园艺学家和植物学家，还有几个人能认识牡丹、郁金香的野生种呢？我们这个小城产佛手，它的近亲柑橘之类还在大地上生长、开花、结果，但佛手似乎只能属于人们给它建起的温室，不能再放回自然了——它的祖先在哪里呢？它们最初在大地上怎样生活呢？可以肯定的是，那生活和现在不一样。

所以，讲植物变迁史，至少有一半要讲人文史；同样，讲植物人文史，也就是在考辨植物的变迁史。人有感情，"感时花溅泪"，于是有了悲伤的杨树、忘忧的萱草、温情的合欢；人有爱憎，于是草有香草臭草，树有嘉木恶木。时间久了，那些让人哭过笑过的草、爱过恨过的树就在人的历史上定格，沉淀成一个个有象征意义的文化符号。时间继续流逝，人世继续变迁，草木世界也跟着变。那些植物的文化符号也如印在古书上的文字，漫漶不清。白杨树上的风声，已不再让人悲伤；人们也记不起和情人别离时应该赠一枝芍药。不懂这些古老的植物密码，于草木有什么关系？它们依然春华秋实，只是，如果我们不做点植物变迁考辨，就无法理解祖先的语言，以及祖先的生命故事。

　　植物在大地上兀自生长，人来了，它们就有了名字。草木自有它的自然史，而植物之名属于人的文化史。可植物之名也真是麻烦，一物多名，一名多物，纠缠在一起，成了一笔笔糊涂账，结果逼出一种专门的学问——名物学。今人轻轻敲击键盘，便可轻而易举地找到无数写葵花写枫树的诗。可问题是，现今的葵花已非古时的葵花，古人喜欢的枫树也不再是今人以为的枫树。别说今人，就是古人有时也搞不清更古的人命名的到底是哪棵草、哪棵树。"凤落梧桐"的梧桐是泡桐还是青桐？蓬蘽、木莓、茅莓，那么多好吃的野果，究竟谁是覆盆子？"参差荇菜"的荇菜到底是今天的荇菜，还是莼菜？纷纷扰扰，争论不休，草木世界也难得清静。

　　说清楚一棵古已有之的草或者树委实不是一件容易的事。如果要说，不能道听途说，否则就有可能堕入以讹传讹之途。我们能做的，只能是在"变"中"辨"——老老实实，考镜源流，于植物变迁史中考辨一棵从古时走来的草，或者树。

仙人掌

　　读到一篇写仙人掌的文章，作者信誓旦旦地说："其实，《本草纲目》中就有'人常食仙人掌可长寿'的记载。"真是应该佩服作者的勇气，可以无中生有，替古人说话，只是说得不太像古人的口吻。《本草纲目》又不是难得一见的书，找来翻翻，一翻便知。

李时珍讲仙人掌共有三次：一是"射干"的别名。射干被李时珍列为毒草，当然没法吃，更别说长寿了。第二是在讲"茗"的时候。茗即茶，按郭璞的说法，早采者为茶，晚取者为茗。李时珍说唐人尚茶，茶品也多，还列举各地不同的品种，其中"楚之茶，则有荆州之仙人掌"。李时珍没说，仙人掌茶的命名者是大诗人李白。《答族侄僧中孚赠玉泉仙人掌茶并序》中，李白说侄子在荆州玉泉山为僧，溪边有茶树，枝叶碧绿，山僧常"采而饮之，年八十余岁，颜色如桃李"。李白路经此地，到寺里看侄子，其侄赠以茶，因那茶形"其状如手"，故名之仙人掌。李白倒是说此茶"清香滑熟""扶人寿"，但可惜李白说的是茶，不是今人多刺多肉的仙人掌。李时珍讲到的第三种仙人掌倒是一种草的正名，但估计他也没见过，因为他只是抄了一段宋人苏颂的《本草图经》，说此草"多于石上贴壁而生。如人掌形，故以名之。叶细而长，春生，至冬犹有"。

《本草图经》有图，《本草纲目》也有图，可惜两图已是两种植物，李时珍的图中，已不是"叶细而长"的草，让后人莫名其妙，不知孰是孰非。最早记载仙人掌的是苏颂，此后若有人提及此草，基本都是抄他；《本草图经》中的图与文相符，而《本草纲目》明显图文不符，但迷信权威吧，不管是钦定的《古今图书集成·博物汇编·草木典》，还是吴其濬个人著述的《植物名实图考》，配图都跟了《本草纲目》。古之仙人掌是什么呢？还得继续做知识考古。

明人黄佐有《仙人掌赋》——其实，说吃仙人掌可以长寿的不是李时珍，正是黄佐。黄称仙人掌为奇草，说"久服轻身延年，俗呼千岁子"。当然，又有人不辨古今，直接引黄佐的话来说今天的仙人掌多么有营养。有古人做考辨，可惜后人不愿意听。清人赵学敏《本草纲目拾遗》引了黄佐文章后，说千岁子"与蔓生者名同物异也"。而《本草纲目》等书的配图中，也正是一棵蔓生的藤类植物，估计就是把千岁子当作了仙人掌。

说了这么多，古时的仙人掌到底是什么草呢？1918年商务印书馆出版的《植物学大辞典》说是蕨类植物井口边草，"多生于山麓石砌等处""叶羽状分裂"，这也正和苏颂的图文相符。这本词典又列其异名，有井栏草、凤尾草等。凤尾草，应该就是凤尾蕨吧。

今人所说的仙人掌不见于明代以前，道理简单，这是哥伦布从美洲大陆带回来的异草。最早写今之仙人掌的是明人，刘文征《滇志》云："仙人掌肥厚多刺，相接成枝，花名玉英，色红黄，实如小瓜，可食。"可见，明代的云南已有人栽植仙人掌，并且赏其花，食其果。但这终属个别，更多人会对这个怪模怪样的洋植物心有疑惧，甚至视如恶鬼。大概云南是仙人掌类植物最早登陆中国的地方之一，明清的云南文献里对它们的记载颇多。也是明人的江盈科在《雪涛谈丛》中曾写同是仙人掌类的霸王鞭，说云南人很怕它，认为其"性甚毒，犯之或至杀人"，但又多在门屏间栽植，江不解，人家告诉他："辟邪。"人就是这样，相信诡异的东西会有神秘的力量，怕它，还要仰仗它。

　　仙人掌也是一样，清人吴震方《岭南杂记》里记下了仙人掌在广东的遭遇——也有人种，但没人喜欢它：人们只是把这个多刺的家伙种在田边，防止牛来糟蹋东西，或者栽在墙头以避火灾。至于仙人掌的样子，吴震方说："绝无可观。"一辈子喜爱花木的清人陈淏子在《花镜》中说仙人掌"非草非木，亦非果蔬，无枝无叶"，写它也只是"以见草木之异"。而且，陈淏子也相信把仙人掌"植之家中，可镇火灾"。

　　现在人们不会再惧怕仙人掌了，也不会认为它有多么诡异。江南老房子上还常见仙人掌，成片地从房顶垂下来，不知是不是仙人掌避火灾信仰的遗留。

香木花椒

　　临近新年，常听人说年味渐浓之类的话。年味是什么味呢？时代不同，年的味道也不一样。我们这代人，小时候家里穷，小孩子盼的年味就是一大锅炖肉的香味。新年也可以翻翻旧书，旧书里古人的新年散溢着草木芳香。东汉大臣、农学家崔寔《四民月令》被今人视为农书，我虽出身农村，但不懂农，只在崔寔的书里看古人一年四季的乡土风俗和生活。比如起首写的大年初一，要先"进酒敬神"，然后，全家人按大小老幼，依次坐在先祖牌位前面，"各上椒酒于其家长"，举杯祝寿，"欣欣如也"。欢乐祥和的生活里，有一棵树的味道，是椒酒的椒。

旧时风俗多与语言的谐音有关，除夕或者初一饮椒酒，应该有新岁旧岁之"交"的意思。有的岁时书里也说除夕饮椒柏酒，那意思就应该是辞旧迎新，长命百岁——柏树的柏谐音百岁的百。柏是柏树，椒是什么呢？

现在说椒，大抵是说辣椒。《宋史·地理志》记有"黎州贡红椒"，今人看了，恐怕有不少人会想起菜市场或者厨房的大红辣椒。辣椒是明代以后才传到中国，宋代当然不会有。而且，斗转星移，草木变迁，明人眼里的辣椒和今人眼里的辣椒也不大相同，差别是古人觉着它好看，今人觉着它好吃。辣椒好看吗？过去的故事被遗忘了，重新讲来，都有点像天方夜谭。明人高濂的《遵生八笺》讲养生，养生不仅用"吃"来养身，还要用"赏"来养心，所以八笺里有个《燕闲清赏鉴》。讲赏，当然少不了赏花赏草。高濂讲的四季花开里就有辣椒，那时候叫作番椒，名字里还带着一个"洋植物"的徽号——"番"："丛生白花，子俨秃笔头，味辣色红，甚可观。"站在一丛辣椒前面，赏白花红椒，还在辣椒里看出笔头，今人听来，也真有点匪夷所思，像海外奇谈。而且，高濂把花分作上中下三个等级，辣椒居然和百合、迎春、栀子、菊花、石榴等名花斗列，被视为"中乘妙品"。如果辣椒能写回忆录，写到明代，一定会停笔，扼腕叹息，自己曾有个被当作好花的时代。

花椒树也是一样，它曾是人间一棵好树。人们甚至相信它是天上的玉衡星下凡，玉衡星是什么星？北斗七星中最亮的那一颗。在它的名字被辣椒这个洋植物夺走之前，椒是它的名字。中国最古老的典籍和诗歌里，它一直被人们赞美着。汉人王逸《楚辞章句》注释椒的时候，只三个字，却极简单极有力，像是一锤定音，标明其文化身份："椒，香木也。"屈原建构的楚辞世界里，物以类聚人以群分，美好的树和美好的草在一起，也和美好的人在一起。"惟佳人之独怀兮，折若椒以自处。"（《九章·悲回风》）孤独的美人折一枝花椒树枝，期望"玩味"以忘忧——味是香木之香。"若椒"的"若"是杜若，杜若是香草。和椒结伴而生的还有兰、蕙、桂、江蓠、白芷、木兰……它们一起在楚辞的芳草嘉木世界生长。椒在那里，芳香四溢，屈原有时会直接叫它芳椒。

比起《楚辞》美丑对立的世界，《诗经》更丰富，记下了初民更多的生活。而《诗经》的世界里，椒一样是香木："椒之性芬香"，汉人郑玄这样注释《诗经》里的椒。是香木，就会带给人们欢乐和祝福。《东门之枌》是年轻人爱情的欢乐："视尔如荍，贻我握椒。"枝叶婆娑的大树下，少女翩翩起舞，少年说她美得像锦葵花，少女笑着送他一大把花椒。

这样的比喻和赠品，跟那些古老的诗歌一样古老。但任凭时光流逝，那情那景依然闪耀着伊甸园的光辉；那棵树结的种子，在少年的手里依然散发着草木芳香，不绝如缕。当然，伊甸园也不仅在古书里，因为说到这里的时候，想起了流传千载的民歌。西北的"花儿"里就还这样唱着芳香的花椒和清纯的爱情：

> 花椒树开花叶叶儿麻，
> 椒刺儿把我的手儿扎；
> 人多眼杂搭不上话，
> 漫一个花儿走了吧。

花椒赠给恋人，也献给老人。《周颂·载芟》唱的是："有椒其馨，胡考之宁。"意思是说，椒酒散发着椒的馨香，祝福老人长寿安康。

椒的香是哪里香呢？三国时人陆玑注释《诗经》时先说花椒树叶，"蜀人作茶，吴人作茗，皆合煮其叶以为香"。郭璞注《尔雅》，云："早采者为茶，晚取者为茗。"古时晨昏，椒叶茶香。南北朝的贾思勰《齐民要术》也记有椒叶之香，说采摘花椒青青嫩叶，可以腌菜；晒干研磨成粉，可以做香料。有陕西的朋友曾跟我讲，她小时候，母亲做饼时，总会撒上一些椒叶粉，当地人们称之为椒叶饼。那味道，让她怀念不已。我的家乡没有花椒树，记忆里也没有椒叶的味道，只能在古人的文字里想象了。陆玑《毛诗草木鸟兽虫鱼疏》说东海诸岛上有椒树，那里的鹿吃椒叶，肉有椒橘香。

椒叶做茶，椒酒是什么做的呢？今人石声汉先生注《四民月令》特别强调，是将椒花泡在酒里，而"不是椒子"。这样说也确实有根据，南朝宗懔《荆楚岁时记》谈及元日喝椒酒习俗时，引董勋的话，说"椒花芬香，故采花以贡樽"。而且，《晋书》记载刘臻妻陈氏大年初一做了首《元日献椒花颂》："美哉灵葩，爰采爰献。"自此以后，椒花为春节代言，古称椒花待旦或者椒花献岁。俗世生活中，大年初一全家人吃团圆饭叫椒花筵；文学史里，诗人们写春节总忘不了椒花，或者说，椒花诗的写作时间不是除夕就是初一，就像诗人们自己说的"年年此夕椒花颂"（宋·方岳《除夕》）；"儿童烧爆竹，妇女治椒花"（宋·刘克庄《岁除》）；"守岁阿戎家，椒盘已颂花"（唐·杜甫《杜位宅守岁》）。但问题是，花椒四月开花，春节如何有椒花呢？难道是去年采的花晾晒成干花的吗？宋人罗愿《尔雅翼》里的说法更易被人接受——椒盘里放的是椒子："以盘进椒，饮酒则撮置酒中。"

年代久远了，先民的很多事说不清了。屈原《九歌》旦写降神时，要"奠桂酒兮椒浆"。今人听了桂酒，恐怕会想象酒里漂着桂花，可屈原的桂树是肉桂，不是桂花树，酒里浸的是桂皮，不是桂花。做椒酒的到底是花还是果呢？古人也说沄不一。但岁首饮椒酒的习俗，还有陈氏的《椒花颂》，让椒花成了一朵文化花。写椒花诗的诗人们没看见椒花也可以写它，因为文化史的记忆里，除夕和元日有椒花。有时，我甚至会觉得，花椒的名字可能也跟这朵花有关。明以前，花椒树一直被叫作椒，或者按产地称为秦椒、蜀椒。《群芳谱》《本草纲目》等明人著述里，才见花椒之名，但正名依然是椒和秦椒。

椒酒里的椒花会不会是椒子呢？有时我也这样胡思乱想。因为"花"不一定就是"花"啊！灯花不是花，葱花也不是花——我们老家把菜肴里的葱段叫葱花。晋代成公绥有《椒华铭》，也是写元日风俗，可诗里不见花朵，只见果实："嘉哉芳椒，载繁其实。厥味惟珍，蠲除百疾。肇惟岁始，月正元日。永介眉寿，以祈初吉。"还有李贺的"椒花坠红湿云间"（《巫山高》），元代诗人马祖常的"椒花染紫风雨香"（《上京效李长吉》），诗都是好诗，景都是好景，境也都是好境，只是椒花色黄，红的紫的，还有香的，应该是说椒子才对。元人吾丘衍有诗直接说"椒花翠盘分小红"（《十二月乐辞十三首 其十二》），椒盘里的"椒花"也是红色的。草木世界，美的不仅是花，果之色也让人爱。古人爱椒子鲜艳的红，称其红椒，也把花椒树叫作红椒树。椒子不仅色艳，形也好。陶弘景《名医别录》说椒子"口闭者杀人"，要采摘那些开口的椒子。椒子裂开，如花开。因此，也许开裂如花的椒子就是古人所谓的椒花。

花椒树有刺，郭璞注《山海经》时甚至说，"下有草木则蠚死"。"蠚"（读音同喝），意为"蜇"，就是说花椒树下的草木会被那刺给扎死，但人不怕刺，闻到了刺丛里这棵树的香："丹刺胃人衣，芳香留过客。"（唐·斐迪《椒园》）花椒最香的是果，人爱其果香，也以果命名这棵树。《说文解字》里，椒写作菉。清人段玉裁注《说文》时讲，"凡析言有草木之分，统言则草亦木也，故造字有不拘尔。"不管是从草还是从木，"椒"字里的"叔"，"菉"字里的"尗"，都是豆。也就是说，古人看见的花椒，是一棵果实如豆的树。《诗经》里人们这样歌唱花椒的累累果实："椒聊之实，蕃衍盈升。彼其之子，硕大无朋。椒聊且，远条且。"（《唐风·椒聊》）花椒树小，摘椒子的人壮健，很大；花椒树的枝条很长，果实累累，一采就是一升。最后两句中的"且"（读音同居），是语助词，那么，若用现在的话来翻译，就是浪漫主义的赞美了："花椒树啊，你的香味飘散得很远很远。"

按《说文》，花椒还有个古名：椒菉。明人毛晋的《陆氏诗疏广要》则说是菉椒。椒菉也好，菉椒也好，说的也都是花椒的果。《说文》解释说之所以名椒为椒菉，是因为椒子"裹如裘"。清人郝懿行著《尔雅义疏》，亦步亦趋，跟着许慎，说"菉"就是"裘"，种子上有刺或者突起，就像裹着裘皮大衣。许慎被称为字圣，圣人确实值得尊敬，但却不能迷信。说花椒"裹如菉"，实在有点好笑。还是宋人郑樵《尔雅注》解释得直截了当：花椒"结子成球朵"。"菉"应该说的就是花椒果粒的形，圆如小球。从"菉"想到"裘"，脑洞大得有点离谱。

陆玑说花椒树时，已说到用花椒蒸鸡肉猪肉奇香。但香从来不仅是舌尖上的味道，《荀子》云"椒兰芬苾，所以养鼻也"。把椒香和兰香放到一起，今人会觉着不搭吧，但对古人而言，都是天赐奇香，养鼻养心。所以，阿房宫里"烟斜雾横，焚椒兰也"（唐·杜牧《阿房宫赋》），"椒兰喷衣"（明·徐元《八义记》）。长沙马王堆汉墓的出土文物里有香枕和香囊，里面装着两千年前的花椒子。两千年，那些椒子的香早就散尽了，让人感慨，也让人遥想当年那枕上的人，佩戴香囊的人，暗夜里，阳光下，他们或者她们能闻到的椒香。汉人刘向《九叹》叹息着："怀椒聊之菱菱兮。"菱菱，草木之香。古书里一棵香木和它的香，也真是让人怀念。

因年关和年味说起古时的花椒树，最后再说一个这棵树和新年的故事吧。《齐民要术》引《养生要论》，说腊夜，也就是除夕，拿着花椒躺在井边，不要和人说话。早晨起来，把花椒投入井里，可以祛病健身。现在，井也不好找。就是有井，迷信科学的今人也不会在年三十晚上拿着花椒跑到井边睡觉去了吧。好故事也滋养生命，更何况，那故事里还有棵芳香四溢的树，好闻也好看："叶青、皮赤、花黄、膜白、子黑"——清人谢堃《花木小志》这样说椒的一树好颜色。

41

桂之树：从桂木到桂花

肉桂：桂皮、桂叶、桂枝和桂木

桂皮是厨房常见的调味品，做饭的人把那块干巴巴的小树皮扔进锅里的时候，估计没什么时间去想想那棵桂树是什么样子。但"桂"这个字最初指的就是它，现在叫它肉桂树。《神农本草经》称其牡桂、箘桂，有时也单叫它一个字——桂。《尔雅》说它又名梫，大概是更古的名字。晋人郭璞注《尔雅》，说"今江东呼桂厚皮者为木桂"。由此也可以知道，人们在山里发现这棵树，首先是因为它的皮。桂的古名很多也很乱，但大多和皮有关。比如丹桂，并非今天开红花的桂花树，而是红皮的肉桂。箘桂，《离骚》里也常写作菌桂，唐以后的本草学家普遍认为，"箘"和"菌"其实都是和它们写法近似的"筒"字之误，应该是"筒桂"才对。《唐本草》解释说，之所以叫筒桂，是因为好的桂皮不论采自大枝还是小枝，都又薄又软，能卷成小筒，卷三重者最佳。而且，因为枝上桂皮好，所以桂树也叫桂枝。

《庄子》说"桂可食"，桂树可以吃的不仅是皮，还有叶。

宋人范成大《桂海虞衡志》说桂树的叶子比桂皮更香，"美人喜咀嚼之"。现在，估计不会再有大嚼桂树叶的美人了，但桂叶可食还流传到现在，也能和桂皮一起走进厨房做香料。几千年前，桂树下的人，不仅采叶来吃，用舌尖品其味，也用眼观其形。人们谈这棵树，都要说它的叶子。第一，说它的叶脉。说一般的叶子只有一道纵纹，而桂叶有三。范成大甚至猜测说，它叶脉"纹形如圭，制字者意或出此"。桂叶的叶脉图形像"圭"字吗？今人是想不到了。"圭"是玉制礼器，上圆下方，桂叶的叶形倒是有点像。不过，有的桂皮厚且硬，不能卷成筒，所以常被叫作板桂，一片一片的小板儿，也可以说其形如圭。桂因皮得名，这样解释岂不更合适？年代太久远了，解释一棵树的古名，怎么说都是猜测。

桂叶的第二个特点就是大。多大呢？《山海经》的第一座山是招摇之山，第一棵树就是这座山上的桂树。郭璞注释说："桂，叶似枇杷，长二尺余，广数寸。"有人会怀疑，有这么大的树叶吗？宋以后的中国人，生活和艺术都越来越精致，以小为美。很多人在课本里读过明人魏学洢的《核舟记》，应该还记得那精致的微雕艺术。但先秦两汉和魏晋，离神话时代还不远。神话时代天高地大，人大，草木虫鱼也跟着大。所以，《庄子》里有几千里大的鱼和鸟，名为鲲名为鹏。可以说，那时候的人们是以大为美。晋人嵇含《南方草木状》写桂树时，说它"生必以高山之巅"。不经意地说一棵树，简简单单一句话，都带着神话时代的大气。古人世界里，桂是香木，也是一棵大树。《山海经》里有"桂林八树"，八棵桂就能成树林，当然是大得不得了的树。而且，这个说法流传很广，后世的人们也常说八桂。甚至，像西方人寻找诺亚方舟一样，有不少书里会谈及八桂之处的具体地点。

至于牡桂和木桂这两个树名，清人郝懿行注《尔雅》时很谨慎，只说，"'牡''木'音近也"。虽然没直接说，但意思应该是牡桂和木桂乃是一回事，都指其木可用，乃栋梁之材。而且，还不是一般的栋梁之材，因为它是香木。栋梁之材难得，香木难求，二者兼得就更是少见了吧，所以要特别记上一笔。汉魏时期的《三辅黄图》记"昆明池中有灵波殿，以桂为柱，风来自香"。《三辅黄图》记秦汉都城，灵波殿应该是实有的。而在《九歌》里，屈原用各种香草香木"筑室兮水中"，这座虚无缥缈的"水中楼阁"更是芳香四溢，而这芳香里也有桂木之香，因为它"桂栋兮兰橑"——以木兰做细椽，桂木做大梁。

诗人写的是想象的事，可写下的想象比实有还要长寿。灵波殿早就在历史的烟雨中坍塌，连废墟都无存了，而屈原"桂栋兰橑"的桂殿还在，只要人们走进诗歌，就能遇见它。

屈原的水上，不仅有桂殿桂堂，还漂着"桂棹兮兰枻"的桂舟：木兰做舵，桂木做桨，也做船板；还有诗人饮的桂酒，手里的桂枝……如果有人问，诗歌有什么用处？那么，可以回答，后世人们心目中一棵草一棵树的形象多半是诗人建立起来的。桂树，就是在屈原的诗歌里长成了一棵美好的树。美好的树和人的美好品性也联系在了一起。唐以后，人们以折桂喻金榜题名，而魏晋之前，折下桂枝，拿在手里，与功名无关，只与美有关。"结桂枝兮延仁"，拿着桂枝站在那里的少司命，是士人不与腐臭世风同流合污的美；"攀援桂枝兮聊淹留"（《招隐士》），淮南小山留恋一棵美好的树，不忍离去；"桂枝为笼钩"，拿着桂枝采桑叶的罗敷虽是民间女子，但也自有一种高贵的美，光彩照人。

"山中有桂树，岁暮可言归。"（南朝·沈约《直学省愁卧诗》）屈原之后，追求高洁的人们一次次向一棵桂树归依。唐人李翰注释沈约那首诗时，这样说桂树："桂芳香而正坚，故君子依之。"

桂树传说

被人喜欢，一棵树也会有故事，桂树的故事很多。

桂的古名"梫"可算这棵树的第一个故事。按宋人陆农师《埤雅》的解释，"梫"即"侵"，因为桂树"能侵它木毙之"。这种说法的源头大概是在《吕氏春秋》，书里说"桂枝之下无杂木"。后来嵇含的《南方草木状》、郭璞注《尔雅》都承袭了这个说法，但他们也只是说桂"其类自成林，间无杂树"。到了宋代，桂从特立独行，不与它树为伍的树，变成了刀光剑影，主动出击。陆农师说的是桂"侵它木毙之"，沈括的《梦溪笔谈》则直接说"桂之杀草木，自是其性'。

别说活着，就是死了，桂木的碎片和木屑都充满杀气。南北朝的雷敩著有《雷公炮炙论》，现在被誉为中药学经典，其中说用桂木做钉子，钉在别的树上，其树即死。宋人杨亿《杨文公谈苑》讲桂树杀草有头有尾，是个完整的故事。故事说南唐后主李煜的清暑阁前，砖缝里总生杂草。青青砖缝草，多好。可李煜就是不喜欢，让人拔草。但，只要一场雨，拔光的草就又长出来了。李煜很生气，找来博学的徐锴。徐锴就跟他讲，《吕氏春秋》不是说"桂枝之下无杂木"吗？一句话点醒梦中人，李煜叫人弄来几斗桂木屑，填在砖缝，结果呢？一晚上杂草尽死。读到这样的故事，知道有这样一棵树，后世会有人感慨吧：草木世界也不尽是"采菊东篱下"的悠然。但，有杀气也可以是棵好树。

疾恶如仇的独行者也会有朋友，一棵树也一样。桂最好的朋友应该是花椒树，屈原芳草香木的桃花源里，"杂申椒与菌桂"（《离骚》），桂和花椒树就一起生长。恃才傲物的嵇康"左配椒桂，右缀兰苕"（《四言诗 其十》），桂与椒形影不离。汉时的《春秋运斗枢》里，桂和椒甚至如胶似漆，分辨不开了："合犹连体而生也。"读之让人一笑，像个童话。

草木世界里，最爱桂的树是椒；人的世界里，除了诗人，最爱桂的是本草学家。《神农本草经》中，桂入上品，而且列在木部之首，"为诸药先聘通使"。通使是古代官名。李时珍发挥《神农本草经》《埤雅》诸家说法，这样解释桂树之名：桂就像"执圭"的大官，领导百药，所以"桂"字里有个"圭"。现在的学问都是专家之学，影响也仅限于各自的领域，但古时的学问并无专业，本草学家的影响也不仅在医界。鲁迅说懂得道教，能懂得中国大半。其实，如果从本草学入手研究中国文化，考察中国人的历史，也一样能懂大半。李时珍以本草学解释汉字与草木之名，语言学家也一样，懂语言，也懂本草。《说文解字》释"桂"道："江南木，百药之长。"

　　《神农本草经》凡写到上品之药，一定是"久服通神，轻身不老"。这样的仙药当然会深得求仙问道、追求长生的道士和方士的喜欢。所以，《抱朴子》《搜神记》《神仙传》《十洲记》这些古时的道教书神仙书里多桂树故事。故事也简单，都是讲有名的彭祖、范蠡或者无名的某某食桂后成仙长生，但有些细节写得也有趣。像《抱朴子》中说赵佗服桂二十年，脚下生毛，能步行水上，喜欢神异故事的孩子或者还有童心的大人看来，应该觉着好玩儿吧。

　　当然，成仙和长生不仅是道士或者方士的专业，至少曾经是普遍的信仰。所以桂树和神仙的故事不仅在道教书里，《水经注》无疑被今人视为正经"科研著作"，但其中也会写桂父栖居深山老林，服桂得道。读这样的故事，我不会斥之为迷信。

相反，若有人以为这仅是迷信，我会告诉他，迷信这个词是伴随着科学而出现，并充当着科学打手的角色。若是认定什么不科学，那似乎就得用迷信的棒子诛杀之。但是，要知道，人没有科学，不按科学生活的历史，要比有科学且按科学生活的历史长得多。如果以科学为唯一的判断标准评判过去，恐怕人类几千年的生活与文明都只能作为迷信被批判，遭遗弃了。那样的话，人类也真是白活了几千年——他们的灵魂里太多"迷信"了。

大诗人叶芝有本书，书名叫《凯尔特的薄暮》，写的是凯尔特地区的传说和一种有传说的生活。有一节写一个女孩儿失踪，乡民们相信是被精灵捉走了。于是治安官命令烧掉精灵们迷恋的豚草，而且彻夜念着咒语。笃信科学的人也会斥之迷信吧，但叶芝说"也许治安官是对的"。并且，他问读者："我们怎么会知道那些非理性的事物一定比人们认定的真理不好呢？"叶芝是诗人，关注的是人的幸福。爱因斯坦是大科学家，但也思考着诗人关注的问题，追问着科学和幸福的关系。有次在加利福尼亚理工学院演讲，他问："一个很不开化的印第安人，他的经验是否不如通常的文明人那样丰富和幸福？'科学'既节约了劳动，又使生活更加舒适，为什么带给我们的幸福却那么少呢？"

在桂树下说这些不着边际的话，会让有些读者厌烦了吧。但我还要说一个"五四"新文化人，然后才能回到桂树的故事。

"五四"新文化人是张扬科学的，或者说科学观念就是他们引进的，但他们也没有动辄就指责什么是迷信。周作人曾这样说我上面谈到的那些神仙书："实在是荒唐无稽的话，但又是怎样地愉快啊。"他希望有人能理解《荷马史诗》的趣味，也能"欣赏这荒唐的故事"，说那是"艺术的创造"。甚至说，"在迷信之中也可以发现许多的美"。这些话都值得思考，但如果能遇见周作人，我也会跟他讲一句话，以欣赏文艺的态度看那些"迷信"故事固然很好，但写神话或者仙话之类的古人未必是在创造文艺，他们可是很认真地在"搜神搜仙"，那是真实的生活和信仰。

不说荒唐故事与过去人类生活和心灵的事了吧，至少，我们可以学学周作人，欣赏一下荒唐故事里的艺术创造。因为相信能服食成仙，人们信仰一棵树，也是个好故事。被信仰的桂树因此成了一棵仙树，诗人也这样写——

"桂之树，桂之树，桂生一何丽佳！"曹植的《桂之树行》以赞美开始："桂树啊，桂树啊，桂树天生就是多么美的树啊！"怎么美呢？曹植接着写：你的树枝上落着凤凰，树干上盘着黄龙。仙人们来到树下，谈仙论道，教给世人如何吸纳日月精华……

这样美好的仙树怎么可能只是人间所有，《淮南子》说"月中有桂树"。即便不喜欢那些仙话或者鬼话，月亮和桂树再加上嫦娥的故事，总是被人喜欢着吧。但要知道，这个美好的故事就是源自桂树下的那些神仙。

桂花树：月桂、桂花和桂子

《淮南子》没头没尾地说了一句话，"月中有桂树"，像一幅画，但还不是故事，只是一个故事的开始。故事得有人，什么人呢？道教书神仙书，还有诗人，都说桂树下有仙人。晋代天文农学家虞喜的天文学著作《安天论》里就有了这个好故事的第二句话："俗传月中有仙人、桂树。"仙人又是谁？时间到了唐代，段成式《酉阳杂俎》让月亮里的故事初具规模："旧言月中有桂，有蟾蜍。故《异书》言月桂高五百丈，下有一人常斫之，树创随合。人姓吴名刚，西河人，学仙有过，谪令伐树。"月亮里的桂树下有了"学仙"犯过错的人，也就有了故事情节。这样写下去，可以模仿顾颉刚先生考察孟姜女故事的演变，说说嫦娥奔月的形成，但那应该是另一篇文章，我们只说月亮里的桂树。

汉字太具有诗意，太诗意的汉字也给一心求真的人带来不少麻烦。段成式说月亮里的桂树时说的是"月桂"，但"月"可以是月亮的月，也可以是年月的月，如果是前者，"月桂"就是"月中桂"的简称，而如果是后者，"月桂"就是桂花的一个品种——"逐月开花"的桂，也名四季桂。唐以前，桂就是肉桂，中国历史中还不见桂花树踪影。甚至，宋代的《埤雅》讲桂时，通篇说的也还是肉桂树。值得注意的是，文末也抄录了段成式谈及的《异书》——也许就是从《酉阳杂俎》里抄的也说不准。在讲肉桂的文章里说"月中桂"，那么结论也简单：在陆农师看来，月亮里的桂树是肉桂树。

神话传说的事儿，不必较真儿，月亮里不管有什么树都是好故事。但历史的事儿，不能马虎，即便是一棵树的历史。说桂的变迁史，还得说宋人，因为又是他们改变了"桂之树"的历史：从肉桂树到桂花树。比起好吃的肉桂，爱美的宋人喜欢的是好看好闻的桂花。宋人吴仁杰有《离骚草木疏》，考辨屈原的桂树，当然是讲古之桂——肉桂。但最后，吴氏谈到了同代人陈与义的词《清平乐·木犀》："楚人未识孤妍，离骚遗恨千年。"屈原不认识桂花，真是遗憾啊！诗人这样表达他对木犀——桂花的爱。吴仁杰打趣地问："难道是要用岩桂来代替屈原的桂吗？"岩桂和木犀一样，是桂花的别名和曾用名。

吴仁杰还不大相信桂花能取代桂树，但同是宋人的陆游已看到了"桂"的变迁："不知始何时，岩桂开秋风。楚人所称者，委弃等蒿蓬。"（《寄题卢陵王晋辅先辈桂堂》）诗人易感，今之桂的兴起，古之桂的衰落，让陆游想起不同时代人的命运遭际。清人吴其濬是学者，平静地分析着一棵树里的新旧更替："木犀咏而山桂歇，古之赏者其性，后之赏者其花。草木名实之淆，亦世变风移之一端也。"

木犀是桂花树的别名，张邦基解释说意为其木文理如犀。

这个说法被大多数人接受，但我总有点怀疑：桂花以花名世，人们很少谈及桂花树的木，为什么要用木材花纹命名这棵树呢。诗人们不管这个，常称其木中犀："我爱木中犀，不是凡花数。清似水沉香，色染蔷薇露。"（宋·向子諲《生查子》）《淮南子》及其注者汉人高诱曾说，犀牛角是"南方之美者""物之珍者"。诗人称桂花为木中犀，是赞它的美丽与珍贵。

吴其濬说得对，社会风习变迁，人们从喜欢桂树的"用"，歌咏桂树"卢家兰室桂为梁，中有郁金苏合香"（南北朝·萧衍《河中之水歌》），变为珍爱桂花树的"花"："一枝淡贮书窗下，人与花心各自香"。宋代诗人朱淑真这首诗名《咏桂》，唐之前的诗人们也写《咏桂》，但同样的题目，诗里却已是两棵不同的树。都是香树，古之桂是香木，唐以后的桂是香花。人们把桂花花香比作沉香——香中极品，甚至直接叫它桂沉："从此人间有桂沉"（宋·杨万里《木犀初发呈张功父》）。

吴其濬写岩桂时，引北宋张邦基的《墨庄漫录》，说古人没有歌咏过桂花。张邦基说得对，但吴其濬引得不对，因为两人之间有六百多年的时差：张邦基的古人没歌咏过桂花，只赞美肉桂树，但吴其濬的古人——唐人宋人已很少写肉桂树，而桂花诗实在太多了。如果问今人最熟悉的桂花诗句，排在第一位的恐怕是"人闲桂花落"（唐·王维）。当唐人走到桂花树下，看花开看花落时，屈原的桂树变成了遥远历史中的一棵古树。

"人闲桂花落"，多好的一句诗，多好的一树花落。但若查一下《艺文类聚》《全芳备祖》《广群芳谱》《古今图书集成·博物汇编·草木典》，这些自唐以来收集草木诗文的大型类书，桂花的条目下，却都不见这句诗。为什么呢？答案也许很简单：王维的桂花在春山，而自唐代开始，诗歌里的桂花在秋天。可以说，桂花一走进文化史，就是一棵秋天的树，秋天开香花的树。唐人王绩还设想了一个春桂和春花的对话——

　　问春桂，桃李正芬华。年光随处满，何事独无花。
　　春桂答，春华讵能久。风霜摇落时，独秀君知不。
（《春桂问答》）

　　问答的结果，就是桂花属于秋天，在秋天"独秀"。而且，尤其属于秋天里一个特殊的夜晚：中秋——"月待圆时花正好"（宋·朱淑真《咏桂》），所以"赏月延秋桂"（唐·杜甫《夔府书怀四十韵》）。正如陆游诗里所说，"楚人记草木，桂在椒兰中"，唐之前的古诗里，桂树和花椒兰草这些香木香草在一起。而唐以后的桂花诗里少不了的是秋，是月，是秋月下弥漫的花香，是秋香："幸与丛桂花，窗前向秋月"（唐·王维《山茱萸》）；"画栏桂树悬秋香"（唐·李贺《金铜仙人辞汉歌》）；"好花偏占一秋香"（宋·吴文英《浣溪沙·桂》）。

　　中秋的花前月下赏月赏桂花，联想丰富的诗人自然会想到古籍中的月桂传说，于是，月亮里的桂树开出了花，从肉桂树一变而成了桂花树："姮娥月桂花先吐"（唐·吕岩《七言》）。兰花被誉为国香，而月亮里的桂花香自然是天香："月中余荫带天香"（宋·崔中《和邓至宏咏桂》）。桂花花香，人间天上，让矜持的宋代诗人为之痴狂，不是如醉如痴，是真醉真痴。杨万里的《木犀花赋》写这般醉态痴态，最是有趣：秋月之下，杨和朋友喝酒，大概喝得有点高了吧。"天风忽来，其香浩荡。"什么香啊？两人大惊。要出门寻找异香来处，可是还未走出柴门，杨觉着自己已到天上月宫。月宫世界，如水如雪，澄澈透明，阶前有树，树影团团，树上有花，细碎如粟，杨盯着痴看："看去看来能几大，如何着得许多香。"那么小的花，可花香直是"香满天地"。爱到极致，不由想据为己有。于是拿出小斧子，砍了一根小树枝，在天河里沾点秋水，要移栽到自己阶前。可人家嫦娥不高兴了，说"我要告诉玉皇大帝"，像小孩子吵架要告诉老师一样。可是梦中人不由一惊，睁开眼来，却正看见——月光中，桂树花开，花香弥漫。

　　肉桂曾被视为仙树，桂花同样是仙树，只不过，是不同的"仙"——唐之前，桂树是仙药，食之成仙；唐之后，桂花是诗仙，诗人们对求仙没有兴趣，只在桂花树上创造仙境般的诗境。仙境诗境里，桂树花开花落——不是树上落花，

是月上落花："翩联桂花坠秋月。"（唐·李贺《李夫人歌》）
而且，中秋的月上落的不仅有桂花，还有桂子——"桂子月
中落，天香云外飘"（唐·宋之问《灵隐寺》）；"谁撼月
中丹桂枝，堕阶圆实似珠玑。山中道士拾不尽，湖上仙人携
得归"（宋·孔平仲《张子明自庐山归云十五夜桂子落于太
平观乡人谓之大熟子丰年之兆也》）。

桂是肉桂的时候，诗人们爱其为香木，没人写过桂子。
甚至，我有点怀疑，古人称桂为牡桂，是因为人们以为肉桂不
结子，郭璞注《尔雅》就曾说开花不结实。而段玉裁注《说文》
这样解释"牡"："草木有牡者，谓其不实者也。"至今，民
间还有这种说法。谁家的扁豆没有结荚，就说它是"公"的。
而唐代诗人发现并爱上桂花树以后，创造了一个月中落桂子的
好故事。中秋月明，桂子落如雨，敲打屋顶，叮叮有声，也
真是一个令人惊异的神奇夜晚。王尔德说，"惊异在人是神圣
的"。那样神异的夜晚，和一棵神异的树，让人怀念。如果
再问，关于桂花树还有什么好诗，应该会有人想起白居易的
《忆江南》："江南忆，最忆是杭州，山寺月中寻桂子……"

明人王世懋《闽部疏》写桂花树时，说"凡桂四季者有
子，唐诗所云，桂子月中落，此真桂也"。以四季桂为真桂，
恐怕也是今人想不到的事。桂花有金桂、银桂、丹桂、四季
桂，今人最爱的应是最香的金桂，最红的丹桂，四季桂花香
最淡，开花结子都已不大有人留意了。一棵树，一直在世风

变迁中。

我说桂花树自唐代被人喜爱，其实喜爱桂花，创作桂花传奇的也只是诗人。那时候，对大多数山野村夫和市井百姓来说，桂花还是一棵陌生的树，也没什么大用。"长忧落在樵人手，卖作苏州一束柴。"（唐·白居易《东城桂》）同一棵树下，两个不同的世界：忧的是诗人，砍柴的是樵人。

文章写完了，去花市走走，看看。就是那么巧，看见诸多店铺门口摆放着肉桂。只是，花市的肉桂不再是堪为栋梁的大树，只是小小的盆栽。而且，在花市，它的名字不是桂，是平安树。带一棵回来，不为平安，只为它曾是被祖先珍爱的香木和丽木——"桂之树"。

42

"莫"是一棵酸草

　　"莫"字的甲骨文写作"🐾"：当中是个太阳，太阳的上面和下面都是两棵草。上下两棵草也是一个字：茻，《说文》释为"众草"，就是草多草密，也就是今天草莽的"莽"。而本来的"莽"字，写作四棵草里一条狗，是狗跑进"茻"追兔子，清人段玉裁注《说文》，说其引申意为"卤莽"。现在，两字合并，草莽鲁莽用同一个字："莽"。"莫"是"日在草茻中"，是日落黄昏。小学生写作文写到黄昏，常不由自主地来上一句套话：太阳落山了。即便这个孩子生在平原，压根儿没见过山，也这么写。他不知道，我们先人看到的黄昏，是太阳落到密密的草里去了——"莫"，是黄昏，古音读作"暮"。"暮"字是从"莫"字变来的。1908 年，章太炎先生给学生讲《说文解字》讲到"莫"和"暮"，当年的学生笔记记道："暮"字"最为无理"，草丛里已有一个日，为什么又加一个日，简直是"岂有此理"。为一个字较真儿的先生，让听课的学生笑出声了吧。

　　"莫"字里不仅有草，它也是一棵草的名字。《诗经·魏风》里有一首《汾沮洳》，汾是山西的汾水，"沮洳"读若"巨人"，是水边湿地。水边有人采野菜，摘树叶，"言采其莫""言采其桑""言采其藚"。桑是桑树，不用多说；藚（读音同绪）是水草泽泻，姑且不讲。"莫"是什么呢？"酸模，蓼科。"汉语字典，或者今人译注的《诗经》都这样写。蓼科，是现代科学分类，用现代科学来解说古人世界，终究有些隔。如果有古人穿越过来，一定反对这样的说法。因为，在不懂科学的古人看来，"蓼"和"莫"实在是风马牛不相及的两棵草。山不转水转，它们也转不到一起。蓼，《说文》云："辛菜。"辛是辛辣的辛，至今，水蓼还叫作辣蓼；而酸模呢，名字已很清楚——其味酸。辛菜和酸菜，其味不同，也各有其类。

除了分类问题古今有异，酸模的古今读音应该也有不同。酸模的叫法并非今人发明，南北朝的陶弘景注《神农本草经》已用这个名字。除了此名，陆玑《毛诗鸟兽草木虫鱼疏》说"五方通谓之酸迷"，《尔雅》称其蓨芜（蓨读音同孙），《本草纲目》说它亦名酸母。李时珍是医生，但古时的医生不是理工农医的医，他们还是读书人，李时珍也还深通训诂学，他这样解释酸模的诸多异名："蓨芜乃酸模之音转，酸模又酸母之转，皆以味名。"也就是说，蓨芜、酸模、酸母，还有酸迷，其实都是由"酸母"音变而滋生出的名字，意思都一样，都是说它味酸。李时珍没解释，也没有其他人解释，酸母的"母"的意思和来由。近人王国维《尔雅草木虫鱼鸟兽名释例》云"草木之有实者曰母",农学史家夏纬瑛更是直接说"母字亦有草意",并举例说,"贝母即为具有贝状鳞茎之草,酢浆草亦名曰酸母"。按这些说法,酸母就可以解释为能结果实的酸草。酸模在夏秋长成一米高的大草,花与果确实一嘟噜一串地挂在挺立的茎上,像一堆乱糟糟的鳞片,一点也没有红蓼花的美。

酸模的"模",和酸迷的"迷",蕵芜的"芜",都应是假借,意思不重要,更重要的是读音。或者说,它们只是记音。就像我们要记录方言,可又搞不清意思,就只好找个同音字放在那里。近人林义光《文源》释"母"时引《礼记》注:"母,读为模",又说"模、毋,古同音"。"模""毋"同音,应是今天"莫"字的源头。现在,"莫"的意思不就是"毋"吗。对于酸模这棵草来说呢,今人把"模"读作mó,而古时,酸模与酸母同音:"模"读作mǔ。就是"模板""模样"的"模"。"莫"也是一样,正如其本意是"暮",读音也是mù。《汾沮洳》的"言采其莫","莫"读作mù,诗才是有韵的诗——

　　彼汾沮洳,言采其莫。彼其之子,美无度。美无度,殊异乎公路。

以前说诗,都说《汾沮洳》中采酸模的是魏王,或者公路

（武官官名）。王侯大夫采野菜，以示其勤俭。现在，人们都接受闻一多先生的说法，采草是女子的工作，采酸模的应该也是女子，《汾沮洳》是女人唱给美男子的赞歌。男人夸赞女子漂亮的诗有很多，但女人歌唱男人之美的诗不多吧，男人们应该感谢水边采酸模的女人。

采酸模干什么呢？陆玑《毛诗草木鸟兽虫鱼疏》说其用有二：第一是"缲以取茧绪"，煮蚕茧抽蚕丝这工作太专业，怎么用酸模呢？一般人都不会知道，应该请教丝绸史专家；第二呢，好懂，因为是吃，"其味酢而滑，始生可以为羹，又可生食"，和葵一样，酸模也是古人喜爱的滑菜，用春天新生的酸模做羹，黏滑如勾芡。

说到酸模可食，讲个笑话吧。清人马瑞辰《毛诗传笺通释》释"莫"时，有引唐代陈藏器《本草拾遗》："酸模，叶酸，美人亦折食其英"。《本草拾遗》已失传，原本写的是不是"酸模"已不得而知，但知道路边随处可见的野草和那么丑的花居然曾被美人所喜，真是替它高兴。可随手又翻开了《本草纲目》，李时珍也引用了陈藏器的说法，但说的是："其叶酸美，人亦采食其英。"不由让人长叹，好生失望——同一个逗号，在古人同一句话中的位置挪了那么一点，其意也就大相径庭，真算得上失之毫厘差之千里。中华书局版《毛诗传笺通释》的整理者，把美给了人，让读者因想象"野草美人"而窃喜；而刘衡如父子校注《本草纲目》时，把美给了一棵野草，让人口中生津。

口中生津即是生食酸模的结果和感觉。清人郝懿行《尔雅义疏》说得详细："叶青黄色，生啖极肥，味酸欲流，儿童谓之'醋醋流'。"他这么一说，我倒想起自己的小时候。一帮小孩子跑进春天的田野时，我们的嘴里也有春天和田野赠予的叶子，我们叫它酸不溜溜。酸不溜溜的"不"只是我们的方言，大概也是"模"的音转。但问题是，我们吃的酸不溜溜不是酸模，而是酸模叶蓼。这样想的时候，不由又怀疑起来，"莫"真的是酸模吗？虽然这已是定论。定论就是你说他说大家全都说，但我不说，它也无可奈何。还是看看古人描述的"莫"长什么样子吧——

详细描述"莫"之形的是《诗经》草木大家陆玑，也是离《诗经》时代最近的《诗经》专家："莫，茎大如箸，赤节，节一叶，似柳叶而长，有毛刺。"这正是酸模叶蓼，每一个细节都是，却一点不符合酸模。没办法去问汾水边的人，她采的"莫"是什么草。但至少陆玑读到这首诗，在诗中遇见这棵草的时候，他的心里是一棵酸模叶蓼。酸模叶蓼开淡粉或白色的花穗，一穗小花，也好看。

43

蓼：辛菜、蓼虫和蓼花

蓼，《尔雅》中称为"薔"。今人见了"薔"，恐怕会想起"薔薇"，但清人雷浚《说文外编》解释说，薔薇的"薔"应该写作"蘠"——草头下面真的有堵"墙"，指薔薇的藤枝蔓上墙垣。一墙枝条一墙好花，真是个好看的字。好字生好歌，民歌唱道："薔薇花儿靠墙栽，隔墙生出花朵来，姐姐采花头上戴。"（《姐姐独等情哥来》）可后人偷懒，把"蘠"写作了"薔"。而"薔"本来读若草头下面的"嗇"字——吝嗇的"嗇"。当然，"嗇"最初也并非是吝嗇。甲骨文的"嗇"字下面是谷仓，上面是个低垂的谷穗，意思是收谷入仓。郭璞等人注《尔雅》时，都只说"薔"也叫泽蓼。泽蓼又名水蓼，是说蓼多生水边湿地，但没人解释为何叫"薔"。如果让我乱猜的话，"薔"大概是指蓼的花穗和谷穗长得很像吧。我们老家把红蓼花叫作狗尾巴花，原因简单，红蓼花跟狗尾草一样，都结穗。

"蓼"字也好看，"草"下面一个"翏"，有羽毛。翏，读若六，意思也真和羽毛有关：《说文》解释为"高飞"。

段玉裁接着说，"彡"是新生的羽毛，"翏"就是小鸟新羽丰满，可以高飞了。金文"翏"字象形，确实像小鸟展翅欲飞的样子。如此说来，"蓼"字岂不是草丛里有小鸟振翅飞向天空吗？李时珍应该就是这么想的，说"蓼"类的草都"高扬"，所以名字里才有个"翏"。想象的画面很美，但这样的解释只能说是"望字生义"。古人说蓼有七种：紫蓼、赤蓼、青蓼、马蓼、水蓼、香蓼和木蓼，但都是矮小的草，看不出有高扬或高飞的样子。

从"翏"的字中有个"嫪"，雷浚《引经例辨》说，其意应为"辣"，古代没有"辣"字，于是借"嫪"字来表示这个意思。"嫪"今读作"流"，而正和"蓼""翏"两个字的古音相同。蓼，《说文》释曰"辛菜"。如果雷浚的辨析没错，那么，蓼应该就是辣菜的意思。

蓼现在是野草，古时是菜，而且还不是野菜，还有人工栽种，所以可食的蓼也叫家蓼。南北朝贾思勰的《齐民要术》里有专门的种蓼法，说三月下种，种在水畦里。蓼菜怎么吃呢？贾思勰说得很详细。说第一种吃法是做菹，也就是腌菜。蓼长二寸就剪，这样就总可以有嫩菜。剪来的蓼菜用绢袋装好，放在酱缸里腌。第二种是做齑，也就是剁碎做调味品，拌苋菜吃。

汉人史游的《急就篇》是古代小学的识字课本，识字也讲常识。其中有一句"葵韭葱薤蓼苏姜"，说的是七种菜蔬，一看便知，基本都是调味菜。古人讲"礼"，饭菜用什么调味，不用什么调味，都有规定。《礼记·内则》有记：炖小猪、炖鸡、炖鱼、炖鳖时，都要在这些食材的肚子里加蓼。但用鸡肉、兔肉、狗肉等做肉粥，就不能用蓼。

宋人寇宗奭说过蓼的一种吃法，很是有趣：初春，把蓼的种子用葫芦"盛水浸湿，高挂火上，日夜使暖，遂生红芽，取为蔬，以备五辛盘"。寇宗奭的描述，蓼芽有点像今天的豆芽。五辛盘，也叫春盘，古时有元旦或立春吃五种辛菜的习俗。很多民俗和语言的谐音有关，五辛盘也是。辛菜之辛谐音"新"。春天万物更新，天人合一，吃点新鲜生菜，尝新也迎新。古俗里的民间生活，也真是诗意。更何况，据说还很"科学"：吃辛菜能驱寒杀菌。古人不懂科学，有另一种说法。晋人周处《风土记》说的是："五辛盘，所以发五脏之气。"

五辛盘是哪五种辛菜，说法不一，大概是不同时代、不同地域的差异。李时珍讲五辛菜，列出的是：葱、蒜、韭、蓼、蒿、芥，居然是六种。所以应该说，五辛的五本来就应该是虚数，不能太较真儿。寇宗奭和李时珍等医生的五辛盘里有春天的蓼。再翻翻古诗，诗人的春盘里也有鲜嫩的蓼菜："残腊即今无十日，剩求芹蓼助春盘"（唐·陆游《江干》）；"蓼茸蒿笋试春盘，人间有味是清欢"（宋·苏轼《浣溪沙·细雨斜风作晓寒》）。"人间有味是清欢"是名句，为人所知，而所谓"清欢"原来不过是几种春菜的"有味"——蓼茸即蓼菜嫩芽。

五辛盘里的蓼菜来自菜畦、葫芦，也来自田间陌上。宋人梅尧臣有诗《和挑菜》，挑菜可不是随随便便到田间挖野菜，宋代《翰墨记》有载："二月二为花朝节，士庶游玩，又为挑菜节。"今人说二月二，称龙抬头，单说可以剃头，如民谚云："二月二，龙抬头，剃毛头。"但唐宋时期，二月二居然还是挑菜节。人们熙熙攘攘，跑到春野，看花挑菜，真是可爱。"二月二日新雨晴，草芽菜甲一时生"（《二月二日》），大诗人白居易这样写挑菜节。菜甲即嫩菜。所谓春天，不过是绿草嫩菜，古人喜欢，为之眉开眼笑，笑着挑菜。挑什么菜呢？梅尧臣那首《和挑菜》里说的是："出土蓼甲红，近水芹芽鲜。"芹和蓼常一起出现在诗里，因为当年它们都是生长在水边的野草野菜吧。

春天的蓼芽让人欢悦，可蓼毕竟是辛菜。《诗经·周颂·小毖》里有人唱："予又集于蓼。"我又遇见了蓼啊！遇见蓼怎么啦？朱熹释曰："蓼，辛苦之物也。"作为菜的蓼，味辛，和同是辛菜的葱姜蒜一样，用以调味；而作为文化符号的蓼，是辛苦，是苦涩，遇见蓼的人一脸愁苦。勾践卧薪尝胆的故事为今人熟知，可汉人著《吴越春秋》时还没有说到苦胆的苦，说的是"辛苦"的蓼。书里说这位伺机复仇的越王"苦身劳心，夜以接日。目卧，则攻之以蓼"。困了，就用蓼刺激眼睛，真是自虐。而宋人陈景沂编写《全芳备祖》时，勾践的故事就成了"卧则尝蓼"。到了明清，小孩子们都知道这个和草有关的励志故事，因为童蒙课本《幼学琼林》里写得清楚："越王尝蓼，必欲复吴之仇。"

吃苦当然是苦事，可周瑜打黄盖，一个愿打一个愿挨，明知是苦，可有人就是愿意吃。不，是有虫愿意吃。蓼作为辛菜和春菜，入诗，但唐宋之前，诗人们写蓼，常说的是蓼上的虫子——蓼虫。宋人谢翱著《楚辞芳草谱》有云："蓼生水泽，楚辞曰，蓼虫不知徙乎葵菜。"蓼入了芳草之列，蓼虫也随之得到了赞美。《楚辞芳草谱》提到的那句诗出自汉人东方朔的《七谏》，王逸注释说，这句诗的意思是"言蓼虫处辛烈，食苦恶，不能知徙于葵菜，食甘美，终以困苦而癯瘦也。以喻己修洁白，不能变志易行以求禄位，亦将终身贫贱而困穷也"。东方朔之后，"蓼虫忘辛"成了成语，也成了典故，人们经常用这条虫子诉说心灵的高洁，臣穷守志，不求名利："蓼虫避葵堇，习苦不言非。小人自龌龊，安知旷士怀。"（南北朝·鲍照《代放歌行》）今天的读书人读了这句诗，遇见一棵草和草上的虫，应该生羞耻心。

斗转星移，岁月流逝不已，蓼菜和蓼虫慢慢被人忘了，知道蓼之味的人恐怕不多了。不多，但也还有。寇宗奭曾谈及宋人以蓼酿酒，"造酒取叶，以水浸汁，和面作麹，亦取其辛耳"。前些日子，蹲在校园的草丛里看新生的蓼，门卫师傅走过来，跟我说，他们用这种草做酒麹。几千多年过去，蓼之味，留在乡间的酒里。

草木人文史里，魏晋以前，人们多知味；唐人宋人爱美，多赏花。所以，唐诗宋词遇见蓼的时候，红蓼花开。按清人吴其濬的说法，被摈弃于食单后，蓼"供吟咏，饰泽国秋容"。唐以后，蓼入诗，是秋花，秋水边的红花："蓼花被堤岸，陂水寒更绿"（唐·柳宗元《田家三首》）；"盈枝红欲滴，照水色更好"（宋·鲜于侁《洋州三十景·蓼屿》）。中国的诗人善于悲秋，可见到水边红蓼花，常常不由自主地欢快起来。那么好的花，怎能只是盛开于秋水野岸，一定会有人带它回家："自向窗前种蓼花"（宋·汪炎昶《种蓼》）。

唐之前人们种蓼菜，唐之后有人种蓼花。只是这蓼花和水畦里的蓼菜不一样，能长到一人高，像一棵小树，这样，推窗才能满眼红花。这么好看的花，应该有个好名字：水荭。荭，开红花的草，多好看的一个字。我若说它还叫龙，你会相信吗？《诗经》里有，可以找找看。那样的话，我们下次可以一起说说水边红蓼花。

44

"龙"是水边红蓼花

　　龙，宋人编著的《广韵》释为"灵虫之长"。《说文》释"龙"像一首好听的歌谣，描述得更详细："能幽能明，能细能巨，能短能长，春分而登天，秋分而潜渊。"直到篆文，还能在"龙"字里看见龙头和龙身。能上天入地的龙没人见过，但人们都熟悉它。用灵兽之名来称呼的一棵草，估计很多人见过，只是相见不相识，陌生得很。记在文字里的"龙草"，初见于《诗经·郑风》的《山有扶苏》：

　　　　山有扶苏，隰有荷华。不见子都，乃见狂且。
　　　　山有桥松，隰有游龙。不见子充，乃见狡童。

　　中国的读书人以"兼济天下"为人生最高追求，满心满眼都是国家大事。立诗为经，诗也就成了政治学教科书。即便是草木虫鱼、男女私情，也能读出帝王和后妃、臣子与百姓，以及与之相关的微言大义。所以，毛传和郑笺都说这首诗是讽刺帝王之昏，不辨贤臣与小人。朱熹终究是大家，明于礼仪，但也并不陋于知人心，解诗更近人情，只说这首诗是男男女女的情事："淫女戏其所私者。"当然，我们的道德标准已经和礼教家大相径庭，不会动辄就说恋爱中的女子是淫女。相反，我们看见山山水水间美好的爱情，看见树下草边大胆活泼的女子，听见她清纯欢快的打情骂俏："山上扶苏枝繁叶茂，水边荷花开得正好。没见到美男子，却见到你这个狂妄的坏小子。山上松树高大挺拔，水边游龙开着红花。没见到美男子，却见到你这个滑头的坏小子。"今人顾随也是大家，《诗经》讲得也好，可对诗里的"兴"有偏见，说"凑韵而已，没讲儿"。可是，像这首诗，如果没有山，山上没有树，没有水，水边没有草，伊甸园和伊甸园里的爱情该多么荒凉啊。

今天的人读《诗经》，大抵不喜欢毛传和郑笺总结的中心思想，但还是要感谢他们的注释，否则，看见"隰有游龙"，弄不好会以为有一条神龙在那里游来游去呢。毛传云："龙，红草也。"郑笺接着说，说游龙的"游"是形容这棵草枝叶放纵。当然，解释《诗经》草木最详细也最权威的专家是晋人陆玑，他在《毛诗草木鸟兽虫鱼疏》中写道："游龙，一名马蓼，叶粗大而赤白色，生水泽中，高丈余。"李时珍说过，草木以"马"命名，多有"大"的意思。马蓼，"高丈余"，也真是水边一棵大草，配得上"龙"这个有气魄的名字。

但世间哪里会有白色叶子的草呢？"北风卷地白草折"

的白草不过是沙漠里颜色灰白的骆驼刺。几千年前的文字，辗转传抄，难免错讹脱衍。陆玑说的"赤白色"之前应该是脱了一个"花"字："叶粗大而（花）赤白色"。这样，前面说叶后面说花才对。《唐本草》说的即是其"花红白"。怎么会是红白呢？陆玑说游龙是马蓼，蓼花花穗红色，而穗上米粒一样的花苞开出的小花常见白色。宋人陆农师写"龙"的时候，估计对《陆诗疏》也有这样的怀疑，直接把"叶粗大而赤白色"改成了"茎大而赤"。这也对，那么高的草得有一根粗壮的茎。而且，红草不仅花红，连茎秆都是红色的。因此，这棵草的另一个名字就叫"红"。也可以说，《诗经》以后的书里再出现这棵草，人们以"红"作为它的正名，"龙"只成了《诗经》里的古迹。《尔雅·释草》云："红，茏古。"郭璞注说，茏古也写作茏鼓。要是写成"龙骨"的话，我们还可以在一棵草里胡思乱想，但"茏古"或者"茏鼓"应该都只是记音，至于是什么意思，估计没人知道了。我们知道的是，汉代以后，"龙"和"红"两个字上都被加了一株草，写作了"茏"和"荭"。两字读音相近，都是说一棵草，"茏"指草形，"荭"指草色，龙形色红，名其为游龙、水荭。水边的一棵野草也真是有幸，有这样的好名好字。

　　陆玑说龙也名马蓼，但龙或者红是不是蓼呢？在这个问题上，古人分成了两派：《玉篇》《广雅》《太平御览》这些有名的字书和类书都说龙是马蓼；而《尔雅翼》《埤雅》

《陆氏诗疏广要》等书分别释蓼和龙，说"龙"不是"蓼"，它们只是相似而已。李时珍也认为马蓼是马蓼，荭草是荭草，说荭草花繁花红，而马蓼叶上有黑点如墨迹，所以又名"墨记草"——直接写作"墨迹草"多好——叶上黑斑如墨迹。

唐人和宋人若是能穿越到大明王朝，看到《本草纲目》，一定赞成李时珍的说法——古之蓼是辛菜，而在唐人宋人眼里，荭是花草。宋人苏颂是医学家，著《图经本草》，说草木药性；但也写诗，说草木之美："花逢秋至盛，人爱水边红。"（《和刁推官蓼花二首 其一》）"水边红"当然就是水荭，是"隰有游龙"的"龙"，是秋花，宋诗里的秋天常见它的红花："簇簇孤蒲映蓼花，水痕天影蘸秋霞"（宋·林逋《池上作》），"秋风毕竟无多巧，只把燕支滴蓼花"。燕支即胭脂，蓼花是宋人秋天里的胭脂红，多好的颜色。

先秦的人生活在草丛树林，食草，知味；而唐人，尤其是宋人，赏花，审美。简直可以说，天下好花大半是宋人发现的。陆农师在《埤雅》里说"扶苏、荷花、桥松、游龙，皆山隰之所养，以自美者也"；罗愿《尔雅翼》云"龙与荷花，是隰草之伟者"。山野水畔的野草野树，宋人也总是以审美之眼视之、赏之。"每为名花秉烛游"（《蓼花》），陆游用一句诗写出了宋人的爱花之深、觅花之切。秉烛觅花，找到了什么花呢？"数枝红蓼醉清秋。"宋人朱弁的笔记小说《曲洧旧闻》云："红蓼即《诗》所谓游龙也，俗呼水荭。"龙，是这棵草《诗经》里的古名；红或者荭也有点老了，唐人与宋人喜欢叫它蓼花，或者红蓼。红蓼，今天还是野草，但让宋人为之迷醉。

吴其濬说"水荭至梅圣俞才入吟咏"，梅圣俞即宋代诗人梅尧臣。当然，我们可以说吴其濬太武断："青芜与红蓼，岁岁秋相似"，这是白居易《早秋曲江感怀》里的诗句。是的，唐人也写蓼花，但终不多见。找到蓼花，爱蓼花，咏蓼花的，是宋人。常常，他们为新发现的一棵好花集体合唱，这样的合唱里就有蓼花。水边低矮的水蓼也开花成穗，好处是蔓延，是多，但花色浅，花穗小，终不如红蓼花鲜艳。所以，晋宋以后，诗里的蓼花，多是红蓼。直到清代，吴其濬写荭草时，提及陆游的"数枝红蓼醉清秋"，还赞道："非此花不能当也。"——赞的是红蓼花，也是宋人写红蓼花的诗。

也许会有人怀疑，说古人夸张：荷花是名花，蓼花不就是野草吗？说这话的人，不知道古今差异之大，也不知以今人之心揣测古人，会是如何荒唐的事。《诗经》时代没有园艺学，今天的名花，在那个时代，也不过是山山水水间随意生长的野草。《诗经》里，"隰有荷华"配"隰有游龙"；《尔雅·释草》里，荷花后面也是蓼。荷花与红蓼，在先人的眼里没有名花野花的分别，都是好草好花。不管今人如何看，《诗经》以后，相当长的一段文化史里，蓼花荷花一起在水边生长，开花，如梅尧臣《水荭》所写："白鹭烟中客，红蕖水上邻。"红蕖就是荷花，蓼花和它是近邻。大地上的花草本来都没有名字，人来了，给它取名，它就有了名字；知道的人多了，无名的野花便成了名花。若是不知道，或者视而不见听而不闻，再好的花也是无名。宋人爱红蓼花，红蓼就是宋人的名花。

被宋人爱的红蓼花，不仅在野外水边，也在人间庭院，檐下窗前："夏砌绿茎秀，秋檐红穗繁"（宋·宋祁《咏水红》）。宋人许及之有诗："凤仙宜夏蓼宜秋。"诗好，题目也有趣：《从潘济叔觅花，栽得红蕉、凤仙、大蓼，谓水栀仅有一窠，寒窗不可无，戏作》。蓼花，和红蕉、凤仙、栀子等"名花"一道，曾被栽在窗前："自向窗前种蓼花"（宋·汪炎昶《种蓼》）。

说到古人窗前不可无的蓼花，也想起了我的小时候。小时候喜欢花，每年春天都和二姐种花。有一年就在窗前栽了一棵红蓼花，我们叫它狗尾巴花。秋天，红蓼花长高，比窗台高，比那时候的我高，是我们栽种的草花里最高的花，像一棵小树：红红的秆子跟竹子一样，是有节的，秆子顶上枝繁叶茂，花穗低垂，也是红色的。明人陈子升诗中说："闭户看天棘，开窗对水荭。"（《和恼公》）天棘是麦门冬，我没栽过，但早晨起来，打开窗子，我也能看见我的红蓼花。有一段时间，那个小孩子喜欢站在窗前唱歌，跟着收音机里学的歌。有一首歌的第一句是："小窗小窗探出花一朵。"

多年以后，再唱起这首歌，我的心里就是北方老家的院子，老屋的窗，窗前的红蓼花。这都是很多年前的事，很多年前的歌，很多年前的花了，不见二姐，不见红蓼花也已经很多年了。很多年前，二姐去了东北——萧红的家乡。萧红在《呼兰河传》里写她的百草园，那园子里也有红蓼花——

我家满院子是蒿草，蒿草上飞着许多蜻蜓，那蜻蜓是为着红蓼花而来的。

45

兰若的"若"是香草

　　《聊斋志异》里有篇《聂小倩》，很有名。故事发生在金华。当然，有名是因为电影，不是因为书。1960年，香港导演李翰祥把它拍成电影，名字改成了《倩女幽魂》。1986年，香港另一位导演程小东翻拍了李翰祥的电影，名字没变，主要情节也没变，但不少细节变了，比如故事里的那座寺庙：小说只写一个叫宁采臣的人到了金华城北，"解装兰若"——就是在庙里安顿下来。兰若是庙，蒲松龄没说庙名。李翰祥版的电影里，庙门上悬挂的匾额写着"金华古寺"，而程小东电影第一个镜头是块大石碑，碑上三个大字：兰若寺。虽然只是个细节，但改得好，很多人记住了美艳幽怨的幽魂小倩，也记住了兰若寺。

　　"兰若"的"若"有两个读音，读音不同，意思也不一样：读音同"惹"时，"兰若"是梵文音译，指寺庙；读作"弱"时，"兰若"是两棵草——兰草和杜若。虽然音不同意有异，但似乎二者之间也并非完全没有干系。甚至可以说，用"兰若"来译梵文，译得真是好。我不懂梵文，但据说梵文原意指的是远离人世的幽静之处，尤其是幽深树林，而兰与若也正好是中国文化里的两棵幽草："兰"可称幽兰，"若"亦名幽若。宋人罗愿《尔雅翼》说，称幽兰幽若，是"以其生深林之下，似慎独也"。诗人云："兰惟国香，生彼幽荒"（唐·仲子陵《幽兰赋》）；"高若升高木，幽若栖幽谷"（明·王世贞《邯郸才人嫁为厮养卒妇》）。南北朝沈约的《咏杜若》写得更好："生在穷绝地，岂与世相亲。不顾逢采撷，本欲芳幽人。"说它好，因为它好像是专门写给聂小倩的，虽然她不是"幽人"，而是"幽荒"古刹里的"幽魂"，但也正等着有人不顾艰险，前来相逢，采撷。

兰草和杜若不仅是幽草，也是香草、芳草。第一个采香草采杜若的人是屈原："采芳洲兮杜若。"（《九歌·湘君》）采来香草干什么呢？"浴兰汤兮沐芳，华采衣兮若英"（《九歌·云中君》）——兰草清水用以洁身，杜若香花装饰衣衫。也不仅装饰，"熏以幽若，流芳肆布"（曹植《七启》），杜若的花朵饰衣也熏衣，衣裳和身体都流溢着香草的芳香。"山中人兮芳杜若"，这样的人，和杜若一样芬芳。这样的人，才能接近神。"沐兰泽，含若芳"（战国·宋玉《神女赋》），是庄严的迎神仪式。

屈原唱过《九歌》之后，兰草和杜若连在了一起，成了香草的别名，被诗人们歌唱着："兰若生春阳，涉冬犹盛滋"（汉·佚名）；"尔能折芳桂，吾亦采兰若"（唐·李白

《题嵩山逸人元丹丘山居》）；"兰若生春夏，芊蔚何青青"（唐·陈子昂《感遇诗》）。唱的是草，草里有纯洁的情感和高洁的精神。还有真挚的爱情。

《九歌》迷离幽远的世界里，有人，有神，有鬼，有香草，有爱情，有互赠香草的爱情。湘夫人"采芳洲兮杜若，将以遗兮下女"；湘君"搴汀州兮杜若，将以遗兮远者"。人称山中宰相的南朝陶弘景说杜若"令人不忘"，那么，杜若是最早的"勿忘我"："风起遥闻杜若香，君行采采莫相忘"（唐·孟浩然《鹦鹉洲送王九之江左》）。

如果说《诗经》唱的是俗世生活，《九歌》唱的就是理想国。有人，就会有对理想国的渴望。《倩女幽魂》里的兰若寺虽然鬼气森森，但又何尝不是许多人的爱情理想国。而屈原，是中国第一个营建理想国的人。那个理想国有高山，山上有密林，山下有流水，水中有洲，洲上香草散溢芳香，屈原叫它芳洲——那是屈原理想国的名字，和陶渊明的桃花源一样。当然，理想国不仅有香草有桃花，还得有人，理想的人，屈原称之为"美人"："若有人兮山之阿，被薜荔兮带女萝。"芳洲上那人和杜若一样芬芳："山中人兮芳杜若。"

屈原唱过《九歌》之后，中国诗人们的寺里心里有了一个芳洲，洲上常见杜若："芳洲有杜若，可以赠佳期"（南朝·谢朓《怀故人》）；"芳洲杜若空青青，九歌凄悲不可听"（宋·范成大《浮湘行》）；"无限芳洲生杜若，吴儿不识楚辞招"（宋·苏轼《六月二十七日望湖楼醉书 其四》）；"茅屋苍苔合，芳洲杜若寮"（宋·赵蕃《寄吴吏部三首 其一》）。老了，醉了，住在茅屋里……人们都会想起芳洲，那里一尘不染，有令人渴望、怀念的一切美好。

秋天，我在江南幽暗的树林里看见杜若，结着小小的球果，黑蓝色的，闪着光。春末，再次遇见杜若时，白色的花苞还没有打开。这是屈原芳洲上的杜若吗？我不知道。不仅是我，人们不识杜若已经很久了。宋代的沈括和苏颂都说杜若"后人不识"，明代的李时珍说"杜若人无识者"，直到清代的吴其濬还在说杜若"显于古而晦与今"。他们都是植物学大家，他们不认识杜若谁还会认识呢？屈原只说杜若是香草，又没说过它长什么样子。

中国古时的植物学家首先是本草学家，杜若到底是什么，本草学家们从没停止过争论。最早的本草书《神农本草经》说杜若又名杜蘅，但今天的杜若与杜蘅是两棵不同的草，屈原的《离骚》与《九歌》里有杜若，也有杜蘅，显然是两棵不同的草。陶弘景说杜若又名杜莲、白莲。既然名字叫白莲，那么花或者果应该是白色的吧，可五代韩宝昇的《蜀本草》说杜若开黄花结红果，如豆蔻；而苏颂又说杜若开红花。议论纷纷，莫衷一是。唯一相同的是，诸家都说杜若长得像姜：陶弘景说杜若"叶似姜而有纹理"，《唐本草》说它"苗似廉姜"，韩宝昇说"苗似山姜"，苏颂说杜若"根似高良姜"。吴其濬猜测说，按古人描述，杜若应该是豆蔻。沈括倒是不犹豫，在《梦溪笔谈》里斩钉截铁地说"杜若即今之高良姜"。可高良姜因产地而得名，高良在广东，离屈原太远了吧。本草学集大成者的李时珍虽然在《本草纲目》里单列一条杜若，但和吴其濬一样，说得没有底气，只说"大者是高良姜，细者为杜若"。杜若之外，《本草纲目》又分别解说廉姜、山姜、高良姜、豆蔻。说的时候，李时珍都忘不了加一句"与杜若相似"，更让杜若显得扑朔迷离，身份不明。夏天，小城的街上或者菜市场会有卖姜花的，姜花是白色的，大如百合。买一束，插在瓶里，满屋花香，不知那花香和屈原芳洲上采回的杜若是否相似。

　　说一棵草的历史，也是沧海桑田，名实之变，超过白云苍狗。古之"兰"不是今之"兰"，杜若呢？估计已没人能说清。说不清的，还有命名这棵草的字："若"。《说文解字》给了两种解释，除了指香草杜若，许慎说"若"字草头下面的"右"本是"手，意为"择菜"。可惜"择菜"的意思不见于典籍，所以没什么人相信。他这样分解字形，我倒愿意在"若"字里想象"采草"——"采芳洲兮杜若"。

　　许慎根据篆文解释汉字，而研究甲骨文和金文的学者们对"若"字另有解释——其实也是想象。近人叶玉森说甲骨文的"若字像一人跪而理发使顺形"；日本汉学家白川静说像一长发老人双膝跪地，双手高举，乞求神意。还有人说像女子梳头，像长发巫师祈祷，甚至有说弄头发的是战俘。说什么的都有，但没人说清甲骨文和金文"若"字的"头发"，怎么到了篆文就变成了"草"。我这不懂金石的人看"若"字，看见的就是草。你说字里有人做"跪"状，我说那像杜若的根——不是说杜若像姜吗，造字时，块状根应该强调一下吧。爱草爱得有点走火入魔，胡搅蛮缠，当不得真。

唐代笔记小说《隋唐嘉话》有一则杜若故事，说贞观时，中医局求杜若。负责这事儿的度之郎根据谢朓"芳洲有杜若"，下令坊州去办。坊州官员说我们这里没有啊，您老读诗是误读啊：芳洲不是坊州。太宗听说这件事儿后大笑，笑完了，把度之郎给免了官。不懂诗会丢了乌纱帽，看来懂诗也真是重要。当然，这是古代的事。

唐太宗是懂诗的人，芳洲如何是坊州？而度之郎不知道，诗终究是精神的存在。本草学和文学终究是不同的"学"，说一棵植物也有不同的眼光：本草学家说药性，文学家说诗性。做医生的必须搞清什么是杜若，因为不能让人吃错了药。但关心文化史、人的精神史，或者读诗写诗的人则不必较真儿。认识眼前的杜若，知道这个名字里有积淀下来的传统，大概就已足够。今天的杜若也许不是古时的杜若，但这个名字还能给屈原招魂，还能歌唱"芳洲"。当代诗人东荡子有一首《杜若之歌》——

我说那洲子。我应该去往那里

那里四面环水

那里已被人们忘记

那里有一株花草芬芳四溢

我说那洲子。我当立即前往

不带船只和金币

那里一尘不染

那里有一株花草在哭泣

我说那洲子。我已闻到甜美的气息

我知道是她在那里把我呼唤

去那里歌唱

或在那里安息

东荡子和屈原之间是两千三百年的历史，两千三百年，
杜若还在水中芳洲上：芳洲一尘不染，杜若芬芳四溢。

46

艾草的节日

近人林义光的《文源》以金文解释汉字，比字圣许慎的《说文解字》更能说清字源。毕竟，金文是篆文的"源"。比如"艾"，许慎以篆文解说，说它从草从乂；而林义光说"艾"的古字上下并不分开，是"乂"的两笔上面各有一小横，小横上再加两个小点，是个象形字，像两棵艾草的样子。艾草丛生，两茎交叉，应该不难见到。到了篆文，上下分开，写作了"艾"，变成了会意字。会意字也有趣，像谜底有点含混的谜语，也像是想象力的游戏。南唐徐锴《说文系传》说"乂"两笔交叉，像是用刀割草。所以，后人解释"艾"字本意，多说是割草。但意为割草时，"艾"应该读作"乂"，和"乂""刈"两个字同音同意。用什么刀割草呢？三国韦昭注《国语》说"刈"就是镰刀，元人王祯《农书》说"艾"和"刈"一样，都是镰刀。而"乂"又有去除的意思，所以王安石《字说》释"艾"为"乂疾"，就是治病草。确实，这棵草以艾灸治病名世。罗愿《尔雅翼》说，别的药草各有所治之病，只有艾草可灸百病："岁或多病，则艾生之，亦

357

天预备以救人尔。"艾是医草、灸草，在人们的信仰里，它简直是上天所赐的灵草、神草。所以，解释字源时，有人把割草和治病草这两个意思合起来，说"艾"就是采割药草。

古代社会讲究多，采草也有时间规定。采艾草的时间有三个，三个都是节日：上巳节、清明节和端午节。古时的节日，大多有鬼有神，有驱鬼敬神的草和树。虽然节日大半源于祭鬼祀神的庄严仪式，但一变成节日，往往做了民间的狂欢。那些驱鬼敬神的草木，也就随之变作了节日里好看的装饰。

上巳节是三月三，一个春天的节日，也是水边的节日。在中国节日的历史上，算是最古的了：源于先秦，盛于汉魏，消失于唐宋。也不能说消失，是和清明节还有寒食节合在了一起。现在清明的民俗里还留着上巳节的痕迹，比如踏青。上巳节的主题是祓禊（读音同浮戏），汉人应劭《风俗通义》解释说："春者，蠢也，蠢蠢摇动也……疗生疾之时，故于水上衅洁之也。"衅，是祭祀，也就是祓禊的"祓"；洁，是祓禊的"禊"，是洗浴——《周礼》说的本来就是"衅浴"。为什么春天要到水边祭祀和洗浴呢？可以从"蠢"字说起。"蠢"，现在人看见它，大抵只会想到愚蠢，而古人造这个字的本意却有点像"春天的昆虫记"——春天"虫动也"，《说文解字》这样解释"蠢"。对春天的认识有趣，造的字也好玩儿。当然，虫子，有好有坏，有正有邪。而暮春三月，寒气未消，阴气未尽，古人称之春气。有坏虫子有春气，人就容易生病，所以，春天，要到水边祭祀，以驱邪、驱毒虫、驱春气；沐浴呢？是清除宿垢，以洁净求健康。

而驱邪、驱虫和疗疾，都离不开草木。民谚云，"三月三，蚂蚁上灶山"，这就是"蠢"。虫子猖獗怎么办？采草。苏东坡《物类相感志》说："三月三，收荠菜花，置灯檠上，则飞蛾蚊虫不投。"荠菜花治虫，用什么草驱邪呢？《韩诗外传》云："郑国之俗，三月上巳，溱洧两水之上，招魂续魄，秉蕑草被除不祥。"蕑草，大多认为就是兰草。《诗经》有《溱洧》，说的也正是三月三的水边故事。诗的大意是：春天的溱水和洧水，哗啦啦地流淌。男男女女手里拿着蕑草，成群结队走上河岸。路上，一个少女看见一个少年，很喜欢，就上前搭讪。少年矜持了一下，就跟着女孩走。两人打情骂俏，谈情说爱，兴高采烈。临别的时候，送给对方一束芍药花。

分别后呢？当然是想念。最深切的想念怎么表达：一日不见如隔三秋，今人会这么说。这说法也来源于《诗经》的采草诗《王风·采葛》——

> 彼采葛兮，一日不见，如三月兮。
> 彼采萧兮，一日不见，如三秋兮。
> 彼采艾兮，一日不见，如三岁兮。

《尔雅翼》解释诗中采草和三月、三秋以及三岁的关系，这样说：葛藤，春三月即成熟，春末可采，故有三月之说；萧是荻，荻也写作萩，是秋草，所以是三秋；而艾呢？孟子云："七年之病，求三年之艾。"采葛，用葛藤皮织布做衣做鞋；采萧，用萧祭祀；采艾，用艾疗疾。一年四季，人在时间里，也在草里，采着。采的草里，有爱情和思念。艾草和采艾，是最深的思念。

就这样，在流逝的时间里，节日也和人世的一切一样，变化着。拿着兰草，本来说是"被除不祥"；到河边去，本来说是祓禊，可"水引春心荡，花牵醉眼迷"（唐·白居易《三月三日祓禊洛滨》），去河边成了欢欣的春游踏青，沐浴的河水成了春心荡漾的爱河，驱邪的仪式成了少男少女们的情人节。而手里的兰草，从驱鬼变作了爱情的信物。直到唐代，杜甫还在说："三月三日天气新，长安水边多丽人。"（《丽人行》）荠菜花也一样，从原初的驱虫，摇身一变，成了节日的装点。清人顾禄《清嘉录》记三月三的荠菜花："妇女簪髻上，以祈清目，俗号亮眼花。"祈什么已不重要，荠菜花簪头上，是节日应有的风流和美。

最初的沐浴也是需要草的。汉代大儒郑玄注《国语》，说"衅浴，谓以香薰草药沐浴也"。什么草药呢？郑玄没说。汉人崔寔的农书《四民月令》说三月三"可采艾"，南北朝陶弘景的《名医别录》以及别的医书也都这样讲。洗浴的药草里应该有治百病的医草——艾草吧。

上巳节的河里，人们是否用艾草洗浴，已不得而知。但艾草不仅是药草，还是节日的菜蔬。唐人孟诜《食疗本草》有三月三采艾草做馄饨的说法，还说艾草种子和干姜一起捣碎，做成梧桐子大小的蜜丸，吃了可以让"鬼神速走出"。用艾草做节日糕点的习俗，现在还有。今人沈书枝《八九十枝花》里记皖南民俗，说三月三的前一天，小孩子们都要到野外掐艾蒿。"掐"是方言，但似乎比古人的"采"还要好。王国维《人间词话》夸赞"红杏枝头春意闹"的"闹"字用得好，说"着一'闹'字而境界全出"。这个说法简直可以借来赞美"掐草"的"掐"：掐草用手不用刀，有手有草，手是小手，草是嫩草，也正应和了春天的清新。小孩子们掐来艾草，母亲做蒿子粑粑，孩子们爱吃。小孩子都是诗人，爱吃是情动于中，情动于中就歌咏之。沈书枝记下了孩子们吃粑粑的儿歌：吃粑粑，吃粑粑，粑粑吃得把魂巴得住。并解释说，儿歌的意思是"吃过粑粑，三月三就不怕鬼怪来找"。这是上巳节的遗迹，但节日里的妖魔早已退场，孩子们也不会管什么鬼怪，只是狼吞虎咽，大吃粑粑而已。

　　皖南三月三的蒿子粑粑到了浙江，是清明节的清明果。如果做成饺子形状，就叫作艾饺。宋人孟元老《东京梦华录》记清明风俗，说的清明吃食叫枣锢飞燕，简称枣锢（偏旁应该是"饣"，不是金字旁）。想来和北方的枣糕差不多，像蒸花卷，但夹层里夹着大红枣。有趣的是，不仅踏青郊游时带着枣锢，还要用"柳条串之，插于门楣"。同是宋人的吴自牧《梦粱录》说清明节，没有说到吃食，只说"家家以柳条插门上"。各种节日，不管门上插什么，最初的意思都是阻挡邪气和恶鬼进门。鬼也知趣，见门上草木，赶紧退避三舍，于是那些草木就都成了节日装点、孩子们的玩具、嘴里的美食。

唐人段成式《酉阳杂俎》有记："唐中宗三月三日，赐侍臣细柳圈，带之可免虿毒。"虿是蝎子一类的毒虫，"带柳"应是三月三驱虫驱邪的风俗，等到上巳和清明两个节日合并，柳就插在了清明的门上。春柳在门上，也在男男女女的身上。《清嘉录》引《吴县志》云："清明，男女咸带杨柳。"当然，最爱戴花花草草的肯定是女人。清人杨韫华有《山塘棹歌》，写的就是女子戴杨柳的清明旧俗："清明一霎又今朝，闻得沿街卖柳条。相约比邻诸姊妹，一枝斜插绿云翘。"说是"一枝斜插"，也不是把一段柳条直接插在头上。即便是柳条，做了头饰，也得发挥艺术创造力，修饰一下。而民间，从不缺乏艺术创造力。《清嘉录》说清明日"妇女结杨柳球戴鬓畔，云红颜不老"。戴杨柳已不是驱邪，而是为了青春的美。杨柳球是什么呢？现代作家废名的小说《桥》中曾谈到清明杨柳球的做法："长长的嫩条，剥开一点皮，尽朝那尖头捋，结果一个绿球系在白条之上。不知怎的，柳球总是归做姑娘的扎，不独史家庄为然。"

清明是鬼节，可家家门上的柳枝，戴在女子头上的杨柳球，都绿得满是春天的生机。按周密《武林旧事》的说法，那些柳枝实在"青青可爱"。青青可爱的，还有艾草做的清明果。各地清明果做法不一，有的地方把洗净的艾草剁碎，和在糯米粉里；有些地方则用水煮艾草，水便是绿水，用它和米粉。不管怎么做，清明果都是绿色的，草木绿的绿。好看的颜色，也带给它另一个好听的名字：青团，"青青河边草"的青。现在，多少人还记得青团本是祭鬼与祭祖的祭品呢？它只是糯得好吃，绿得好看。

清明插柳，端午插艾。端午节的门上，插的是艾草。端午的采艾有些麻烦，南北朝宗懔《荆楚岁时记》记端午艾最早，也最详细，从采的方法到插艾的目的，方方面面都说到了："五月五日鸡未鸣时采艾，似人形者揽而取之，收以灸病，甚验。是日采艾为人，悬于户上，可禳毒气。"有人形的艾草吗？苏东坡在《仇池笔记》中替古人解释："艾未有真似人者，于明暗间以意命之而已。"虽说如此，但端午的习俗之一就是门上悬艾人——不是人形的艾草，而是如宗懔所说，"采艾为人"——做成人的样子。有时，也做成虎形，称之艾虎。清人孔尚任《节序同风录》说："结艾为人形或虎形，悬门户以禳毒气。"而艾草也不会仅在门上禳毒气，孔尚任接着说端午习俗："男女皆戴艾叶，祛百病。"而女人终究是爱美的，只戴艾叶还不能满足她们爱美的心："剪蚕茧为小虎，贴艾叶上，曰艾虎，或缚艾为之，女子插鬓上，辟百病。"虽然孔尚任讲端午艾的各种习俗，总忘不了加上一句"禳毒气"或者"祛百病"作为收尾，但也只是说说。精心做的艾虎插在发鬓上，女人们想到更多的，恐怕是好看。周作人讲日本三月三习俗，说祭祀时人们用纸、布、木头和泥土做人偶，祭祀完了就扔在水里。可人偶越做越精致，不忍丢弃，就成了独立的艺术品。风俗的事，大多如此吧，从原始宗教渐变为审美。端午门上插艾草，本是辟邪，可宋人周密《东京梦华录》这样说："钉艾人于门上，士庶递相宴赏。"艾人不是拒鬼，而是等着人们来欣赏。

端午的艾草，也不仅悬门户，插发鬓，这棵草在端午的旧俗里用处实在太多了。《节序同风录》记载的还有：第一、包艾香粽，以艾叶浸米；第二、蒸艾糕，又称艾窝窝，和青团差不多吧；第三、做艾衣，用艾叶和棉花絮衣服；第四、饮艾酒，以艾叶煮酒；第五、泼火眼，中午，把早晨戴过的艾叶、蒲叶、石榴花放在水碗里，泼于门外；第六、挂三花两草，三花是蜀葵花、石榴花、萱草花，两草是艾叶和蒲叶，用红绳串在一起，挂在帐子或者门上……我的天！居然这么多，说起来都累人。

五月，古称恶月，诸多禁忌，但端午却被人们过成了欢乐的节日"佳景，不特富家巨室为然，虽贫乏之人，亦且对时行乐也"。吴自牧《梦粱录》说端午"自隔宿及五更，沿门唱卖声，满街不觉"。卖什么呢？花草居多。端午不仅有艾草，孔尚任讲端午时，提及的节日花草多达数十种。《西湖老人繁盛录》和《梦粱录》一样，也记宋时杭州旧俗，说"寻常无花供养，却不相笑，惟重五不可无花供养"。端午的开始，是热闹到嘈杂的叫卖声，以及家里桌上一瓶花：石榴花、蜀葵花、栀子花，夹杂着几片菖蒲叶，几茎艾草。想想，都别有一番风致。

不仅端午，前面提及的上巳节和清明节，也是一样，都是曾经的风流盛事。上巳节，"暮春者，春服既成，冠者五六人，童子六七人，浴乎沂，风乎舞雩，咏而归"。大人小孩，穿上春衣，一起去野外踏青，到春水里沐浴，登高台任春风拂面，唱着去唱着回，多好。《论语》里的曾点说得兴奋，孔子也跟着点头，夫子也爱那个春天的节日。清明呢？《东京梦华录》写道："四野如市，往往就芳树之下，或园囿之间，罗列杯盘，互相劝酬。都城之歌儿舞女，遍满园亭，抵暮而归。"

翻翻旧书，看看旧俗，那些节日里的市声叫卖声、田野河边的歌声，不绝于耳；那些装饰节日的野花野草，拿在手里的，悬在门上的，插在瓶里的，都让人怀想。现在的节日，有点太静，太简单了，少了旧时的热闹、风致与风雅。

《黄帝内经》说艾灸从北方来，是北人的发明。我在北方田野长大，多识乡间草木，可是不识艾草，因为我生长的乡村，没有上巳节，连清明和端午都没有。以至于初到江南，端午时也想风雅一回，去采艾。在小区找到了一丛，结果呢？楼里跑出一位老太太，对着我大叫："你为什么拔我的菊花啊。"真是好生尴尬。

47

荏苒的"荏"和苏醒的"苏"

荏苒和荏子

"荏苒"的"荏"和苏醒的"苏"都是草，而且是同一种草。

按汉人扬雄《方言》的说法，苏和荏只是不同地区的不同方言，所以"苏亦荏也"。认识世界总是越细致越好，因此也有人辨析苏与荏。《尔雅》说苏别名桂荏，南唐徐锴的《说文系传》接着说："荏，白苏也；桂荏，紫苏也。"宋以后的名物书、本草书、农学书都这样讲，白苏和紫苏也成了两棵草今天的名字。但也不能说扬雄不对，因为白苏紫苏的外形确实一样，差别只在颜色：白苏绿叶，紫苏紫叶。

如果只关心结论，可以就此打住了。《大学语文》期末考试的时候，有一道题目，是让同学们分析一下周作人《故乡的野菜》。"我的故乡不止一个，凡我住过的地方都是故乡。故乡对于我并没有什么特别的情分"，文章开头这样讲，让那些少年不得其解——一个人怎么能不思念家乡呢？太冷漠了，有人这样说。第二段以后周氏开始讲浙东的事，大家才释然。结论是，文章先抑后扬，开始说不思念家乡，可后来大谈家乡事，才让人明白他对家乡的深情。一百个少年，无一例外，全都这样讲，思想统一也真是容易的事。可周作人是在一脸深情地思念家乡吗？我看不出，只看见一个读书人兴致盎然、津津有味地聊着旧时风土风俗、风物风谣。那些家乡事，早已变成知识——读书人，就应该有讲述知识的乐趣。可惜，他的读者不多。读书人的那个传统，比失去的家乡还要渺茫。希望我还有那种读者，在知道结论以后，还愿意一起聊聊两棵——紫苏白苏——的那些旧事。

今人看来，白苏紫苏都是"苏"，而若说植物人文史，应该说白苏紫苏都是"荏"。扬雄说"苏亦荏"，可以理解为紫苏也属于"荏"。晋人郭璞注《尔雅》，说的就是"苏，荏类"。今人缪启愉先生注《齐民要术》时谈及苏和荏，说郭璞"没有错"，因为，用现代科学来解释，紫苏乃是"白苏的一个变种"。

"荏"最初是什么意思，还不见有人解释，但它总让我联想起"仁"——果仁的仁。荏字用法不多，但汉代以前，称大豆为"荏菽"，大豆当然是种子，是豆角里的"仁"。《方言》说苏又名芥，罗愿《尔雅翼》说"苏子绒如芥子"，还是说子。当然，这只是我的胡思乱想。但今人说苏，无论白苏紫苏，多指苏叶，而旧籍中谈及荏，大多说其子，很少说其叶，元代官书《农桑辑要》更是直接说"荏即今白苏子"。

荏子有什么用呢？南朝陶弘景《名医别录》说荏子碾碎，

和米一起煮粥，"甚肥美"。古人讲苏，同样会大谈苏子。宋人苏颂的《本草图经》说苏子"研汁煮粥尤佳，常食令人肥美"。荏子和苏子在讲述中流传，也在流传中改变：荏子粥的肥美成了苏子粥的功效——令人肥美。美，所有人都会喜欢；肥，恐怕今天有人不爱。那么，可以再听听另一位宋人的说法。罗愿《尔雅翼》说常食苏子粥，"令人肥白身香"。还有肥，没办法，但白与香该对大多数人有诱惑力吧。

北朝贾思勰《齐民要术》讲荏，同样也是只讲荏子，说秋天荏子还没有成熟时，可以摘下来，称为蓬，也叫荏角——豆荚俗称豆角——都是角。摘下来干什么呢？腌在酱里做菜。荏子成熟可榨油，"荏油色绿可爱，其气香美"——绿色的油，多好看，更何况还香美，"美于麻子远矣"。而且，"又可以为烛"。据说为金人所作的《务本新书》曰："收子打油，燃灯甚明。"绿色的荏子油，也曾在古人的黑夜里，亮着。

世间万物，被人爱就会有传说。《北史》曾提及青海湖边的一个古国名乙弗勿敌国，说那里的人"不识五谷，唯食鱼及苏子"。笔法有点像《山海经》，讲述神秘的化外世界，也讲述了那世界里一棵草的种子，可当作爱苏子的人制造的传说来听。当然，《北史》是史，可历史从来不会拒绝传说。

荏子，不仅古人喜欢，"古鸟"也喜欢。因此《齐民要术》提醒人们，种荏要种在离家近的地方，要不，会被小鸟吃掉的。说起种荏，贾思勰说，"荏性易生"，容易种得很，"园畔漫掷，便岁岁自生矣"。虽说是讲种荏法，但这段文字总让我想起"荏苒"这个词。不管前人后人怎么讲，我的"荏苒"都是流逝时光里的一棵草：随意撒下种子，人走开，不用管它。然后，时光"荏苒"，人再回来时，撒下种子的地方，不觉间已是一片茂盛的荏草——"苒"，意为茂盛。那么，"荏苒"的意思应该就是荏草茂盛。

"荏苒"在《诗经》里写作"荏染"，"染"是颜色，字里有棵树。时光悄然流逝，几棵新栽的树，不觉间已是枝繁叶茂。《诗经》里的三首诗，几棵成长的树，像个连续的时间故事。第一首是《鄘风·定之方中》，诗中唱的是："树之榛栗，椅桐梓漆，爰伐琴瑟。"栽下几棵树，等待它们长大，可以斫琴制瑟，弹奏美好的声音。第二首是《小雅·巧言》，接着唱那几棵树："荏染柔木，君子树之。"柔木就是能斫琴制瑟的树，树是好树，好树做好琴，栽树的也是美好的人。再接着往后翻《诗经》，翻到第三首《大雅·抑》："荏染柔木，言缗之丝。"时光荏苒，树已长大，可以伐木斫琴，按上丝弦了。旧书里的"荏苒"或者"荏染"，是时光，也是时光里悄然生长的好草、好树，还有美好的人。

苏、鱼和熟水

时光荏苒，到了唐宋，荏成了菜畦里的嘉蔬，和"百菜之主"的葵菜种在了一起。杜甫有诗写到菜园："又如马齿盛，气拥葵苣昏"（《园官送菜》）。诗人一脸沉痛，说马齿苋这样的野菜影响了葵和苣这些好菜的生长。诗写得不好，不过是俗套的以写草木喻贤人小人之类，不如司马光的葵苣诗活泼，写《畦蔬》就是写畦蔬："葵苣高参差。"

但唐宋菜园里的苣，应该不是白苏的苣，而是别名桂苣的紫苏。苏轼有诗说到苣："香不数葵苣。"（《监试呈诸试官》）旧籍里，香的是紫苏，白苏无香。陶弘景说，"苣状如苏，高大白色，不甚香"；而宋人苏颂《本草图经》说紫苏时，先说的是叶，是香："叶下紫色，而气甚香"；清人郝懿行注《尔雅》时，甚至以为这就是"苏"得名的原因，说"苏"就是"舒"，而"舒"有散发的意思，所以，以"苏"命名这棵草，就是说它"气香性散"。郝懿行的释名对错姑且不谈，其叶芳香至少是紫苏别名桂苣的来由：香如桂矣。

古时的桂树是肉桂，是香木，香在桂皮，用来炖肉；苏是紫苏，是香草，香在茎叶，用以烧鱼。鱼和苏的搭配，应该是很早很古的事。汉人枚乘《七发》谈及饮食就曾说"鲜鲤之鲙，秋黄之苏"：新鲜的鲤鱼肉片，应该佐以紫苏。理由简单，同是汉人的张衡《南都赋》云"苏蔱紫姜，拂彻膻腥"：紫苏之香可以去除鱼腥。甚至也可以说，苏与苣本来就是和鱼相关的草：苣，古名也叫蕼（读音同鱼）；而苏的古字写作蘇。

说到字源的话，"蘇"字的金文从木，是上木下苣，以后又变成左鱼右禾的稣。什么意思呢？有本象形字典解说得有趣，说是古人抓鱼时，用树枝或者稻草穿过鱼鳃，带回家放进水里，鱼会"复活"，也就是"稣醒"。解字的人大概有乡村生活经验，因为我们小时候就是这么干的。乡下野孩子不用上补习班，整天在水里抓鱼摸蟹，嘴里叼着一根细柳条，或者一茎莎草，抓到鱼就穿起来。那情景想起来真有点田园诗的风味。但金文时代还原始得很，田园诗还要等陶渊明出生。日本学者白川静解说甲骨文和金文，说那些古老文字里有一个神巫世界，这个说法影响深远，尤其是在日本。另一位日本学者家井真说古人相信鱼有符咒力，所以"蘇"字的本意是把鱼埋在衰弱的树或者禾苗下面，以求给草木注入新的生命力，使之"复苏"。这样的解说应该比前一说法更接近历史，但总觉着有点笨：为什么一定要埋在衰弱的草木之下呢？《吕氏春秋》记载天子"荐鲔于寝庙，乃为麦祈实"，直接说来不就是用鱼祭祀，以求庄稼丰收？当然，也依然有"蘇醒"在——春回大地，祈愿大地苏醒——大地苏醒，禾苗麦苗才会生长，庄稼才会丰收。

　　远古远了，祈祷大地苏醒的祭祀成了历史遗迹，人们用苏醒的苏命名了一棵香草，那棵香草不在祭坛，而是走进了人们的俗世生活。"甲染清香摘苏叶"（清·薛琼《鹧鸪天》），摘苏叶做什么呢？芳香的苏叶，在餐桌的鱼上，也在夏日解暑的水里。

宋代的夏日冷饮称熟水，相当于现在的花草凉茶，而名气最大的就是紫苏熟水。南宋陈元靓《事林广记》有记，宋仁宗让翰林院评选熟水，结果前三名是：紫苏熟水、沉香熟水、麦门冬熟水。紫苏熟水拔得头筹大概也是民意，寇宗奭《本草衍义》说"今人朝暮饮紫苏汤"。可以说，喝紫苏熟水在宋代成了一时风气。翻翻宋人诗文，也可见爱紫苏饮的人实在太多了。罗愿《尔雅翼》说苏叶"煮饮尤胜"；杨无咎《点绛唇·紫苏熟水》说它"清入回肠"；綦崇礼赞叹"香泛紫苏饮，醒心清可怜"（《蒙成大亨分送紫苏且以前书有戏谑语垂示解嘲辄次元韵》）；刘敞更是为了喝上紫苏熟水，累得要死也要哼哧哼哧种紫苏："正以营一饮，形骸如此劬"（《种紫苏》）；直到元代，喜爱紫苏饮的还大有人在："未妨无暑药，熟水紫苏香"（元·方回《次韵志归十首 其六》）。

现在，也正是炎炎夏日，若有人感兴趣于古人花草熟水的味道，可以翻翻元人作的《居家必用事类全集》，书里有写制作熟水的方法："夏月凡造熟水，先倾百沸滚汤在瓶内。然后，将所用之物投入密封瓶口，则香倍矣。若以汤泡之，则不堪。香若用来年木犀或紫苏，须略向火上炙过，方可用矣。"

两个字和两棵草的旧事讲完了，天亮了，人累了，走到门前一棵紫苏旁边。清人谢堃《花木小志》中有一行字写道："紫苏香气清越，摘片叶嗅之，倦闷即豁。"书里的香气，落到身边这棵紫色的草上。人并不摘叶，只是闻闻。

48

稂莠、几棵草与几个字

狗尾草与苗、禾、谷、秀

"稂莠"是两棵草,在汉语世界里出现很早,一出现就是坏草。孔夫子厌恶它,嫌它似是而非,坏了禾苗。夫子的原话是:"恶似而非者,恶莠,恐乱其苗也.'(《孟子·尽心》)比孔子更早的书《尚书》应该是汉语写成的最早的书,其中有篇《仲虺之诰》,仲虺,虺读若悔,是商朝人,他说朝廷里有趋炎附势的小人时,已用"莠"杂在禾中来做比:"若苗之有莠,若粟之有秕。"孔子和仲虺都没说到"稂",《诗经》里有"莠",也有"稂"。《小雅·大田》是首农事诗,唱得欢快,因为田里的庄稼已经抽穗结实,颗粒饱满,而且"不稂不莠"。"不稂不莠"就是没有"稂莠",朱熹《诗集传》注释说:莠"似苗",稂莠"皆害苗之草"。另一位宋人罗愿说得简单干脆,稂莠,"恶草也"。

孔子厌恶莠"乱其苗",朱熹说莠"似苣","苗"字从"田"从"草",是田里长出的草,但并非田里所有的草都叫苗。秦代李斯编过一本字书,叫《仓颉篇》,书里说:

"苗者，禾之未秀者也。"清人段玉裁注《说文》时接着李斯说，说得更清楚："苗者，禾也。生曰苗，秀曰禾。"

要弄明白李斯和段玉裁的话，还得搞清楚两个关键字：禾与秀。甲骨文已有"禾"，禾字象形，罗振玉《增订殷墟书契考释》释为："上像穗与叶，下像茎与根。"《说文》释禾为"嘉谷"，段玉裁说："禾者，今之小米。"所以，禾就是小米，就是谷，古时又名稷、粱、粟等等。我们小时候大多背诵过"锄禾日当午"，好像还少有人告诉背诗的孩子，那锄禾的人是在一片谷子地里。就是说，现在认识谷子的孩子也不会多。土地离人越来越远，谷子也不太常见了。

但谷子在古代中国太重要了，简直是上天所赐的神物——仓颉造字的时候，伴随两个异象：一是"鬼夜哭"，二是"天雨粟"。人们惧怕鬼，但热爱粟。不说神话时代的事，文化史里的谷也比别的粮食忙叨得多：为粮食、米和国家代言——粮食被称为五谷或百谷，"米"就是小米，社稷就是国家；给神命名，教人种庄稼的神是农神，农神叫稷；还要参与造字，跟庄稼相关的字多有一个"禾"，连长在谷子地里的杂草"稂莠"，名字里都有一个"禾"。王莽篡位，似乎形象不佳，但说话蛮有水准，他有一段话说谷，说得全面又精当："稷者，百谷之王，所以奉宗庙，共粢盛，人所食以生活也。"小米，曾经的"百谷之王"，不仅是古人主食，还用来祭祀神灵和祖先，所以才名稷——"稷"（读音同祭），也写作"穄"。

什么是"秀"呢?《尔雅》云:"木谓之华,草谓之荣,不荣而实者谓之秀,荣而不实谓之英。"古人像小孩子,看什么都新鲜,观察万物、认识世界也就更细致:树开花叫华,草开花叫荣,开花不结实叫英,不开花就结实叫秀,今天叫穗,禾秀就是谷穗。这回可以说李斯和段玉裁的释文了:"谷"长出穗叫禾,没长穗是苗。

我们今天说"谷穗",不再说"禾秀",其实"穗"和"秀"两个字的历史一样悠久。《诗经》里有"秀"也有"穗",比如《黍离》中的"彼稷之穗"。但"穗"的古字写作"采",是会意字:"禾"上是"手",是用手在采谷穗。写作"穗",成了形声字,从禾从惠,"惠"只表声,没什么意思了,还是"秀"有意思,是个好玩儿的字:"禾"下一个"乃","乃"是什么?陈独秀和郭沫若都说"乃"的古字象形,象的是乳形。如果真是这样,"孕"是母亲用"奶"喂养孩子,是赞美母亲;"秀"字就可看作对"禾"的赞美了:禾用小米哺育了人。

"莠"字里也有个"秀",所以也是结穗的草。古人说"莠"似苗,只说了一半,说全了应该是:"莠"没结穗时像苗,结穗后像禾。说了这么多,"莠"到底是什么草呢?《太平御览》引《韦昭问答》,答:莠即狗尾草。

禾有穗受人赞美,"莠"有穗却让人厌恶,称其穗为狗尾巴,真是不公平。其实何止是不公平,简直有点儿数典忘祖。孔夫子朱熹这些"书呆子"四体不勤五谷不分,不知道不是

"莠"像苗，像禾，应该是苗与禾像"莠"才对，因为现代科学证明：谷子是从狗尾巴草驯化来的——若是没有"莠"，世间也就不会有"禾"了。

狗尾草在我们北方老家有个俗名，叫谷谷莠，搞清了它跟苗、禾、谷的关系，我才知道了这个俗名的正确写法和意思：谷子地里的杂草。而且，虽说是方言俗名，但也真是古得很，应该有几千年的历史了吧。几千年的历史里，狗尾草被人厌恶，喜欢它的是医生和小孩子：医生称它光明草，因为它可以治眼疾；小孩子喜欢它，随手揪几穗毛茸茸的小狗尾巴，拿着玩儿，招猫逗狗，所以狗尾草也叫猫戏草。我们在"莠"字后加个儿化音，叫它谷谷莠儿。按语法学家的说法，儿化音可以表示喜欢，小、可爱。谷谷莠儿是孩子们喜欢的小可爱。

狼尾草和蒹、葭、萧、蓍

莠是狗尾草，没有异议，但稂是什么草，有点小争议。先从《诗经·曹风·下泉》说起，因为凡提到稂，人们都会谈起这首诗——

> 冽彼下泉，浸彼苞稂。忾我寤叹，念彼周京。
> 冽彼下泉，浸彼苞萧。忾我寤叹，念彼京周。
> 冽彼下泉，浸彼苞蓍。忾我寤叹，念彼京师。

跟《诗经》的很多诗一样，一唱三叹，三节诗基本一样，只是换了三种草，意思也简单：寒冷的水漫过田地，水里没有庄稼，只有一丛丛的稂草、萧草和蓍草浸泡在水里。有人醒来，悲伤地慨叹：好怀念京师啊！不说诗意，只说草。三国陆玑《毛诗草木鸟兽虫鱼疏》说"稂，童粱。禾秀为穗而不成则嶷然，谓之童粱"。意思就是说，禾苗吐穗，但没长成，所以挺直向上，这就是稂，后人将其理解为秕谷。许慎《说文》解释"莠"的时候也说："禾粟下扬生莠。"莠"扬生"和陆玑说稂"嶷然"，应该是一样的意思，稂和莠穗轻，所以向上生长，而不像谷穗重而下垂。也因此，晋人郭璞注《尔雅》时，说稂是莠类，两棵草外形相似，结伴而生，是难兄难弟，为人不喜。

唐人孔颖达疏《诗经》时，采纳了陆玑的说法。孔疏被列入官学，是权威，影响自然很大，稂是秕谷的说法也就随之流传颇广。

权威被人迷信，但也一定有人挑战。罗愿就不同意稂是秕谷的说法，他在《尔雅翼》里说，自古稂莠连在一起，莠是谷子地里的杂草，稂也应该是不同于禾的草才对。明人毛晋《陆氏诗疏广要》说稂时，思路和罗愿一样：《下泉》里和稂在一起的是萧和蓍，而萧和蓍"皆是野草"，所以稂也应该是"禾中别物"。

罗愿和毛晋的思路是对的，司马相如《子虚赋》中铺陈楚地高山大泽，草木丛生，说"卑湿则生藏莨蒹葭……"莨在湿地沼泽，和藏、蒹、葭长在一起。"蒹葭苍苍"是《诗经》有名的诗句和风景，但蒹葭不是芦苇，毛晋说得清楚："蒹葭二物相类而异种者也。蒹小而中实，凡曰萑、曰薕、曰菼、曰雈、曰薍、曰蒹、曰荻、曰乌蓝，一物九名皆蒹也；葭大而中空，凡曰苇、曰芦、曰华、曰芀、曰马尾，一物六名皆葭也。"蒹古有九名，现在以荻为正名；葭有六名，今称芦苇。秋水边，"蒹葭苍苍"，荻花开芦花开，花也有异：荻花散，丝丝缕缕，风致飘逸；芦花紧，一团团，毛茸茸。"藏"呢？也是一棵水边草，估计很早就已说不清是什么草。宋人编《集韵》只说："草名，似薍。"薍是荻，藏是水边一棵像荻的草。那么，"莨"应该和藏、蒹、葭一样，也是水边的草，用"苍苍"的穗点染着秋天的景致。

如果莨不是秕谷，是一棵独立的草，是什么草呢？东汉应劭《汉书音义》云："葭，葭尾草也"。葭，即莨，也写作蒗。清人郝懿行《尔雅义疏》说，"葭尾即狼尾"。罗愿《尔雅翼》这样解释狼尾草的由来："莠今谓之狗尾草，莨名狼尾，则以相类。"按罗愿的说法，先有狗尾草的名字，狼尾草继之，是照猫画虎的结果。也就是说，莨也有穗，比莠——狗尾草的穗大，莨就跟着叫了狼尾草。虽然，事实上，狼尾巴不一定比狗尾巴大。

379

《下泉》里，稂和萧、蓍在一起，一起浸在水里，郑玄笺注说它是"萧蓍之属"。但，若说稂、萧与蓍都是荒芜田地里长出的野草还可以，却不能说和它们是同类，因为它们的命运与历史实在是有太大的差别：稂是恶草，而萧与蓍都曾是神草或者圣草。

萧，今名牛尾蒿——也是尾巴草，但牛尾巴草比狼尾巴草幸运多了。《诗经·采葛》有唱："彼采萧兮，一日不见，如三秋兮。"萧与稂都是草，但从没有人给稂唱过这么深情款款的歌，也不会有人"采"稂，和稂搭配的动词是"除"，人必除之而后快。古谣谚云："不除稂莠，难种嘉禾。"人们采萧干什么呢？《诗经·生民》有答，"取萧祭脂"——所以，陆农师《埤雅》释萧，首句即说："萧可以祭。"怎么祭祀呢？毛传云："取萧合黍稷……合馨香也。"牛尾蒿燃烧有香，其香和黄米饭小米饭的香合在一起，献给神灵和祖先。稂与禾黍长在一起遭人恨，而萧和黍稷一起，被供于宗庙，香气缭绕，充满神圣感。

蓍读音同"筮"，意也同"筮"，是占卜的草。于萧草的神圣之外，还多了一点神秘。晋人张华《博物志》有记："蓍千岁而三百茎，其本已老，故知吉凶。"这棵能活千岁的草，也以"知吉凶"而进入《史记》，和龟一起被写成列传：《龟策列传》，"策"即蓍草。蓍草也成为草木世界里唯一获得进入史传之殊荣的草，享受着人的赞美，赞美其神异：

"蓍生满百茎者，其下必有神龟守之，其上常有青云覆之"
"其所生，兽无虎狼，草无毒螫"。

"蓍"字从"老"，这棵草有点像黑格尔名言里的猫头鹰：
"密涅瓦的猫头鹰在黄昏起飞。"密涅瓦是智慧女神，黄昏
是人到老年，而蓍字里的"耆"意为老人，中国的蓍草因为
老而充满智慧与神力，《史记》云："古五帝三王发动举事，
必先决蓍龟。"古人做事先问神，如何问，用龟壳，用蓍草。

狼尾巴草不管是写作稂，还是写作莨，名字里都有个
"良"，"良"意为好，可文化史里，它不是好草，是恶草。
如果郑玄听我讲了稂、萧和蓍的那些往事，还会说稂是"萧
蓍之属"吗？

"良莠不齐"应是"稂莠不齐"

"稂莠"的古名今人已陌生，成语"良莠不齐"虽然有
点古色古香，但应该还为人熟悉。"稂莠"与"良莠"，模
样相似，它们有关系吗？说到这里，还得说说"稂"字的读
音。"稂"，今读作"狼"，和《说文解字》所说的读音一
样，但毛传说"稂"又名童粱，《说文》又写成了"董莨'。
在古人那里，稂、粱和莨，读音应该没什么差异。其实、郑
玄笺注《诗经》已说："稂音郎，又音粱。"清人王念孙《广
雅疏证》解释得更清楚："良与郎声之侈弇耳，犹古者夫妇
称良，而今谓之郎也。""侈弇"读若"尺演"，指钟的口

径大小。王念孙的意思是说，"良"与"郎"不过是说话时口型大小造成的读音差异，意思没有区别。所以，稂莠与良莠，不仅长相相似，其实读音也可以一样。

稂莠是两棵草，"良莠"是什么呢？"良"是好，"莠"是草，能说"良莠"是一棵好草吗？显然不是，因为"莠"是坏草。如果说"良"和"莠"并列，代表好与坏，可"莠"是草，"良"不是，怎能并列？又有人说，"莠"是坏草代表坏人，"良"代表好人，可以并称。"良人"确实是"好人"，但这个"好人"可不是能随便说的："今夕何夕，见此良人。子兮子兮，如此良人何！"（《诗经·唐风·绸缪》）朱熹注道："良人，夫称也"——这是女人对老公的昵称，是夫君。《诗经》里那个女人在洞房花烛夜，缠绵又热烈："今夜是怎样的夜啊，有幸见到你——我的好人。"稂或莨也可写作"郎"，因为情郎的"郎"本来就是从"良人"的"良"变来的，总不能把情郎和一棵恶草拉到一起吧。所以，"良莠"还是不通。

古时没有"良莠"，但"稂莠"常见，两棵草结伴，成了汉语的一个词。"稂莠"的文化形象一直没有变过，汉人王符说"稂莠者伤禾稼"（《潜夫论》），宋人罗愿说稂莠是"恶草""与禾相杂，故诗人恶之"。诗人不懂稼穑，可是写起稂莠来总是咬牙切齿，要斩草除根——

学耕不逢年，稂莠败禾黍。（唐·鲍溶《冬夜答客》）

从此心田去稂莠，沐侯化雨及时耕。（宋·王迈《再用韵和张仁仲使君》）

稂莠非不除，卒以害吾稼。（元·谢应芳《树头鸦舅鸣》）

稂莠不可容，容则嘉谷伤。（明·朱诚泳《过田中有感》）

除恶必拔本，稂莠赎良苗。（清·玄烨《行殿示诸皇子》）

而且，诗人说"稂莠"时，"中心思想"常常就是"稂莠不齐"。只不过，"不齐"的不是"稂"和"莠"，而是"稂莠"与"嘉禾"，它们长在同一块庄稼地里——

禾黍与稂莠，雨来同日滋……小人与君子，用置各有宜。（唐·白居易《读〈汉书〉》）

稂莠非所殖，嘉禾共一田。（宋·梅尧臣《农难》）

稂莠终乱苗，珉瑜颇相类。君子与小人，颜面亦不异。（明·范宗晖《古意》）

频年洪州试，似不辨稂莠。（清·姚鼐《喜陈硕士至舍有诗见贻答之四十韵》）

诗人不会满足只谈杂草和庄稼，一定要升华为"香草美

383

人""恶草小人",寄托微言大义。于是,同一块庄稼地里"稂莠"与"嘉禾"杂处,也就成了小人君子之喻,也就是"稂莠不齐"。

人间好多事就是这样,积非成是。时间久了,对成了错,错成了对。说不通的"良莠"最终代替了原本的"稂莠",虽然"名不正",但"言已顺",少有人再想起原初的"稂莠"。

49

"飞蓬"怎么飞

"首如飞蓬"本来是句诗，后来变成了成语。诗不只是意思，更是形象，你想想或者想象脑袋到底"如"什么。不了解成语里的一棵草没什么关系，而要把诗读成诗，就得关心"蓬"究竟是什么草、"飞蓬"怎么飞。这样，你才能想象得出，头发像"飞蓬"到底是个什么样子。

"首如飞蓬"出自《诗经·卫风》里的《伯兮》："自伯之东，首如飞蓬。岂无膏沐，谁适为容？"这是汉语诗歌史里第一个"为悦己者容"的女人，她自言自语地唱着，也唱给远人。余冠英先生将古歌译成了通俗的民歌："打从我哥东方去，我的头发乱蓬蓬。香油香膏哪缺少，叫我为谁来美容。"程俊英先生也用民歌体译《诗经》，前两句的译文是："自从哥哥去征东，无心梳洗发蓬松。"陈子展先生和余、程两位不一样，他把《诗经》译成了现代新诗："自从伯往东方去了，头发像飞舞的蓬草。"三位先生都是大家，但"首如飞蓬"的翻译都不好，有点随意，对诗里的那棵草没怎么上心。人家诗里用比喻，说头发乱得像"飞蓬"，可余程两位先生压根儿不理比喻，也不理那棵草；陈先生倒是直译，可"飞蓬"就是"飞舞的蓬草"吗？是像跳舞一样优美地"飞"吗？

子曰"近取譬"，打比方，自然用身边熟悉的东西。"蓬"应该是先秦两汉乃至六朝人们熟悉的草，因为他们常用蓬比这比那：庄子讽刺人说"夫子犹有蓬之心"（《逍遥游》）；荀子谈学习时说，"蓬生麻中，不扶而直"（《劝学篇》）；曹植诉说自己身世飘零，写诗道，"转蓬离本根，飘飘随长风"（《杂诗》）。太熟悉了，也就没必要细说"蓬"长什么样子；注释典籍，也就不会为"飞蓬"浪费笔墨。注《诗经》的祖师爷和权威是汉人毛亨，对"蓬"，他只简单地注了三个字："草名也"。毛亨之后，注疏《诗经》的大家郑玄、陆玑、孔颖达诸人也是一样，对"蓬"熟视无睹，不做解说。

可问题是，古人熟悉，后人陌生。宋以后，古之"蓬"是什么草就已日渐模糊，不易说清了。宋人陈长方的《步里客谈》说："古人多用转蓬，竟不知何物。"到了明代，连李时珍谈到蓬时都一脸无奈，说，前人写蓬，"不具形状"，而蓬的种类又多，不知古之蓬到底是什么蓬啊。清人钱泳甚至认为古人的"蓬"压根儿就不是草，因为他不相信有会飞的草。他的《履园丛话》有一篇《转蓬》，说古人都错了："蓬草何物，岂能吹入云中而随风转耶？"不是草是什么呢？这位老先生的脑洞也真是大，他引经据典：唐人颜师古注《汉书·贾山传》说"蓬颗，谓土块"，晋人张华《博物志》说"徐人谓尘土曰蓬块”，而吴地方言有蓬尘，杭州人方言有蓬坺儿，也都是尘土的意思，所以，钱泳得出结论：飞蓬和转蓬乃“尘土之义，未必是蓬草也”。按这种说法，“首如飞蓬”就成了一脑袋尘土。确实算得上“学术创新”，只是估计不会有几个人相信。而且，钱泳引《汉书》古注，说蓬是土不是草，可同一本书中，《燕刺王刘旦传》说刘旦努力工作，“头如蓬葆”，颜师古注曰：“头久不理，如蓬草。”

“不理”就是不整齐，就是乱。宋人邢昺注疏《尔雅》，说蓬的时候，沿袭颜师古，说蓬就是“草之不理者”。邢昺之后的另一位宋人陆农师在其《埤雅》中，一字不漏抄了这句话。而《埤雅》之后，人们“抄”陆农师。天下文章一大抄，也需要抄，文化史在“抄书”中流传。流传到现在，我们的词汇表中有了个“蓬乱”，或者“乱蓬蓬”。只是，我们说这些词时，不再想起那棵“乱草”。

蓬，不仅“乱”，还能“飞”，能“转”。所以，古人叫它飞蓬、转蓬。《埤雅》释蓬，说：“蓬，善转旋。”说蓬草旋转并非陆农师的发明，《埤雅》释草木鸟兽虫鱼和天地万物，写来都是文化小史。《尔雅》后形成的释字传统本来就是文化史的解说，用陈寅恪的话来讲，就是“解释一字即是作一部文化史”。蓬“善转旋”的说法起源很早，《淮南子·说山训》讲，古之圣人“见飞蓬转而知为车”——我们离不开的车轮子，居然是一棵会飞的草给人的启发。而且，

"飞蓬转"三个字也给出了"飞蓬怎么飞"这个问题的第一个答案：旋转着飞。"鹤毛飘乱雪，车毂转飞蓬"（南北朝·庾信《上益州上柱国赵王诗》）；"沙飞似军幕，蓬卷若车轮"（汉·王褒《送别裴仪同诗》）。古诗里，也常说飞蓬旋转如车轮。

草如何能像车轮一样旋转呢？如果还有疑问，《步里客谈》里有部分答案。陈长方说他外祖父出使辽国时，见草"团团在地，遇风即转。问之，云转蓬也"。蓬之形不是一棵竖直向上生长的草，而是"团团在地"。一团一团的蓬，转也好，飞也好，都需要风。《商君书》说飞蓬"遇飘风而行千里，乘风之势也"，所以，这棵草不仅"遇风即转"，而且，大风起兮之时，"忽见飞蓬平地起"（宋·戴表元《孙使君飞蓬亭》），"卒遇回风起，吹我入云间"（三国·曹植《吁嗟篇》）。

可仍有疑问，即便"团团在地"，也有根在地牵连，那么，蓬又如何离地而飞，如何转得起来？汉人刘向《说苑》答："秋蓬恶于根本而美于枝叶，秋风一起，根且拔矣。"陆农师引了这句话后，发挥说：蓬"其叶散生如蓬，末大于本，故遇风辄拔而旋"。按刘向和陆农师的说法，蓬是草大根小，秋天干枯，才能被风连根拔掉，被风吹起，或转或飞。

《埤雅》解说蓬草的飞和转，是总结前人，而从"飞"和"转"来解释蓬的名与字，则是他自己的创造："蓬虽转徙

388

无常，其相遇往往而有也，故其制字从逢。"草在风中乱飞，两棵草也能相遇。陆农师是学者，但其"说文释草"也真是有想象有诗意。想象和诗意倒也并不妨碍求真，因为从字形来释"蓬"的话，结论居然和陆农师一样：蓬是一棵渴望相逢的草——

蓬字从草从逢，逢字的走之旁古字写作"辵"（读音同辍），上面三撇是道路，下面的"止"象形，是脚，脚在路上当然是走。《说文解字》释之为"乍行乍止"，也就是走走停停。"夅"字同"逢"，拆开来，上面是"夂"，和"止"读音一样，意思也一样——是脚。不过"夂"是脚趾向下，"止"是脚趾向上："逢"里有两只脚相向而行，是相遇相逢，而相遇的路旁有一棵茂盛的树或者草——"丰"。现在的"丰"字是一竖三横，古字的"丰"，横在竖的两侧向上生长，宛如草茎或者树干两旁的分枝，金文甚至还在枝上画了几个点，如叶如花。南唐徐锴《说文系传》解释"丰"字，说："草之生，上其盛者，其下必深根也。"

这样说来，"蓬"是一棵悲伤的希望草，孤独地在秋风里飞，渴望相逢，却是"转徙无常"的别离，是"孤蓬"，"此地一为别，孤蓬万里征"（唐·李白《送友人》）；都说叶茂根必深，可蓬有茂叶却无深根，"秋风一起，根且拔矣"。风里的飞蓬，似浮萍，像是无根草："长漂如泛萍，不息似飞蓬"（唐·寒山《诗三百三首》）；"人生能着几两屐，踪迹不异无根蓬"（元·舒頔《过牛伏岭》）。蓬生地上，可文化史里，它在风中，是"飘蓬"："十年只一命，万里如飘蓬"（唐·岑参《北庭贻宗学士道别》）。

说蓬不说根也不说草的是朱熹，他的《诗集传》解说"首如飞蓬"时只讲蓬的花："华似柳絮，聚而飞，如乱发。"朱熹是大儒是名家，迷信名人是容易的事，于是人们相信"首如飞蓬"飞的是花，于是古之飞蓬成了今天的小飞蓬。流传甚广的日人细井徇《诗经名物图》、今人潘富俊《诗经植物图鉴》里，蓬图都是菊科的小飞蓬。

《诗经》里有首《驺虞》："彼茁者蓬，壹发五豵，于嗟乎驺虞！"飞蓬是文化史里的秋草，而这首诗，让人想象春天，原始的春天，充满野性，一切都在生长，像神话，像童话：茂盛的蓬草丛里，五只刚出生的小野猪。仁兽驺虞从这里走过，不打扰正在生长的草与兽。驺虞读作邹宇，《山海经》里的怪兽，像老虎，可它不踏青草不吃活物。"彼茁者蓬"，多好的诗句，多好的草，我也真愿意古人眼里的蓬就是今天的小飞蓬：春天，小飞蓬一根根直直地生长，一长就是一片，像青葱的小森林，它们真健壮啊！我希望有小鸟小兽在那里安家。

可是，稍作辨析就会知道，今天的小飞蓬不是古人看见的飞蓬。小飞蓬是笔直的草，可以长到一两米，这样的大草如何能在风中像车轮一样旋转？小飞蓬高大的茎也无分枝，只在顶端生出小枝，而古之蓬"美于枝叶"。而且，"蓬生麻中，不扶而直"，也就是说，蓬不是挺直生长的草。晋人郭象注《庄子》，说"蓬，非直达者也"；唐人成玄英补充说，蓬"拳曲不直"。不仅不直，蓬也不高，刘向说"蓬者短不畅"。这样的蓬，"团团在地"。

那么，古之飞蓬不是今天的飞蓬又是什么草呢？清人程瑶田《释草小记》中有《释蓬》，虽说是"小记"，说的内容却一点也不少。第一，说古之飞蓬即扫帚菜。扫帚菜长出地面就开始分枝，不见草茎，只见枝叶，一蓬青草，算得上是"团团在地""美于枝叶"。待到秋天，叶落草枯，就是一把天然的扫帚。第二，"首如飞蓬"如何"乱"。秋天，蓬"已黄而陨矣，存者但有枯枝，发乱如飞蓬，如其枝之乱也"。第三，飞蓬如何"飞"。刘向《说苑》和陆农师《埤雅》都说蓬被秋风连根拔起，程瑶田批评他们"皆考之不审矣"。理由是："蓬之干，草本也，枯黄后其质松脆，近本处易折。折则浮置于地，受风旋转不定，故法之为车轮焉。大风举之，则戾于天。"所以，程瑶田的结论是："蓬转而飞，不得与根荄连，是折而非拔也。"应该说，程氏的说法是对的，古诗里的飞蓬确实都非"拔根"，而是"折"，是"断根"。"蓬的诗歌史"中，曹植写得早且多，也常为后人提及，尤其是"转蓬离本根，飘飖随长风"的诗句。曹植看见的蓬，离根随风飞。南北朝的鲍照写得更清楚："遥望转蓬飞。蓬去旧

根在。"（《代邠街行》）也是因为茎折离根，诗人们直接
称蓬为断蓬或者断根蓬——

断蓬孤自转，寒雁飞相及。（唐·王昌龄《从军
行》）

万里飘然似断蓬，桐庐江上又秋风。（宋·陆游
《官居戏咏》）

何如拔心草，还逐断根蓬。（隋·鲁范《送别
诗》）

纷纷脱柯叶，衮衮断根蓬。（宋·贺铸《和陈传
道秋日十咏之六 秋风》）

文章写到这里的时候，有朋友来喝茶。跟他说起程瑶田
讲飞蓬的事，朋友道："我们叫它铁扫帚，结实得很，哪里
会那么容易折断。"我答，你是南人，我是北人。蓬，南北
都有，但文化史里，它是北方的草，所以，写蓬的诗多苍凉
寥廓之气。北方天高地阔，风也大，大到可以飞沙走石，何
况一茎枯草？岑参有诗："北风卷地白草折"，折断的有白草，
也有枯萎了的蓬草，被风吹去，在风里飞……

50

茨：蒺藜沙上看花

　　《诗经》有一首《墙有茨》，不说全诗，这三个字就好，是城市里不大见得到的人间小景：墙上生草。墙上的草不仅是自然之物，视而不见就不必说了，有人见了会想起点什么，有人想起"墙头草随风倒"的俗语，或者俗世哲学；当然，也会有人想起现代诗人卞之琳的《墙头草》："想有人把所有的日子／就过在做做梦，看看墙／墙头草长了又黄了。"古代诗人的《墙有茨》也好："墙有茨，不可扫也。中冓之言，不可道也。所可道也，言之丑也。""中冓"自始就被解释成宫闱丑事，到现在，后宫和男男女女的事也总会有不少人关心，但《墙有茨》的好和后宫关系不大，好的是诗里的人和草。若用白话来说，诗的意思大致是：墙上的草，不要拔掉。拔掉了，墙也好不了。不要老是讲别人私生活的丑事啊！你要讲那些丑事你也丑——讲得多好。

　　不管丑事，讲墙上草。"墙有茨"的茨是什么草呢？《尔雅》和《毛诗》都说是蒺藜。蒺藜是我小时候在乡间常见的草，看见小时候见过的草长在《诗经》里，也是件愉快的事。郭璞注《尔雅》，说蒺藜"布地蔓生，细叶，子有三角，刺人"。几千年过去，蒺藜也没有"进化"成别的样子，还是那样，细茎在地上蔓延，铺在地上，像蜘蛛网。春天，细茎与细叶间开出小黄花，花落结子，子有黄豆大小，其上有刺。李时珍解释蒺藜之名也是从这"刺"上发挥，说"蒺，疾也；藜，利也；茨，刺也"。因此，蒺藜或者茨的意思是"刺伤人甚疾而利也"，就是说蒺藜子的刺很锋利，能快速刺进人的脚底板。

蒺藜子确实扎脚，当然也扎手。晚清王闿运《尔雅集解》说，蒺藜"苦墙防逾越"，这样说来，"墙有茨"有点像今天墙头的碎玻璃之类，用来防人。宋人洪兴祖补注《楚辞》，也说蒺藜"以实得名"，但李时珍以蒺藜子解释其名却未必正确。汉字象形，表意，但也记音，语言学家王力先生解释茨，就说它乃是"蒺藜的合音"。实际也是，茨和蒺藜最初都有多种写法，经历了很长时间才固定下来。1972年山东银雀山出土的竹简《孙膑兵法》中，蒺藜写作疾利；《墨子》一本书里，蒺藜就有两种写法：蒺藜、疾犁。如果按李时珍的思路，"疾犁"应该解释成快速犁地才是，但这只能是玩笑了。茨也是一样，《玉篇》写作䳒，《说文解字》里写作荠。清人严元照的《尔雅匡名》说"墙有茨"的茨，"诗古本皆作荠"。如果今人看古本《诗经》，遇见"墙有荠"，恐怕会以为墙头长出了荠菜吧。写法多样不固定，只能用记音来解释。说到这里，应该提一下，茨（读音同慈），不同"刺"，今天也还用这个古字来写一棵草的名字：茨菇，也有人写作慈姑。茨菇无"刺"，茨菇与慈姑，写法的多变，也只能说古人用这个音来命名这棵草，至于是什么意思，只有猜测还不行。

《说文解字》里说"荠"是蒺藜，但也有"茨"这个字，释为用茅草盖屋顶，大概这是"茨"更古的意思，用"茨"作蒺藜之名应该是以后的事。汉人刘熙《释名》解释"茨"就和许慎一样，和李时珍不一样，说"茨"即"次"，"次"是次第的"次"，就是把一棵棵茅草依次铺在屋顶上，整整齐齐。《韩非子》有记"尧之王天下也，茅茨不剪"。远古时候，王的生活和一般老百姓差别不大，古希腊神话里的特洛伊王子不过是个牧羊人，我们的尧王也住在茅屋里而已。

尧的事迹代代流传，其品格为人追慕，他不修剪的"茅茨"也为人热爱，成了中国读书人的"理想国"："慕唐虞之茅茨，思夏后之卑室"（汉·张衡《东京赋》）；以尧为精神导师的人不渴求大房子，不羡富，反而慕穷。汉人扬雄作《逐贫赋》，理想的居所就有尧的影子："土阶茅茨，匪雕匪饰。"人世变动不居，有些东西却在文化史里固定下来。茅茨，因为尧，成了后世极简生活的代名词，是远离尘世喧嚣的田园，是隐者深山的居处："门前种柳深成巷，野谷流泉添入池。牛壮日耕十亩地，人闲常扫一茅茨"（唐·高适《寄宿田家》）；"绝顶一茅茨，直上三十里。扣关无童仆，窥室唯案几"（唐·丘为《寻西山隐者不遇》）。

茅茨简陋，为人爱，蒺藜以茨为名，一开始就为人所厌，是另一种文化形象。屈原《离骚》有诗句："资菉葹以盈室。"屈原之后，东方朔《七谏》也有类似的吟唱："江蓠弃于穷巷兮，蒺藜蔓乎东厢。"汉人王逸注释说资就是蒺藜，和菉、葹一样，皆"恶草"，用来比喻到处都是谗佞小人。宋人洪兴祖补注《楚辞》，说《诗经》"墙有茨"就是用来讽刺龌龊之事。

"恶草"恶在哪里呢？蒺藜，首先是因为有刺的蒺藜子。民谚云：蒺藜张嘴——带刺儿。说得有趣，也是民间智慧。汉乐府有《孤儿行》，孤儿涕泣连连，诉说生活苦楚，其中就有蒺藜之罪："足下无菲。怆怆履霜，中多蒺藜。拔断蒺藜肠肉中，怆欲悲。泪下渫渫，清涕累累。"若是我的小伙伴儿们知道有人因为蒺藜扎了脚而哭得涕泪交流，估计会一个个来嘲笑他，叫他熊包精。因为我们赤裸的小脚是常踩到蒺藜子上的。被扎了，抬起脚来，拔下去就是。我们叫它蒺藜狗儿，蒺藜像狗一样咬人，但没人被蒺藜狗儿咬哭过。"蒺藜生道傍，延蔓何绵密"（明·刘基《种怀香》），乡下孩子有大道不走，偏爱走没路的田野，田野多蒺藜。

当然，没人会喜欢蒺藜扎进脚底，有鞋还是要穿的。穿什么鞋好呢？我们乡间的布底鞋会被扎透。南北朝的陶弘景说，长安多蒺藜，"人行多著木履"。想起来，也是蛮有意思的历史风景：处处蒺藜，古衣装的人们穿着木屐，咚噔咯噔地走过。古人文字里，让人想象的不仅是市井风情。陶弘景接着说蒺藜："今军家乃铸铁做之以布敌路，名铁蒺藜。"被蒺藜扎过脚的孩子多听过评书：《三国》《水浒》《岳飞传》《杨家将》《隋唐演义》，英雄传奇里少不了战争，两军对垒，常用的防御性武器，我记得的只有"鹿角丫杈"。

至于铁蒺藜，据说是诸葛亮发明。清人黄兆麟还专门写过一首《诸葛武侯铜蒺藜歌》，诗中称之为"武侯铜蒺藜"。但据说只能是据说，当不得真，因为战国时代的《孙膑兵法》《六韬》等书已有用于作战的铁蒺藜和木蒺藜。《孙膑兵法》云，"疾利者，用以当沟池也"；《六韬》记，"狭路微径，张铁蒺藜，芒高四寸，广八寸，长六尺以上，千二百具，败步骑"。

冷兵器时代的战争远了，古战场也早已沧海桑田，但还可以读读古诗，铁蒺藜出现在诗歌里，有金戈铁马的英雄豪气："汉兵奋迅如霹雳，虏骑崩腾畏蒺藜"（唐·王维《老将行》）；"有金须碎作仆姑，有铁须铸作蒺藜"（宋·乐雷发《乌乌歌》）；"天山夜捣单于垒，芴岭朝倾颉利师。琵琶帐底金凿落，刁斗营前铁蒺藜"（明·张楷《老将行》）。佛门弟子远离红尘的打打杀杀，但也爱用蒺藜和铁蒺藜说事儿。不管偈子里的禅悟，单从文艺上看，实在是金刚怒目的好诗："手把蒺藜一万斤，等闲敲落天边月"（宋·释智本《偈

四首 其三》）；"须进裂，哪咤顶上吃蒺藜，金刚脚下流出血"（宋·释方会《偈》）；"手把铁蒺藜，打碎龙虎穴"（宋·释守智《偈四首 其一》）。

虽被称作"恶草"，蒺藜也不会为所有人讨厌，总会有人喜欢它："沙苑蒺藜美，草桥枸杞明。"（明·梁维栋《官舍十咏 其八》）喜欢一棵草，在一棵野草里看见美，也是一堂美育课，培养人的温柔与热情。李时珍这样写蒺藜："蒺藜叶初生如皂荚叶，整齐可爱。"能看见蒺藜叶"可爱"的李时珍，不单单是个职业医生，也是个草木诗人。清人焦袁熹也爱蒺藜叶："爱有蒺藜，树之中庭。日月几何，维叶青青。青青之叶，不可采撷。"（《蒺藜》）陶弘景《名医别录》说蒺藜叶"可煮以浴"，本草学家说的是药用，但那水的颜色、气味，和带给人的感觉，尽是诱惑我的想象。

蒺藜也开花，蒺藜花也有人爱："一片春光谁是主？野花开满蒺藜沙。"（元·华亭二生《全生诗》）蒺藜常生沙地，因为那小小的黄花，古诗常写"蒺藜沙"，也就是沙上蒺藜："画列青山，茵铺细草，鼓奏鸣蛙。杨柳村中卖瓜，蒺藜沙上看花"（元·张可久《别怀人生最》）；"涧草长书带，野花开蒺藜"（明·江源《綦江道中》）。乡间孩子不会在"蒺藜沙上看花"，只是被蒺藜子扎过那么多次脚，但多年后想起来也并不厌恶它，反而怀念。而且，古人写蒺藜的这些诗句和诗里情致，令其心动。

51

藜："故乡"的野菜

　　周作人有篇《故乡的野菜》，是我喜欢的文章。有一年考试，也把它印在了试卷上，叫学生自由发挥，说说自己的看法。但中国的学生，即便到了大学，面对考试，依然自由不起来，都在小心翼翼地总结中心思想。而且，看到的，想到的，写下来的，是那么惊人地一致，都说作者在写思念故乡。

　　故乡当然可以思念，但故乡也不是只有思念，还有野菜啊。况且，世间一切都存在于时间，时间流逝，一切皆变动不居，人和野菜也是一样。时过境迁，当年自己和一棵野菜的经历，后人早已陌生。发生过又已消失的，对个人，是旧事，是记忆；对文化，是历史，是知识。鲁迅小说《风波》里的人们聚在一起，喜欢聊"什么地方，雷公劈死了蜈蚣精；什么地方，闺女生了一个夜叉之类"。读过点书的人，说说一棵野菜的旧事和知识，也可以津津有味、兴致盎然。而且，那些旧事也可能让人有所悟，生欣喜，生惭愧。

藜草和藜菜

读书，也不过是和今人古人的聊天。读《故乡的野菜》，听周作人讲江南野菜，我也想跟着说说自己在北方挑过、吃过的野菜，比如藜。藜在我的故乡名叫落藜，在《诗经》里是莱。一棵野菜，把几千里外的故乡和几千年前的《诗经》连在一起，有趣，也神奇。

诗叫《南山有台》，欢乐庄严，是为人颂德祝寿的诗，但在颂人之前，先颂山和山上草木："南山有台，北山有莱。乐只君子，邦家之基。"下面还有四章，格式差不多，都是说南山有什么树北山有什么树。"台"是莎草，水边常见，有一股甜甜的气味，陆玑《毛诗草木鸟兽虫鱼疏》说它"可为蓑笠"。许慎释"蓑"为"草雨衣"，能编蓑衣的草应该不只一种，但偏偏"莎"和"蓑"同音，也许是巧合，也许有为人忘记的草故事吧。"莱"，汉字最早的字书之一《玉篇》训为"藜"。"台"可为人用，"藜"和"台"一起说，应该也有它的用处，有用，就会进入人的世界，就会有故事。

古文字学家都说"莱"和"藜"古时同音，其实，两个字的构成也有点无巧不成书——草头下面都是庄稼："来"的古字象形，是一棵小麦；"黎"的古字本来是左右结构，左边是个"黍"，就是黄米。麦和黍是庄稼，是嘉禾，而藜终究和扫帚草、狗尾草、蒿草一样，只是庄稼地里的一棵杂草。《管子·封禅篇》云，"嘉禾不生，而蓬、蒿、藜、莠茂"；

《礼记·月令》说，如果春行秋令，"则其民大疫，飙风暴雨总至，藜、莠、蓬、蒿并兴"。唐人颜师古注《汉书》，像是给这些野草盖棺定论："蓬蒿藜莠，皆秽恶之草。"

黍和麦长得好叫丰收，而藜莠蓬蒿长得好叫荒芜。《诗经·十月之交》里有人哭天抢地，喊着："田卒污莱"——"我的田地荒芜啊，积满了污水，长满了藜草"。陈梦家先生说"黎"字中，"黍"右边"勿"字少一撇的字符乃"农具之象形"，黍子地里的农具总让我想起镰刀之类，在割着藜这些野草。《左传》里不就曾说"斩之蓬蒿藜藋"吗？

《诗经》以后，藜作为杂草，也常常在诗歌里生长，一副田园荒芜的衰败之相："野平葭苇合，村荒藜藿深"（隋·李密《淮阳感秋》）；"寂寞天宝后，园庐但蒿藜"（唐·杜甫《无家别》）。当然，并非蓬蒿藜藿生长之地就一定荒芜不堪。蓬莱山是仙山，而所谓仙山，不过是处处蓬草和藜草。

站在庄稼的立场上，说藜是杂草，甚至恶草，但终究，世间不仅有庄稼，人也不能只有黍麦。换个立场看，藜还是藜，但我们也可以看见"另一棵野草"，听到"另一种故事"。野草能吃就是野菜。藜，是野菜。陆玑疏《诗经》，说的就是野菜的藜："其叶可食。今兖州人蒸以为茹，谓之莱蒸。"

陆玑说藜菜蒸着吃，我们没有这样吃过。在老家，我们只用嫩藜菜叶做包子。但在古代，"莱蒸"应该很常见。《孔子家语》载，孔门弟子曾参的妻子因为蒸藜没蒸熟，结果被休。曾参还振振有词，说"藜蒸，小物耳"，可小事都做不好，"况大事乎？"今天看来，荒谬得有点像天方夜谭，故事里的女人也真是可怜。

孔门弟子中，子路吃藜也很有名。而且，还因为吃藜而进入了二十四孝的光荣榜，《孔子家语》说他自己"常食藜藿之实，为亲负米百里之外"。藜叶可食，藜实也可以吃吗？这是我不知道的。翻翻明人鲍山的《野菜博录》，藜确实列在"叶实可食"一类。书里说的吃法是："穗熟时采子磨面作饼，蒸食"。近几年从南美进入中国的藜麦为人所喜，藜麦当然也是"藜实"，但没想到中国人几千年前就吃过。只是，现在估计没人知道依然野生的藜实是什么味道了。

学生吃藜有名，老师吃藜的名声更大。孔子"厄于陈蔡"的事流传很广，《论语》《家语》《韩非子》《庄子》诸书都有记载。被困在陈国蔡国之间时，孔子绝粮七日，能吃的只有"藜羹不糁"。唐人成玄英注《庄子》解释道："藜菜之羹，不加米糁。"无米可加，那就是纯粹的藜菜汤了。可孔子就是孔子，虽然饿得面有菜色，但"慷慨讲诵，弦歌不衰"。那情景，真是令人崇敬，令人怀念，也令今天的读书人惭愧。

孔子吃的藜羹也是古时藜的常见吃法，通常的说法是"藜藿之羹"。成书于三国时代的《广雅》云："豆角谓之荚，其叶谓之藿。"我们老家没人吃豆叶，也没有"羹"。到江南后，我才见到吃到"羹"。"羹"的古字在《说文》里列在"粥"部，也和"粥"的古字"鬻"很相似。"鬻"下面的"鬲"（读音同力），是像鼎一样的炊具。两个"弓"和弓箭没什么干系，是袅袅升腾的热气，用字圣许慎的话说来就是"五味气上升也"。古人世界里，"鬲"和"五味气"构成的字很多，"五味气"之间加一个"米"是粥，加上一个"羔"就是"羹"的古字了——好羹得有肉。至于藜藿之羹，只能为粗劣饭菜代言。

藜羹和藜杖

长在庄稼地里，藜，和嘉禾比，是野草；改换门庭，做菜，也会被人拿来和菜地里的蔬菜比较。唐人刘良注《文选》，释藜，两个字，一锤定音："贱菜"。清人邵晋涵《尔雅正义》说藜菜是"贫者食之"。想想也是，我们小时候，乡下穷，挖野菜是孩子们常做的事；饭桌上，野菜是常吃的菜。现在，即便在老家，人们不会并且也没有时间跑到田野去挖野菜了。没人光顾了，藜，从野菜又变回野草。

但世间事也奇怪，藜，本是贫者所吃的贱菜，在历史上却常为圣贤所食，尤其是"藜羹"。不仅"弦歌不衰"的孔圣人吃过，开天辟地，三皇五帝，五帝中的尧贵为帝，"王天下也"，而所食也不过是"粝粢之食，藜藿之羹"——糙米饭野菜汤而已。但圣贤有光，重道不重吃，其光照亮了一棵野菜，野菜也有了"道"。后世有书呆子追慕圣贤，于是弃绝富贵，自甘贫贱，跟着热爱起"藜"这棵野菜了——

人皆稻粱，我独藜飧。（汉·扬雄《逐贫赋》）

甘彼藜藿食，乐是蓬蒿庐。（魏晋·阮籍《咏怀·河上有丈人》）

吾安藜不糁，汝贵玉为琛。（唐·杜甫《风疾舟中伏枕书怀三十六韵奉呈湖南亲友》）

布被藜羹缘未尽，闭门更读数年书。（宋·陆游《冬夜读书示子聿》）

而且，不仅自己如此，还教导子弟。南北朝的颜之推在《家训》里写道："使汝弃学徇财，丰吾衣食，食之安得甘？衣之安得暖？若务先王之道，绍家世之业，藜羹缊褐，我自欲之。"好个"藜羹缊褐，我自欲之"！人生有"道"可求，野菜汤旧衣服足矣，真让人感慨系之。

安贫乐道的孔门弟子中还有一个原宪，《庄子·让王篇》有记"原宪居鲁"。说子贡坐着豪车穿着名牌去找原宪，原宪正在漏雨的破草房子里，跟老师一样，坐而弦歌。听见子贡打门，原宪趿拉着破鞋子戴着破帽子走出来，"杖藜而应门"——手里拄着根藜杖。子贡嬉皮笑脸地打趣道："哎呀！先生病了吗？"听听原宪的回答吧："无财谓之贫，学而不能行谓之病。今宪贫也，非病也。"原宪无病，病了的是子贡。

原宪手里的藜杖也应是古人旧物了。虽不曾见过藜杖，但今人还能在古诗文里遇见拄藜杖的古人。宋人志南有首诗颇有名："古木阴中系短篷，杖藜扶我过桥东。沾衣欲湿杏花雨，吹面不寒杨柳风。"

清人程瑶田《释草小记》第一篇即写藜，首句即说"藜有数种"。但若粗略来分，就是白心和红心两种：茎顶几片嫩叶的颜色有红有白——白心的叫灰藋，俗称灰菜、灰条菜之类；红心的叫藜。古人用来做藜杖的即是红心的藜，以其长成后，高大，茎直。再高大的藜草终究是草，茎也不会有多坚实吧。藜杖的审美功能应该大于其实用功能，藜杖在手，是旧时文人飘逸的风度和风致——

两卷道经三尺剑，一条藜杖七弦琴。（唐·吕岩《七言》）

桦巾木屐沿流步，布裘藜杖绕山回。（唐·寒山《诗三百三首》）

安得舍罗网，拂衣辞世喧。悠然策藜杖，归向桃花源。（唐·王维《菩提寺禁口号又示裴迪》）

竟日蒲团打坐，有时藜仗闲行。呼童开酒荐杯羹。欲睡携书就枕。（宋·李曾伯《西江月·宜兴山间即事》）

村舍外，古城旁。杖藜徐步转斜阳。殷勤昨夜三

更雨，又得浮生一日凉。（宋·苏轼《鹧鸪天·林断山明竹隐墙》）

峨冠博带青藜杖。行行独步青溪上。时抱一张琴。云间觅赏音。（元·沈禧《菩萨蛮》）

藜茎做杖伴人行，而且还可燃灯，亮在古人的夜里，伴人读书："凿壁邻尤远，燃藜木更坚。"（魏晋·欧阳建《读书无油诗以自叹》）凿壁偷来的光只照亮了匡衡一个人的书，"燃藜"成了文人夜读的代名词："自笑蓬窗勤苦士，何当太乙为燃藜"（宋·施枢《正月十四夜》）；"玄晏当今文学老，校书天禄燃藜杖"（清·吴绡《满江红·乞叙》）。"燃藜"的典故出自晋人王嘉《拾遗记》记刘向事，上面所引施枢和吴绡的诗也是说此事。刘向在天禄阁校书至夜，有黄衣老人持青藜杖进来，见刘向在黑暗里诵书，于是藜杖老人吹藜杖，"杖端赫然出火"，照着诵书的人。故事流传很广，也让贫贱的藜和读书人结下不解之缘：读书灯古称青藜灯，青藜学士意为博学之士。

藜，或者莱，古时也写作釐，应该都是记音，为什么叫藜，今人已很难说清。但燃藜的故事让人想起三皇之一的祝融，祝融是中国的火神。"祝"的古字是人跪地祈愿之态，"融"呢？唐人孔颖达疏《左传》，释"融"为"大明"；《说文》释为"炊气上出"，而我在"融"的古字里看见"鬲"下溢出的火苗。虽然，现在的"融"字里，"鬲"旁边是一条"虫"。祝融之意即是祈愿，是让人摆脱茹毛饮血时代的火，给人"大明"的火。而祝融的本名叫作"黎"，"藜"也可写作"黎"，而祝融之名的"黎"有时也被写作"藜"。以前曾写过尧舜禹中的"舜"，名字本是一棵打碗花。也许，我们的火神之名，也和一棵草有关，一棵会燃烧、会释放光明的草——藜。

52

姜和薑：从祖先的姓说到一块美味的草根

两个字：姜和薑

有个故事讲姜的得名，说神农尝百草中了毒，躺在山野，迷迷糊糊，拔了一棵身边的植物放在嘴里，结果，毒被解掉了。为了感激这棵草，神农用自己的姓——姜——来命名它。故事编得不好，因为作者不知道古时候的"姜"字只是姓，不是草。

《说文解字》释"姜"："神农居姜水，以为姓。从女，羊声。"神农，即我们祖先炎黄二帝中的炎帝，成书于春秋时代的《国语》已说过炎帝和黄帝的姓氏：炎帝在姜水边长大，故姓姜；黄帝在姬水，故以姬为姓。说法虽古，但其实有点绕弯子，不如直接说神农姓姜乃是他的母亲姓姜。《诗经·大雅》有史诗《生民》，开头便唱："厥初生民，时维姜嫄。"用白话来说就是，最初，生下先民的，乃是姜嫄。《诗经·鲁颂》有长诗《閟宫》，开首就赞颂这位神话时代的伟大母亲："赫赫姜嫄。"《生民》讲，姜嫄踩了神的大脚印而怀孕，生下后稷。《说文》云："稷"乃"五谷之长"，后稷的名字应该源于他是教人种庄稼的农神。农神，其实也就是神农。当然，会有神话学家反对，说后稷和神农不是一个人，但神话时代的人和事，神话学家们也往往莫衷一是，没法说清楚。姜嫄踩神人脚印而生后稷的故事见于多种典籍，可是汉人王充的《论衡》又说"后稷母履大人迹而生后稷，故周姓姬"。"姬"和"迹"同音，可"稷"和"迹"也同音啊。这样说来，炎帝的名"稷"和黄帝的姓"姬"源自同一个神话事件，难道姜嫄是两次踩同一个足"迹"而生炎帝和黄帝吗？今人孙作云先生还说，"姬"字中"臣"的古字像"熊迹"——姜嫄是踩了熊的脚印而生子。孙先生是神话学家，而且师出名门，是闻一多先生弟子，可这样说来，姜嫄履"大人迹"或者"熊迹"之后，是生了炎帝"稷"还是黄帝"姬"呢？

不能说清的事让它纠缠去好了，我们能说清的是：最初，"姓"来自母亲，而不是现在的随父姓。道理简单，那时候，民还不知其父。《说文》解释"姓"字，说"人所生也。古之神圣母，感天而生子"。解说古字，说的也像《生民》里的神话。"姓"字从"女"从"生"，也是说，"姓"源自生儿育女的女人——母亲。也因此，姜、姬、姒、嬴、姚等上古八大姓都有个"女"字。除了随母姓之外，母亲怀孕时"感天"的神迹，应该是姓氏的另一个来源。大禹姓姒，是因为她母亲吞了薏苡仁而生禹，所以"姒"姓有"女"有"以"。这样也可以顺理成章地解释黄帝"姬"姓的来历——姜嫄履

"大人迹"而生子。

姜也真是古老的姓，在最古的书《诗经》里，男人少有名姓，但姓姜的女人却不少。"颜如舜华"，这是中国人第一次夸女人貌美如花，花是木槿，女人姓姜："彼美孟姜，洵美且都。"（《郑风·有女同车》）"孟"是兄弟姊妹排行中的老大，"姜"是姓，孟姜就是姜家大姑娘。如果说姜嫄是汉字记下来的第一位母亲，孟姜就算得上中国历史上第一位有名有姓的美女。"云谁之思，美孟姜兮"（《鄘风·桑中》）；"岂其取妻，必齐之姜"（《陈风·衡门》）：心里想的是谁啊？想的是孟姜啊！娶妻，就要娶孟姜啊！这样唱久了，孟姜，这个姜姓女子就成了美女的代称。

"姜"字除了有"女"，还有个"羊"，许慎只说它形声，代表"姜"字的读音。但有人不同意，马叙伦先生在《读金器刻词》和《说文解字六书疏证》里都曾说到"姜"字，说金文的"姜"乃是象形，画的就是羊。因此，"神农为牧羊之族，或以羊为其图腾"。至于农神的种庄稼务农，那是以后的事。按马先生的解释，"姜"的姓和字都源于牧羊，和炎帝居姜水边没什么关系。

"姜"字有"羊"有"女"，但是没有草。南北朝顾野王编撰的字书《玉篇》里倒是有个加了草头的姜："薑"，但释文也只说是"山草"。明人张自烈的《正字通》说"薑"是"蘁"的俗字，也就是今天可吃的生姜，但"薑"这个字终究流传不广。"䕖"是正字，指生姜，见于《说文解字》，但也少有人用，常用的是省略掉"弓"以后的简化字"薑"。迷信传统或者繁体字的人反对简化，其实汉字一直就没有停止过简化。1964年中国文字改革委员会公布的《简化字总表》里，"薑"和"姜"合并为"姜"。从此，带草的"薑"也就退回到历史里去了。因此，我们开始提到的那个故事不会是"很久以前"的古老传说，只能是今人编的新故事。

编新故事的今人不知"薑"，但不能就此说它是个"死文字"，因为"薑"还在古书旧籍里活着，只要还有人看那些书，它就死不了。那就接着说旧书里关于旧字的旧故事。清代游戏主人的《笑林广记》里有个笑话，叫"薑字塔"，说有富翁不知"薑"怎么写，问人，人家告诉他，草字头下一个一、一个田、再一个一、一个田。富翁写完，大怒，骂道你怎么让我写了个像塔一样高的字——那个富翁把"一"写成了"壹"。其实，这笑话编得不能算好，因为在古代，只要识字就应该会写"薑"。唐以前，小孩子上学最常用的识字课本是汉人史游编的《急就篇》，古代的童蒙书讲为人之道，也讲身边博物。民以食为天，所以讲物一定会讲五谷、菜蔬和瓜果，《急就篇》讲菜蔬的第一句就是"葵韭葱薤蓼苏薑"。唐以后呢？最流行的大概就是南北朝时期周兴嗣编纂的《千字文》，小孩子们咿咿呀呀从"天地玄黄"读下去，读不了几行，就会读到"果珍李柰，菜重芥薑"：水果里最珍贵的是李子和柰子，蔬菜里最重要的就是芥菜和生薑。

王安石《字说》解说"薑"时用的是正字"薑"，说"薑"的意思就是"彊"，"薑能彊御百邪，故谓之薑"。"彊"可以同"强"，《说文》释为"弓有力"，那么，王安石的意思就是说"薑"能强有力地抵御邪气和疾病之类，所以叫薑。薑确实入药，但本草之祖的《神农本草经》将其列入中品，后世的本草学家们不仅没有提高它的地位，反而一次次告诫人们不要多吃：南朝的陶弘景说"久服少志少智"——吃多了人会变笨的；唐代孙思邈说："八九月多食薑，至春多患眼，损寿减筋力。孕妇食之，令儿盈指"——眼疾还没什么，可损寿、让婴儿多长几个手指头，多可怕。李时珍说薑用途很多："可蔬可和，可果可药"，药用，也被李时珍放在了最后，放在第一位的是蔬菜。《说文》解释薑为"御湿之菜"，说的也是菜。所以，薑，对于古人来说，首先是菜。

菜，当然种在田里。《史记·货殖列传》说："千畦薑韭，其人与千户侯等。"司马迁讲的是种薑获利，我们看见的是，一望无际的薑田。而看见"薑"字的人，首先看见的也是毗连的"田"。薑字下面的"畺"金文就写作两个"田"字："畕"，后来加了三条横线，表示田与田之间的界线——《说文》释"畺"为"界"。再后来，"畺"旁边又加了个"弓"，有人解释为丈量土地的尺子之类。当然，若有人愿意把"弓"想象成田边曲曲弯弯的小路，"薑"也不会来反对——有人沿着小路来看青青菜蔬，不是也挺好吗。后来，"彊"字又加了一个"土"，成了今天的"疆"。从"畕"到"疆"，再到"薑"和"薑"，始终是土地上的故事，这土地上有薑生长。而"姜"，是另一个不同的故事，关于祖先的故事。

一块草根：辛辣又馨香

薑，李时珍说了四种用处。我们不说"可药"，以免误人。"可果"——把薑当水果吃，恐怕今人难以想象。"可和"跟"可蔬"倒是可以说说。"和"是和味，用薑调味历史悠久，流传至今。《吕氏春秋·本味》记大厨师伊尹讲人间美味，讲到调味品的时候，伊尹说，"和之美者：阳朴之薑，招摇之桂"，薑被放在了首位。招摇和阳朴都是地名，招摇在楚，阳朴在蜀，《楚辞》里多桂树，蜀人喜吃"御湿之菜"。"椒薑御湿，菖蒲益聪"，古人这样讲。今人说四川美食，难免会想起花椒和辣椒，古之"椒"指花椒，明代以后，椒是辣椒，花椒也好，辣椒也罢，都是"御湿之菜"。而古时的巴蜀，薑的名声也很大。古人说薑，往往首先想到蜀薑。《后汉书·左慈传》记左慈用方术从铜盘中钓鲈鱼献给曹操，曹操得鱼望蜀，叹道："既已得鱼，恨无蜀中生薑耳。"

曹操是名人，古史中名人和薑的故事，大概可以写一本书。比如苏东坡，还郑重其事地在日记中记下："三月十一日，食薑粥，甚美。"但爱薑最有名的应该是孔子。过去的读书人谁能不读《论语》呢，读过了，也就记住了圣人的"不撤薑食"。"薑食"应该是薑的第一用："可蔬"。孔子为什么这么爱吃"薑菜"呢？李泽厚先生猜测："老吃薑，可能为了抵御寒气和杀菌？"李先生是思想家，可这个猜测实在不怎么高明，他知道薑是"御湿之菜"，但知其一不知其二。汉人孔安国注释说："斋禁荤物，薑辛而不荤，故不去。"就是说，斋戒不能吃荤，但薑例外，可以吃。当然，可以吃只是"合礼"，还不够，还得爱吃才会"不撤"。

"荤"，今人指肉食，但字上有草，《说文》释为"臭草"。"臭"读若"嗅"，《说文》解释得有意思："禽走，臭而知其迹者，犬也"——狗能闻着气味追跑走了的禽兽。所以，"臭草"就是有气味的草。也因此，"荤"的古音和古意都同"熏"。汉人郑玄注《仪礼》说得清楚："荤，辛物，葱薤之属。"古人的荤菜是辛菜，是葱蒜韭，甚至芸薹和香椿，都为"方术家所禁，以为气不洁"（唐·徐锴《说文系传》）。可薑却是个例外：是辛菜，却不是荤菜，所以食素的和尚也可以吃薑。苏东坡的《东坡杂记》写了一个杭州净慈寺的和尚，都八十多岁了，还眼睛明亮脸面光亮。问其养生之道，答曰："服生薑四十年"。

薑不仅没有其他辛菜"不洁"的气味，相反，还能去除臭气臭味。汉人张衡《南都赋》说："苏楰蘸薑，拂彻膻腥"，炖鱼炖肉，以薑调味，去除膻腥之气。人也一样，《神农本草经》说薑：“久服去臭气。”在古人看来，薑，不但除它臭，而且自有香。汉人郑玄这样解释孔子的“不撤薑食”：“不去此物，以芳香故也。”诗人更是诗意，偷梁换柱，把薑的“辛”换成了“馨”：“茈薑馨辣最佳蔬”（宋·杨万里《芥齑》）。

《南都赋》和杨万里诗中的茈薑今天写作紫姜，茈同紫，但古人以“紫”命名植物时，多用带草头的“茈”字。茈薑也就是嫩薑，嫩薑新芽色紫。明人王象晋《群芳谱》解释其名，说：“秋社前后，新芽顿长，如列指状，采食无筋，尖微紫，名茈芽薑，又名子薑。”茈薑与子姜，同是一个音，但所指其实不大一样：茈薑说的是色，子姜说的是新和嫩。相对的是母薑或者叫老薑——李时珍说：“宿根谓之母薑”，有母即会有子，母薑上新生的薑就是子姜。王象晋说的秋社是古时秋日祭祀，古人秋社前采茈薑，秋社后，薑渐老，有筋。

老薑茈薑各有不同的吃法。元人王祯《农书》分别来说：“老薑味极辛，可以和烹饪，盖愈老而愈辣者也。”薑是老的辣，所以“可和”，用以调味。茈薑呢？“可蔬”，直接做菜吃。孔子不让撤的薑食应该就是嫩薑做的菜，但怎么做的呢？《论语》没说，《本草纲目》说了很多：“生啖熟食，醋、酱、糟、盐、蜜饯调和，无不宜之。”诸多吃法之中，王祯以为“最宜糟食”。糟是酒糟，但糟薑如何做呢？南宋时，金华浦江有吴姓女子写了一本《中馈录》，中馈即家常菜，其中正好有糟薑做法：

薑一斤，糟一斤，盐五两，拣社日前可糟。不要见水，不可损了薑皮，用干布擦去泥。晒半干后，糟盐拌之入瓮。

　　糟薑什么味道呢？我在金华生活了十年，还没有吃过，只能过屠门而大嚼其味，看书去。南北朝的贾思勰《齐民要术》有记蜜薑做法，贾是北方人，没想到也用酒糟。在我的北方老家，酒糟只用来喂猪，让猪们醉醺醺大睡长肉，真是暴殄天物。贾氏所记蜜薑法和吴氏差别甚大，怕读者嫌文言麻烦，抄缪启愉先生译文如下——

　　洗干净，削去皮，腌藏在十月做的酒糟里，用泥封容器的口，过十天，熟了。取出来，用水洗净，再放进蜜里面。大的中间破开，小的整块用。竖着盛四块上席。

　　贾思勰是山东人，孔子的老乡，不知孔子的薑食是否就是这样的蜜薑，四块一盘，摆在面前桌上。是，或者不是，苤薑都是人间美味。这样说，也不对，因为不止人间，连鬼都喜欢吃薑。《太平广记》有王胡故事，说他死去的叔叔带他游历幽冥，众鬼招待他，别的菜没什么可说的，"惟薑甚脆美"。王胡爱极了这盘茈薑，想偷着带点回人间，结果被众鬼嘲笑。

茈薑味美，美味也是美，美就不仅属于口腹。"白笋供朝餐，茈薑充晚食"（清·吴颖芳《田园杂诗》），诗中所记的，也不仅是流水账似的日记和陈年食谱；吃薑，也可以吃出薑之外的味道："蛮薑豆蔻相思味，算却在，春风舌底"（宋·吴文英《杏花天·咏汤》）。

鲁迅说百草园之美时，第一个说的就是"碧绿的菜畦"，其意其境和古人"彼美君家菜，铺田绿茸茸"一样（宋·苏轼《元修菜》）。两汉魏晋多铺排都市山林的大赋，可不管是《上林赋》《南都赋》《蜀都赋》，还是《闲居赋》，其实都是"百草园"，因为他们热爱的地方一定有"茈薑蘘荷""青笋茈薑""甘蔗辛薑"之类。那些瓜果梨桃和田间蔬菜也是嘉木芳草，享受着古人的赞美。虽是吃物，一旦为人所爱，就有了美的光辉。宋人刘子翚有一首诗写茈薑："新芽肌理腻，映日净如空。恰似匀妆指，柔尖带浅红。"（《园蔬十咏·子姜》）真是好诗，虽是描写，可却空灵透明，了无尘埃，真是干净。"映日净如空"，举起茈薑对着太阳看的人多可爱，明媚的阳光中，茈薑透明如无物，那是怎样清澈的美。还有那如纤纤手指的新芽尖上，温柔的一点浅红。

茈薑味美，颜色美。可古人还嫌不够，要用一朵早晨的花来装饰它。"只解冰盘染茈薑"，杨万里写牵牛花的诗也是纪实，但"实"也可以"诗"。清人吴其濬《植物名实图考》说牵牛花又名藎花，他解释其因由的一段文字正可做杨万里诗句的注脚："其花色蓝，以渍藎，色如丹"——牵牛花的碧色花朵染茈藎，染出鲜红。一块藎上，居然可以有那么多变幻的颜色。

附　录

《草木纪历》小引

　　一本书，无论大小，总以为前有序后有跋才算一本完整的书。所以，当我第一本小小的草木书要出版时，我热情洋溢地写了这篇《小引》。但书印出来，却是光秃秃的——《小引》并没有收进去。四年过去，又一本小书要问世了，把它附在这里，也算是一种"纪历"吧：岁月流逝，我还在工作着。而且，其中的一些说法，我还敝帚自珍，也想说给《文心雕草》的读者听。有一点也要说明，我爱序和跋，但轮到自己来写，我愿意叫它"小引"和"后记"，原因是总觉着序和跋是大家才能用的名称，而"小引"和"后记"要平易得多，更适合我这样的后学小子。当然，"小引"这个说法，也来自自己热爱的一本书——鲁迅先生的《朝花夕拾》。

　　农业科学技术出版社的穆玉红女史来小城找我，说可以用我微博和博客上写草木的文字编成一本小书，笔记本或者日历的形式。我说好，随你去编。我的文字做成笔记本或者日历是什么样子的书呢？我想不出，但想起了诗人卞之琳的诗集《雕虫纪历》，因此把这本小书取名《草木纪历》：我们不能像诗人那样用诗歌记录和纪念生命的流逝，但我们每个人都可以用草木记录纪念我们的种种生命经历。

"纪历"这两个字也好，让人想起我们的祖先和草木的亲密生活。"记"和"纪"都可以是记载记录的意思，但后人用语言文字"记"，先人结绳记事，用"纪"——我们在"纪"字里还能看见一根丝绳。绳即来自草木世界：棉麻类植物多纤维的皮，或者韧性的草。历呢？繁体字写作"歷"或者"曆"，"止"在古文中是脚，那么"历"就是走过田边的庄稼，或者走过野外的树林。因此，望文生义，我们可以把"纪历"解释成"记下我们生命中经历过的草，经历过的树"，或者说"用我们经历过的草，经历过的树记下我们的生命"。

事实也是，谁的生命记忆里会没有草木生长呢？草木早已成为我们生命经历的美好纪念。鲁迅"朝花夕拾"，首先记起的就是百草园里碧绿的菜畦、高大的皂荚树、紫红的桑葚、何首乌、木莲藤和又酸又甜的覆盆子……百草园本来就是个普通的菜园，那些植物也本来就是再普通不过的野草或者树木，而在记忆里，却闪烁着耀眼的光芒，温暖着心境芜杂的鲁迅。地坛里的史铁生痛苦不堪，拯救他的也是园子里的野草荒藤："满园子都是草木竞相生长弄出的响动，窸窸窣窣窸窸窣窣片刻不息。"听到这些生命生长的声音，史铁生写道："园子荒芜但并不衰败"——这句话是写地坛，也是史铁生在草木世界里听到的生命启示——生命也可以"荒芜但并不衰败"。写《忏悔录》的卢梭被迫害流亡，给他孤独的生命带来喜悦的也是草木。在《一个孤独的散步者的遐想》里，卢梭记下了于乡野散步时，路边野草带给他的欢欣："每遇见一株新草，我就得意地自言自语：'瞧，又多了一种植物'"。

百草园是鲁迅的"草木纪历"，地坛是史铁生的"草木纪历"，乡野是卢梭的"草木纪历"，我们也可以有我们自己的"草木纪历"。我在微博写植物，最多的评论就是那些草那些树那些花唤起的美好生命记忆。我相信，那些过去的草木因为记忆的存在，也照亮了我们今天的生命：当我写茅草的时候，南南北北有那么多朋友记起了童年嚼那洁白草根的味道；我写紫云英，有人就说起了故乡田野大片绯红的颜色；我说春天的柳树，就有人回忆起柳笛的声音；我写虎耳草，有朋友问：这就是沈从文在《边城》里写过的虎耳草吗？少女翠翠的梦被歌声浮起，上山采了一篮虎耳草……

也许我们没见过虎耳草，但它存在于我们的文化记忆里——人，除了自然的生命记忆，还有文化记忆，它属于我们的"精神经历"。甚至也可以说，走进人类视野的草木，就不再是单纯的自然之物，它也是文化之物，蕴含着人类，或者一个民族共同的情感体验：玫瑰就不仅是大地上盛开的鲜花，更是爱情；梅兰竹菊也不仅生长在庭院，更生长在中国人的精神史里。也正因如此，我在微博草木里书写苦辣酸甜咸的生命经历，而当穆玉红女史希望我再给每一种植物写点知识性介绍时，我逐渐走进了植物的文化史：中国人喜欢荷花，为什么不喜欢睡莲？李白的郁金香是今天的郁金香吗？樟树为什么叫樟树？枸杞为什么叫枸杞？古人喜欢那么可爱的含羞草吗？"阳光、沙滩、海浪、仙人掌"，《外婆的澎湖湾》中仙人掌怎么生长在海边？……

　　我是做人文科学的学者，自然科学的植物学非我所擅长，而我愿意走进古代圣贤的草木书，考索人文植物学。科学，本来就包含着自然科学和人文科学，都是我们认识世界的途径。李时珍的《本草纲目》解说萱草，说古人相信孕妇佩戴萱草花容易生男孩。这在自然科学看来肯定是迷信，荒诞不经，但在人文科学看来，那时的古人和自然草木世界保持着一种神秘而美好的联系，近似于我们现在常说的"诗意栖居"。没有自然科学我们无法深入认识世界，而缺乏人文情怀，脱离草木世界，只生活于技术里的人生也难以是美好人生。因此，在撰写知识介绍时，我希望我能把一些我们似是而非的常识辨析清楚，也希望读者借此想象一种人与草木之间建立起的亲切美好的生活："千年的铁树开了花"的铁树并非我们熟知的铁树；人们骂武大郎"三寸钉榖树皮"，榖树皮到底是什么树皮……一棵有文化有故事的草和树，会更美。

　　有朋友经常在我微博评论：你写得真美。我回答：美的是草木，我只是希望在生命里，能栽几棵美丽的草挺拔的树，开几朵好花，有文化的花。

最后要说的是，书里文字是我写的，图片是我拍的，但整本书的体例设计和编排都是穆玉红女史的辛苦工作。如果这本小书还能让读者感到一点美，这是她的功劳和付出。也感谢我的老师刘玉凯先生为我题写书名。每提及我们师生的关系，老师喜欢说汪曾祺先生的一句话：多年父子成兄弟。老师这样说了，有时候我也确实没大没小，但在老师面前，我永远是学生，跟老师学着如何欣赏天地万物之美，还有文化之美……

四季之慕

"慕"也写作"惷",《说文》释曰:"习也。从心"。"从心"就是爱,因爱而习。人都是四季中的人,四季流逝,四季永在,爱什么,习什么,每个人都会有自己的答案。我的四季之慕,是草是木,是生长也凋零的生命。

春

一年的四个季节,没人会不喜欢春天。要不,人能把一辈子最好的一段时光叫青春吗?

虽然,初春还踩着冬的尾巴,有春寒;暮春已碰到了夏的头,有初夏的热氛围。但人们说起春,就是温暖,就是美。温暖,适合所有的生命生长。爱花爱草的人知道,有些植物不能室外越冬,有的不能被夏天的阳光直射,但没有一种草一种树不能在春天的阳光里生长。"我歌唱正在生长的力量",这是诗人何其芳的诗句。即便不是诗人,有谁能不喜欢生长呢。有生长,才有美。没有草木生长,世界只有荒凉,不会有美！

　　所以，我们最重要的节日是春节，是庆祝春天的到来。春天来了，去干什么呢？踏春啊。踏春也叫踏青，青，是春天的基调，是绿，而且是新绿，不是暗绿。冬天荒芜的土地，一变为"池塘生春草"，在这样的背景上，"乱花渐欲迷人眼"，怎能不叫人欢欣！中国人的第一首歌就是写给春天的，是欢乐的歌："关关雎鸠，在河之洲。窈窕淑女，君子好逑。参差荇菜，左右流之"……春水汤汤流，水边起鸟鸣，水上生荇菜，少男少女开始恋爱，人们称之春情。中国人第二首歌是《古诗十九首》，十九首是组曲，主旋律是悲伤，但一唱到春天，也不由欢快起来："青青河畔草，郁郁园中柳。"

　　汉字是世界上最诗意的文字，虽然岁月变迁，象形文字的形也在变化，可祖先创造这些文字时的心所有眼所见，我们依然能在横竖的笔画里看出蛛丝马迹。比如"春"，我们还能看见那个温暖明亮的太阳。而原初的"春"更丰富，写作"萅"：草屯日三部分构成，屯的象形字是种子发芽。那么春就是温暖的阳光里，种子发芽，草木生长。

　　即便已经离土地越来越远，生活在城市，我们也可以腾出窗前的一小片春光，放一盆土，撒几棵种子，栽几棵草。而且，再现代化的城市，水泥也不可能埋葬所有的土地。春天的路边，还有野草生长，还有绿化树生长。我们可以停一会儿，看一会儿，春天的绿草绿树，养眼养心。

没有草木的世界是荒芜的，看不见草木的眼睛和没有草木生长的心灵，也是一样的荒芜——荒芜的生命……

夏

一年四季，有人不喜欢夏天，嫌热。当然，也会有人喜欢夏天，喜欢夏天的人是自己会解暑的人，就像喜欢冬天的人，是自己会取暖的人一样。世界就是这样，找不喜欢，找喜欢，都能找得到。有人爱问别人最喜欢哪个季节，其实这个问题和问孩子爹好还是妈好一样愚蠢。这样的选择题，选择了喜欢，没被选择的就是被选择了不喜欢。有些事，可以都喜欢，比如四季，比如爹妈。当然，这个世界从来没有完美过，总会有不喜欢。但如果想找，就能在不喜欢里找到喜欢。你不找，别人也没办法，只能任你自己跟自己过不去。

喜欢汪曾祺的文章，其字里人生一言以蔽之，就是从容。从容就是心里敞亮，不给自己添堵。就像他在《沙家浜》里写的：来的全是客。夏天来了，老爷子就写夏天，开头就是"夏天的早晨真舒服"。夏天的早晨真是好，牵牛花开了，透明的阳光里是喇叭花透明的蓝，透明的紫。你要是睡懒觉，就看不到那么好看的颜色，那么好看的花——阳光热起来时，人家牵牛花就合起来不开了。如果你喜欢花朵上的蓝，还可以去看看路边鸭跖草的花。牵牛花的蓝，是天空瓦蓝的蓝，而鸭跖草的花是大海湛蓝的蓝，都是世间好看的蓝。

早晨好，黄昏也可以好，汪曾祺有本小说集叫《晚饭花集》。黄昏吃晚饭的时候，紫茉莉开着五颜六色的花。老爷子说，"看到晚饭花，我就觉得一天的酷暑过去了"。黄昏走了，是夜晚。夏天的夜晚也好。我小的时候，大人们坐在自家门口乘凉。一条街上，熹微的星光月光下，每家门口都坐着人，和对面门口的，和左右邻居门口的，聊着天。有蚊子也不怕，大人们点着干草，从篱笆上揪几片荷叶一样大的南瓜叶，盖在草上，火着不起来，只是冒烟，蚊子就被熏跑了。孩子们呢？光着脚丫子在街上跑。跑累了，跑回自家院子，摘个西红柿或者黄瓜吃。夏天，蔬菜水果多。

中午太热了，可我疯狂迷恋植物的时候，中午也不闲着，还是要跑出去。无患子开始结果了，绿色的果居然有千变万化的形状，有像米老鼠的，像小兔子的，还有像屁股的……还有很多别的草，别的树，我都想看。妈看着我，说：你小时候挺白的，现在咋这么黑。

人是黑了，家里的阳台、露台，只要有地方，就有绿草绿树在生长，开着五颜六色的花。有茉莉、栀子、含笑、白兰……就有花香弥漫。孩子幽幽地说了一句：这些植物让家里凉快了不少。

似乎世间事都是牵一发而动全身，你只是改变了一点，那一点就会弥漫一片。家里花花草草多了，空气都觉着凉爽了，有颜色有味道了，蝴蝶飞来了，小鸟也来了，啾啾地唱着。

古人的汉字"夏"是大的意思，李渔发挥说，夏日之屋，非大不凉。其实，光屋子大还不行，还要心大，大到能栽几棵榕树、枫杨这样的参天大树，心里自然也就有阴凉。

秋

"篱笆上悬挂着累累黑莓，使我记起老远以前的事。"这是乔治·吉辛在《四季随笔》里为"秋天"写的一句话。为什么要说吉辛呢？因为我觉着，我们欣赏的时候，对话能够让欣赏的内容更加丰富。当然，我们可以和朋友对话，但也未尝不可把古今中外写好书的人也当作朋友，和他们聊聊。这样的对话，会让我们的想象活跃起来——欣赏怎么能离得开想象呢？春华秋实，秋天的草木还会有花——秋花本身就是个极美的名字，引人想象。但秋天，无疑是果实最多的季节。篱笆上悬挂着黑莓，那是秋天多好的景致啊！可惜我没有见到过。我记忆中的乡村篱笆上，只有巨大的葫芦和南瓜。常常，上面留下了孩子们淘气的指甲印。小小的指甲印随着南瓜和葫芦的长大而长大，瓜熟蒂落，长大的孩子也如秋日天空南归的大雁，飞离童年，各找各的生活。然后，在某个秋天，长大的孩子听见吉辛说黑莓，便不由想起自己吃过的黑色浆果，比如龙葵，也可以把它圆圆的小浆果叫作黑天天。而且，吉辛看见黑莓而记起老远以前的事，我不也跟着在讲自己的记忆吗？很多时候，我们经历过的草木上都保存着我们的记忆。多年后重逢，直把野草野果作故人，一棵草一枚野果让昨日重现。就如看见黑天天，我总会想起小时候的秋天，一把一把吃着甜甜的野果。

为野果写一本书的是瓦尔登湖边的梭罗，他去世之后一百三十七年，《野果》才出版。梭罗在日记里写过："我的天职就是不断在大自然中发现上帝的存在。"多么让人崇敬的美好天职啊！我们可以跟着这位以此为天职的人去散散步："任何一个午后的散步途中，都可能会发现一种从没入过我们眼的野果，而这野果的甘甜滋味和漂亮色泽也会令我们惊叹不已。"为一枚野果的滋味和色泽惊叹不已时，我们已找到上帝——人性中优美而崇高的神性。布莱克写下"一朵野花中看见天国"的诗句时，也应该是这样的意思。我相信，每个人心里都有天国，天国里住着上帝，但它们需要被照亮，需要被发现。不用说野果的滋味，就是那秋日高远天空下闪光的果实，或者果实裂开送出的种子的光芒，就足以照亮我们的心灵。没有那么难，我们只需要从水果市场离开一会儿，去看看长在草上树上的果实或者种子：晴天，荷花玉兰的蒴果裂开，一堆小种子闪着鲜红的光；雨天，晶莹剔透的雨珠儿挂在女贞的黑色浆果上，浆果也像黑色的雨滴；扛板归的果实变幻着颜色：绿色、紫色和蓝色；草丛里的沿阶草也结果，鲜亮的蓝；紫珠的果当然是紫色的……只要去找，你身边总会有闪着各色光泽的果实或者种子。

秋天是四季中最花哨的季节，不仅果实和种子闪烁着不同颜色的光泽，不仅木芙蓉、胡枝子和菊花这些斑斓的秋花，就是叶子，也变幻出不同的光和色。不用说秋天是银杏盛大的节日，那么柔软的黄叶在秋风中叶落如雨，无患子的叶子整枝地落着，也是一树一地的金黄。还有鹅掌楸小衣服一样的叶子，在秋光中变黄，是温暖透明的黄。秋天，黄叶最多吧，以至于温柔的巴乌斯托夫斯基用《黄光》来记录那个神奇的秋天，他说早晨起来的时候，满屋子都是落叶发出的黄光，仿佛是点了一盏煤油灯。那是森林里的秋天，我还没有见过，但我准备着走进那光里。当然，也不仅黄光，温柔的老巴说秋天的树叶有金黄、紫红、鲜红、紫色、棕色、黑色、灰色、白色……会有这么多颜色的秋叶吗？我相信老巴，因为他是那么热爱秋天，热爱到把每一个秋天都当作生命中第一个也是最后一个秋天去热爱。

　　秋不仅有颜色，还有声音，树林里叶子飘落时窸窸窣窣的声音，我在一片落羽杉的林子里听过。那种声音，让人的心安静干净得一尘不染。更何况，还有积满落叶的小路。在北方的校园里，我走过一条落满银杏叶的小路。双脚从柔软的落叶里走过，声音也是柔软的。而在江南，秋天走出校门，就是一排枫香树，落叶厚到没人脚踝。枯叶是脆薄的，趟着落叶走过，声音清脆如鸟鸣。我的小孩子兴奋得一下子躺到落叶的河里去了，他长大后如果忘记了这件事，我要讲给他听。

郁达夫有篇名文，叫《故都的秋》，第一句话就是："秋天，无论什么地方的秋天，总是好的。"郁先生是南人，写北方的秋，南与北，也是一种对话。我是北人，现在在江南，也会时常在身边的秋景中记忆北方，一个秋天也就成了双层的秋天。"秋天，无论什么地方的秋天，总是好的。"每一个季节都是，南有南的好，北有北的好，我有我的秋，你有你的秋，只需要你忘记那些"悲秋"啊"收获的季节"啊这些陈词滥调，用自己的眼和心去看，去找——属于你的秋天，属于你的上帝和天国。

冬

冬天冷。

但很多事很难这么一言以蔽之。同样是冬天，过去和现在，南方和北方，冷的程度实在不太一样。

我生在北方，小时候穷，冬天就是光膀子穿件棉袄，连件内衣都没有。冬天的风，嗖嗖地往衣服里钻，但小孩子们整天还是往河上跑。秋天的时候，一河秋水，水边蒹葭苍苍。冬天一到，一河的水冻成了冰，不流了。河床上满是冰裂的大口子，走在上面，嘎的一声巨响。那声音从脚下一直沿着河床向远处猛跑，跑到天边去了。河边苍苍的芦苇没了，被人割走了，只留下一点根茬在冰里。孩子们天然就会和草木游戏，一个个趴在冰面上，抽出芦根或者其他冻在冰里的死去的草，把嘴巴对着抽出植物后留下的那个小孔，憋足一口气，吹进去——一个大气泡就在冰里慢慢地动。小孩子们管这个游戏叫吹牛逼，每年这样吹，乐此不疲。若有人问，不冷吗？我没法问小时候的自己，问了他准会说，你们现在穿那么多，咋比我还怕冷。

　　北方的冬天是荒凉的。因为没有了绿色的草绿色的树。上小学二三年级的一个冬天，坐着老爸赶的牛车去姥姥家。牛车缓慢地走过荒凉辽阔的田野，我在车上诌出了这辈子第一首诗：余去姥家半途中，忽见三鸟飞空中。地里什么也没种，只有稻根在田中。北方的冬天，只有被收割后的土地，和田野里无叶无花的大树小树，横七竖八地伸展着铁一样的黑色枝干，也像被冻结在高远的天空下面。荒凉，是一种苍劲的美，给人力量，也给人远大的视野，因为没有什么再遮挡大地和视线了。到江南以后，我常这样想北方的冬天，也怀念。江南的诗人艾青如果不是走进北方的冬天，一定是另一个艾青。这不仅是他的诗集《北方》在写北方的冬天，而是他的整个诗歌世界都是以北方的冬天做了基调：荒凉、寒冷，却又沉重、阔大，充满悲哀的力量。江南的冬天不会给诗人这样的情感和诗行。

　　四季中，没有一个季节会像冬天这样，给南下的北人或者北行的南人以如此强烈的震撼。我到江南的第一个冬天，大雪纷飞中，红色茶花盛开。冬天和花朵，白雪和红花，给我的震撼，没到过江南的北人，或者不曾见过北方冬天的南人，都不会理解那种震撼会强烈到什么程度。

冬天的江南多雨，有雨就会有草木生长，就会有花开。樟树绿着，蔷薇玫瑰开着各色的花朵，路边的法桐和枫香哗哗地落着叶子……中国画讲究画花不分四时，而在江南的冬天，四时似乎同在。在落叶和落雨中看见绿草，看见花开，让人的心温柔得像江南冬天松软湿润的土地。

北方冬天的荒凉，江南冬天的温柔，都是人需要的。只有一种情感的冬天和心灵，都是一种缺失。民谚讲，树挪死，人挪活。南人也好，北人也好，如果选择在冬天"南辕北辙"：从南方的青山绿水走向北方寒冷的田野或荒山野岭，或者从荒芜的北方走进温润的南方，看见绿树下一片鲜艳的角堇花开……也许，会对生命，更多一点理解，更多一点深沉的热爱……

后　记
给中国植物写一个传

　　2017 年春天，开始在日报写专栏，到现在，整整三年。三年间所写草木文字，大部分都在这里。结集成书时，做了大大小小的修改，有几篇近乎重写。以前，最不愿意改文章，现在，却是看一遍改一遍。改的是文章，其实，改变了的，更是写文章的人。

　　我说，我是以朝圣的态度工作着，教育也好，写作也好，都是如此。这样工作的人，终会被工作改变：做老师，被学生改变；写文章，被写作改变。实际人生的改变，即便沧海桑田，也不必谈，谈起来难免堕入顾影自怜之途。所以，单说文章。专栏两周一篇，没有停顿，只是越写越长。编书时，基本按写作和发表顺序排列，但分成了两辑，是想呈现前后文章的差异。第一辑名"文与心"，是因为最初写这些草木文字时，不过想写点有文化有情感的散文。但写下去，越来越学术，所以，第二辑名"学与文"。"文"始终是文化，跟它搭配的，已是另一角色。

虽然前后有异，但也不至于判若两人所写。再变，也有不变。虽然学术考辨越来越多，但也没有写成纯粹的考据文章。自己是天生热情的人，无论如何做不到零度写作。虽然渴慕周作人所说的平淡，但总达不到那样的境地。对所写草木及其历史以及草木世界里的人，总是有太多情感。而且，也做不到把情感压在纸背，于是喜怒哀乐，都在字里行间。人之患好为人师，做老师时间久了，写作也像上课，总有太多草木之外的话要说。周作人讲，"我希望在自己的趣味之文里也还有叛徒活着"，我倒是希望自己能在象牙塔里，专心致志写有趣的草木故事，可偏偏心里住着隐士也住着叛徒，而且，还都要跳出来说东道西。因此，最后写出的文章，情感、思想和学术掺杂在了一起。就文体而言，像散文，像论文，也像杂文，又可能什么都不像。最后写出来的，就是这个样子，也只能说这就是我。

说到这里，要向我的读者道歉。追求无一字无来处，所以引文太多；本来直接写考辨的结论就好了，我却要写整个考辨过程；我倒是希望写植物就好了，却总是在历史里看见光辉，于是忍不住借古人草木的酒杯浇自己之块垒，批判流俗。这些毛病，凭空给读者增添了不少麻烦。

文章好坏是一回事，我有一点自信：第一，对得起自己的学者身份。没有人云亦云，以讹传讹。每天上穷碧落下黄泉，东翻西翻找材料，自认为澄清了一些《诗经》名物注疏、《本草纲目》等旧籍里流传的错误，甚至理清了一些古人也没说清的糊涂账；第二，对得起所写草与木。要写植物人文史也难，因为一草一木都和人的方方面面相关。大到政治经济、时代风尚、历史变迁，小到人的饮食起居、岁时民俗、农业园艺、香道插花……而中国又历史悠久、地大物博。说历史，先秦、两汉和唐宋看植物各有各的眼光；说地理，中原和江南、岭南和巴蜀，不同地区有不同的植物生长，也各有各的植物文化。民谚云：人挪活，树挪死。似乎生为植物，就应该安分守己，在自己扎根的土地上待着。可实际上，这些有根的家伙却一直不安分，在大地上行走，尤其是人总在参与它们的生活史：张骞通西域、哥伦布发现美洲大陆……都让植物们四海为家。内容庞杂，自己又学识浅薄，无法为中国的植物写一部厚重的人文史，但聊以告慰的是，自己还算认真。几年的时间，一头扎在古书旧籍里，写出了一点草木在中国文化史里的变迁脉络和它们的文化形象，算是给它们写了一个小传。如果能抛砖引玉，有人来写大传，那是它们的幸，也是我的幸。

本来就是写写人间草木，何以扯到学术的事，只能说是因为自己终究读过五年博士，受过一点学术训练的缘故。当年考博面试时，温儒敏师问我做学问有什么特长。我答，俊江才智平庸，可还有一点好：人说做学问要耐得住寂寞，要坐冷板凳，我却觉得做学问是美好的事，学问的板凳温暖得很。博士毕业已多年，一无所成，对不起老师。但有一点算是对得起老师和燕园五年的学术训练吧：对学术的敬畏之心还在。我在大学工作，大学要搞科研，搞科研有名有利。我劳心劳力，写这些花花草草，算不上科研，有点不务正业的味道。但有时会想起鲁迅在《魏晋风度及文章与药及酒之关系》里讲嵇康和阮籍：人们都说嵇阮毁坏礼教，可先生却说他们是老实人，太相信礼教，把礼教当宝贝。理由是，那个时代，表面上崇奉礼教的，实在是毁坏礼教，不信礼教，不过是利用礼教而已。于是，老实人以为那些人亵渎了礼教，不平之极，不与之为伍，看起来反倒像是不信礼教了。

面对这些文字，和为这些文字逝去的时光，感慨太多，也许又溢出了《后记》的范畴。抄一段鲁迅给《坟》写的后记做结尾吧，因为每次读来，都觉着里面有自己想说的话："这不过是我的生活中的一点陈迹。如果我的过往，也可以算作生活，那么，也就可以说，我也曾工作过了。""我也曾工作过了"，这点工作在文化史里实在微不足道，但应该超过了上天对我的期许，因为我实在平凡。

我是个幸运的人，想写文章，就有人在报纸上给我园地；想出书，就有人从云南跑过来，许我印行；稿子交上去，就遇到好编辑，一边校读，一边和我交流，提出宝贵的修改意见。这本小书能印出来，要感谢《金华日报》的果果、"乐府文化"的涂涂和衍衍。我一并不加敬称，直呼其名，因为都视之为我人生中最珍贵的朋友。最后，为我题写书名的依然是刘玉凯师，我们是师生，也是亲人。

马俊江

2020 年春江南小城金华

参考书目

类书

（清）陈梦雷 等《古今图书集成·博物汇编·草木典》

（明）王象晋《群芳谱》

（清）汪灏 等《广群芳谱》

（宋）陈景沂《全芳备祖》

（宋）李昉 等《太平广记》

（唐）欧阳询 等《艺文类聚》

（晋）崔豹《古今注》

本草书

（清）孙星衍 孙冯翼 辑《神农本草经》

（宋）寇宗奭《本草衍义》

（明）李时珍《本草纲目》

（明）朱橚《救荒本草》

（清）赵学敏《本草纲目拾遗》

（梁）陶弘景 撰　尚志钧 辑校《名医别录》

草木花卉书

（晋）嵇含《南方草木状》

（清）吴其濬《植物名实图考》

（清）吴其濬《植物名实图考长编》

（清）程瑶田《释草小记》

（明）王路《花史左编》

（宋）陈翥《桐谱》

（宋）范成大《梅谱》

（明）袁宏道《瓶史》

（明）张谦德《瓶花谱》

（明）徐石麒《花佣月令》

（清）谢堃《花木小志》

（清）陈淏子《花镜》

夏纬瑛《植物名释札记》

黄岳渊 黄德邻《花经》

周建人《田野的杂草》

农书

（北魏）贾思勰 著　缪启愉 校释《齐民要术》

（唐）韩鄂 著　缪启愉 选译《四时纂要》

（元）王祯《农书》

（明）徐光启 著　石声汉 校注《农政全书》

石声汉 选释《两汉农书选读》

夏纬瑛《〈周礼〉中有关农业条文的解释》

夏纬瑛《〈诗经〉中有关农事章句的解释》

岁时与民俗

夏纬瑛《〈夏小正〉经文校释》

（汉）崔寔 著　石声汉 校注《四民月令》

（汉）应劭《风俗通义》

何清谷《〈三辅黄图〉校释》

（梁）宗懔《荆楚岁时记》

（宋）陈元靓《岁时广记》

（宋）孟元老《东京梦华录》

（宋）周密《武林旧事》

（清）孔尚任《节序同风录》

（清）顾禄《清嘉录》

北大歌谣研究会《歌谣》

张次溪《北平岁时志》

（日）白川静 著　何乃英 译《中国古代民俗》

诗文与注疏

《毛诗注疏》（汉）毛亨 传　（汉）郑玄 笺　（唐）孔颖达 疏

（唐）陆德明 音释

（三国）陆玑《毛诗草木鸟兽虫鱼疏》

（明）毛晋《毛诗陆疏广要》

（宋）朱熹《诗集传》

（宋）洪兴祖《楚辞补注》

（宋）吴仁杰《离骚草木疏》

（清）祝德麟《离骚草木疏辨证》

（晋）郭璞 注 （清）郝懿行 笺疏《山海经》

《史记》（汉）司马迁 著 （南北朝）裴骃 集解 （唐）司马贞 索隐（唐）张守节 正义

（南朝）徐陵《玉台新咏》

（唐）李善注《文选》

（宋）郭茂倩《乐府诗集》

（明）冯梦龙《挂枝儿·山歌》

（清）郭庆藩《庄子集解》

（清）杜文澜《古谣谚》

吴厚炎《〈诗经〉草木汇考》

字书

（晋）郭璞 注《尔雅》

（清）郝懿行《尔雅义疏》

（清）邵晋涵《尔雅正义》

（宋）罗愿《尔雅翼》

（宋）陆佃《埤雅》

（汉）许慎《说文解字》

（清）段玉裁《说文解字注》

（清）朱骏声《说文通训定声》

（唐）陆德明《经典释文》

《古文字诂林》编纂委员会《古文字诂林》

笔记杂著

（晋）张华《博物志》

（晋）干宝《搜神记》

（南朝宋）刘敬叔《异苑》

（唐）段成式《酉阳杂俎》

（宋）林洪《山家清供》

（宋）范成大《桂海虞衡志》

闻人军《〈考工记〉译注》

（宋）洪迈《容斋随笔》

（宋）沈括《梦溪笔谈》

（宋）苏轼《东坡志林》

（明）李渔《闲情偶寄》

（明）文震亨《长物志》

（明）袁枚《随园食单》

（明）高濂《遵生八笺》

（明）宋应星《天工开物》

（清）梁绍壬《两般秋雨庵随笔》

（清）屈大均《广东新语》

图书在版编目（CIP）数据

文心雕草 / 马俊江著 . -- 北京：北京联合出版公司 , 2022.5

ISBN 978-7-5596-5004-7

Ⅰ . ①文… Ⅱ . ①马… Ⅲ . ①散文集－中国－当代 Ⅳ . ① I267

中国版本图书馆 CIP 数据核字 (2021) 第 015194 号

文心雕草

作　　者：马俊江
出 品 人：赵红仕
策　　划：乐府文化
责任编辑：牛炜征
特约编辑：刘衍衍
装帧设计：尚燕平

北京联合出版公司出版
（北京市西城区德外大街 83 号楼 9 层 100088）
北京联合天畅文化传播公司发行
北京美图印务有限公司印刷　　新华书店经销
259 千字　　787 毫米 × 1092 毫米　　1/32　　印张 14.5
2022 年 5 月第 1 版　　2022 年 5 月第 1 次印刷
ISBN 978-7-5596-5004-7
定价：69.80 元